KB263027

세계걸작추리 12선 & ONE

이 경 재 역

명지사

책 머리에

1941년 가을, 엘러리 퀸즈 미스테리 매거진(EQMM)의 창간호가 미국의 책가게에 첫선을 보였습니다. 그 후 한번도 휴간하는 일 없이 추리소설의 잡지로서는 세계 제1의 장수를 자랑하고 있습니다. 그 간 5백권의 앤솔러지에 해당하는 6천편(1982년 현재) 이상의 이야기를 수록, 게재해 왔습니다.

여기에 실은 추리, 범죄, 미스테리, 서스펜스 소설은 10만 페이지 이상이 되며, 지금까지 씌어진 우수한 단·중편들은 바야흐로 보고가 돼 있습니다.

금번 나는 세계 추리소설의 현대적 경향을 제시하기 위해 이 〈EQMM〉의 풍부한 축적 속에서 특별히 뽑은 13편의 앤솔러지를 동양의 독자 여러분들에게 특히 흥미 깊다고 생각되는 작품들을 주의 깊게 선정했습니다.

여기 수록된 대부분의 작품들은 가공할 만한 살인사건을 취급하고 있습니다.

그 살인사건들은 실제의 사건과 마찬가지로 범죄의 3요소로 성립돼 있습니다. 범죄의 3요소란 동기, 수단, 기회를 말하는 것입니다만, 이 책에서는 그 얽혀 있는 양상을 충분히 보여드릴 것입니다.

동기는 여러 가지로 증오, 질투, 죄악감, 돈, 복수, 고독, 탐욕, 폭로가 두려워서, 장해의 제거, 지위와 명성을 지키는 등을 포함하고 있습니다.

그 수단은 살해 방법의 매뉴얼이라고 해도 좋을 것입니다. 둔기, 교살, 살인 청부인, 전락살, 자살(刺殺), 각종의 총기, 독살, 섹스 등입니다. 또 살인에 따르는 보충적인 범죄 행동이 나타납니다. 예를 들면 강탈, 사기, 부당 치료, 마약의 거래, 중혼, 유용, 의증 등.

장소는 범죄의 기회를 좌우합니다. 이들 범죄는 주로 도시, 전원, 병원, 헬스 클럽 등 모든 흥미 깊은 장소를 배경으로 해서 일어납니다.

자, 다음 페이지를 넘기기만 하면 당신은 놀라움에 가득 찬 신세계로 들어가게 될 것입니다. 흥분과 서스펜스와 경이의 13 세세를 마음껏 즐기십시오. 나 자신 독자에의 도전과 함께.

1982년 3월 뉴욕주 리치몬드에서

엘러리 퀸

세계걸작추리12선 & ONE

차 례

은가면 / 휴 월폴

THE SILVER MASK
Hugh Walpole

은가면 / 휴 월폴

• 은가면
브로드웨이에서 크게 성공한 「친절한 부인」(1935)은
월폴의 소설을 극화한 것이다. 우리에게 이 작품은
귀신과 같은 재능을 가진 남자가 지력을 다해서 생
각해낸, 가장 공포에 가득 찬 범죄의 하나라는 것을
말해 주고 있다……. 그것은 살아 있는 송장이라는
범죄이다.

——엘러리 퀸

휴 월폴(1884~1941)
영국의 작가. 목사의 아들로 뉴질랜드에서 태어나 캠브리지 대학에
서 공부하였다. 24세 때 처녀작 「목마」를 발표했고, 전통적인 작풍
과 인간성 풍부한 작품으로 인기작가가 됐다. 소설, 평론, 전기 등
의 다재 다작으로 37년 '경'의 칭호를 받았다. 18세기에서 현대에
이르기까지의 역사의 흐름을 배경으로 잉글랜드 북서부에 사는 한
가족의 역사를 그린 4부작 「헤리스 연대기」는 그의 대표작으로, 인
간의 공포심과 잔혹성을 잘 묘사하고 있으며, 「어두운 서커스 위에
서」라는 한 편의 스릴러 소설을 남겼다.

은가면

소냐 헤리스는 웨스턴의 집에서 열린 만찬회에서 돌아오는 길가에서, 한 남자의 목소리를 들었다.

"실례합니다. 잠깐만 시간을……."

그녀는 웨스턴의 아파트에서 쭈욱 걸어왔다. 거리의 블록으로 치면 세 블록밖에는 떨어져 있지 않았다. 집까지 몇 걸음을 남겨두고 있었지만, 밤은 이슥하고 인적도 없었으며, 킹스 로드 거리의 소음도 어둠 속에 잠긴 듯 희미하게 들려올 뿐이었다.

"미안하지만……."

그녀가 말하려고 하자, 싸늘한 바람이 그녀의 볼을 스쳐갔다.

"잠깐만, 부탁합니다."

남자는 계속했다.

돌아다보니, 지금까지 어디서도 보지 못한 미남자였다. 키가 큼직하고, 검은 머리에 얼굴은 희고 갸름한 편이며, 기품이 있어 보였다. 어쩜 이렇게 완벽할 수가! 그러나 초라한 감색 양복을 입고, 게다가 추위에 떨고 있었다.

"안됐지만……."

그녀는 이렇게 되풀이해서 말하고 앞으로 지나가려 했다.

"잘 알고 있습니다."

남자는 곧 가로막았다.

"모두가 똑같은 말씀을 하십니다. 당연한 일이죠. 반대 입장이었다면 저도 그렇게 대답했을 것입니다. 하지만 꼭 들어주셔야겠습니다. 빈 손으로 처자식이 있는 곳으로 돌아갈 수는 없습니다. 불도 못 때고 먹을 것도 없고, 있는 것은 비바람을 가릴 수 있는 지붕뿐입니다. 모든 게 저 때문입니다. 동정을 빌 염치도 없습니다만, 도와주셨으면 합니다."

남자는 떨고 있었다. 금방이라도 쓰러질 것처럼 부들부들 떨고 있었다. 아무런 생각 없이 헤리스는 손을 내밀어 부축을 해주었다. 팔을 잡았을 때, 얇은 소매 아래서 그의 팔이 떨리고 있는 것을 느꼈다.

"괜찮습니다……. 시장해서 그래요……. 어쩔 수가 없어요."

그가 중얼거렸다.

헤리스는 저녁에 진수성찬으로 대접을 받았다. 어느 정도 술도 들어가 있었다. 어쨌든 그녀는 자기도 모르는 사이에 현관문을 열고 그를 집안으로 데리고 들어갔다. 머리가 돌았는가! 아무리 생각을 해도, 나이가 부끄러울 정도의 일을 저지르고 말았다. 적어도 50이 넘은 이 나이에. 평소에 심장이 조금 불안하긴 해도 건강한 편이며, 들떠서 일을 저지를 정도로 총명하지 못한 여자는 아니었다.

총명은 하지만, 그녀는 무심코 행동으로 나타내는 친절심 때문에 고생을 해왔다. 천성이 그랬다. 지금까지 저지른 실패는, 결코 적지도 않은 실수는 모두 머리가 마음에 졌기 때문에 일어났다. 자신도 그것을 잘 알고 있었다. 얼마나 뼈저리게 느껴왔던가! 친구들도 입이 닳도록 타일러주었다. 50세 생일을 맞이했을 때, 그녀는 자신에게 다짐을 했다.

"자, 이만큼 나이를 먹었으니까 이제 어리석은 짓은 그만 해야지."

그런데 또 이 꼴이다. 한밤중에 알지도 못하는 젊은 남자를 집안에 들여놓은 것이다. 그야말로 어떤 흉악한 범죄자일지도 모르는데 말이다.

얼마 후에, 남자는 소파에 앉아 샌드위치를 먹고, 위스키 소다까지 마시고 있었다. 남자는 여자가 가지고 있는 물건의 고귀함에 넋을 잃고 있는 듯이 보였다.

'이것이 연기라면 대단한 배우야.'

그녀는 속으로 생각했다.

그러나 남자에게는 보는 눈이 있었고, 지식도 있었다. 위트릴로의 인상파풍의 그림이 초기 작품이며, 그 초기의 작품이 이 거장의 작품 중에서도 가장 중요하다는 점도 알고 있었다. 또 창가에서 이야기하는 두 노인의 그림이 월터 시커트(영국의 인상파 화가; 1860~1942)의 〈중부 이탈리아인〉이라는 것도, 또 프랭크 도브슨(영국의 조각가; 1888~1963)의 얼굴상과, 카를 밀레스(스웨덴의 조각가; 1875~1955)의 푸른 녹이 슨 청동상의 〈대사슴〉도 알아보았다.

"당신은 예술가군요? 화가?"

그녀가 물었다.

"아닙니다. 저는 사창가의 유객이건 절도건 나쁜 짓이라면 뭣이든지 했습니다."

남자는 거친 목소리로 말했다. 그는 급히 소파에서 일어났다.

"그만 실례해야겠습니다."

그는 틀림없이 기운을 차린 듯이 보였다. 이 남자가 불과 30분 전에 비틀거리며 부축을 해주어야 했던 청년이라고는 믿을 수가 없었다. 게다가 그는 신사였다. 그 점에 관해선 의심의 여지가 없었다. 더구나 백년 전의 젊은 바이론, 젊은 셸리의 그 아름다운 정신을 소유하고, 지금 한창인 배우 라몽 나바로나 로날드 콜맨에 없는 것을 가지고 있었다.

그래, 돌아가는 것이 좋아. (나 자신보다도 그를 위해서) 그녀는 그렇게 바랐다. 남자가 금품을 요구하거나 협박 비슷한 행동을 하기 전에. 하기야 순백의 머리, 위엄 있는 얼굴이며 그 체격으로 보아 협박을 당하고 그대로 물러설 여자는 아니었다. 남자도 협박하거나 그럴 생각은 전혀 없는 것 같았다. 남자는 현관문을 향해서 걸어나갔다.

"오호!"

그는 감탄사를 내뱉으며 중얼거렸다. 남자는 그녀의 소장품 가운데서도 가장 아름다운 물건 앞에 서 있었다. 은으로 만든 어릿광대의 가면이었다. 쾌활하고 즐겁게 웃는 얼굴, 어릿광대가 갖는 영원한 비애 같은 것은 그림자도 없었다. 그것은 현대의 위대한 가면 조각가 소라트의 최고 걸작 중 하나였다.

"어때요, 아름다운 가면이죠?"

그녀가 말했다.

"소라트의 가장 초기 작품이에요. 지금도 그의 걸작으로 치고 있지요."

"저 어릿광대에는 은이라는 소재가 정말 잘 어울리는군요."

“그래요. 나도 그렇게 생각해요.”

그녀는 동의했다. 그녀는 남자가 안고 있는 어려운 문제라든가, 불쌍한 처자식에 관한 일, 과거의 신상 문제 같은 것은 아직 한 번도 물어보지 않았다는 것이 생각났다. 그러나 그것은 그런 대로 잘한 일인지도 모른다.

“당신은 생명의 은인입니다.”

남자는 현관홀에서 그녀에게 말했다. 그녀는 손에 1파운드 지폐 한 장을 쥐고 있었다.

“그래요?”

그녀는 유쾌한 기분으로 말했다.

“이런 밤중에 알지도 못하는 남자를 집안에 들여놓는 어리석은 짓을 하다니? 친구가 알면 그렇게 말할 거예요. 하지만 이런 할머니에게 무슨 정말 무서운 일이 있을까요?”

“당신 목을 제가 확 자를지도 모르지요.”

남자는 진지한 표정으로 말했다.

“그야 할 수 있고말고요.”

그녀는 웃으면서 말했다.

“하지만 그렇게 되면 당신은 어떻게 되는 거죠?”

“천만에요. 최근에는 그렇지도 않습니다. 경찰에는 범인을 잡을 만한 능력이 통 없거든요.”

남자가 말했다.

“그럼 잘 가요. 이거 받으세요. 추위라도 덜 수 있겠지요.”

남자는 1파운드를 받아넣었다.

“고맙습니다.”

그는 아무렇게나 말하고, 현관문 옆에서 다시 말했다.

“저 어릿광대의 가면, 저렇게 훌륭한 것은 본 일이 없어요.”

현관문을 닫고 거실로 돌아온 그녀는 크게 한숨을 내쉬었다.

“어쩜 그렇게 잘생긴 젊은이…….”

중얼거리다 말고 그녀는 자기의 가장 아름다운 백비취의 담뱃갑이 없어진 것을 알았다. 소파 옆의 작은 테이블 위에 놓여 있었다. 샌드위치를 만들러 식당에 들어가기 전까지는 그 자리에 있었다는 것을 알고 있었다. 남자가 훔쳐간 것이 틀림없었다. 그녀는 이곳저곳을 찾아보았으나 담뱃갑은 없었다.

“어쩌면 그렇게 잘생긴 젊은이가!”

침실에 들어가면서 그녀는 중얼거렸다.

소냐 헤리스는 겉으로는 이죽거리기도 잘하고 콧대가 세 보여도, 내심은 애정과 이해가 아쉬운 그런 나이였다. 백발에 쉰 살이 넘기는 했지만, 보기에는 활동적이고 젊고, 잠자고 먹는 것을 거르더라도 끝까지 춤출 수가 있었으며, 칵테일을 마시고 브리지를 할 수도 있었다.

그러나 내심으로는 칵테일이나 브리지 같은 것은 아무래도 상관 없었다. 그녀는 누구보다도 모성적인 여성이었고, 심장이 약했다. 정신적으로 약할 뿐만 아니라, 육체적으로도 약했다. 그래서 심장이 고통을 받을 때에는 사탕처럼 생긴 약을 입에 넣고 누워서 안정을 취해야 했고, 면회도 일체 허락되지 않았다. 또한 같은 나이 또래로서 생활 태도도 별로 다르지 않은 세상의 부인네들과 마찬가지로, 좀더 충실한 인생을 보내기에 합당한 용기를 가지고 있었다.

특별한 이유는 없었지만, 그녀는 말하자면 여장부라고 할 수가 있었다.

그러나 무엇보다도 그녀는 모성적이었다. 적어도 지금까지 두 번 그녀 자신이 충분히 애정을 표시했더라면 결혼할 수가 있었지만, 그녀가 진심으로 사랑했던 남성은 그녀를 사랑하지 않았다(벌써 25년 전의 일이다). 그래서 그녀는 결혼 생활을 경멸하는 태도를 취해 왔다. 만약에 어린애라도 있었다면, 그녀의 모성애는 충족됐을 것이다. 그러나 그러한 행운은 그녀와는 무관했다. 그녀를 이용하고, 때로는 조소하고, 한 번도 그녀를 깊이 생각해 본 일도 없는 많은 사람들에게 (겉으로는 냉담하게 처신하면서도) 모성애를 발휘했던 것이다.

그녀는 무골호인이라는 소리를 들으며, 친구들과의 현실 생활에선 언제나 외면을 당하고 있었다. 헤리스의 친척 집안에서는 식탁에 인원수가 맞지 않는다든가, 가정 파티에 여유가 있을 때에만 자리를 채우기 위해서 그녀를 초대할 정도였다. 말하자면 그녀는 고독한 여자였다.

그로부터 2주일 후, 그녀는 젊은 미남 도둑을 다시 만났다. 어느 날 저녁, 식사를 위해 옷을 갈아입고 있을 때, 그 젊은이가 집으로 찾아온 것이다.

"현관에 젊은 남자 분이 찾아오셨습니다."

가정부인 로즈가 말했다.

"젊은 남자? 누굴까?"

그러나 그녀는 잘 알고 있었다.

"모르겠어요, 부인. 성함을 말씀 안 하세요."

아래층에 내려가 보니, 남자는 현관에서 손에 담뱃갑을 들고 서 있었다. 이번에는 단정한 옷차림을 하고 있었으나, 그래도 공복에 지친 듯했다. 절망적인 모양을 하고 있으면서도 믿을 수 없을 만큼 미남자로 보였다.

그녀는 남자를 전에 데려갔던 거실로 안내했다. 남자는 담뱃갑을 건네주었다.

"전당포에 잡혔었습니다."

말을 건네면서도 얼굴은 은가면 쪽을 보고 있었다.

"어쩌자고 이런 부끄러운 일을 했어요? 이번에는 무엇을 훔칠 생각이에요?"

그녀는 말했다.

"지난주에 집사람이 돈을 좀 만들었습니다. 그래서 이번 주에는 숨을 돌리게 됐습니다."

"일을 안 해요?"

그녀가 물었다.

"그림을 그립니다."

남자가 대답했다.

"하지만 제 그림을 사는 사람은 없습니다. 요새 스타일이 아니거든요."

"당신 그림을 몇 점 보여주세요."

이렇게 말하고는, 그녀는 너무나 자신의 마음이 약하다는 것을 알았다. 지금 상대가 압도하는 힘은 그 아름다움보다도 가냘프면서 반항적인 면이었다. 그것은 마치 어머니를 싫어하면서도 무슨 일이 있으면 어머니에게 도움을 청하는 망난이 아들과 같은 느낌이었다.

"몇 장 가지고 왔습니다."

남자는 그렇게 말하고 현관홀로 가서 몇 장의 그림을 들고 왔다. 남자는 그것을 늘어놓았다. 감미로운 풍경화와 감상적인 초상화였다.

"형편 없는 그림이군요."

"잘 알고 있습니다. 그래도 제 심미안이 상당한 것은 잘 아시겠죠? 최고의 예술품은 잘 볼 줄 압니다. 이 담뱃갑이라든가, 저 은가면이라든가, 또는 위트릴로 같은 것 말입니다. 그런데 저는 이런 타작밖에는 그릴 줄 모릅니다. 제 자신에 화가 치밀어옵니다."

남자는 그녀에게 미소지었다.

"어떤 그림이건 사주실 수 없을까요?"

"하지만 사고 싶은 것이 없어요."

그녀는 대답했다.

"아무튼 어디다 치워둬야겠는데."

10분 있으면 손님이 오기로 돼 있었다.

"어떻게 허니만이라도 사주십시오."

"싫어요. 설마 이런 그림을 어떻게……."

"괜찮은 그림입니다. 부탁입니다."

남자는 바짝 다가서며, 마치 어린애가 조르기라도 하듯 그녀의 네모난 얼굴을 들여다보았다.

"글쎄…… 도대체 얼마나 되는데 그래요?"

"이것이 20파운드, 이쪽이 25파운드……."

"너무했어! 도대체 한푼 값어치도 없는 것인데!"

"언젠가는 값이 뜁니다. 현대회화를 잘 몰라서 그러세요."

"이 정도의 그림은 나도 알아요."

"한 장만 사주세요. 소가 그려져 있는 그림은 나쁘지 않습니다.

그녀는 앉아서 수표를 썼다.

"나도 정말 바보라니까. 이거 가지고 가요. 그리고 이제 두 번 다시 만나지 않기로 해요! 알았죠? 찾아와도 집에 들여놓지 않을 거예요. 길거리에서 애길 걸어와도 소용 없어요. 추근거리면 경찰에 신고해 버릴 테니까!”

남자는 만족스러운 표정으로 조용히 수표를 받아넣고, 손을 내밀어 그녀의 손을 가볍게 잡았다.

“빛이 잘 드는 데 걸어두세요. 괜찮은 그림입니다.”

“새 구두가 있어야겠군요. 그 구두 너무했어.”

그녀는 말했다.

“이제 겨우 새 구두를 살 수가 있겠습니다.”

그는 그렇게 말하고 가버렸다.

그날 밤 밤새도록 친구의 날카롭고 신랄한 비난을 들으면서, 그녀는 젊은 남자의 일을 생각했다. 남자의 이름도 몰랐다. 그 남자에 대해 알고 있는 것은, 그가 말한 대로 망나니 같은 사람이며, 불쌍한 젊은 아내와 굶주리고 있는 아이가 있다는 것뿐이었다. 이 세 사람의 모습이 마음에 떠올라 그녀를 따라다니며 떠나지 않았다.

그 담뱃갑을 돌려주러 온 것을 보면, 어떤 의미에서 그는 정직한 남자일 것이다. 하지만 그것을 돌려주러 오지 않는다면, 다시는 자기를 만날 수 없을 것이라는 점도 남자는 익히 알고 있었다. 그는 내가 멋진 돈이 열리는 나무라는 것을 재빨리 알아차린 것이다. 게다가 저런 형편없는 그림을 사게 된 지금으로선…….

그럼에도도 불구하고, 그는 절대로 나쁜 사람이 아니란 생각뿐이다. 아름다운 것을 그렇게 정열적으로 바라볼 수 있는 인간이 그런 형편없는 건달일 것 같지가 않았다. 거실에 들어오자마자 똑바로 은가면 앞으로 가서 온 성의를 다해 바라보고 있던 그 태도!

그리고 저녁 식탁에 앉았을 때, 이죽거리는 말을 하면서도, 저쪽

벽에 걸려 있는 은가면을 보고 있으면 마음이 가라앉는 것이다. 은빛으로 빛나는 가면에는 어딘가 젊은 남자의 모습이 있는 것처럼 생각이 들었다. 그러나 어디가 닮았을까? 어릿광대의 얼굴은 둥글고, 입도 크고, 입술은 두툼하고, 그런데, 그런데…….

그로부터 며칠 간, 그녀는 런던에 나가기라도 하면 그 젊은이가 있지 않을까 해서 길 가는 사람들의 얼굴을 들여다보곤 했다. 드디어 그녀는 어떤 사실을 발견하였다. 젊은이는 그녀가 만났던 누구보다도 미남자였다. 그러나 젊은이가 마음에서 떠나지 않았던 것은, 그가 미남자라는 탓은 아니었다. 젊은이는 그녀가 자기에게 친절하게 해주길 바라고 있었으며, 그녀도 누군가에게, 그렇다, 정말 마음속으로부터 친절을 베풀고 싶었기 때문이다.

그녀는 은가면이 조금씩 변해 가는 듯한 환상을 갖기 시작했다. 두툼한 일골은 여위어가고, 텅 빈 두 눈에는 무엇인지 모르는 빛이 있었다. 어쨌든 그것은 아름다웠다.

그런데 전번과 마찬가지로 뜻밖에 그 남자가 모습을 나타낸 것이다. 어느 날 밤, 연극 구경을 하고 돌아와 취침 전의 담배를 피우고 계단을 올라가 침실로 가려고 했을 때, 현관문을 두드리는 소리가 들려왔다. 손님은 보통 초인종을 눌렀다. 아무도 부엉이 모양을 한 고풍스러운 노커를 쓰지 않았다. 그것은 어느 날, 그녀가 어떤 골동품상에서 사온 노커였다.

노크 소리로 그 젊은이가 틀림없다는 생각이 들었다. 가정부 로즈는 자고 있어서 그녀 자신이 현관문을 열었다. 역시 그 남자였다. 젊은 여자와 어린애를 데리고 세 사람은 거실로 들어와 멋적다는 듯이 섰다. 세 사람이 한 무더기가 돼서 난로 옆에 서 있는 것을 보았을 때, 그 순간 그녀는 최초의 공포를 느꼈다. 그녀는 느닷없이 자신이 얼마나 마음이 약한 여자인가를 알아차렸다. 그들의 모습을 보고 그녀는 물처럼 돼버렸다고 생각했다. 이 소냐 헤리스는 50이 넘어서도, 심장이 가끔 뛰는 것을 제외하고는 마음 내키는 대로 강하게 살아왔다고 생각했는데, 이제 물처럼 녹아버린 것이다. 조심하라고 친구들이 이야기해 준 것처럼, 그녀는 불안을 느꼈다.

사람의 눈을 끌기에 충분한 젊은 여자였다. 숄에 폭 싸인 아기는 푹 잠이 들어 있었다. 마실 것과 남아 있는 샌드위치를 그들에게 내놓았다. 젊은 남자는 매력에 넘치는 미소를 지으며 그녀를 쳐다보고 있었다.

"오늘은 구걸하러 온 것이 아닙니다."

남자는 말했다.

"아내를 한 번 만나봐 주십시오. 또 아내에게도 당신의 훌륭한 수집을 보여주고 싶어서 온 겁니다."

"그래요?"

그녀는 좀 험악하게 말했다.

"1분 정도라면 괜찮아요. 시간도 늦었고, 지금 막 자려던 참이에요. 그리고 요전에 두 번 다시 오지 말라고 그랬잖아요?"

"에이다가 졸라서 왔습니다."

그는 여자를 턱으로 가리켰다.

"당신을 몹시 보고 싶다고 그래서 말이에요."

여자는 한마디도 안 하고 그저 앞쪽을 보고 있을 뿐이었다.

"할 수 없군요. 하지만 곧 돌아가 줘요. 그리고 보니까 한 번도 이름을 얘기한 일이 없군요."

"헨리 애보트입니다. 아내는 에이다, 아기 이름도 헨리라고 합니다."

“그래요? 그 후엔 어떻게 지냈어요?”

“네, 덕택에 넉넉하게 지내고 있습니다.”

그러나 남자는 곧 입을 다물어버렸고, 여자 역시 말 한마디 하지 않았다. 소냐 헤리스는 그만 돌아가달라고 했다. 그러나 그들은 움직이려고도 하지 않았다. 30분이 지나서 그녀는 더욱 강한 어조로 말했다. 그들은 간신히 자리에서 일어났다. 그러나 현관문 옆에 멈춰 서더니, 헨리 애보트는 서재의 책상 쪽을 쳐다보았다.

“편지는 누구한테 시키고 계십니까?”

“아무한데도. 내가 직접 쓰고 있어요.”

“누구 시키시는 게 좋을 거예요. 상당히 편해지실 겁니다. 제가 해드릴게요.”

“아녜요, 괜찮아요. 절대로 안 돼요. 그럼 잘 가요.”

“염려 마세요. 제가 해드릴 데니까. 시간이 남아서 쩔쩔 매는데, 돈은 한푼도 안 받겠습니다.”

“괜한 걱정하지 말아요. 잘 가요. 잘 가라니까요.”

그녀는 애보트 가족을 억지로 내쫓았다.

그녀는 잠을 이루지 못했다. 누워서 애보트의 일만을 생각하고 있었다. 마음이 동요된 것이다. 한편에서는 몸도 마음도 훈훈해지는 모성애를 느끼고 있었다. 오똑하게 앉아 있는 젊은 여자와 아기는 정말 딱해 보였으며, 한편으로는 피가 얼어붙을 정도의 불안에 떨기도 하였다.

어쨌든 그녀는 두 번 다시 만나지 않겠다고 생각했다. 그러나 정말 마음속에서 그렇게 생각했을까? 내일이면 슬론 거리를 거닐면서 지나가는 사람들의 얼굴을 들여다보며, 혹시 그 젊은이가 아닌가 하고 생각하는 것이 아닐까?

사흘이 지난 날 아침, 그 남자가 또 찾아왔다. 비가 내리고 있어서, 그녀는 그날 아침에는 지불에 관한 계산을 마칠 생각을 하고 있었다. 그래서 책상 앞에 앉아 있으려니까, 로즈가 그 남자를 데리고 들어왔다.

"편지를 대신 써드리려고 왔습니다."

"무슨 소릴 하는 거예요?"

그녀는 날카로운 소리로 말했다.

"자, 헨리 애보트, 나가주어요. 일은 다 끝났어요."

"끝나기는요."

그는 제 맘대로 책상 앞에 가서 앉았다.

그녀는 죽을 때까지, 이때의 부끄러움을 잊지 않을 것이다. 30분 후에는 그녀 자신도 소파에 앉아, 벌써 그에게 구술을 시작하고 있었다. 그녀는 인정하고 싶지 않았지만, 그가 거기 앉아 있는 것만으로도 마음에 들었다. 남자는 그녀의 이야기 상대였고, 지금은 생활이 좀 안정된 듯하지만, 그는 여전히 신사였고 미남자였다. 그날 아침 그는 훌륭하게 행동했다. 필적도 훌륭했고, 문법이나 말투도 잘 알고 있었다.

그리고 1주일 후, 그녀는 웃으면서 에이미 웨스턴에게 이런 말을 했다.

"있잖아, 믿어줄지 모르겠지만, 나 비서를 데리고 있게 됐어. 아주 멋진 미남자야. 뭘 그렇게 뚫어지게 쳐다보지? 아무리 미남자라도 나한텐 아무 소용 없다는 것 잘 알지 않아. 덕택에 귀찮은 일을 덜게 됐지만 말이야."

3주일 동안, 그는 훌륭하게 행동했다. 시간에 맞춰서 나타나고, 무례한 짓도 안 하고, 모든 것을 그녀의 지시대로 움직였다.

 4주째 되는 어느 날, 1시 15분 전쯤 남자의 아내가 찾아왔다. 이때 그녀는 눈부실 정도로 젊어 보였고, 16세 정도로밖에는 보이지 않았다. 회색의 면드레스를 입고, 빨간 머리를 짧게 잘라 하얀 얼굴에 잘 어울려 보였다.

 젊은 남자는 헤리스가 혼자서 식사를 하는 것을 잘 알고 있었다. 테이블에는 간단한 식기들이 놓여져 있으며, 한 사람 분의 식사만 준비된다는 것을 자기 눈으로 봐서 잘 알고 있었다. 그녀는 식사를 하고 가도록 권하지 않는 것은 좀 심한 것 같아서, 마음이 내키지 않았으나, 점심을 먹고 가라고 했다. 식사가 제대로 될 리가 없었다. 두 사람이 같이 있었던 것도 거북스러웠다. 남자는 아내가 있으면 거의 입을 열지 않았고, 여자 또한 말을 하지 않았다. 게다가 부부가 같이 있다는 것이 공연히 불길하게 느껴졌다.

 식사가 끝난 다음, 그녀는 부부를 내보냈다. 그들은 군소리도 하지 않고 돌아갔다. 그러나 그날 오후 쇼핑을 하며 돌아다닐 때, 이번에야말로 그들 부부와는 손을 끊어야겠다고 결심했다.

 젊은이가 신변 가까이 있다는 것이 즐거운 것은 사실이다. 그 미소, 장난기어린 익살스런 이야기, 자기는 형편 없는 망나니로, 이 세상을 좀먹고 있는 존재나 다름없지만, 당신을 좋아하기 때문에 당신에게만은 손을 대지 않는다는 식의 이야기, 이런 것들이 그녀의 마음을 사로잡긴 했다.

 그러면서도 그녀에게 경계심을 일으키게 한 것은, 지난 수주일 동안, 젊은이는 돈은 물론이고 아무것도 요구하지 않았기 때문이다. 무엇인가 마음속에 기대하고 있는 것이 있을 것만 같았다. 무엇인가 계획이 있을 것이다. 어느 날 아침 느닷없이 그 계획을 들이대어 그녀를 놀라게 할 것이다.

그녀는 어느 날 볕이 잘 드는 의자에 앉아서 자기 자신이 얼마나 변했는가를 보고 놀라는 것이었다. 그녀는 지금 놀라울 정도로 마음이 약해져 있었다. 완고하면서도 고집스럽고, 쾌활하면서도 장미빛에 빛나던 얼굴빛과 순백의 흰 머리카락. 그런 것들은 모두 다 사라지고 그 대신 공원의 손잡이에 몸을 기대고 방금이라도 쓰러질 것 같은 겁먹은 한 여인이 그곳에 있는 것이다.

무엇이 그렇게 두려운지, 잘못한 일은 아무것도 없다. 부르기만 한다면 경찰은 곧 달려올 것이다. 무엇이 그렇게도 겁이 나는지, 그녀는 월폴 가의 집을 버리고 어디론가, 아무에게도 발견되지 않는 곳으로 몸을 숨기고 싶은 묘한 충동을 느끼는 것이었다.

그날 밤, 그들 부부가 아기를 데리고 나타났다. 그녀는 천천히 책이나 읽으며 편안한 저녁을 보내고 일찍 자야겠다고 생각하고 있었다. 그러던 참에 현관문에서 노크 소리가 들려왔다.

그날 밤, 그녀는 그들에게 분명한 태도를 취했다. 그들이 한 군데 모여 앉았을 때, 그녀는 일어나서 말했다.

"여기 5파운드가 있어요. 이것으로 마지막이에요. 이번에 당신네들 가운데 누구라도 이 집에 나타난다면, 그때는 경찰을 부르겠어요. 자! 나가세요."

젊은 여자가 숨을 몰아쉬더니 정신을 잃고 그 자리에 쓰러졌다. 말 그대로 실신을 한 것이다. 로즈를 불러 간호를 시켰다.

"제대로 먹지 못했기 때문일 겁니다."

헨리 애보트가 말했다. 결국 에이다를 2층에 있는 손님용 침실의 침대에 눕히고 의사를 불렀다. 진찰을 마친 의사는 휴양과 영양 공급이 필요하다고 말했다. 아마도 이것이 이 사건의 중대한 갈림길이 되는 순간이었을 것이다.

소냐 헤리스가 이러한 위기에서 단호하게 졸도한 아내와 함께 애보트 일가를 무정하게 차가운 거리로 내쫓았다면, 지금쯤 그녀는 친구들과 브리지를 즐기고 있었을 것이다. 그러나 그녀의 모성적인 기질이 너무나 강했던 것이다. 젊은 여자는 불쌍하게도 축 늘어진 채로 눈을 감고, 얼굴빛은 베갯잇처럼 창백했다. 아기는 (세상에 이처럼 순한 아이는 본 일이 없었지만) 침대 옆에 눕혀 있었다. 헨리 애보트는 아래층에서 구술한 편지를 정서하고 있었다.

소냐 헤리스는 벽에 걸린 은가면을 쳐다보다가 어릿광대가 이상야릇하게 웃는 얼굴에 깜짝 놀랐다. 그 웃음이 지금의 그녀에게는 차가운 비웃음, 거의 조소하는 얼굴로 보였던 것이다.

에이다 애보트가 쓰러진 지 사흘 후에 그녀의 숙부와 숙모라는 에드워드 부부가 찾아왔다. 에드워드는 붉은 얼굴에 몸집이 크고 선술집 주인처럼 생겼다. 부인은 바짝 마르고 수다스러워 보였다. 그들 부부는 소파에 앉아서 조카딸이 걱정이 돼서 찾아왔다고 했다. 에드워드 부인은 큰 소리로 떠들어댔고, 에드워드는 사양 없이 멋대로 굴었다.

운 나쁘게도 바로 그때 웨스턴 부인과 또 한 사람의 친구가 찾아왔다. 그들은 에드워드 부부의 행동에 놀라고, 헨리 애보트의 염치 없는 행동에 기가 막힐 지경이었다. 소냐 헤리스는 친구들이 터무니없는 오해를 하고 있다는 것을 알 수가 있었다.

1주일이 지나서도 에이다 애보트는 아직 2층 방에 누워 있었다. 그녀를 움직인다는 것은 도저히 어려울 것 같았다. 에드워드 부부는 뻔질나게 찾아왔다. 어떤 때는 하퍼 부부와 그의 딸 아그네스까지 데리고 왔다. 그들은 변명을 늘어놓면서 헤리스에게는, "에이다가 걱정이 돼서 가만히 있을 수가 없었어요." 하며 그런 마음을 알아달라고 했다. 모두가 손님 방에서 떠들어대며, 눈을 감고 있는 에이다의 창백한 얼굴을 들여다보고 있었다.

드디어 두 가지의 사건이 동시에 일어났다. 로즈가 가정부를 그만두었고, 웨스턴 부인이 찾아와서 솔직한 이야기를 해주었다. 부인은 불길한 말로 입을 열었다.

"내 얘길 잘 들어요. 세상에서는 뭐라고 그러고 있는지……."

소냐 헤리스가 거리의 망나니, 그것도 아들 정도로 나이가 어린 젊은 남자와 동거하고 있다는 소문이 났다는 것이다.

"저 사람들을 한 사람 남김 없이 당장 쫓아내지 않으면 안 돼요."

웨스턴 부인은 말했다.

"그렇지 않으면, 이 런던에서는 당신을 상대할 사람은 한 사람도 없을 거예요."

혼자 있게 됐을 때, 소냐 헤리스는 몇 해 동안 없었던 일이지만 울음을 터뜨리고 말았다. 도대체 어떻게 됐다는 것인가. 의지나 결단력이 없어졌을 뿐 아니라, 몹시 기분이 언짢은 그런 느낌이었다. 심장은 다시 악화되고, 밤에는 잠을 잘 수가 없었다. 집안도 엉망진창이었다. 모든 게 먼지투성이였다. 어떻게 로즈를 다시 불러들일 수가 없을까.

그녀는 그저 무서운 악몽 속에서 살고 있었다. 이 가공할 만한 젊은 미남자는 무엇인가 그녀를 지배하는 힘을 가지고 있는 것처럼 생각되었다. 그래도 남자는 그녀를 위협하는 그런 짓은 하지 않았다. 그저 생글생글 웃고 있을 뿐이었다. 그녀는 이 젊은이를 사랑하고 있는 것도 아니었다. 어떻게 해서든지 결말을 내야 한다. 그렇지 않으면 자멸하고 말 것이다.

이틀 후의 티타임에 절호의 기회가 찾아왔다. 에드워드 부부가 에이다를 문병한다고 찾아와 있었다. 에이다는 간신히 아래층에 내려올 수 있을 정도는 됐지만, 아직도 허약해 보였고, 얼굴은 창백했다. 거기엔 헨리 애보트의 아기도 같이 앉아 있었다. 몹시 기분이 언짢았지만, 소냐 헤리스는 있는 힘을 다해서 그들에게 선언했다. 특히 매부리코인 에드워드 부인을 상대로 말했다.

"내가 하는 얘기를 잘 알아주셨으면 해요. 난 남에게 불친절하게 대하고 싶지는 않아요. 하지만 나에게는 나대로의 소중한 생활이 있어요. 난 몹시 바쁜 몸이에요. 그런데 이런 일들이 나한테 강요되고 말았어요. 나도 인정사정 모르는 여자는 아녜요. 지금까지는 나 나름대로 해온 걸로 알아요. 하지만 이제 애보트 부인도 많이 나아져서 집으로 돌아갈 수 있을 거예요. 이제 그만 여러분과 헤어졌으면 좋겠어요."

"네, 잘 알고 있습니다."

에드워드 부인은 소파에서 그녀를 쳐다보며 말했다.

"그 동안 너무나 친절하게 해주셔서 에이다도 진심으로 고맙게 생각하고 있어요. 하지만 지금 저애가 움직이면, 결국 저애를 죽이게 되고 말 거예요. 조금이라도 움직이면 그 자리에서 쓰러지고 말 거예요."

"우리들은 갈 데가 없습니다."

헨리 애보트가 말했다.

"하지만 에드워드 부인."

소냐 헤리스는 화가 치밀어 목소리가 커지고 있었다.

"저의 집엔 방이 둘밖엔 없어요."

에드워드 부인이 태연스럽게 말했다.

"안됐습니다만, 마침 주인이 밤새 기침을 하고 있어서……."

"하지만 이건 너무하지 않아요!"

소냐 헤리스가 소리쳤다.

"정말 너무하지 않아요? 나로선 할 만큼 다 했는데……."

"그 동안 수주일 동안의 내 급료는?"

헨리가 말했다.

"급료라구요? 그야 물론……."

소냐는 말을 하려다가 도중에 입을 다물었다. 그녀는 몇 가지의 사실을 알았다. 그날 오후, 요리사가 그만두고 떠난 다음 자기 혼자라는 것을 알았다. 그리고 상대방에서는 한 사람도 나가지 않았던 것이다. 자신의 수집품들, 시커트나 위트릴로의 그림, 은가면 같은 것들이 불안에 떨고 있는 듯이 느껴졌다. 게다가 그들의 침묵, 웬만한 일에도 동요하지 않는 태도에 그녀는 갑자기 겁이 났다. 그녀는 책상이 있는 곳으로 걸어갔다. 갑자기 심장의 고동이 빨라지고 조여대는 듯한 느낌과 함께, 지금까지 느껴보지 못한 무서운 고통이 온몸을 휘감았다.

"부탁해요!"

그녀는 숨을 몰아쉬며 말했다.

"서랍 속에 초록색 작은 병이 있어요. 그걸 빨리, 그걸 부탁해요!"

그녀가 마지막으로 기억하고 있는 것은 자신의 얼굴을 내려다보고 있는 헨리 애보트의 조용하고 아름다운 얼굴이었다.

1주일 후에 웨스턴 부인이 찾아왔을 때, 에이다 애보트가 현관문을 열었다.

"헤리스 부인이 걱정이 돼서 왔는데요. 그 동안 한참 동안 못 만났어요. 몇 번이고 전화를 했는데 통화할 수가 없어서……."

웨스턴 부인이 말했다.

"헤리스 부인 건강이 아주 좋지 않으세요."

"저런, 안됐군요. 좀 뵐 수 없을까요?"

에이다 애보트의 점잖고 부드러운 말투가 그녀를 안심시켰다.

"의사 선생님이 당분간은 아무도 만나지 않는 것이 좋다고 하셨어요. 주소나 전화번호를 알려주시면 좋아지시는 대로 곧 연락을 드리겠어요."

웨스턴 부인은 돌아갔다. 그리고 친구들에게 이야기해 주었다.

"가엾은 소냐! 많이 나쁜 모양이야. 그 사람들이 그녀의 시중을 들고 있는데, 좋아지는 대로 같이 만나러 가요."

대도시의 생활은 몹시 분주하다. 소냐 헤리스는 그다지 큰 관심을 끌어온 여자는 아니었다. 헤리스의 친척들도 병문안을 하러 왔다. 그들 역시 정중한 인사를 받았다. 병환이 좋아지는 대로…….

소냐 헤리는 침대에 쭈욱 누워 있었다. 그러나 자기의 방은 아니었다. 얼마 전까지 가정부인 로즈가 기거하던 지붕 밑의 작은 방이었다. 처음 얼마 동안 그녀는 기묘한 허탈감 속에 누워 있었다. 그녀는 병들어 있었다. 잠을 자다가 눈을 뜨고, 그리고 다시 눈을 감았다. 에이다 애보트, 때로는 에드워드 부인, 또 어떤 때는 낯 모르는 여자가 그녀를 간호했다. 그들은 대단히 친절했다. 의사를 안 불러도 괜찮을까요? 괜찮아요. 의사는 안 불러도 괜찮고말고요. 그들은 이렇게 장담했다. 그리고 어떤 청이라도 다 들어주었다.

얼마 후, 그녀는 차도가 있는 듯했다. 내가 어째서 이런 방에 있을까? 친구들은 어떻게 된 것일까? 저 사람들이 갖다 주는 이 형편없는 식사는 도대체 어떻게 됐다는 것일까? 그리고 저 여자들은 이 집에서 무엇을 하고 있는 것일까?

그녀는 에이다 애보트와 한바탕 소동을 벌였다. 그녀가 침대에서 일어나려고 했을 때, 에이다가 덮어눌러버리고 말았다. 아무런 이유도 없이 말이다. 온몸에서 힘이 빠져버리는 것을 느꼈다. 그녀는 저항했다. 힘 있는 대로 저항하고 화를 내고 그리고 울었다. 울음보가 터진 듯이 울었다.

다음날 혼자 있을 때, 그녀는 침대에서 기어나왔다. 문은 잠겨 있었다. 그녀는 문을 두들겼다. 문을 두들기는 소리만 들렸다. 또다시 그 무서운 조여드는 듯한 심장의 박동이 시작됐다. 그녀는 침대로 다시 기어들어갔다. 그리고 힘없이 울었다. 에이다가 빵과 수프를 가지고 왔을 때, 문을 잠그지 말아달라, 일어나서 목욕을 하고 싶다, 그리고 아래층의 내 방으로 돌아가고 싶다고 우겼다.

"아직 좋아지시지 않았으니까 그대로 계셔야 해요."

에이다는 상냥하게 말했다.

"아냐, 충분히 나았어. 밖에 나가게 되면 당신네들을 감옥에 넣고 말 거야. 나한테 이런 학대를……."

"흥분하시지 마세요. 심장에 좋지 않아요."

에드워드 부인과 에이다가 그녀의 몸을 닦아주었다. 식사도 충분하지 않아, 그녀는 늘 배가 고팠다.

여름이 되었다. 웨스턴 부인은 북프랑스의 피서지 아틀레타로 떠나고 말았다. 모두들 런던을 떠났다.

"소냐 헤리스는 어떻게 됐지?"

메이벨 뉴마크가 애거더 벤슨에게 편지를 적어 보냈다.

"몇 해 동안 못 만나 본 것 같아……."

그러나 모두가 일부러 문의할 정도의 시간도 없었다. 서로들 일이 많았기 때문이다. 소냐는 좋은 사람이었으나 특별히 신경을 써 주는 사람도 없었다.

어느 날, 헨리 애보트가 그녀의 방으로 얼굴을 들이밀었다.

"병의 차도가 없으셔서 큰일이군요."

그는 미소지으며 말했다.

"저희들은 할 수 있는 대로 정성을 다하고 있습니다. 이렇게 큰 병이 나셨을 때, 우리들이 함께 있어서 운이 좋으셨어요. 이 서류에 서명을 하시는 게 좋을 거예요. 좋아지실 때까지 누군가 이 집안의 일을 돌보지 않으면 안 되니까요. 아마 1주일이나 2주일 후면 아래로 내려가실 수 있게 될 겁니다."

눈을 크게 뜨고, 겁에 질린 눈초리로 젊은이를 쳐다보면서, 소냐 헤리스는 그 서류에 서명을 했던 것이다.

처음 내리는 가을비가 거리를 촉촉히 적셨다. 거실에서는 전축 소리가 울려나오고 있었다. 에이다와 젊은 잭슨이라는 사나이, 매기 트렌트와 키다리 해리 베네트가 춤을 추고 있었다. 가구는 모두 벽 쪽으로 치워져 있었다. 에드워드는 맥주를 마시고 있었고, 에드워드 부인은 난로 앞에 앉아서 불을 쪼이고 있었다.

헨리 애보트가 들어왔다. 마침 위트릴로의 그림을 팔고 들어온 길이었다. 그들은 헨리를 박수로 맞이했다.

그는 벽에서 은가면을 떼어내 2층으로 들고 올라갔다. 지붕 아랫방으로 들어가서는 전등의 스위치를 켰다.

"앗! 누구, 뭣 하러……?"

두려움에 떠는 목소리가 침대에서 들려왔다.

"걱정 마세요."

그는 타이르듯 말했다.

“조금 있으면 에이다가 차를 가지고 올라올 겁니다.”

남자는 망치와 못을 가지고, 소녀 헤리스가 잘 볼 수 있도록 얼룩투성이의 벽지 위에 은가면을 걸었다.

“좋아하셨죠? 보고 싶으실 거라고 생각해서요.”

그녀는 아무 대답도 하지 않았다. 그냥 똑바로 쳐다볼 뿐이었다.

“뭐 바라보고 있을 만한 것이 필요할 겁니다. 병환이 위중하셔서서 이 방에서 두 번 다시 못 나가실 겁니다. 그러니까 여기 은가면을 걸어두면 기뻐하실 거라고 생각해서요. 뭔가 바라볼 물건이 있어야죠…….”

남자는 말을 이었다.

이렇게 말하고 남자는 방을 나갔다.

가만히 문을 닫고.

의 혹 / 도로시 L.세이어즈

SUSPICION
Dorothy L. Sayers

• 의 혹

이 원고가 〈미스테리 리그 매거진〉의 편집부에 처음
제출된 1933년 당시, 우리들은 그 자리에서 얼이 빠
지고 말았다. 그리고 지금도 그런 생각은 달라지지
않았다. 세이어즈 여사에게는 전율을 금치 못한다.

——엘러리 퀸

도로시 L. 세이어즈(1893~1957)
영국의 여류 시인, 추리작가. 성직자 가정에서 태어남. 옥스포드의
서머빌 칼리지를 졸업 후, 시 잡지의 편집인과 카피라이터로 일했
다. 추리소설은 「피터경 출마하다」(1923), 「나인 테일러즈」(1934),
「분주한·밀월 여행」(1937) 등 십수 편의 장편 외에, 「탐정 미스테리
공포 단편걸작집」(3권)의 선구적인 앤솔로지를 편찬하였다. 그 서문
에 기술된 탐정소설론은 고전적인 평가를 받고 있다. 만년에는 추
리소설의 펜을 꺾고 종교극과 신학에 몰두했으며, 단테의 「신곡」
영역에 전념하였다.

의 혹

객차 속의 공기가 담배연기로 혼탁해졌을 때, 매머리는 그날의 아침식사가 입에 맞지 않았다는 것을 인정하지 않을 수 없었다.

아침식사 자체는 조금도 나쁠 것이 없었다. 〈모닝 스타〉지의 건강란에서 권장하고 있는 대로 비타민이 풍부한 보리빵, 아삭아삭할 정도로 잘 구워진 베이컨, 적당히 익혀진 계란이며, 새튼 부인의 전매특허나 다름없는 특별한 커피. 새튼 부인은 보기 드문 가정부로 정말 고마운 생각이 들었다.

아내 에셀은 여름에 신경쇠약에 걸린 후로 뻔질나게 바뀌는 가정부들을 상대할 만한 기력도 없었다. 요즘은 사소한 일에도 에셀은 불쌍할 정도로 조급하게 굴었다.

매머리는 점점 부풀어오르는 메스꺼움을 애써 무시하면서, 병이 나면 안 된다고 생각했다. 그렇게 된다면 사업에 미칠 영향은 둘째 치고라도, 에셀이 몹시 걱정할 것이다. 에셀에게 조금이라도 불안한 생각을 하게 하려면, 차라리 즐겁게, 이 멋없고 보잘 것 없는 인생을 끝내버리는 것이 나을 것이다.

그는 최근에는 언제나 가지고 다니는 소화제를 먹고 신문을 펴들었다. 별다른 뉴스는 없는 듯했다. 정부에서 사용하는 타자기에 대해 하원에서 질의가 있었던 일, 황태자가 미소를 띠며 전영국 신발 전시회의 개회 선언을 한 일, 다시 분열된 자유당 등. 경찰 당국은 링컨 부부를 독살한 것으로 생각되는 한 여자를 아직도 수사중에 있다는 기사도 있었다. 두 소녀가 공장의 화재에서 부상당했다는 것, 여배우가 네 번째 이혼에 성공한 이야기 등등…….

매머리는 파라간역에서 내려 전철로 갈아탔다. 속의 불쾌감은 여전했고, 토할 것 같은 생각이 들었다. 그러나 최악의 상태에 이르기 전에 간신히 사무실까지는 닿을 수가 있었다.

얼굴은 창백했지만 가까스로 침착하게 자기 책상 앞에 가서 앉자, 공동 경영자가 태평스럽게 사무실 안으로 들어왔다.

"안녕하신가, 매머리."

브룩스는 큰 소리로 말하고 여느 때처럼 덧붙였다.

"추위가 견디기 힘들지 않아?"

"정말이야. 왜 이렇게 추운지 모르겠어."

매머리가 맞장구쳤다.

"못 살겠어. 못 살겠단 말이야."

브룩스가 말했다.

"화초구근은 다 심었나?"

"아직 다 못 했어."

매머리는 바른 대로 말해 주었다.

"사실은 기분이 썩 좋지 않아서……."

브룩스는 이야기를 가로막고 말했다.

"안됐네그려. 빨리 끝내버릴 걸 그랬군. 우리 집에선 지난주에다 끝냈지. 봄이 되면 우리 집 정원도 그림 같은 꽃밭이 되겠지. 그래도 자넨 교외에 살고 있어서 다행일세. 그쪽은 아무래도 공기가 신선하겠지. 참, 부인은 좀 어떤가?"

"괜찮아. 많이 좋아졌어."

"그것 참 잘됐군. 예년처럼 이번 겨울에도 자네 부인이 나와주었으면 해서 말이야. 잘 알겠지만, 우리 연극 동호회에선 자네 부인이 없으면 아무것도 못 하거든. 사실 작년의 〈로맨스〉에서 보여준 부인의 연기는 잊을 수가 없단 말이야. 부인과 웰베크란 젊은이가 대단한 갈채를 받았단 말이야. 웰베크 집안에서 바로 어제 부인 얘기를 물어왔더군."

"고맙네. 안사람도 곧 여러 사람과 내왕할 수 있게 되겠지. 하지만 의사는 너무 나다니지 말라고 해. 신경을 쓰지 말 것, 이게 중요하다는 거야. 급하게 굴지 말고, 되도록이면 일을 많이 맡지 말라는 거야."

"그긴 옳은 말이야. 자꾸만 생각한다고 좋은 일이 있는 것도 아니거든. 나는 벌써 몇 해 전부터 걱정이나 고민을 하는 일은 그만뒀네. 날 보게. 그래서 건강해지지 않았나. 그렇다고 50세 전으로 보이지는 않겠지만. 그런데 자네도 영 기운이 없어 보이는데?"

"소화불량이야."

매머리가 말했다.

"대단한 건 아니야. 아마 간장이 좀 나빠진 것 같아, 내가 보기엔 말이야."

"그게 틀림없어."

브룩스는 기회를 잡았다는 듯이 말했다.

"인생이란 게 다 그런 것 아닌가. 모든 게 간장 때문에 달려 있거든. 하핫…… 그러면 일을 시작하기로 할까? 페라비의 임대 계약서는 어디 있지?"

그날 아침, 세상 돌아가는 이야기에 흥미가 없었던 매머리는 오히려 그의 제안을 다행으로 여기고, 그로부터 30분 동안은 부동산 업자로서 만족스러운 일을 할 수가 있었다. 그러나 브룩스는 또다시 세상 돌아가는 이야기를 하기 시작했다.

"그런데 말이야."

브룩스는 느닷없이 말을 꺼냈다.

"부인이 좋은 여자 가정부 아는 사람이 없을까?"

"글쎄, 아는 사람이 어디 있을라고?"

매머리는 대답했다.

"요즘에는 사람 구하기가 어려운 모양이던데. 사실 우리 집에서도 얼마 전에야 좋은 사람을 얻었지. 그런데 왜 그래? 자네 집에 오래 있던 가정부가 그만두겠다고 하는 것은 아니겠지?"

"천만에!"

브룩스는 쾌활하게 웃었다.

"그 가정부를 내쫓을 수 있는 것은 아무것도 없네. 지진이나 일어나면 모를까. 그게 아니고, 가정부는 필립슨이 필요하대. 결혼이라도 하는 모양이지. 미혼자를 고용하면 그게 제일 어려운 문제지. 그래서 내가 말해 주었지. '조심해라. 어느 정도 잘 아는 사람을 데리고 있어야지. 잘못하면 독살범, 이름이 뭐더라? 그래, 앤드루스 같은 여자를 데리고 있으면 어떻게 되겠어? 아직 자네에게 조화를 보낼 때는 안 됐어.'라고 했지. 그는 웃고 있었지만, 사실 웃을 얘기는 아니지. 도대체 무엇 때문에 세금을 내고 있는지 모르겠단 말이야. 벌써 한 달이 넘었는데도 아직 그 여자를 체포 못 하고 있거든. 게다가 경찰이 하는 말이란, 그 여자는 이 근처를 돌아다니면서 가정부 자리를 구하고 있을지도 모른다는 거야. 도대체 어떻게 되어가는 세상인지!”

“그럼 그 여자가 자살 안 했단 말이야?”

“자살이라고?”

브룩스는 어림도 없다는 듯이 말했다.

“농담이겠지, 자네. 강에서 발견된 코트 같은 것은 눈 가리고 아웅하는 거야. 그런 족속들은 자살 같은 건 안 해, 절대로.”

“그런 족속이라니?”

“비소에 미친 족속들이지. 자신들의 일에 대해선 족제비처럼 약삭 빠르게 빠져나가. 그 여자가 다른 희생자를 내기 전에 체포되기를 바랄 뿐이지. 필립슨에게 얘기한 대로 말이야.”

“그럼 자네는 앤드루스 부인이 범인이라고 생각하나?”

“범인? 물론 범인이고말고. 명백하지. 연로한 아버지의 시중을 들고 있었는데, 그 아버지가 갑자기 죽었네. 조금 돈도 남겨놓고 말이야. 그리고 노신사의 가사를 돌보고 있었는데, 그도 갑자기 죽었어. 이번에는 부부 차례네. 비소의 중독으로 남자는 죽었고 부인은 중태, 가정부는 도망을 갔지. 그런데 자네는 그 여자가 범인이냐고 물어보는 거야? 경찰이 아버지와 노신사의 사체를 파내보면, 두 사람이 얼마나 많은 비소를 먹었는가를 알 수가 있을 거야. 그런 짓은 한 번 저지르고 나면 자꾸만 하고 싶어지는 거야.”

“그렇겠지.”

매머리는 말했다. 그는 신문을 다시 한 번 펴들고 행방을 감춘 여자의 사진을 들여다보았다.

"남한테 해를 끼칠 만한 사람으론 안 보이는데……. 오히려 인상이 좋은 어머니 타입의 여자로 보이는데."

"입의 생김새가 좋지 않아."

브룩스는 주장했다. 성격은 바로 입매에 나타난다는 것이 그의 지론이었다.

"이런 여자는 절대로 신용해선 안 된다고."

그날, 시간이 가면서 매머리의 기분은 나아졌다. 그래도 점심에는 신경질적으로 돼서 조심스럽게 생선 요리를 먹고, 먹은 다음에는 조급하게 급히 일을 시작하지 않도록 신경을 썼다. 덕택에 식후의 기분은 만족스러웠고, 두 주일 이상이나 계속되었던 통증도 느끼지 않았다. 그날 오후에는 기분도 가벼워졌다.

그는 황갈색의 국화꽃 한 다발을 사서 아내에게 갖다 주기로 했다. 가벼운 기대감으로 매머리는 기차에서 내려 정원수길을 걸어 들어갔다.

아내가 거실에 없자, 기대했던 마음이 사그러드는 것을 느꼈다. 그는 국화꽃을 손에 들고 뒷마당을 돌아 부엌 문을 열었다.

부엌에는 가정부밖에는 없었다. 그녀는 등을 굽혀 테이블 앞에 앉아 있다가, 매머리가 가까이 가자 무안한 듯 자리에서 일어났다.

"아, 매머리씨, 깜짝 놀랐어요. 현관문 여는 소리도 못 들어서."

그녀는 말했다.

"아내는 어디 있죠? 또 기분이라도 언짢은가요?"

"네, 조금 머리가 아프시다면서 쉬고 계세요. 4시 반쯤 뜨거운 홍차를 갖다 드렸죠. 지금은 기분 좋게 주무시고 계실 거예요."

"그래요?"

"아마 저녁 준비를 하셨기 때문일 거예요."

새튼 부인이 덧붙였다.

"'부인, 웬만큼 해두세요.' 전 부인께 이렇게 말씀드렸습니다만, 부인이 어떤 분인지 잘 아시죠? 괜히 초조해하시고 뭐든지 하려고 그러셨어요."

매머리는 대답했다.

"알아요. 당신 탓이 아녜요, 새튼 부인. 당신은 우리 두 사람을 위해서 잘해 주고 있어요. 잠깐 2층에 올라가서 집사람 얼굴이라도 보고 오겠소. 자고 있으면 깨우진 않겠지만. 그런데 저녁식사는 뭐요?"

"네, 스테이크 키드니 파이를 만들었죠."

새튼 부인은 그것이 마음에 들지 않으면 언제든지 다른 것으로 바꿀 수 있다는 듯이 말했다.

"아, 고기피이요? 나는 그것을……."

"맛도 좋고, 위에도 부담이 없을 거예요."

새튼 부인은 보라는 듯이 오븐을 열어보이며 항의하듯 말했다.

"이번에는 버터를 써서 만들었어요. 라드를 쓰면 소화불량을 일으킨다고 매머리씨가 말씀하셨으니까요."

"고맙소. 맛도 좋겠는데. 요즘은 기분도 썩 내키지 않고, 라드는 나한테 좋지 않은 것 같아서 말이오."

"라드는 사람에 따라 맞지 않는 분이 계세요. 간장이 나쁘면 당연하죠. 게다가 날씨가 이러면 기분도 내키지 않게 마련이죠."

새튼 부인은 조급히 테이블 앞으로 가서 읽고 있던 사진신문을 걷어치웠다.

"부인은 저녁식사를 2층에서 할지 모르겠어요."

매머리는 가서 보고 오겠다고 말하고, 발꿈치를 들고 2층으로 올라갔다. 에셀은 이불을 덮고 누워 있었다. 큼직한 더블 침대 위에서 아주 조그맣게 보였다. 그가 방안으로 들어가자, 에셀은 눈을 뜨고 남편을 쳐다보았다.

"안녕, 여보!"

매머리가 말했다.

"언제 오셨어요? 잠깐 잠이 들었나봐요. 피곤해서 머리가 아프다니까, 새튼 부인이 2층으로 쫓아버렸지 뭐예요!"

"일을 하기 시작하면 끝장을 보는 게 당신 성격이니까."

매머리는 아내의 손을 잡고 침대 곁에 앉으며 말했다.

"당신 말을 들었어야 하는 건데. 어머! 예쁜 꽃, 저한테 주시는 거예요?"

"물론 당신한테지. 나한테 상 줄 건 없나?"

매머리는 상냥하게 말했다.

매머리 부인은 미소를 지으며, 매머리에게 여러 번 고맙다고 말했다.

"인제 됐죠? 그만 내려가세요. 일어날 테니까."

"침대에 그대로 누워 있지 그래. 새튼 부인한테 저녁을 2층으로 가져오라고 할 테니까."

에셀은 항의했으나, 남편은 고집스럽게 들어주지 않았다. 만약에 몸조심을 하지 않으면, 연극 모임에는 참가시키지 않겠다, 모두가 당신이 꼭 나왔으면 희망하고 있다, 웰베크 사람들이 당신 일을 물으러 왔고, 당신 없이는 아무것도 못 하겠다더라고 아내에게 말해 주었다.

"정말이에요?"

에셀은 조금은 기운이 나는 듯이 말했다.

"얼마나 친절한 사람들이에요, 그렇게까지 기대를 해주다니. 그럼 드러누워 있을게요. 그런데 당신은 오늘 하루 어떻게 지내셨어요?"

"응, 나쁘지 않았어."

"복통은 없으셨어요?"

"아주 조금. 하지만 지금은 다 나았어. 당신이 걱정할 정도는 아니었어."

매머리는 그 다음날도, 또 그 다음날도 불쾌한 증상을 느끼지 않았다. 신문 건강란의 권고에 따라 마시기 시작한 오렌지 주스의 효과가 나는 듯했나. 그러나 목요일 밤에는 몹시 괴로웠다. 에셀이 놀라서 의사를 부르자고 했다.

의사는 그의 맥박을 짚어보고 혀를 들여다보더니, 사태를 가볍게 보는 듯했다. 식사의 내용을 듣고 그런 결과를 얻어낸 것이다. 즉 그는 저녁식사로 돼지다리 요리, 그 다음에 밀크 푸딩, 그리고 자기 전에 새로운 양생법에 지정한 대로 오렌지 주스를 큰 잔 가득 마셨던 것이다.

"그게 문제였습니다."

그리핀 의사는 유쾌한 듯 말했다.

"오렌지 주스는 아주 좋은 음식이고, 돼지다리 역시 그렇습니다. 하지만 같이 먹는 것은 좋지 않아요. 돼지고기와 오렌지 주스가 합쳐지면, 특히 간장에 나쁘다는 거예요. 왜 그런지는 모르겠습니다만, 나쁘다는 것은 틀림없어요. 처방을 해서 보내 드리죠. 하루 이틀은 수프 정도로 드시고, 돼지고기는 입에 대지 마세요, 부인. 남편 일은 걱정 안 하셔도 됩니다. 이렇게 기운이 좋으신 데요. 그보다도 주의해야 하는 건 오히려 부인 쪽입니다. 눈 아래가 검게 보이는데, 밤에 잠을 못 주무시는군요, 그렇죠? 물약은 제대로 들고 계십니까? 그러면 괜찮지만, 아무튼 남편 일로 걱정하실 필요는 없어요. 곧 좋아지실 테니까요."

그의 예언은 들어맞았지만, 금방 나은 것은 아니었다. 식사는 조심스럽게 빵과 우유, 그리고 새튼 부인이 특별히 조리한 쇠고기 수프로 한정하고, 에셀이 침대까지 갖다 주었으나, 금요일은 하루 종일 기분이 깨끗하지 않았다.

토요일 오후가 돼서 어질어질하면서도 간신히 아래층으로 내려올 수가 있었다. 브룩스가 사무실에서 보내 온 몇 가지 서류를 살펴보고 서명을 했고, 가계부도 적어넣었다. 에셀은 숫자에 밝지 못했기 때문에 매머리는 늘 아내와 함께 청구서의 계산을 했다. 정육점, 빵집, 우유 배달, 석탄 가게 등의 계산을 끝내고, 매머리는 아내를 쳐다보았다.

"그 밖에는?"

"새튼 부인의 급료가 남아 있어요. 이번이 처음 월급을 주는 월말인데요."

"그렇군. 당신은 저 사람에 대해서 충분히 만족하고 있는 거지?"

"네, 대체로. 당신도 그렇죠? 요리도 잘하고 친절한 아줌마예요. 간단히 채용하긴 했지만, 제가 사람 하나는 잘 봤죠?"

"그래, 그건 정말이야."

"하느님 턱택의 은총이에요. 먼저 있던 제인이 예고도 없이 그만둔 직후 저런 식으로 새튼 부인이 나타났으니 말이에요. 전 정말

어떻게 해야 좋을지 몰랐어요. 물론 추천장도 없이 고용하는 것
은 위험한 일일진 모르겠지만, 과부가 된 어머니를 모시고 있었
다는데, 추천장을 얻을 수도 없었을 거예요.”

“그건 그랬을 거야.”

매머리는 말했다. 그때는 이 점이 불안했다. 그러나 당장 사람이
필요할 때라 뭐라고 말할 수도 없었다. 현실적으로는 일단 성공한
셈이라서 이제 와서 할 말은 없었다. 한때 새튼 부인이 소속해 있
는 교구의 목사에게 조회의 편지를 써보면 어떨까 하고 말했으나,
에셀의 말대로 그 목사가 요리에 관해서 가르쳐줄 것도 아닌 이상,
결국은 요리 솜씨가 중요했다.

매머리는 그 달의 지출 마감을 끝내고 말했다.

“한 가지, 새튼 부인한테 내가 내려오기 전에 신문을 꼭 읽어야
겠으면, 그 나음에 제대로 접어두면 좋겠다고 얘기해 주겠어?”

“무슨 좁쌀 영감처럼 그런 것까지 뭐라고 그러세요?”

매머리는 한숨을 내쉴 수밖에 없었다. 새것처럼 테이블에 놓여
있는 아침 신문이 중요하다는 것을 여자들은 잘 이해하지 못한다
고 생각할 수밖에 없었다.

일요일에 매머리의 기분은 훨씬 좋아졌다. 사실, 어느 정도 이전
의 자신으로 돌아와 있었다. 침대에서 아침을 먹으면서, 〈세계의
뉴스〉를 펴놓고 살인사건에 관한 기사를 주의 깊게 읽어갔다. 매머
리는 살인사건 기사에서 큰 즐거움을 얻고 있었다. 다른 사람들이
관련된 모험에서 상쾌한 스릴을 맛보는 것이다. 더구나 그것은 그
가 살고 있는 헐 교외에서의 일상 생활과는 아무런 상관도 없었기
때문이다.

매머리는 브룩스가 완전히 옳았다는 것을 알게 됐다. 앤드루스

부인의 부친과 전의 고용주를 부검한 결과, 다량의 비소가 검출되었던 것이다.

매머리는 저녁을 먹기 위해서 아래층으로 내려갔다. 감자를 곁들인 로스트 비프, 요크셔 푸딩, 그 뒤에 애플 파이 등 사흘 동안의 환자 식사 후의 고기 요리는 너무나 맛있었다. 그는 과하게 먹지 않도록 조심하면서 몹시 즐겁게 식사를 마쳤다. 한편 에셀은 식욕이 없었다. 그녀는 원래 육식을 좋아하는 편이 아니었다. 음식에는 까다로운 편이었는데, 게다가 (사실 그럴 필요는 없었지만) 살찌는 것을 두려워하고 있었다.

그날 오후는 날씨도 좋았고, 3시쯤 로스트 비프 요리도 잘 소화됐을 것이라고 확신한 매머리는, 아직 남은 구근을 심는 것이 좋겠다는 생각이 들었다.

그는 오래된 작업복을 걸치고 화분 등을 넣어두는 창고로 들어갔다. 거기 있었던 튤립의 자루와 정원 삽을 들고 나오려다가, 그는 새 바지를 입고 있다는 것이 생각나서, 무릎을 꿇고 작업할 때 까는 매트를 가지고 가는 것이 현명하다는 생각이 들었다. 지난번에 매트를 쓴 것은 언제였을까? 생각나지 않았으나, 화분을 놓아두는 선반 아래 넣었을 것이라고 생각하고, 매머리는 쭈그리고 앉아 화분 사이의 어둠 속을 더듬었다.

화분 사이에 매트가 있었으나, 매트를 꺼내기 전에 깡통 같은 것이 손에 닿았다. 그는 조심스럽게 깡통을 들어보았다. 깡통에는 제초제가 남아 있었다.

매머리는 핑크색 라벨에 눈에 잘 띄는 글씨로 '비소계 제초제, 독극물'이라고 인쇄된 것을 보고 놀라움과 함께, 그것이 앤드루스 부인의 최후의 희생자가 먹은 약제라는 것을 알게 되었다. 매머리는 오히려 반가운 생각이 들었다. 중대한 사건과는 관계가 없으면서도, 드디어 관련이 생겼다는 느낌이 들었기 때문이다. 그러나 그는 마개가 허술하게 닫혀 있는 것을 보고 조금 불안해졌다.

"왜 이렇게 뚜껑을 안 닫아두었을까?"

매머리는 혼자 중얼거렸다.

"이렇게 뚜껑을 열어두면 효력이 없어질 텐데."

뚜껑을 열고 들여다보니 반쯤 남아 있었다.

그는 뚜껑을 굳게 닫고, 정원 삽의 자루로 단단히 눌러두었다. 그리고 수돗물로 깨끗이 손을 닦았다. 조금이라도 위험한 것을 피하기 위해서였다.

튤립 구근을 심고 집으로 돌아왔을 때, 거실에 손님이 와 있는 것을 보고 매머리는 좀 당황했다. 웰베크 부인과 그 아들을 만나는 것은 반가운 일이지만, 미리 찾아온다고 연락을 했어야지 하고 생각을 했다. 그렇게 되면 손톱 속에 끼어 있는 흙이라도 깨끗이 씻었을 것인데. 웰베크 부인이 그런 것을 눈여겨볼 사람은 아니지만, 어쨌든 잘 떠드는 여자라서 자기가 말하는 것 이외에는 전혀 주의를 쏟지 않았다.

놀랍게도 부인은 링컨 부부 살인사건의 애기를 하고 있었다. 차를 마시며 편히 쉴 수 있는 자리에선 적당치 않은 화제였다. 자신의 복통이 아직도 기억에 생생했기 때문에 의학적인 증후에 관해서 애기하는 것만으로도 구역질이 날 지경이었다. 그리고 이러한 화제가 에셀에게 좋을 리가 없었다.

아무튼 이 독살범은 아직도 이 근처에 숨어 있다는 것이다. 신경이 둔한 여자라도 불안해질 것이다. 에셀을 힐끗 쳐다보기만 해도, 창백해져서 몸을 떨고 있는 것을 알 수가 있었다. 어떡해서든지 웰베크 부인을 말려야 하는데, 그렇지 않으면 에셀은 저 지독한 히스테리 발작을 일으킬 것이다.

매머리는 갑자기 거친 어조로 대화에 끼어들었다.

"그 개나리 가지를 잘라서 땅에 심는 일 말입니다, 웰베크 부인, 지금이 가장 적당한 시기예요. 정원에 나오시면 몇 가지 잘라 드리겠는데."

매머리는 젊은 웰베크와 에셀의 시선에서 안도의 빛을 발견했다. 웰베크 부인의 아들은 모든 사정을 눈치채고 어머니의 무신경에 가슴을 졸이고 있었던 모양이다. 웰베크 부인은 갑자기 이야기의 허리를 잘려 약간은 숨소리가 거칠었지만, 그래도 간신히 새로운 쪽으로 화제를 돌릴 수가 있었다. 부인은 집주인의 뒤를 따라 정원으로 나와, 매머리가 개나리 가지를 자르고 있는 동안에 원예에 대해서 아는 대로 떠벌리고 있었다.

"아무래도 잡초가 자라지 않도록 할 수는 없을 거예요."

매머리는 제초제 이야기를 하고 그 효과가 대단하다고 말했다.

"바로 그거예요!"

웰베크 부인은 매머리를 쳐다보며 몸을 떨었다.

"누가 몇천 파운드를 준다고 해도 그런 걸 집에 둘 순 없어요."

웰베크 부인은 힘주어 말했다.

매머리는 웃었다.

"우리 집에선 안채와 훨씬 떨어진 데 두고 있습니다. 설사 부주의한 사람이 있다 치더라도……."

그는 입을 다물었다. 느슨하게 닫혀진 뚜껑의 일이 머리에 떠올라, 무엇인지 머릿속에서 한 가지 생각이 굳어가는 것 같았다. 그는 이야기를 끝내고 부엌으로 들어가 개나리 가지를 쌀 신문지를 들고 나왔다.

두 사람이 집으로 가까이 오는 것이 거실에서도 보였을 것이다. 젊은 웰베크는 일어서서 에셀의 손을 잡고 작별을 하고 있는 참이었다. 그는 어머니를 집 밖으로 데리고 나갔다.

그 후에 매머리는 서랍에서 꺼낸 신문들을 다시 챙기기 위해서 부엌으로 돌아갔다. 신문을 정리하면서 조사할 것이 있었다. 그 신문에서 마음에 걸리는 일이 있어서 확인하고 싶었다. 신문을 한장 한장 살펴보았다. 앤드루스 부인의 사진이며 링컨 부부 독살사건의 모든 기사는 단 한 줄에 이르기까지 조심스럽게 오려져 있었다.

매머리는 부엌의 난로 옆에 가서 앉았다. 따듯한 기운이 몸을 감쌌다. 그러나 오장육부 속에는 무엇인가 기묘한 차가운 덩어리가 엉켜 있는 것 같았다. 진찰을 받기에도 두려운 그 무엇인가가.

신문의 사진에서 본 앤드루스 부인의 모습을 생각해내려고 했는데 좀처럼 떠오르지 않았다. 브룩스에게 모성 어린 얼굴을 하고 있다는 말을 한 것이 생각났다. 그리고 행방불명이 된 지 얼마나 지났는지를 세보려고 했다. 한 달 가까이 됐다고 브룩스는 말했다.

그리고 그것은 1주일 전의 일이었다. 지금까지는 한 달 이상이 될 것이다. 한 달 전, 그리고 새튼 부인에게 한 달치 월급을 준 지 얼마 안 됐다.

"에셀!"

어떤 희생을 치르더라도 이 무서운 의혹을 풀어내야 할 것이다. 아내에게는 충격이나 불안을 주지 않고 해내야 한다. 그리고 그 의혹의 근거에 대해서도 확신을 갖지 않으면 안 된다. 어렵사리 얻은 한 가정부를 그저 단순히 근거도 없는 공포심에 사로잡혀서 해고한다는 것은 양쪽 모두에게 잔인한 행동이 될 것이다.

해고한다 하더라도 터무니없는 이유를 붙여야 한다. 에셀에게 이 공포를 이야기할 수는 없는 일이다. 어떻게 한다 하더라도 한바탕 소동은 면치 못할 것이다. 에셀은 이해하지 못할 것이고, 그렇다고 터놓고 이야기할 용기도 없었다.

그러나 만일에라도 이 소름이 끼치는 듯한 의혹에 조금이라도 근거가 있다면, 이 여자를 일순간이라도 더 오래 고용하고 있다는 무서운 위험에 에셀을 어떻게 그대로 내버려둘 수가 있단 말인가. 그는 희생된 링컨 부부들의 일을 생각하였다. 남편은 죽고 아내는 기적적으로, 정말 기적적으로 목숨을 건졌다. 거기에 비한다면, 충격이나 위험쯤은 문제가 아니지 않은가.

매머리는 갑자기 심한 고독감과 피로를 느꼈다. 병 때문에 마음이 약해진 탓이다.

요즘의 병, 언제 그게 시작된 것일까. 3주일 전에 최초의 발작이 있었다. 그건 그렇다. 그러나 그 전부터 위는 좋지 않았다. 담즙과 다증. 요즈음의 발작처럼 심하지는 않았지만, 틀림없는 담즙의 장애였다.

매머리는 자신을 되찾고, 무거운 걸음으로 거실로 들어갔다. 에셀은 소파 구석에 피로에 지친 듯 앉아 있었다.

"피곤하지?"

"네, 조금."

"그 여자의 수다에 아주 혼났지? 말 많은 것도 적당해야지."

"그래요."

그녀의 머리는 쿠션 사이에서 간신히 움직였다.

"모든 것이 그 사건 때문이긴 하지만, 이젠 그만 듣고 싶어요."

"그야 듣고 싶을 리가 있겠어? 하지만 그런 일이 근처에서 일어났다면, 사람들은 이러쿵저러쿵 얘기를 늘어놓게 마련이지.”

“이젠 생각하고 싶지도 않아요. 정말 무서운 사람이에요.”

“브룩스도 요전에 그런 애길 하더군.”

“제발, 인제 그만 얘기하세요. 아무 얘기도 듣고 싶지 않아요, 제발!”

그녀의 목소리가 히스테리에 가깝다는 것을 알 수 있었다.

“인제 그만 얘기할게. 걱정하지 말아요. 무서운 얘기는 안 할 테니까.”

틀렸다. 그 이야기를 해보았자 조금도 보탬이 되지 않는다.

에셀은 일찌감치 침실로 들어갔다. 일요일 저녁에는 새튼 부인이 외출해서 돌아올 때까지 매머리가 일어나 있기로 했다. 에셀은 걱정했지만, 그는 이제 기운을 차렸으니까 걱정 없다고 했다. 확실히 몸은 문제가 없었다. 허약해지고 혼란에 빠져 있던 것은 그의 마음이었다.

매머리는 기사마다 도려낸 신문에 관해서 슬그머니 물어보기로 했다. 새튼 부인이 뭐라고 대답하는가를 보기 위해서.

앉아서 기다리는 동안, 그는 위스키 소다를 타서 마시고 있었다. 밤 10시 15분 전, 마당의 문이 끼걱거리며 열리는 소리가 들려왔다. 자갈을 밟는 소리, 그리고 부엌의 문고리를 열고 안으로 들어와 문고리를 거는 소리, 다음에 일순간의 침묵, 아마 모자를 벗고 있을 테지. 드디어 그 순간이 다가왔다.

발소리가 복도에 울렸다. 문이 열린다. 단정한 검은 드레스를 입은 새튼 부인이 문턱에 서 있었다. 그러나 매머리는 새튼 부인과 얼굴을 마주하기가 싫었다. 간신히 얼굴을 들었다. 둥글둥글한 얼굴, 그녀의 눈은 굵은 안경테 때문에 잘 보이지 않는다. 입매가 어떴지?

"제가 쉬기 전에 뭐 해드릴 일이 없을까요?"

"아네요. 아무것도 없어요, 새튼 부인."

"기분은 괜찮으세요, 매머리씨?"

그는 새튼 부인이 그의 건강에 신경을 쓰고 있다는 사실에 오히려 기분이 언짢았다.

그러나 그 두꺼운 안경테 속의 눈은 가늠할 수가 없었다.

"많이 좋아졌어요, 고맙소."

"부인은 어디가 아프신 건 아니시겠죠? 더운 우유라도 갖다 드릴까요?"

"아니오, 괜찮소."

매머리는 다급히 대답했다. 새튼 부인은 왜 그런지 낙담한 듯이 보였다.

"그럼 매머리씨, 안녕히 주무세요."

"잘 자요. 아 참, 새튼 부인."

"네, 뭐지요?"

"아, 아니오. 아무것도 아네요."

다음날 아침, 매머리는 조급한 마음으로 신문을 펴들었다. 지난 주말에 범인이 체포됐으면 얼마나 좋을까. 그러나 아무런 뉴스도 나와 있지 않았다.

신탁회사의 사장이 권총으로 머리를 쏘았다. 신문은 수백만 파운드의 손해와 피해를 본 주주들의 기사로 가득 차 있었다. 집에서 본 신문과 사무실에 출근하는 도중에서 산 신문에는 링컨 부부 독살사건 기사는 뒤쪽으로 처지고, 애매한 글 몇 줄만이 적혀 있었다.

그것으로 경찰의 수사가 오리무중을 헤매고 있다는 것을 알 수가 있었다.

그로부터 며칠 동안, 매머리는 전에 없을 정도로 불안한 나날을 보냈다. 아침 일찍 일어나 아래층에 내려와서는 부엌을 서성거리는 것이 습관이 되고 말았다. 이런 습관은 에셀을 초조하게 만들었지만, 새튼 부인은 아무 말도 하지 않았다. 그녀는 느긋한 태도로 오히려 그를 관찰하고 있는 것처럼 보이기도 했다. 결국 이것은 바보 같은 짓이다. 아침식사를 감시한다고 무슨 소용이 있겠는가. 매일 아침 9시 반부터 저녁 6시까지 집을 비워야 하는데 말이다.

사무실에서는 너무나 자주 에셀에게 전화를 걸어서, 브룩스가 그를 놀리기까지 하였다. 매머리는 그래도 개의치 않았다. 아내의 목소리를 듣고 그녀가 안전하고 아무 일 없다는 것만 알면 안심이 되었다.

아무 일도 일어나지 않았다. 그리고 목요일쯤에 매머리는 자기 자신이 어리석다고 생각하기 시작했다. 그는 그날 밤 늦게 집으로 돌아왔다. 브룩스의 말대로, 결혼을 앞둔 친구의 남자들끼리의 파티에 참석했다. 그러나 밤을 새운다는 것을 거절하고 11시에는 파티를 빠져나왔다. 집에 돌아왔을 때는 집안이 모두 잠들어 있었다. 부엌에는 새튼 부인이 적어놓은 메모가 식탁 위에 있었다. 그 메모에 따라 코코아를 작은 냄비에 데웠다. 꼭 컵 한 잔분이었다.

매머리는 부엌의 난로 옆에 서서 생각에 잠기며 코코아를 입에 갖다 댔다. 처음 한 모금에서 그는 컵을 내려놓았다. 선입견 때문이었을까, 아니면 실제로 맛이 이상했을까. 그는 다시 한 번 한 모금을 입 속에 넣고 혓바닥 위에서 굴려보았다. 약간 자극적이면서 금속성의 불쾌한 맛이 났다. 갑자기 소름이 끼쳐 싱크대로 달려가 입

속의 것을 뱉어냈다.

잠시 동안 매머리는 그 자리에 멍하니 서 있었다. 그리고는 마치 누구한테 지시라도 받은 사람처럼, 찬장 안에서 비어 있는 작은 병을 꺼내 그것을 수돗물로 씻고, 그 속에 유리컵 속의 코코아를 담았다. 그리고 그 병을 코트 주머니 속에 넣고 발끝으로 부엌의 뒷문으로 향했다. 간신히 소리를 내지 않고 고리를 벗겨 문을 열고 마당으로 나섰다.

그는 마당을 건너 화분을 넣어두는 창고 안으로 들어갔다. 성냥을 켰다. 제초제 깡통을 둔 장소는 정확하게 기억하고 있었다. 화분이 놓인 선반의 안쪽이다. 조심스럽게 그 깡통을 꺼냈다. 성냥이 다 타서 손끝을 델 뻔했으나, 다시 성냥을 켜지 않더라도 깡통을 만져보고 그는 알고 싶은 것을 알 수가 있었다. 깡통의 뚜껑은 다시 느슨해져 있었다.

공포감이 매머리를 엄습했다. 흙냄새가 나는 창고 안에서 양복과 오버코트를 입은 채로 한 손에는 제초제의 깡통을 들고 한 손에는 성냥을 켜든 채 막대기처럼 서 있었다.

잠시 후 그는 제초제 깡통을 있던 자리에 놔두고 창고를 나와 집으로 돌아갔다. 마당을 가로지를 때, 새튼 부인의 방에 불이 켜져 있는 것을 보았다. 이것이 또 지금까지의 여러 가지 일보다 더욱 그에게 공포감을 느끼게 했다. 그 여자는 나를 감시하고 있었을까?

에셀의 방 창문은 어두웠다. 만약에 에셀이 무엇인가 치명적인 것을 마셨다면 집안이 온통 환하게 불이 켜져 있고, 의사도 와 있었을 것이다. 마치 자기가 발작을 일으켰을 때와 마찬가지로.

그래도 매머리는 침착성을 되찾고 집안으로 들어가 식기를 씻고, 다시 코코아를 끓여 냄비에 그대로 담아두었다. 그는 발소리를 죽여 가만히 침실로 들어갔다. 에셀은 자지 않고 깨어 있었다.

“늦으셨군요. 재미있었어요?”

“뭐 그저…… 당신 아무 일 없었어?”

“네, 인제 괜찮아요. 참, 새튼 부인이 당신한테 코코아를 준비해 둔다고 했는데.”

“응, 하지만 목이 마르지 않아서 안 마셨어.”

에셀은 웃으며 말했다.

“그 정도의 파티였군요.”

매머리는 옷을 벗고 침대로 들어가 아내를 끌어안았다. 내일 아침엔 곧 행동을 개시해야 한다. 매머리는 때를 놓치지 않은 것을 신에게 감사했다.

약제사인 딤소프는 매머리의 아주 친한 친구였다. 매머리는 딤소프에게 사실 그대로를 이야기하고 코코아가 든 병을 건네주었다. 딤소프는 매머리의 신중하고 냉정한 태도를 칭찬했다.

“저녁 때까지는 확실한 것을 알 수가 있을 거야.”

그는 말했다.

“그리고 만약 이것이 당신이 생각한 대로라면 명백한 범죄야. 그럴 때는 적법한 수단을 강구해야지.”

“고맙네.”

그날은 하루 종일 일이 손에 잡히지 않아 서성대고 있었다. 그러나 다행히도 그날은 브룩스가 전날 밤 새벽까지 떠들고 놀았기 때문에 매머리에게 관심을 쏟을 겨를도 없었다.

4시 반쯤 매머리는 일을 끝내고 조퇴를 하겠다고 했다. 사람을 찾아갈 일이 있다고 변명했다.

딤소프는 그를 기다리고 있었다.

"의심할 여지가 없어."

약제사는 말했다.

"머슈 테스트를 했는데 대단한 양이야. 이상한 맛이 난 것도 무리가 아니지. 병에는 비소가 4그레인에서 5그레인이나 들어 있었어. 여기 반사경이 있으니까, 당신이 직접 들여다보라고."

매머리는 검푸른색의 얼룩이 묻은 시험관을 들여다보았다.

"지금부터 경찰에 전화를 할까?"

약제사가 물었다.

"아냐, 우선 집에 돌아가 봐야지. 무슨 일이 일어났을지도 모르니까. 지금부터면 기차 시간에도 댈 수가 있을 거야."

"알았어. 그 대신 무슨 일이 있으면 곧 알려주게. 경찰엔 내가 전화할 테니까."

열차는 몹시 더디게 기어가는 듯이 느껴졌다.

에셀—— 독극물을 마시고—— 죽어간다—— 죽었다—— 에셀—— 독극물을 마시고—— 죽어간다—— 죽었다. 기차의 바퀴 소리가 이렇게 들리는 것 같았다.

역에서 내린 매머리는 큰길가로 뛰어나갔다. 집 문앞에 승용차가 서 있었다. 그는 전속력으로 뛰기 시작했다. 이미 일이 벌어진 것이다. 의사가 와 있다. 못난 것이 살인자를 그대로 내버려두니까 일을 저지르고 말지 않았는가.

집에서 2백 미터쯤 떨어진 곳까지 왔을 때, 그는 현관문이 열리는 것을 보았다. 한 남자가 에셀과 함께 나왔다. 방문자는 차에 올라타고 가버렸다. 그리고 에셀은 집안으로 들어갔다. 에셀은 무사했다. 아무 일도 없었던 것이다.

매머리는 흥분된 마음을 달래 가며 모자와 코트를 옷걸이에 걸고 거실로 들어가려고 했으나, 역시 자신을 억제할 수가 없었다. 에셀은 난로 옆의 소파에 앉아 놀란 듯한 표정으로 그를 맞이했다.

"일찍 돌아오셨네요?"

"일이 일찍 끝나서. 누구하고 차를?"

"네, 웰베크요. 연극 동호회의 일로 의논을 하러 왔어요."

에셀은 왜 그런지 흥분을 감추면서 말했다.

매머리는 영문 모를 현기증을 느꼈다. 손님 때문에 무사했던 것일까? 그의 얼굴이 그런 표정을 하고 있었는지, 에셀이 놀라 그를 쳐다보았다.

"왜 그래요? 당신 이상해요."

"여보."

매머리는 진지하게 말했다.

"당신한테 할 얘기가 있소."

그는 아내 옆으로 가서 손을 잡았다.

"그리 유쾌한 얘기는 아니야."

"아, 부인!"

가정부가 문턱에 서 있었다.

"실례했습니다. 매머리씨가 와 계신 줄은 몰랐어요. 차를 다시 갖다 드릴까요? 아니면 치울까요? 참 부인, 생선 가게의 젊은이가 있었죠? 방금 그림즈비에서 왔다고 그러는데, 경찰이 그 무서운 여자를, 앤드루스 부인을 체포했다는 거예요. 얼마나 다행스러운 일이에요! 어딘가를 왔다갔다하고 있을 거라고 생각하면 무서워서……. 인제 겨우 체포됐대요. 두 사람의 노부인이 살고 있는 집에 가정부로 들어가 있었는데, 체포될 때에도 그 무서운 독약을 가지고 있었다지 뭡니까. 그 여자를 신고한 아가씨는 상금을 받게 됐대요, 호호……. 저도 눈을 접시처럼 뜨고 찾고 있었는데, 쭈욱 그림즈비에 있었다지 뭐예요!"

매머리는 자기도 모르는 사이에 의자의 팔걸이를 잡아쥐었다. 그렇다면 이 모든 것이 엄청난 오해였단 말인가? 외치든가 울고 싶었다. 흥분해서 떠들고 있는 가정부에게 사죄하고 싶은 기분이었다. 모든 것은 오해! 오해였다.

그러나 그 코코아가 있다. 약제사 딤소프의 말, 머슈 테스트, 5그레인의 비소, 그렇다면 도대체 누가?

매머리는 아내에게 시선을 옮겼다. 그녀의 눈길에서, 그가 지금껏 보지 못했던 무엇인가를 느꼈다. 그리고 아내의 차가운 얼굴에 웰베크의 얼굴이 겹쳐 보이는 것이었다…….

엑셀시오장의 참극 / P. G 우드하우스

DEATH AT THE EXCELSIOR
P.G. Wodehouse

• 엑셀시오장의 참극
피해자는 앞으로도 20년은 살았을 것이다. 완강한
노선원이었다. 의사는 말했다. "이 남자는 이렇게 죽
을 리가 없다."

——엘러리 퀸

P. G. 우드하우스(1881~1975)
영국 길포드 출생의 저명한 유머 작가. 1903년 은행원 생활을 그만
두고 〈글로브〉지에 「閑話休題」라는 제목의 컬럼을 쓰기 시작하면서
일생 동안 유머러스한 작품을 써냈다. 본편은 〈비아슨즈〉지(1914년
12월호)에 「오크스 탐정의 교육」이란 제목으로 게재됐고, 그가 세
상을 떠난 다음에 기수록 단편집에 수록된 밀실물의 진품이다.

엑셀시오장의 참극

아주 평범한 하숙집의 흔히 볼 수 있는 침실이었다. 가구가 완비되지 않은 것은 아니지만, 간소화의 극치라고나 할까, 침대 두 개, 나무로 만든 옷장, 좁고 긴 카펫, 세면기 따위가 전부였다.

그러나 이 방을 다른 방과 구별해 주는 것은 방바닥에 있는 어떤 사람이었다. 천장을 보고 길게 누운 채, 두 손을 쥐고 한 발은 몸 아래로 기묘하게 꺾이고, 회색의 턱수염 사이로 어쩐지 기분 나쁘게 히죽 웃는 것처럼 이를 드러낸 가나 선장은 이미 시력을 잃은 눈으로 천장을 노려보고 있었다.

조금 아까까지도 선장은 이 방을 혼자서 차지하고 있었다. 그러나 지금은 두 사람이 문 바로 안쪽에 서서 그를 내려다보고 있었다. 한 사람은 둥치가 큰 경찰관으로, 두 손으로 헬멧만 만지작거리고 있다. 또 한 사람은 깡마르고 키가 큰 노부인으로 낡은 검은 드레스를 입었고, 담청색 눈으로 죽은 사람을 들여다보고 있다. 그 얼굴은 완전히 무표정했다.

이 부인은 미세스 피케트이며, 이 하숙 엑셀시오장의 주인이다.

경찰관의 이름은 그로간이다. 온화한 사람이지만 부두의 건달들이 두려워하는 존재인데, 시체를 앞에 두고는 좀처럼 침착해지지 않는 모양이었다. 숨을 크게 들이마시고, 이마의 땀을 닦고 나서 속삭이듯 말했다.

"부인, 저 눈을 보셨어요?"

미세스 피케트는 경찰관을 이 방에 데리고 와서부터 지금까지 한마디도 하지 않았다.

그로간은 슬쩍 그녀의 얼굴을 살폈다. 이 경찰관도 부두의 건달들과 마찬가지로 '피케트 할머니'가 무서웠다. 그녀의 침묵과 담청색 눈과 조용하고 침착하지만 과감한 성격에는 엑셀시오장의 단골 손님인 노련한 바닷 사람들도 한몫 거들었다. 선원들의 작은 집단에 은연중에 세력을 뻗치고 있는 이가 바로 이 노부인이었다.

"내가 발견했을 때도 이대로였어요."

미세스 피케트가 말했다. 큰 목소리는 아니었지만, 경찰관은 무의식중에 가슴이 철렁 내려앉는 것 같았다.

그는 다시 한 번 이마의 땀을 닦으며 말해 보았다.

"뇌졸중일지도 모르겠네요."

미세스 피케트는 잠자코 있을 뿐이었다. 밖에서 발걸음 소리가 들리고, 검은 가방을 든 청년이 들어왔다.

"안녕하세요, 피케트 할머니. 지금 얘길 듣고 바로…… 아니, 이게 웬일이야!"

젊은 의사는 사체 곁에 무릎을 꿇고 앉아, 한 팔을 천천히 들어올려보았다. 잠시 그대로 있다가 팔을 방바닥에 내려놓고, 체념 어린 어두운 표정으로 고개를 저었다.

"사후 몇 시간이 경과됐군요. 언제 이걸 발견하셨습니까?"

"20분 전에."
노부인은 대답했다.
"아마 어젯밤에 죽었겠지. 아침에 깨워주는 것을 싫어해서 천천히 늦잠 자는 게 좋다고 그랬는데, 소원성취한 셈이군."
"사인은 뭡니까?"
경찰관이 물었다. 의사가 대답했다.
"검사하지 않고는 뭐라고 얘기할 수 없어요. 얼른 보기엔 뇌졸중처럼 보이지만, 아무래도 그런 것 같지가 않은데요. 심장발작인지도 모르겠지만, 전부터 혈압이 정상이었고, 심장도 튼튼했거든요. 1주일 전에 왔을 때 철저하게 진찰을 했어요. 하지만 내 잘못이었을 수도 있으니까, 검사 결과를 봐야 알겠군요."
사체를 보고 있는 의사의 눈에 일종의 반감이 엿보였다.
"아무래도 알 수가 없단 말예요. 이 남자는 이런 식으로 죽을 리가 없어요. 완강한 바다의 장사이고, 앞으로 20년을 더 살 거라고 장담을 했어요. 검시를 해봐야 알겠지만, 이건 여기서만 얘긴데, 내가 보기엔 독물에 의한 죽음이란 생각이 드는데요."
"어떤 방법으로 독극물을 먹었을까요?"
미세스 피케트가 조용히 물었다.
"거기까진 모르겠어요. 방안에 잔이 없는 걸 봐서는 아무것도 마시진 않았고. 그럼 캅셀로 복용했을까? 하지만 그가 그런 짓을 할 이유가 어디 있습니까? 그는 평소에도 아주 명랑한 사람이었죠. 그렇잖아요?"
"그렇고말고요. 이 근처에서는 장난꾸러기로 통했지요. 입이 보통 걸지 않았는데, 그래도 저한텐 좀 덜했어요."
경찰관이 맞장구쳤다.

"어젯밤, 그것도 초저녁에 죽은 게 틀림없을 거예요."
의사는 그렇게 말하고 미세스 피케트를 돌아보았다.
"마라 선장은 어떻게 됐어요? 이 방에 함께 지내고 있었으면, 그 사람한테서 애길 들을 수 있을 텐데."
"마라 선장은 어젯저녁에 포츠머스의 친구한테 묵으러 갔어요. 저녁식사 후에 바로 떠났는데 아직 안 돌아왔어요."
의사는 눈살을 찌푸리며 방안을 주의 깊게 둘러보았다.
"아무래도 맘에 안 들어요. 납득이 안 간단 말이에요. 만약에 이런 일이 인도에서 일어났다면, 이 남자는 뱀에 물려 죽었다고 난 단언했을 겁니다. 인도에서 2년 있는 동안 뱀에 물린 환자를 실컷 보아왔어요. 가엾게도 모두들 이와 똑같은 모습으로 죽었지요. 허지만 이건 말도 안 돼요. 서전프톤의 하숙에서 뱀에게 물리는 일이 있을 수 있습니까? 피케트 할머니, 이 사람을 발견했을 때 방에는 열쇠가 걸려 있었습니까?"
미세스 피케트는 고개를 끄덕였다.
"내 열쇠로 열었어요. 아무리 불러도 대답이 없길래 어떻게 된 게 아닌가 하고 말이에요."
경찰관이 말했다.
"아무것두 손을 대진 않으셨죠, 할머니? 서에선 그런 일에 까다롭거든요. 만약에 선생님이 말씀하시는 대로 변사라고 하면, 최초에 그것부터 물어봅니다."
"모든 게 발견했을 때 그대로예요."
"시체 바로 옆의 바닥에 떨어져 있는 저건 뭐지요?"
의사가 물었다.
"그냥 하모니카. 저 사람은 밤이면 곧잘 자기 방에서 하모니카를

불었어요. 다른 사람들이 듣기 싫어했지만, 너무 깊은 밤중이 아
니면 불지 말라고 할 수도 없었어요.”
“저 양반, 마침 하모니카를 불고 있을 때 저렇게 된 것 같군요.
자살 같지는 않아요, 선생님?”
그로간이 말했다.
“아무도 자살이라고는 안 그랬어요.”
그로간은 휘파람을 불었다.
“그렇다면 설마, 선생님 생각으로는…….”
“나는 아무 생각도 없어요. 검시가 끝날 때까지는 말예요. 다만
참으로 기묘하다고 할 뿐입니다.”
경찰관은 이 사건의 다른 측면에 생각이 든 모양이다.
“이 하숙으로선 고맙지 않은 일이죠, 할머니?”
그가 동정하듯 말했다.
미세스 피케트는 어깨를 으쓱해 보였다.
“그럼, 아무래도 검시관에게 연락을 하는 게 좋겠는데요.”
의사가 말했다.
의사가 밖으로 나가고, 잠시 사이를 두고 경찰관이 그 뒤를 따라
나갔다. 그로간은 신경질인 편은 아니었지만, 죽은 사람이 자기를
쳐다보고 있는 것 같아서 그 자리에 오래 있고 싶지가 않았다.
뒤에는 미세스 피케트만이 남아 방바닥 위의 사체를 내려다보았
다. 그녀의 얼굴은 무표정했지만, 내심은 갈기갈기 찢겨져 있었다.
엑셀시오장에서 이런 일이 일어난 것은 처음이며, 그로간 순경도
말했듯이, 새로운 하숙인들의 눈으로 보면 결코 이 하숙의 매력이
늘어났다고는 할 수 없었다. 그녀를 마음 아프게 하고 있는 것은
그것으로 인한 금전 손실이 아니었다. 돈이라면 여생을 안락하게

지낼 수 있을 정도의 저금도 있었다.

그녀는 많은 친구들이 상상하고 있는 것보다 훨씬 부자였다. 그것보다 엑셀시오장이 입게 될 불명예, 그 평판 위에 붙는 오점이 그녀의 마음을 아프게 하고 있었다.

엑셀시오장은 그녀의 생명이었다. 지금 묵고 있는 가장 오래 된 하숙인의 기억에도 없는 먼 옛날, 그녀는 모범적인 숙박 시설을 세웠다. 음식 좋고, 방 청결하고, 좀도둑조차 들지 않는 훌륭한 하숙집이라고, 많은 사람들이 꼬리표를 붙여줄 정도로 성장했다.

이만큼 많은 예찬의 말이 지켜주기만 하면, 단 한 번의 변사사건으로 엑셀시오장의 평판이 떨어지는 일은 없을 것이다. 그러나 피케트 할머니는 그런 생각으로 자신을 위로할 생각은 없었다.

그녀는 담청색의 격한 눈으로 시신을 내려다보고 있었다. 복도에서 들려오는 의사의 말이 그녀의 절망에 부채질을 했다. 경찰과 전화로 나누는 의사의 한마디 한마디가 뚜렷하게 들리고 있었다.

뉴옥스포드 거리에 있는 폴 스나이더 탐정사는 한 칸짜리 사무실에서 시작해서 이 10년 동안 이제 성공의 증거를 가득가득 채운 여러 방의 사무실을 갖게끔 성장했다.

과거의 스나이더는 혼자서 우두커니 의뢰인을 기다렸고, 손님이 오면 직접 응대를 했는데, 지금은 여덟 명의 조수를 쓰면서 자신은 사장실에 떡 하니 앉아 있었다.

그는 방금 어떤 사건을 맡게 되었다. 아무렇지도 않은 사건일지도 모르고, 무언가 중대한 사건일지도 모른다. 스나이더는 후자의 가능성에 걸었던 것이다. 사례금은 번창한 지금의 표준에서 따지면 아주 적었다. 그러나 기괴한 사실과 매력 있는 의뢰인의 성격이라는 두 가지 때문에, 그는 거절할 수가 없었다. 스나이더는 긴장한 마음으로 초인종을 누르고, 곧 오크스를 사장실로 오도록 명령했다.

스나이더는 절반쯤은 재미있어하면서 흥미로운 시선으로 엘리어트 오크스라는 청년을 관찰하고 있었다. 극히 최근에 입사했는데도, 오크스는 이 탐정사의 수사 방법을 개혁하려는 의도를 숨기려 하지도 않았다. 스나이더는 근면과 상식을 중하게 여겼고, 대부분의 조수들도 마찬가지였다. 스나이더는 예전부터 화려한 행동을 하는 탐정을 지향한 일은 없었으며, 그 결과는 그가 옳았다는 것을 뒷받침해 주었다. 그러나 스나이더는 오크스가 그를 기적적인 행운의 혜택을 받은 따분한 노인으로 보고 있는 것을 진작 알고 있었다.

스나이더가 오크스에게 이 사건을 맡긴 중요한 이유는, 경험이 없어도 지장이 없는 사건이었고, 또 오크스가 귀납적 추리라고 부르고 싶어하는 추리가 뜻밖의 성공을 거둘지도 모른다는 생각에서였다. 또 하나의 동기도 스나이더에게 작용하고 있었다. 그는 이 사건의 행방이 오크스의 그 교만을 식혀주는 좋은 결과가 되지 않을까 하는 예감이 어렴풋이 드는 것이다. 그런 정도의 실패는 탐정사에 고마운 일은 아니지만, 그렇다고 불운이라고만은 할 수 없었다.

문이 열리고 오크스가 긴장한 얼굴로 들어왔다. 오크스의 모든 동작은 긴장된 느낌을 주었다. 그 느낌의 절반은 선천적으로 타고 태어난 신경질적인 에너지, 그리고 나머지 절반은 태도에서 오는 것이었다. 그는 검은 눈과 얇은 입술에 조금 마른 젊은이로, 전형적인 탐정으로 보였다. 마치 스나이더가 한밑천 잡은 주식 중개인처럼 보이는 것과 같이.

“앉게, 오크스.”

스나이더는 말했다.

“자네한테 부탁할 일거리가 있어.”

오크스는 마치 표범이 웅크리고 앉은 모양으로 의자에 앉아 두 손 손끝을 마주 잡았다. 그리고 짧게 끄덕였다. 예민하고 말수가 없는 것도 그의 특징 중의 하나였다.

“이 주소로 가서…….”

스나이더는 그에게 봉투를 건네주었다.

“어떻게 돌아가고 있는지 살펴보게. 서전프톤에 있는 뱃사람 상대의 하숙집이야. 어떤 곳인지는 알 수 있겠지? 은퇴한 선장 같은 사람들이 여기서 여생을 보낸다. 아주 건실한 집이야. 지금까지 그 집의 역사 가운데 푼돈 걸고 하는 카드 게임에서 누군가가 속임수를 썼다고 의혹을 받았다는 것이 지금까지 있었던 가장 센세이션한 사건이었다고 할 정도야. 그런데 그 집에서 한 남자가 죽었다.”

“타살입니까?”

오크스가 물었다.

“모르겠어. 그것을 자네가 조사해야겠어. 검시관은 결론을 보류했는데, 판결은 과실사로 나왔어. 할 수 없었겠지. 살인이라고 하면 어떻게 죽였는지 나도 종잡을 수가 없어. 문은 안에서 잠겨 있었대. 그러니까 아무도 안에는 들어갈 수가 없어.”

“창문은?”

“창문은 열려 있었지. 그러나 방은 2층에 있어. 아무튼 창문은 고려하지 않아도 돼. 그 노부인이 말한 바에 의하면 창문에 철창살이 박혀 있어서 아무도 출입할 수가 없다는 거야.”

오크스의 눈은 이글거리기 시작했다.

"사인은요?"

스나이더는 헛기침을 하고 말했다.

"뱀에 물렸어."

지금까지 침착하던 오크스가 냉정을 잃고 자기도 모르게 놀라는 소리를 질렀다.

"세상에, 그럴 수가?"

"아니, 그게 바로 사실인걸. 의학적인 검사에서 피해자는 뱀독으로 죽은 것이 증명이 됐어. 정확히는 코브라야. 주로 인도에 살고 있는 뱀인데."

"코브라?"

"그래, 서전프톤의 하숙집, 그것도 안으로 잠겨 있는 방에서 한 남자가 코브라에게 물려죽었다. 이 단순 명쾌한 사건에 또 하나의 불가사의한 혹을 덧붙인다면, 문이 열렸을 때 방안에는 코브라의 흔적도 없었네. 코브라가 방문으로 나갔을 리도 없지. 문에는 자물쇠가 잠겨 있었으니까. 창문으로 나갈 수도 없다. 창문은 상당히 높은 곳에 있었고, 뱀은 뛰어오를 수가 없으니까. 그리고 굴뚝으로 나갈 수도 없다. 왜냐하면 그 방에는 굴뚝이 없었으니까. 대충 얘기한다면 그렇게 되는 것일세."

스나이더는 따뜻하고 만족스러운 눈으로 오크스를 쳐다보았다. 지금까지 맡았던 두 가지 사건이 유치한 사건들뿐이라고 오크스가 동료에게 불만을 털어놓은 사실을 스나이더도 알고 있었다. 뿐만 아니라 오크스는 여섯 살 먹은 아이의 추리력으로는 도저히 해결할 수 없을 정도의 사건쯤은 맡겨줘야 할 것이 아니냐고 큰소리를 쳤었다. 이것으로 오크스의 소원도 성취될 것이라고 스나이더는 생각했다.

"좀더 자세한 것을 알고 싶은데요."

오크스는 채근하듯 말했다.

"그것은 하숙집 주인인 미세스 피케트한테 듣는 게 좋겠네."

스나이더는 대답했다.

"이 사건을 나한테 의뢰한 부인이야. 그녀는 타살이라고 확신하고 있어. 그러나 유령이라도 아니면, 어떻게 제3자가 그런 짓을 할 수가 있었는지, 나로선 짐작도 가지 않아. 아무튼 그녀는 사례를 지불할 테니까 탐정사의 사람을 하나 보내 달라고 해서, 난 그렇게 하겠다고 약속했네. 손님에게 등을 돌리지 않는 것이 우리 회사의 방침이니까."

스나이더는 쓴웃음을 얼굴에 떠올렸다.

"그 방침에 의해서, 난 자네를 보내기로 했어. 미세스 피케트의 하숙집에 숙박해서 우리 탐정사의 명성을 높이도록 최선의 노력을 다해 주기 바라네. 선박 부품상 같은 것으로 변장을 하는 게 좋겠지. 바닷일과 관계가 없는 사람이 가면 수상하게 생각할지도 모르니까. 설사 자네의 방문이 아무런 결과가 없더라도, 적어도 한 사람의 비상한 부인과 알게 될 걸세. 미세스 피케트에게는 경의를 표하는 게 좋을 걸세. 미세스 피케트도 자네의 수사에 노력을 하겠다고 했으니까."

오크스는 짧은 웃음 소리를 냈다. 스나이더의 말이 우습게 들린 모양이다.

"아마추어의 조력을 업신여기는 것은 잘못이야."

스나이더는 온후한 아버지처럼 충고했다. 수십 명의 범죄자들이 지금까지 스나이더의 그런 태도에 속아, 수갑을 찰 때까지 그를 탐정이라고는 생각도 안 할 정도였다.

"범죄수사는 명확한 과학이 아니야. 성공과 실패의 분기점은 거기에 상식이 작용하고 있느냐 아니냐, 특별한 정보를 얼마나 많이 쥐고 있느냐에 달려 있네. 미세스 피케트는 자네나 내가 모르고 있는 사정을 얼마쯤 알고 있을 것일세. 그녀가 가지고 있는 사소한 정보가 수수께끼를 풀 수 있는 열쇠가 될지도 모르니까."

오크스는 또다시 웃으며 말했다.

"미세스 피케트의 호의는 고맙지만, 저는 저 나름대로의 방법을 신뢰하고 있습니다."

그는 의연한 태도로 일어났다.

"그럼 곧 출발하겠습니다. 시간 나는 대로 보고서를 써서 보내드리겠습니다."

"좋아, 되도록 상세하게 부탁하네."

스나이더는 웃으면서 말했다.

"그럼 엑셀시오장에서 잘해 보게. 미세스 피케트와 잘 사귀어봐. 그녀는 그만한 가치가 있어."

문이 닫히자, 스나이더는 새 시가에 불을 붙였다.

"젊은 놈이 아무것도 모르면서."

그렇게 생각한 다음, 그는 다른 문제로 머리를 돌렸다.

그 다음날, 스나이더는 사장실에서 타이프된 보고서를 읽고 있었다. 우스꽝스러운 내용인 듯, 읽어나가는 동안에 몇 번이고 웃음소리가 터져나왔다. 마지막 한 장까지 다 읽고 난 그는 머리를 뒤로 젖히고 실컷 크게 웃었다.

그러나 그 문서를 작성한 사람으로 치면, 일부러 우스꽝스러운 효과를 노린 것은 아니었다. 스나이더가 읽고 있던 것은 엘리어트 오크스의 첫 보고서였다. 내용은 다음과 같다.

유감입니다만, 아직 본격적인 진척은 없으며, 몇 가지의 가설을 세웠으므로 뒤에 적겠습니다만, 큰 기대를 걸 수가 없습니다.

도착한 그 길로 미세스 피케트를 방문하고, 찾아온 목적을 설명한 다음, 무엇이든 쓸 만한 정보가 있으면 얘기해 달라고 의뢰하였습니다. 이 노부인은 도대체가 말이 없고, 지능이 낮은 듯한 인상입니다. 그녀의 조력을 기대해 보라는 사장님의 제안은, 이렇게 본인을 만나본 결과, 오히려 기이하다는 생각까지 듭니다.

지금, 이것을 적고 있는 현재로서는 사건 자체를 이해할 수가 없습니다. 가령 가나 선장의 죽음을 타살이라고 하더라도, 범죄의 동기가 전혀 없다는 것입니다. 나는 고인에 대한 신중한 탐문을 했습니다. 고인은 55세. 생애의 40년 가까이를 바다에서 지냈으며, 최후의 10여 년은 선장으로서 지휘를 했습니다. 좀 거친 유머의 소유자이며, 약간 독선적인 성격입니다. 세계 각지를 빠짐없이 여행하였으며, 약 10개월 전에 엑셀시오장의 하숙인이 됐습니다. 소액의 연금으로 생활하고 있으며, 다른 재산은 없습니다. 따라서 범죄의 동기로서 금전적인 것은 생각할 수 없습니다.

나는 은퇴한 선박 부품상 제임스 버튼으로 가장을 하고, 다른 하숙인들과 인사를 나눈 다음, 이 사건에 관한 그들의 의견을 모두 들어봤습니다. 그들의 말을 종합해 보면, 고인은 결코 호감을 받지는 못했다는 것입니다. 상당한 독설가였던 모양인지 그의 죽음을 슬퍼하는 사람은 아무도 없었습니다. 그러나 그렇다고 해서 불구대천의 원수가 있었다는 얘기도 들을 수 없었습니다. 단순히 인기가 없는 하숙인으로, 뭐 어느 하숙이나 이런 인물은 한 사람씩 있는 법입니다. 그 이상 아무것도 아닌 모양입니다.

고인의 동거인도 만나보았습니다. 역시 전직 선장의 마라라는 인물. 말이 없고 몸집이 큰 남자로, 애기를 끌어내는 데 진땀을 뺐습니다. 비극이 일어난 밤, 그는 친구와 포츠머스에 있었기 때문에 가나 선장의 죽음에 대해서는 아무 애기도 못 들었으나, 그에게서 끌어낼 수 있었던 애기는 가나 선장의 습관에 관한 사소한 정보뿐으로, 단서가 되지 않습니다.

고인은 술은 잘하는 편은 아니지만, 밤에 이따금 위스키를 마셨습니다. 다소 노망기가 있었던 탓인지 조금만 마셔도 주정을 하고 명랑해지면서 때로는 무례해지기도 했습니다. 마라 선장으로서는 친해지기 어려운 동거인이었으나, 그는 사람이 온건해 모든 일을 참고 견디었던 모양입니다. 그와 가나는 매일 밤 방에서 체커를 했으며, 가나는 늘 하모니카를 불었습니다. 분명히 그는 죽기 직전에도 하모니카를 불었던 모양입니다. 이것은 자살설을 접어두기에 중요한 단서입니다.

최초에 쓴 대로, 제 2, 3 가설은 있으나 아직 분명치가 않으며, 가장 믿을 만한 가설은 가나 선장이 전에 인도에 갔을 때——그가 여러 차례 인도에 항해한 것은 확인됐습니다——거기서 무엇인가 원주민의 원한을 사지나 않았을까 하는 것입니다. 그가 인도산의 뱀독으로 죽은 것이 이 가설의 뒷받침이 됩니다. 그래서 비극 당시 이 항구에 상륙중이던 인도인 선원의 행적을 지금부터 조사할 예정입니다.

또 하나의 가설. 미세스 피케트는 이 사건에 관해서 무엇인가 숨기고 있는 것이 아닐까? 그녀의 지적 능력에 대한 저의 추측은 착오일지도 몰라서, 일견 우둔한 척하면서 실은 교활한 것인가?

다만 이 가설도 동기가 없다는 점에서는 막다른 골목의 감이 없지 않습니다. 지금으로서는 오리무중이라고 고백하지 않을 수가 없습니다. 그러나 근일 중에 다음 보고를 드리겠습니다.

스나이더는 이 보고서를 충분히 즐길 수가 있었다. 그 내용도 마음에 들었지만, 무엇보다도 실의의 고통을 보고서의 행간에서 찾을 수 있다는 것이 재미있었다. 오크스는 갈피를 못 잡고 있다. 그리고 갈피를 못 잡는 과정이 자신에 찬 젊은이에게 쓰디쓴 약이 된다. 그 수사 결과가 어느 쪽으로 가든지, 그것은 오크스에게 인내의 미덕을 가르쳐주게 될 것이다.

스나이더는 그의 조수 앞으로 짧은 편지를 썼다.

친애하는 오크스

보고서는 잘 받았네. 아무래도 난해한 사건을 만난 모양인데, 내가 들은 바에 의하면, 자네는 전부터 그렇게 되기를 몹시 바라고 있었다지 않은가. 이런 사건에는, 그럴 듯한 동기에 지나친 중점을 두는 것은 금물일세. 런던의 살인마 폰틀로이는 오직 발목이 굵다는 이유만으로 여자를 죽였지. 아주 오래 전에 내가 취급한 사건에서는, 도박에 관해 언쟁하다가 친구를 죽인 남자가 있었어. 내 경험에 의하면, 열 사람의 살인자 중 다섯 사람까지는 일시의 격정에 의한 범행으로, 똑똑히 말해서 자네가 동기라고 부르는 것은 전혀 갖고 있지 않았었지.

건투를 빌며, 폴 스나이더

추신. 자네의 피케트 가설에는 찬성 못 하네. 그러나 수사의 책임자는 자네이니까. 행운을 비네.

오크스는 왜 그런지 기운이 없었다. 그의 모든 행동을 특징짓고 있던 자신감이 생전 처음으로 그를 버린 것 같았다. 그 변화는 하룻밤 사이에 일어났다. 이 사건이 심상치 않다는 사실은 처음 그의 의욕을 불러일으켰을 뿐이다. 그러나 그 뒤로 회의가 생기고, 이제 문제는 해결 불능인 것처럼 보이기 시작했다.

확실히 사건의 수사는 시작됐을 뿐이지만, 무엇인가 그에게 이렇게 말하고 있었다. 이 정도밖에 진척이 없다면, 앞으로 한 달 동안 계속 수사를 한다고 하더라도 다를 게 없을 것이다. 그는 지쳐 있었다.

그리고 엑셀시오장에 오래 있으면 있을수록, 저 담청색 눈을 한 가증스러운 할머니가 그를 별볼일 없는 굼벵이라고 생각하고 있는 것이 시간이 갈수록 명백해지는 것이었다. 다른 무엇보다도 그 사실이 그에게 자신이 얼마나 쓸모없는 인간인지를 강렬하게 일깨워 주었다. 미세스 피케트의 말없는 조소가 그의 신경을 갈기갈기 찢어놓았다. 혹시나 그가 여기 처음 와서 그 할머니와 짧은 얘기를 했을 때, 그의 태도가 좀 자신 과잉이 아니었나 하는 생각이 들었다.

미세 피케트와 짧은 얘기를 주고받은 다음, 그가 최초로 한 행동은 물론 그 비극이 일어난 방을 조사하는 일이었다. 사체는 벌써 치워졌으나 그 밖에는 무엇 하나 움직이지 않았다.

오크스는 확대경파에 속하는 탐정이었다. 방에 들어가자마자, 그는 방바닥과 벽과 가구와 창문, 창틀을 철저하게 검사하기 시작했다. 만약에 형식적으로 그렇게 하느냐고 누가 묻는다면, 그는 화를 내고 말았을 것이다. 그러나 무엇 때문이냐고 묻는다면, 자기 자신도 대답을 못 했을 것이다.

그가 무엇인가를 발견했다면, 그 발견은 모두 부정적인 것이었고, 의문만 더 짙게 했을 뿐이었다. 스나이더의 말대로, 방에는 굴뚝도 없었고, 열쇠가 잠긴 방문으로는 아무도 들어갈 수가 없었다.

남는 것은 창문뿐이다. 창문은 작은 데다가 도둑을 막느라고 여주인이 일부러 막아놓은 창살이 2인치 간격으로 있어서, 누구도 빠져나갈 수가 없었다.

그날 밤 늦게 그가 작성해 탐정사로 보낸 것이, 스나이더가 재미있게 읽은 그 보고서였다.

이틀 후, 책상 앞에 앉은 스나이더는 방금 받은 전보를 믿을 수 없다는 듯이 들여다보고 있었다. 전문은 이러했다.

가나 사건 해결. 곧 돌아감. 오크스.

스나이더는 눈을 오므리며 탁상벨을 눌렀다.

"오크스가 돌아오면, 곧 나한테 오라고 해."

스나이더는 지금 자기 마음속을 점령하고 있는 감정이 쓰디쓴 곤혹의 감정이라는 사실이 뭔지 모르게 개운치가 않았다. 보기에도 해결 불능의 난사건이 이렇게 빨리 해결됐다면, 탐정사의 신용도 더욱 올라갈 것이고, 이 사건이 갖는 기발한 상황에 신문이 달려든다면 큰 선전도 될 것이다.

그런데도 스나이더의 마음은 개운치가 않았다. 오크스의 자만심을 꺾어보려는 욕구가 얼마나 컸는가를 스나이더는 홀연히 깨달았다.

　솔직하게 이 문제를 놓고 볼 때, 스나이더는 그 젊은이가 이 사건 해결에 1마일 이내로 절대로 가까이 갈 수 없다고 굳게 믿고 있었던 것이다. 그는 오크스의 실패가 본인에게 좋은 약이 되리라고만 생각하고 있었다. 이 시점에서 한 번쯤 얻어맞는 것이 오히려 오크스를 탐정사의 귀중한 인재로 기를 수 있다고 그는 생각하고 있었기 때문이다.

　그러나 그 오크스가 눈 깜짝 할 사이에 사건을 해결하고 회사로 돌아온다는 것이다. 더군다나 좌절하고 겸허한 오크스가 아니라 승리자가 된 오크스이다. 승리에 도취한 그 젊은이가 도대체 어떤 태도를 취할까? 스나이더는 조마조마했다.

　그런 걱정에는 충분한 근거가 있었다. 스나이더가 오후의 시간표 대신에 삼고 있는 석 대째의 시가를 다 피우기도 전에, 문이 열리고 오크스 청년이 들어왔다. 스나이더는 그것을 보고 자기도 모르는 사이에 신음 소리가 새어나왔다. 힐끔 쳐다보기만 해도, 최악의 불안이 현실이 되었음을 알 수 있었다.

　"전보는 받았네."

　스나이더는 마음을 가라앉히며 말했다.

　오크스는 끄덕였다.

　"놀라셨죠, 네?"

　스나이더는 사람을 무시한 듯한 이 말투에 기분이 좋지 않았으나, 이런 일을 여러 번 겪었기 때문에 노여움을 겉으로 나타내지는 않았다.

　"음, 확실히 놀랐네. 자네 보고서에 의하면, 실마리도 찾을 것 같지 않다고 했으니까 말이야. 그럼 그 인도인설이 결실을 본 셈인가?"

오크스는 너털웃음을 웃었다.

"아, 그거요? 그 우스꽝스러운 가설은 처음부터 믿지도 않았죠. 보고서를 재미있게 하려고 덤으로 붙였던 것뿐이죠. 저는 그때 아직 사건에 대해선 생각도 안 하고 있었어요. 본격적으로 말이에요."

스나이더는 폭발 직전의 분통을 억지로 참고 담뱃갑을 상대방에게 내밀었다.

"자, 한 대 피우고 자세히 얘기해 보게."

"네, 이거 얻어피울 가치는 있을 겁니다."

오크스는 시가를 피워 물고 연기를 팍팍 뿜어냈다. 그리고 시가 재를 바닥에 툭 떨어뜨렸다. 이것도 고용주에게는 중요한 의미가 있는 동작으로 생각되었다. 보통 그의 조수들은 미칠 정도로 들뜨지 않은 이상 모두 재떨이에 재를 털었다.

"제가 현지에 도착해서 처음 한 일은 미세스 피케트와 얘기를 하는 일이었습니다. 그런데 이게 또 따분한 할머니예요."

"이상하군. 나는 아주 머리가 좋은 부인으로 생각했는데."

"천만에요. 아무런 도움도 안 됐습니다. 다음에 저는 사건이 일어난 방을 조사했습니다. 사장님한테서 들은 대로였죠. 굴뚝은 없고, 문에는 열쇠가 잠겨 있었고, 단 하나밖에 없는 창문은 너무 높았지요. 처음 봤을 때는 손댈 데도 없을 정도였어요. 그리고 다른 하숙인들하고 얘기했죠. 그들한테서도 아무런 수확도 없었어요. 도대체가 말도 안 되는 소리들만 하고 있는 거예요. 그래서 외부의 도움을 단념하고, 자신의 힘만을 믿자고 결심했지요."

오크스는 승리자가 된 것처럼 빙그레 웃었다.

"사장님, 이건 아주 유익한 내 지론입니다만, 십중팔구까지 이상
한 일은 일어나지 않는다는 겁니다."
"무슨 의민지 잘 모르겠군."
스나이더는 물었다.
"원하신다면 다른 말로 말씀드리죠. 내가 말하는 뜻은 가장 단순
한 설명이 항상 정답이라는 것입니다. 이 사건을 생각해 보십시
오. 그 남자의 죽음에 대해서 앞뒤가 들어맞는 설명이 성립한다
는 것은 도저히 불가능이란 생각이 들었죠. 여기서 웬만한 사람
이라면 터무니없는 가설을 짜내려고 몰두할 것입니다. 만약에
저도 그렇게 했다면 지금까지도 머리만 짜내고 있을 겁니다. 그
러나 실제는 이렇게 돌아왔습니다. 즉 이상한 사건은 일어날 수
가 없다는 신념을 지켜서 승리를 획득한 것이죠."
스나이더는 살짝 한숨을 내쉬었다. 오크스에게도 당연히 어느
정도의 자화자찬을 할 권리는 있을 것이지만, 이 상태로 가면 스나
이더가 화를 내기에 알맞을 것 같았다.
"저는 어떤 사건이든지 논리적인 순서로 일어난다고 믿고 있습
니다. 어떠한 결과라 할지라도 거기에 선행하는 원인이 없는 한
그대로 받아들일 수는 없습니다. 다시 말해서 이것은 사장님의
의견과는 대립됩니다만, 동기가 없는 한 나로서는 도저히 타살
이라고 믿을 생각은 없습니다. 그래서 첫번째로 확인하려고 했
습니다. 가나 선장 살해의 동기는 무엇인가? 그리고 그것을 심사
숙고하고 모든 수사의 선을 다한 후에, 동기가 없다는 결론에 도
달했습니다. 따라서 살인은 없었습니다."
스나이더는 입을 벌리고 있다가 반론하려 했다. 그러나 그는 생
각을 달리했다.

오크스는 얘기를 계속했다.

"다음에 저는 자살설을 검토했습니다. 그럼 과연 자살의 동기가 있었을까? 이것 또한 동기가 없다, 따라서 자살은 없었습니다."

이번에는 스나이더도 하는 수 없이 한마디 했다.

"설마 자네는 집을 잘못 찾은 것은 아니겠지? 다음에는 사체도 없었다고 말하려는 거 아닌가?"

오크스는 미소지었다.

"천만의 말씀. 존 가나 선장은 확실히 죽었습니다. 의학적 증거가 분명한 대로 그는 코브라에 물려 죽었습니다. 자바섬에서 온 작은 코브라에게 말입니다."

스나이더는 차근차근 청년을 쳐다보았다.

"어떻게 알지?"

"알고말고요. 의심할 여지도 없습니다."

"그 뱀을 보았나?"

오크스는 고개를 흔들었다.

"그럼, 도대체 어떻게 해서……?"

"저는 코브라씨를 증인석에 부르기 전에 배심원들을 납득시킬 만한 증거를 가지고 있습니다."

"그렇다면 그 얘길 들어보지. 어떻게 해서 그 자바섬에서 온 코브라가 그 방에서 나갈 수가 있었지?"

"창으로 나갔습니다."

오크스는 자신 있게 대답했다.

"어떤 식으로 그것을 설명할 수 있나? 아까 자네는 자네 입으로 말했지 않은가. 창문은 너무 높은 데 있었다고."

"그러나 코브라는 그 방에서 나갔습니다. 논리적인 사건의 순서로 보더라도, 코브라가 그 방에 있었던 것은 확실합니다. 코브라는 방안에서 가나 선장을 살해하고, 그리고 집 밖에 있었다는 흔적을 남겼습니다. 따라서 창문이 유일한 출구인 이상, 그것이 도주의 경로가 틀림없습니다. 어떠한 방법에 의해서 창문으로 나갔습니다.”

“어떤 의미지, 집 밖에 있었다는 흔적을 남겼다는 것은?”

“뱀은 그 하숙집의 뒷마당에서 개를 한 마리 죽였습니다. 가나 선장의 방의 창문은 바로 그 위로 나 있습니다. 뒷마당에는 빈 상자라든가, 이것저것 허드레 물건이 놓여 있고, 이곳저곳에 관목이 있습니다. 사실 개의 시체 같은 작은 물체는 좀처럼 눈에 띄지 않아요. 그러니까 발견이 늦어진 것입니다. 내가 보고서를 보낸 다음날 아침, 엑셀시오장의 식모가 뒷마당에 재를 버리러 가서 비로소 발견했습니다. 목걸이도 명패도 없는 들개였습니다. 그 시체를 조사한 결과, 코브라에 물려 죽은 것이 확인됐습니다.”

“그러나 뱀은 발견되지 않았지?”

“네, 뒷마당을 이 잡듯이 샅샅이 뒤졌습니다만 뱀은 없었습니다. 아마 뒷문의 틈 사이로 도망갔을 것입니다. 그것이 이틀 전이고, 그 후에는 비극이 재발하지 않았습니다. 아마 이미 죽었을 것입니다. 이 계절이라면 밤에 상당히 기온이 내려갑니다. 추위에 죽었다고 보는 게 타당할 것입니다.”

“그렇다면, 어떻게 해서 코브라가 서전프톤까지 올 수 있었지?”
아연해진 스나이더가 물었다.

“모르시겠습니까? 자바 섬에서 왔다고 그랬잖습니까?”

“어떻게 거기서 왔다고 알았지?”

"마라 선장한테서 들었습니다. 직접은 아니지만, 그가 얘기한 것을 통해서 말입니다. 아마 가나 선장의 오랜 선원 친구가 한 사람 자바 섬에 살고 있는 모양입니다. 두 사람 사이에는 편지 왕래가 있었고, 가끔 저쪽에서는 선장에게 선물을 보내 왔죠. 최근에 보내 온 것은 나무상자에 든 바나나였다고 합니다. 운 나쁘게 그 속에 뱀 한 마리가 아무도 모르는 사이에 들어가 있었습니다. 작은 코브라라고 내가 말한 것은 그것입니다. 이상으로 코브라 씨에 대한 기소 이유는 끝입니다. 현행범으로 체포한다면 몰라도 이만한 강력한 기소 이유가 따로 있을까요?"

패배를 인정하는 것이 스나이더의 성미로는 맞지 않는 일이지만, 그는 공정한 마음의 소유자였다. 어찌 됐건 오크스가 불가능한 사건을 해결한 것을 인정하지 않을 수 없었다.

"축하하네. 수고했어."

그는 성의껏 말했다.

"솔직하게 말한다면, 자네를 그곳으로 보낼 때 성공하리라곤 생각하지 않았지. 그러면 미세스 피케트도 기뻐했을 테지?"

"사실 기뻐했다고 해도, 그렇게는 보이지 않더군요. 제가 보기엔, 그 할머니는 뭘 기뻐할 만한 머리도 없어요. 그래도 오늘 저녁에 식사 초대를 받았습니다. 따분할 것 같지만, 꼭 와달라고 해서 하는 수 없이 승낙을 했습니다."

오크스가 나간 다음, 한참 동안 스나이더는 시가를 피우며 쓰디쓴 기분으로 생각에 잠겨 있었다. 그런데 돌연히 미세스 피케트의 명함이 배달되었다. 잠시 시간을 내주었으면 고맙겠다는 것이다.

스나이더로서도 바라던 바였다. 스나이더는 인간 연구가로, 처음 만났을 때부터 그는 미세스 피케트에게 흥미를 느꼈다. 그녀에게는 어딘가 독특한 면이 있는 것 같았다. 그런 의미에서도 그녀와 가까이 대할 수 있는 두 번째의 기회는 대환영이었다.

미세스 피케트는 방에 들어오자 의자 한쪽에 단정한 자세로 앉았다. 조금 아까까지 오크스가 거들먹거리며 앉아 있던 의자이다.

"안녕하세요, 미세스 피케트."

스나이더는 상냥하게 말했다.

"여기까지 일부러 와주셔서 고맙습니다. 그 사건은 결국 타살이 아니었던 모양이죠?"

"네?"

"지금도 오크스와 얘기하고 있었습니다. 아마 제임스 버튼이란 이름으로 찾아뵌 줄 압니다만, 그에게서 자초지종을 들었죠."

"저도 자초지종을 들었습니다."

피케트는 빈정대는 밀투로 말헀다.

스나이더는 의아한 듯이 그녀를 쳐다보았다. 그녀의 태도는 말보다도 웅변스럽게 무엇인가를 시사하고 있는 듯했다.

"그 사람은 자만심으로 가득 찬 고집쟁이 얼간이더군요."

미세스 피케트가 말했다.

그녀가 그려서 말한 오크스의 초상은 별로 새로운 것은 아니었다. 스나이더 자신도 몇 번이고 그렇게 생각했던 것이다. 그러나 이런 시점에서 그런 얘기를 듣는 것은 뜻밖이라는 생각이 들었다. 애써 승리를 획득한 오크스를 이런 식으로 정면으로 깎아내리는 것은 좀 혹독한 것이 아닐까.

"오크스군이 수수께끼를 푼 것이 불만이신 모양이군요, 미세스 피케트?"

"그래요."

"저한테는 논리적이고 납득이 간다고 생각됐습니다만……."
"어떤 식으로 말씀하시더라도 그것은 자유지만, 스나이더씨, 오크스의 해결은 틀렸습니다."
"부인께선 다른 생각을 가지고 계시군요?"
미세스 피케트의 입술이 잠시 긴장했다.
"만약에 있으시다면 듣고 싶은데요."
"네, 그때가 오면."
"어째서 오크스가 잘못됐다고 단언하시는 겁니까?"
"그 사람은 있을 수 없는 설명에서 출발하여 그 위에 모든 추측을 지어올렸습니다. 하지만 그 방에 뱀이 있을 리가 없어요. 왜냐하면 밖으로 나갈 수가 없었으니까요. 창문은 높은 위치에 있어요."
"그러나 개의 시체가 움직일 수 없는 증거가 아닐까요?"
미세스 피케트는 그에게 실망했다는 표정을 지었다.
"당신은 상식이 있는 분이라는 평판인데, 스나이더씨."
"저는 언제나 상식으로 판단하려고 애를 써왔습니다."
"그렇다면 이제 와서, 어째서 그런 것을 믿으려고 하십니까? 다만 그것이 설명하기 어렵다는 이유만으로, 일어날 리가 없었던 일을 일어났다고 믿다니."
"그렇다면 그 개의 시체에는 다른 설명이 있다는 말씀이세요?"
스나이더는 물었다.
"단 한 가지의 설명이 있습니다. 오크스씨가 진실이라고 생각하고 있는 것은 설명이라고 할 수 없습니다. 하지만 상식으로 생각되는 설명이 단 한 가지 있습니다. 만약에 오크스씨가 그토록 고집이 센데다가 오만하지 않았다면 그것을 발견할 수 있었을 텐데.”

“마치 부인은 그것을 발견하신 것처럼 말씀하시는군요.”

“그래요.”

미세스 피케트는 몸을 앞으로 다가앉으며 도전이라도 하듯 그를 쳐다보았다.

스나이더는 뜨끔했다.

“그렇다고요?”

“네.”

“어떤 의미입니까?”

“내일이 되면 아십니다. 그때까지 당신도 그것을 찾아내도록 노력해 보세요, 스나이더씨. 댁처럼 번창하고 있는 유명한 탐정사라면, 사례에 맞먹는 그만한 일은 할 만할 텐데 그래요.”

그녀의 태도가 개구쟁이 국민학생을 꾸짖는 여교사를 방불케 했기 때문에, 스나이더는 유머로 이 장면을 넘겨보기로 했다.

“저희들도 최선을 다 하고 있습니다, 미세스 피케트. 하지만 어차피 인간이 하는 일이니까, 결과를 보장할 수가 없습니다만.”

미세스 피케트는 그 이상 그 화제를 끌고 가지 않았다. 그 대신, 다시금 스나이더가 놀랄 만한 것을 주장했다. 두 사람이 알고 있는 어떤 인물을 살인 용의자로 체포할 수 있도록, 그가 서명해서 영장을 청구해 달라고 부탁한 것이다.

스나이더는 자기 사무실에서 별로 당황해 본 일이 없었다. 평소에는 의뢰인의 애기가 아무리 기묘한 제안이라도 부드럽게 받아들이는 편이다. 그러나 이 말에는 당황하지 않을 수 없었다. 혹시 이 노부인이 노망을 일으킨 것이 아닌가 하는 생각까지 그의 머리를 스쳐갔다.

미세스 피케트는 눈도 깜박거리지 않고 그를 쳐다보고 있었다. 외견으로 볼 때 노망과는 정반대로 보였다.

"하지만 증거도 없이 영장을 내달라고 할 수는 없습니다."

"증거는 있습니다."

그녀는 잘라 말했다.

"도대체 어떤 종류의 증거입니까?"

스나이더는 따져 말했다.

"지금 그것을 얘기하면, 당신은 내 머리가 돌았다고 할 거예요.."

"하지만 미세스 피케트, 당신은 지금 나한테 무엇을 요구하고 있는지 아시죠? 단순히 일개인의 의혹에 의해서 근거도 없이 체포할 수는 없습니다. 이건 탐정사의 책임 문제입니다. 잘못하면 나는 파멸을 면치 못할 겁니다. 적어도 웃음거리가 되는 것은 틀림없습니다."

"스나이더씨, 체포영장을 청구하느냐 안 하느냐 하는 것은 당신의 판단으로 결정해 주세요. 어찌 됐든 내 애기를 잘 들어보시면, 범죄가 어떤 식으로 이루어졌는지 아실 겁니다. 만약에 그 뒤에 가서도 무리라고 하신다면, 저도 당신의 결정에 따르겠어요. 누가 가나 선장을 죽였는지 나는 잘 알고 있습니다. 처음부터 알고 있었어요. 다만 증거가 없었어요. 그러나 지금은 여러 가지 사실이 드러나고, 모든 게 뚜렷해졌습니다."

판단력과는 상관 없이 스나이더는 강한 인상을 받았다. 이 노부인의 개성에는 거절할 수 없는 설득력이 있다.

"도무지 믿기 어려운 애기군요."

그렇게 말하면서도 스나이더는 덮어놓고 못 믿을 것도 아니라는 오랜 동안의 직업적 신조를 생각하면서, 더욱 마음이 흔들리는 것이었다.

"스나이더씨, 영장을 청구해 주시는 거죠?"

탐정은 드디어 꺾이고 말았다.

"좋습니다."

미세스 피케트는 일어섰다.

"오늘 저녁에 저희 집에 식사를 하러 오시면, 그렇게 할 필요가 있다는 증거를 보여드리겠어요. 오시겠죠?"

"가겠습니다."

스나이더는 약속하고 말았다.

엑셀시오장에 도착한 스나이더는 노부인의 자그마한 거실로 안내됐다. 거기에는 오크스도 와 있었다. 조금 후에는 뜻밖에도 세 번째의 손님이 나타났다.

스나이더는 이상하다는 듯이 새로 들어온 손님을 쳐다보았다. 마라 선장은 이상하리만큼 그의 흥미를 불러일으켰다.

스나이더에게 사람을 외모로 판단하는 습관은 없었다. 그러나 이 남자의 외모에는 무엇인가 기묘한 것이 있다고 인정하지 않을 수가 없었다. 부자연스러울 만큼 어두운 인상이었다. 무거운 짐을 짊어진 것 같은 자세, 흐리멍텅한 눈, 깡마른 얼굴. 다음 순간, 탐정은 냉정한 판단보다 상상력을 앞세운 자신을 책망했다.

문이 열리고 미세스 피케트가 들어왔다. 그녀는 늦어진 것에 대한 사과도 하지 않았다.

스나이더에게 그날의 만찬에서 가장 놀라웠던 점은 미세스 피케트의 너무나 선명한 변신이었다. 그가 알고 있던 과묵한 부인의 어디에 이런 고상하고 사람을 끌어당겨 놓는 사교가의 일면이 숨어 있었을까.

오크스 역시 대단한 놀라움과 함께 그 놀라움을 숨기지 못하고 있는 모양이었다. 이 청년은 무거운 침묵이 흐르는 따분한 만찬을 각오하고 왔는데, 최고의 경의를 표해도 아깝지 않은 고급 샴페인이 테이블 위에 놓여 있었다. 그 이상으로 믿기 어려웠던 것은, 이 집의 여주인이 그를 편안하게 해주려는 듯이 매력 있는 노부인으로 변모했다는 사실이다.

손님들 앞에 놓여 있는 접시 옆에는 제각기 작은 종이 봉지가 하나씩 놓여 있었다. 오크스는 자기 앞의 것을 들고 놀라운 눈으로 그것을 들여다보았다.

"멋있습니다. 이것은 파티의 선물로는 아까울 정도군요, 미세스 피케트. 전 그전부터 이런 진귀한 기계들을 내 책상 위에 놔두고 싶었습니다."

"마음에 들어하시니 다행이군요, 오크스씨."

미세스 피케트는 웃는 얼굴로 말했다.

"나를 나이 때문에 망령난 따분한 할머니라고 생각하지 마세요. 이래도 손님 접대에는 도통한 사람이에요. 내가 이런 파티를 열 때에는, 성공하기 위해서 얼마나 연구했는지 아세요? 그리고 여러분에게 오늘의 만찬을 잊어버리게 하지 않기 위해서도 말이에요."

"정말 잊지 않겠습니다."

미세스 피케트는 다시 미소지었다.

"그랬으면 좋겠어요. 스나이더씨도."

그리고 잠깐 사이를 두고 말을 이었다.

"그리고 우리 마라 선장님도요."

스나이더는 그녀의 말이 너무나 의미심장하다고 느꼈지만, 마라 선장에게는 아무런 효과도 없다는 것을 알았을 때 이상하다는 생각이 들었다. 그러나 마라 선장은 어느덧 상당히 술이 들어가 있었다. 자기 이름을 말했을 때에도, 눈을 들고 제대로 대답하는 대신에 애매한 대답을 목에서 꿀꺽 삼켰을 뿐이다. 그리고 또 자기 술잔에 술을 따랐다.

스나이더의 종이 봉지에서 나온 것은 작은 카메라를 모방한 회중시계에 다는 장식물이었다.

"당신의 직업에 대한 경의라고 생각해 주세요."

미세스 피케트는 그렇게 말하고 이번에는 마라 선장을 향했다.

"스나이더씨는 탐정이세요, 마라 선장."

선장은 얼굴을 들었다. 스나이더는 그 순간 그 둔탁한 눈에 공포의 빛이 떠오른 것을 느꼈다. 그러나 그것은 떠오른 다음 순간에 사라져버렸기 때문에 확신을 가질 수는 없었다.

"그래요?"

마라 선장은 말했다. 그 소리는 극히 평상적이었고, 이런 소개를 받을 때 가벼운 기분으로 표현하는 흥미 정도의 것이었다.

"이번에는 당신 차례예요, 선장."

오크스가 말했다.

"아마도 특별한 선물인 모양이군요. 내 봉지의 배는 돼 보이니까요."

스나이더가 흥미진진한 흥분을 느낀 것은, 마라 선장이 천천히 포장을 풀고 있는 것을 지켜보고 있는 노부인의 눈초리 속에 담겨져 있는 무엇인지도 모른다. 무엇인가가 그에게 심리학적 순간의 접근을 알리고 있었다. 이제 무엇이 일어날 것인가?

억 하며 숨을 죽이는 소리, 그리고 덜커덩 하는 소리와 함께 선장의 손에서 테이블 위로 작은 하모니카가 떨어졌다. 마라 선장의 얼굴에 나타난 표정은 분명했다. 얼굴은 초처럼 창백해지고, 그때까지 혼탁하던 그의 두 눈은 억누를 수 없는 공포와 낭패에 불타고 있었다. 그가 테이블보를 움켜쥐었기 때문에 유리잔들이 소리를 내며 흔들렸다. 미세스 피케트가 입을 열었다.

"아니 마라 선장, 웬일이세요? 당신의 친구이고, 게다가 같은 방에서 지내고 계셨던 당신이니까, 가나 선장의 유품을 틀림없이 기뻐해 주실 줄 알았는데. 그 분의 하모니카를 보기만 해도 그렇게 놀라시다니, 몹시 사이가 좋으셨나 보죠?"

선장은 아무 말도 하지 않았다. 정신을 잃고 그저 테이블 위의 하모니카를 들여다보고 있었다. 미세스 피케트는 스나이더를 돌아다보았다. 그녀는 스나이더를 똑바로 쳐다보고, 스나이더도 그녀를 마주 보고 있었다.

"스나이더씨, 당신은 탐정이니까, 바로 며칠 전에 이 하숙에서 일어난 아주 이상한 사건에 아마 흥미를 가지고 계실 거예요. 우리 하숙인인 가나 선장이 자기 방에서 죽어 있는 것이 발견되었지요. 그 방에서 그는 마라 선장과 함께 살고 있었어요. 스나이더씨, 저는 이 하숙의 평판을 자랑으로 생각하고 있어요. 그래서 그런 사건이 일어난 것은 큰 타격이었어요. 그래서 어떤 탐정사에 수사를 의뢰했더니, 그쪽에서 보내 주신 사람은 자신이 강하다고 자만하는 것 이외에는 아무런 쓸모도 없는 얼간이 같은 청년이었어요. 그 청년은 가나 선장의 죽음이 사고라고 했습니다. 바나나 상자에서 나온 독사에게 물려 죽었다는 것입니다. 하지만 나는 그렇게 생각하지 않습니다. 나는 가나 선장이 살해된 것을 잘 알고 있습니다. 마라 선장님, 잘 듣고 계세요? 당신은 가나 선장의 친구였으니까, 이 얘기는 흥미로울 거예요."

선장은 대답하지 않았다. 똑바로 앞을 보고 있었다. 마치 영원히 죽음에 유폐된 눈으로 무엇인가 보이지 않는 것을 보려는 듯이.

"어제 개의 시체가 발견됐습니다. 이 개도 가나 선장과 마찬가지로 뱀의 독으로 살해됐습니다. 탐정사에서 온 청년은 이것이 결정적인 증거라고 했습니다. 즉 뱀이 가나 선장을 죽이고, 방에서 도망해 나온 다음에 이 개를 죽인 거라고 말입니다. 그러나 나는 그런 일은 있을 수 없다는 것을 알고 있었습니다. 왜냐하면 만약에 그 방에 뱀이 있었다면, 그 뱀은 도망갈 수가 없었으니까 말입니다."

그녀의 눈은 반짝이고, 용서 없는 추궁의 빛을 띠고 있었다.

"가나 선장을 죽인 것은 뱀이 아니라 고양이입니다. 가나 선장에게는 그를 미워하고 있는 한 친구가 있었습니다. 어느 날 바나나의 나무상자를 열어본 그 친구는 그 속에 뱀이 한 마리 있는 것을 발견했습니다. 그는 뱀을 죽이고 그 독을 짜냈습니다. 그는 가나 선장의 습관을 잘 알고 있었습니다. 늘 하모니카를 분다는 것을. 이 남자는 고양이를 한 마리 기르고 있었습니다. 그리고 고양이가 하모니카의 소리를 싫어한다는 것도 알고 있었지요. 이 고양이가 하모니카를 불고 있는 가나 선장에게 덤벼들어서 할퀴는 장면을 가끔 봤어요. 그래서 그는 그 고양이의 발톱에 독을 발랐어요. 그리고 나서 그 고양이를 가나 선장이 있는 방에 넣어두었지요. 그 남자는 그 다음에 무엇이 일어날지 알고 있었던 것입니다."

오크스와 스나이더는 자리에서 일어났다. 마라 선장은 꼼짝도 하지 않았다. 테이블보를 두 손으로 잡고 앉아 있을 뿐이었다. 미세스 피케트는 일어나서 옷장 앞으로 가서 열쇠를 열고 문을 열었다.

"키티!"

그녀는 불렀다.

"키티! 키티!"

한 마리의 검은 고양이가 방안으로 튀어나왔다. 마라 선장이 비틀거리며 일어나는 것과 동시에 테이블이 옆으로 기울며 쓰러지면서 그릇과 잔이 와장창 소리를 내고 박살이 났다. 마라 선장은 두 손을 위로 올리고, 마치 무엇인가를 쫓는 시늉을 했다.

갈라진 목소리가 그의 입에서 새어나왔다.

"오! 하느님! 하느님!"

미세스 피케트의 목소리가 차갑고 날카롭게 방안에 메아리쳤다.

"마라 선장! 당신이 가나 선장을 죽인 거죠!"

선장은 소름이 끼치는 듯 몸을 떨었다. 그리고 기계적으로 대답했다.

"하느님! 그래요, 내가 그를 죽였어요."

"지금 얘기 들으셨지요, 스나이더씨?"

미세스 피케트가 말했다.

"그는 증인들 앞에서 자백을 했습니다."

마라는 문 앞으로 데리고 가는 대로 따랐다. 스나이더에게 잡힌 그의 팔은 기운이 하나도 없이 축 처져 있었다.

미세스 피케트는 발길을 멈추고 방바닥에 흩어진 파편 속에서 무엇인가를 주워 들었다. 그리고 일어나서 하모니카를 내밀었다.

"선물을 잊어버리셨어요, 마라 선장."

3인의 레오폴드 / 에드워드 D. 호크

CAPTAIN LEOPOLD INCOGNITO
Edward D. Hoch

- 3인의 레오폴드

닥터 로마의 헬스 클럽은 마약 거래의 루트가 돼 있었는가? 뚱뚱한 중년 남자 레오폴드 경감이 은밀한 수사를 위해 나타났는데……. 레오폴드 경감 시리즈의 걸작.

——엘러리 퀸

에드워드 D. 호크(1930~   )
뉴욕주 로체스터에서 태어나 로체스터 대학을 졸업했고, 공립도서관, 출판사(포켓북의), 광고 대행사 등에 근무하면서 20대 중반부터 상업지에 단편소설을 기고하기 시작했다. 오컬트 탐정 사이몬 아크, 쾌도 닉, 스파이 란드, 노의사 호손 등 시리즈 캐릭터를 명탐정으로 배치했고, 5백 편 가까운 단편소설을 정력적으로 써온 당대의 퍼즐 스토리 작가. 장편소설은 처녀작 「까마귀 살인사건」 이후 SF미스테리를 포함해서 네 작품뿐인데, 본편에 등장하는 레오폴드 경감의 출세작 「직사각형의 방」으로 1967년도 MWA 최우수 단편상을 수상했다.

3인의 레오폴드

원래 말하자면 플레처의 담당이었던 사건이 대수롭지 않은 일로 레오폴드의 담당으로 바뀌게 된 사연은 이러하다.

"놈한테 얼굴이 너무 알려졌단 말이야."

종이컵에 담긴 커피를 한 모금 마시면서 플레처 경위가 말했다.

"이렇게 되면 눈치 채지 않게 수사를 한다는 것은 좀 어렵지?"

최근 주임형사로 승진해서 더욱더 일에 열의를 보이고 있는 코니 트렌트가 자진해서 자원했다.

"경위님 대신에 제가 가겠습니다, 경감님."

레오폴드는 빙그레 웃으며 말했다.

"남성 전용의 헬스 클럽에 말이야? 오랫동안 정체를 숨기기는 곤란할걸, 코니?"

"여성 전용은 없어요?"

플레처는 고개를 흔들었다.

"봄엔 안 해. 닥터 로마의 헬스 클럽도 현재는 남성 전용이야. 여름에는 여성 코스도 있고 남녀 공용 코스도 있지만, 지금은 남성

용뿐이야."

코니는 잠시 생각하다가 말했다.

"닥터 로마의 헬스 클럽에서 1주일 동안 지내면서도 수상히 여기지 않을 만한 경찰이 있으면 좋겠다, 이 말이군요. 근육이 울퉁불퉁 나온 젊은 경찰은 안 될 것이고, 중년의 뚱뚱한 경찰이라야……."

"내 얘기를 하는 건가, 코니?"

레오폴드가 빙그레 웃었다.

"설마 경감님이 직접?"

"어때? 괜찮아. 지금 당장은 걸려 있는 사건도 없고, 불행 중 다행으로 월터 하자드는 이 동네에 처음 왔으니까 내 얼굴을 모르고 있어. 지금 곧 헬스 클럽에 전화해서 예약 없이도 들어갈 수 있는지 확인해 주게. 내일이라도 가기로 하지. 덧붙여서 현지의 보안관 사무소에도 연락을 해주게. 체포할 단계에 이르면 그쪽 손을 빌려야 할 테니까."

플레처는 불만스러운 눈치였다.

"이건 제가 담당하고 있는 사건입니다, 경감님. 위험한 걸 대신 맡아달라고 그럴 수는 없습니다."

"이것은 우리 과의 사건이야, 플레처."

이 대화의 주인공 월터 하자드는 온갖 마약사범의 전력을 가진 41세의 남자로, 레오폴드의 담당 지구에 모습을 나타낸 것은 최근의 일이다. 그가 뉴잉글랜드 남부 일대의 마약 거래의 보스인 맥스 가트너로부터 헤로인의 판로를 몽땅 빼앗아 손에 넣겠다고 뛰어든 것이 분명했다.

맥스 가트너는 10일전, 사이렌서가 달린 22구경의 타게트 피스톨로 머리에 두 발의 탄환을 맞고 죽었다. 효과적인 소음 장치 덕에 폭력단의 세계에서는 날이 갈수록 인기가 높아지고 있는 권총이다. 게다가 아주 가까운 거리에서 쏘면 45구경과 같은 정도의 살상력이 있다.

플레처는 하자드가 헤로인 거래를 장악하기 위해서 가트너를 살해했다고 확신하고 있으나, 안다는 것과 증명한다는 것은 별개이다. 우선 살인에 사용된 흉기가 필요했다. 그리고 지금, 하자드가 가트너의 위치를 탈취했다는 증거 역시 필요했다. 플레처는 닥터 로마의 헬스 클럽에서 그 증거를 잡으려고 했다.

닥터 로마의 헬스 클럽은 캐나다의 국경에 가까운 북부 버몬트에 있으며, 이전부터 캐나다 경유의 마약 루트라는 소문이 나돌고 있었다. 인품이 고상하고 의젓한 비지니스맨이 버몬트의 숲속에서 1주일 정도 휴양을 하고, 슈트케이스에 헤로인을 가득 채워 귀환한다는 것이다.

"하자드의 귀로에 잠복해서 기다리면 어떨까요?"

코니가 제안을 했으나, 플레처가 반대했다.

"무죄가 틀림없지. 놈은 모든 수법을 터득하고 있어. 물건을 손에 넣는 순간을 덮치지 않으면 안 돼. 그것을 할 수 있는 것은 비밀 수사관뿐이야. 우선은 놈을 마약 소지 혐의로 체포해 놓고, 가트너의 조직을 탈취한 증거로 그것을 쓰는 거야. 살인의 동기도 잡을 수 있지."

"좋아."

레오폴드가 동의했다.

"거기서 1주일 동안 지내기로 하지. 그런데 클럽을 경영하고 있는 로마라는 남자는 어떤 사람이야?"

"놈도 한 몫 거들고 있는 것처럼 보입니다. 아직 확증이 있는 건 아닙니다만."

"하자드는 지금 거기 있단 말인가?"

플레처는 고개를 끄덕였다.

"어젯저녁에 출발했습니다."

"오늘은 월요일이지? 놈이 거기 1주일 동안 있는다고 치면, 물건을 주고받는 것은 목요일이나 금요일이 될 가능성이 짙군. 그러나 만약을 생각해서 난 내일부터 거기 들어가 있기로 하지."

"어떤 이름을 쓰시겠어요?"

코니 형사가 물었다.

"좋은 이름 하나 생각해 두지."

월터 하자드는 화요일 아침 일찍 일어나서 아침 식사 전에 숲속을 힘차게 달리고 있었다. 이 장소에서 만 하루 지낸 것뿐인데, 벌써 그 효과를 인정하고 싶은 기분이 돼 있었다. 운동과 일정한 식사, 거기다가 사우나까지 곁들인 효과가 벌써 나타나기 시작했다. 이번 여행의 목적을 잊게 할 정도로 기분이 좋았다.

하자드는 커네티컷에서 차를 달려 일요일 밤에 이곳에 도착했다. 대부분의 손님은 기차로 온다고 닥터 로마는 말했으나, 하자드는 귀로 여행에 자동차를 쓸 특수한 사정이 있었다. 계획대로라면 케로그라는 이름의 남자가 목요일 밤 국경을 넘어 50파운드의 헤로인을 가지고 들어온다. 원래는 맥스 가트너와 만나야 했지만 월터 하자드로 바뀌었다는 것은 이미 연락이 돼 있었다.

하자드는 도덕 의식이라고는 손톱만큼도 없는 그런 남자로, 이 세상을 잘 헤쳐나가기 위해서 필요한 것은 단 한 가지밖에 없다고 믿고 있었다. 일단 자기 손을 떠난 헤로인이 어떻게 될 것인가 생각해 본 일도 없거니와, 여기까지 남을 제치고 올라오는 동안에 죽인 사람들에 대해서 생각해 본 적도 없었다.

가트너의 뒤로 걸어가 가까운 거리에서 머리에 두 발의 총알을 쏘았을 때, 양심은 눈곱만큼도 아프지 않았다. 이 세계에서는 이러한 방법이 가장 최선의 방식이다. 강하고 파렴치한 사나이만이 살아 남는다.

하자드에게는 최근 2년 동안 교제하고 있는 마고라는 여자가 있었다. 미인인데다가 머리가 좋아서, 무슨 일을 시켜도 혼자서 훌륭하게 해낼 수 있는 여자였다. 어떻게 된 여잔지, 그녀는 하자드의 불안정한 생활이 마음에 든다고 했다. 그는 그런 것을 깊이 추궁할 생각은 없었다. 이번 여행에는 그녀를 데리고 올 수가 없었다. 실망하고 있는 그녀에게, 그는 꼭 전화하겠다고 약속을 했다.

달리기를 끝내면 약속대로 그녀에게 전화를 걸어야겠다고 생각하면서 빠른 걸음으로 식당의 입구까지 왔다. 그때 그를 기다리고 있는 닥터 로마의 모습이 눈에 들어왔다. 로마는 웬만해서는 웃는 얼굴을 보이지 않는다. 대머리가 훌렁 벗겨지고 빼빼 마른 남자다. 그 남자가 지금 몹시 까다로운 얼굴을 하고 서 있는 것이다.

"하자드씨, 잠깐 사무실까지 와주시겠습니까?"

"지금 곧? 아침 식사 전에?"

"네."

하자드는 얼굴과 목의 땀을 닦으며 그의 뒤를 따라 안으로 들어갔다.

"무슨 일이 있었어?"

클럽 사무실에서 두 사람만이 있게 됐을 때, 하자드가 물었다.

아침 8시가 지났기 때문에 위 속에서 꾸룩 소리가 나고 있었다.

"보안관 사무소에 있는 친구한테서 방금 전화가 왔소."

"그래서?"

"레오폴드라는 경찰을 알고 있소? 레오폴드 경감이오."

"이름을 들은 적이 있는지도 몰라. 그놈이 어떻게 됐는데?"

"살인사건에 얽힌 수사를 하기 위해서 은밀히 여기 온다고 보안관에게 알려왔소. 여기는 관할 밖의 구역이니까 용의자를 체포할 때는 그들의 도움이 필요해요."

"내 이름이 나왔단 말인가?"

"아뇨, 하지만 그 남자가 노리고 있는 건 당신이 아니겠소? 당신이 맥스를 해치운 것을 알고 있어요."

하자드는 닥터 로마를 아무 말 않고 노려보았다. 그리고 입을 열었다.

"그런 소리를 하면 나중에 재미없을 거야, 닥터. 레오폴드가 도착하는 게 언제지?"

"오늘이오."

"그놈이 오면 눈을 떼지 않도록 하지."

"그 남자가 오지 않았으면 좋겠어요. 하자드 당신도 말이오."

"걱정하지 말게. 성가신 일은 없을 테니까, 걱정 말게. 그놈 뭘로 오나? 자동차로 올까?"

"금주에 자동차로 온 것은 당신뿐이오. 그는 다른 사람들과 마찬가지로 몬트페리에서 기차로 올 거요. 남들의 눈을 피하기 위해서 말이오."

"역에서 여기까진 어떻게 오지?"

"산기슭 마을에 **사는 가스**라는 남자가 매일 우편물을 가지고 오

는데, 길 잃은 양들은 그 남자의 스테이션 웨건을 타고 여기까지
와요.”
“길 잃은 양이란 뭐야?”
“당신처럼 예약한 손님은 일요일에 오지요. 하지만 매번 있는 일
인데 예약이나 연락도 없이 주중에 나타나는 손님도 두세 명 있
어요. 비어 있는 방이 있으면 받아주는데, 이 사람들을 길 잃은
양이라고 해요.”
“가스는 여기 몇 시에 도착하지?”
“기차가 늦지 않으면 11시쯤이오.”
“좋아. 충고에 감사하네.”
하자드가 말했다.

언덕을 올라오는 스테이션 웨건을 보자, 하자드는 체조팀에서
빠져나와 본관 쪽으로 달려왔다. 얼룩투성이의 겉옷을 입은 통통
한 남자가 자동차 트렁크에서 슈트케이스를 내리고 있었다.
“당신이 가스인가?”
하자드가 물었다.
남자는 몸을 일으키며 대답했다.
“예.”
“역에서 데리고 온 남자는 어디 있어?”
“남자요? 남자라면 세 사람을 태우고 왔는데요. 지금 접수계에
서 등록을 하고 있습니다.”
“뭐? 세 사람이라구?”
하자드는 계단을 뛰어올라가서 로비로 들어갔다. 가스의 말 그
대로 남자가 세 사람 있었다. 세 사람 모두가 중년 남자로 뚱뚱했

다. 닥터 로마가 말하는 전형적인 손님이었다. 한 사람은 다른 남자들보다는 키가 크고 흰 머리에 소년 같은 얼굴을 하고 있다. 그는 로비로 들어온 하자드를 향해 손을 내밀었다.

"닥터 로마십니까? 보스톤에서 온 애드 말레라고 합니다. 예약은 안 했습니다만, 전화로는 상관없으니까 아무 때라도 좋다고 해서……."

하자드는 악수를 하고 나서 말했다.

"실례했습니다. 닥터가 아닙니다. 그쪽하고 마찬가지로 여기 손님의 한 사람이오."

"그래요? 실례했습니다."

가스는 짐을 로비에 갖다 놓고 남자들에게서 팁을 받았다. 그것이 끝나자 스테이션 웨건을 돌려 언덕을 내려 마을로 돌아갔다.

조금 있더니 닥터 로마가 들어와서 하자드를 힐끔 쳐다보더니, 세 사람의 남자에게 말을 걸었다.

"150달러의 1주간 코스는 일요일부터 시작하는 것으로 돼 있습니다. 하루 요금은 30달러입니다. 여기 사인을 하시면 방으로 안내해 드리겠습니다."

키자 작은 남자가 입을 열었다.

"저는 스프링필드의 프랭크 기본스올시다만, 에어컨이 있는 방을 주시겠습니까? 저는 알레르기가 있어서요. 게다가……."

닥터 로마는 웃는 얼굴을 보이려고 했지만 미소가 떠오르지는 않았다.

"천천히 휴양하세요. 그런 문제를 해결하기 위해서 오셨으니까요. 사우나 코스와 건강식을 계속 드시면 알레르기 같은 것은 다 잊어버리고 말게 됩니다."

하자드는 그들의 등록 카드를 몰래 들여다보았다. 단단한 체격의 아직 40대 후반처럼 보이는 남자는 샘 영이다. 주소는 로드 아일랜드의 프로비덴스, 그는 저만큼 떨어진 곳에 혼자 말없이 서 있었다.

그들이 방으로 안내돼 로비를 떠나자, 닥터 로마가 하자드 곁으로 천천히 다가왔다.

"저 남자들을 잘 관찰했소?"

"조금은. 그런데 어떤 놈이 레오폴드지?"

닥터는 기분이 좋지 않은 듯이 얼굴을 찡그렸다.

"나도 모르겠소. 당신한테 여기서 나가달라고 했을 텐데."

"사무실로 가서 얘기를 할까?"

"얘기하고 자시고 할 것도 없어요."

닥터 로마는 밀어붙이듯 말하고는 등을 돌려 가버렸다.

하자드는 멀어져가는 닥터 로마의 뒷모습을 쳐다보면서, 그가 어느 정도로 진심인가 점이라도 치듯 한참 노려보고 있었다. 로마가 헤로인을 주고받는 데 조금이라도 방해한다면, 가트너의 조직을 차지하려는 하자드의 계획은 완전히 망치게 되는 것이다. 도맡아서 처리하는 사람이 없으면, 그들은 노상에서 아무나 부르는 값대로 물건을 팔아넘길 것이 틀림없었다.

하자드는 방으로 돌아와서 슈트케이스를 열었다. 세면도구를 넣는, 지퍼가 붙은 케이스 속에서 22구경의 타게트 피스톨과 탄약상자, 그리고 사이렌서를 꺼냈다. 그는 조심스러운 솜씨로 제대로 기름이 쳐 있는지 확인을 하고, 총알을 장전하고 사이렌서를 끼웠다.

지금 나돌고 있는 피스톨 중에서 효과적으로 소리를 지울 수 있는 것은 이 22구경 타게트 피스톨뿐이다. 이런 특수한 성능을 최초로 발견한 것은 미국의 정보국원들이다. 이 정보가 암흑가에 퍼지기까지는 적어도 수년이 걸렸으나, 지금은 이 무기가 제법 빈번하게 사용되고 있으며, 그 효과는 절대적인 것이었다.

하자드는 피스톨에 안전장치를 걸고, 홀렁거리는 트레이닝복의 바짓가랑이를 걷어올려 정강이에 피스톨을 테이프로 고정시켰다. 총을 빼낼 때 정강이털이 함께 뜯겨지겠지만, 그쯤이야 조금도 고통이 되지 않는다. 오히려 순간적인 아픔은 방아쇠를 당기는 자극이 되기도 한다.

급히 밖으로 나와 보니 벌써 성급하게 식당으로 향해 걸어오는 남자들이 보였다. 12시가 가까워져 거의 점심 시간이 다 됐지만, 그는 전혀 시장기를 느끼지 않았다.

"식사하러 가십니까?"

등뒤에서 소리가 들렸다. 보스톤에서 온 백발의 애드 말레였다.

"조금 있다가 가죠."

하자드가 대답했다.

"그럼 서둘러서 오시구려. 당신 자리를 잡아놓을 테니까."

숏팬티와 스웨터로 갈아입은 말레는 기운이 넘쳐 보였다.

"고맙소. 부탁해요."

하자드는 말했다. 그는 운동장을 가로질러 본관으로 가서, 옆에 있는 문으로 닥터 로마의 사무실로 들어갔다. 닥터 로마는 책상 앞에 앉아서 아침에 도착한 청구서를 보고 있었다.

"누구요! 아, 또 당신이오, 하자드? 이번엔 무슨 일이오? 난 벌써 당신이 떠난 줄 알았는데."

"나는 떠나지 않아, 닥터 로마. 목요일 밤에 케로그가 여기 나타날 때까지 한 걸음도 움직일 생각이 없단 말이야."

닥터 로마는 한숨을 쉬더니 다시 청구서들을 들여다보기 시작했다.

"케로그는 오지 않을 거요. 오늘 오후 몬트리올로 전화를 해서 여행을 취소하라고 할 생각이오."

"흥! 그렇게 되지 않을까 걱정을 했지."

"무슨 소리요, 하자드? 당신 같은 친구 때문에 내 사업을 엉망진창으로 만들 순 없소! 맥스 가트너는 돈 지불도 깨끗했고, 내 입장도 존중해 주었소. 아무튼 목요일 밤, 케로그에게 국경을 넘게 할 순 없소! 게다가 정체를 숨기고 있는 경찰이 서성대고 있는데 말이오. 더군다나 어떤 놈이 경찰인지 알 수도 없는 판국에 말이오!"

"그건 내가 찾아내 준다."

"이제 됐소. 거래는 중지해요. 케로그에게 전회를 걸어야겠소."

"그건 몹시 유감인데!"

하자드는 풀린 운동화끈을 매는 척하고 쭈그려 앉더니 정강이에서 피스톨을 뜯어냈다. 테이프와 함께 정강이털이 뜯겨지는 순간 아픔이 스쳐 지나갔으나, 그대로 몸을 일으켜 한마디 말도 없이 닥터 로마의 왼쪽 관자놀이에 총알을 두 발 연속해서 쏘았다.

피스톨은 거의 소리도 내지 않았고, 머리에 난 작은 두 개의 상처에서는 피도 거의 흐르지 않았다. 하자드는 급히 문으로 가서 고리를 걸었다. 닥터 로마의 시체를 의자에서 일으켜 옷장까지 끌고 가서 문을 열어 그 안에 처넣었다. 어두워질 때까지 그곳에 숨겨두지 않으면 안 되었다. 적어도 거래가 끝나는 목요일이 지날 때까지 누군가에게 발견되는 위험만은 절대로 피하지 않으면 안 된다. 닥터 로마가 피살된 것을 조금이라도 눈치챘다면, 레오폴드는 곧 보안관을 부를 것이다.

하자드는 바지 속에 다시 총을 감추고 사무실을 나와서는 애드말레와 함께 점심을 먹기 위해 다시 운동장을 가로질러 식당으로 뛰어갔다. 새로 온 두 남자들도 함께 테이블 앞에 앉아서는 하자드를 위해서 자리를 내놓고 기다리고 있었다. 도대체 나와 같이 식사를 하자고 제의한 것은 어떤 놈이었을까.

"자, 이리로 앉으시오."

말레가 말했다.

"여기는 자주 오십니까?"

"처음이오. 그쪽은?"

"우린 다들 처음인 모양이군."

스프링필드에서 왔다는 기본스는 튀어나온 배를 한 손으로 두들기며 말했다.

"헬스 클럽이란 데를 여기저기 몇 해 동안 다니고 있는데, 나한텐 별로 효과가 없는 모양이오. 여긴 전에 갔던 데에 비하면, 마치 피크닉에 온 것 같군. 캐츠킬즈에 있는 헬스 클럽에서는 강제적으로 단식까지 시키고, 꼭 무슨 포로 수용소 같았는데! 그렇게만 한다면 몇 파운드라도 줄일 수 있지!"

"허, 그래요?"

하자드는 야채 주스를 마셨다. 조용히 앉아 있는 샘 영에게 말을 걸었다.

"당신은 어떻소? 여긴 처음이오?"

"아……."

"말을 잘 안 하는시군."

"별로 할 말도 없어서."

"여기 온 유일한 이유는 바로 여편네 때문이라고."

백발의 애드 말레가 말했다.

"그 사람은 언제든지 내 몸에 관해서 잔소리만 하고 있거든. 제발 체중 좀 줄이라는 거요."

하자드는 말레의 왼손을 힐끔 쳐다보았다. 결혼반지를 끼고 있지 않았지만, 그것만으로 특별히 무엇을 증명하는 것은 아니다. 결혼반지를 끼고 있지 않은 남자는 수두룩하다. 그러나 말레는 보스턴에서 왔다고 하면서 뉴욕 토박이 같은 말투를 하고 있다. 아무래도 이것이 좀 걸린다.

하자드는 자신을 레오폴드의 입장에 놓고 생각을 해보았다. 내가 만약에 레오폴드라고 한다면, 충실한 애처가 시늉을 할 것인가, 그렇지 않으면 기본스처럼 건강 지상주의로 가느냐, 아니면 샘 영처럼 알 수 없는 괴짜로 갈 것인가. 그러나 공교롭게도 그는 레오폴드를 전혀 모른다.

그러나 누군가가 레오폴드를 알고 있을 것이 틀림없다.

커네티컷에 있는 누군가가?

점심 식사를 마친 뒤 하자드는 일행에게 말하고 자기 방으로 돌아갔다. 그는 두 군데에 중요한 전화를 해야 했다.

우선 외선으로 닥터 로마의 헬스 클럽 전화번호를 돌렸다. 교환이 나오자, 프론트를 돌려달라고 했다. 그리고 목소리를 깔고 닥터 로마의 단조로운 음성을 흉내내어 사무원에게 얘기했다.

"나 닥터 로만데, 지금 읍내에 와 있어. 급히 중요한 일이 생겨서 2, 3일간 버링톤에 가야겠는데."

"알겠습니다."

사무원은 사무적으로 대답했다.

“매일 하는 대로 잘하도록 종업원들에게 전달해 주게. 늦어도 금요일에는 돌아갈 테니까.”

“네, 잘 알겠습니다.”

하자드는 웃는 얼굴로 전화를 끊었다. 닥터 로마의 차는 바로 가까이 있는 자택의 차고에 있다. 날이 어두워진 다음에 사체와 함께 움직이면 된다. 닥터 로마는 아내와 별거하고 있으니까, 적어도 금요일까지는 아무도 그의 실종에 대해서 의심을 품지는 않을 것이다. 그리고 그때까지라면 하자드의 거래도 끝날 것이다.

다음에는, 마고가 있어 줄 것을 기대하면서 커네티컷의 자기 아파트로 전화를 걸었다. 마침 그녀는 집에 있었다.

“그쪽은 어때요? 체중은 좀 줄었어요?”

그녀는 하자드에게 물었다.

“약간은. 이봐, 애길 잘 들어. 마고, 부탁이 있다. 레오폴드라는 남자의 사진이 필요해. 그곳 경찰서의 경감이야.”

“도대체 어떻게 된 일이에요?”

“그놈이 여기 와 있는 모양이야. 그 정보가 틀림없다면, 그놈의 얼굴을 외워둘 필요가 있어.”

“그 남자가 거기 가 있는데 어떻게 사진을 입수할 수가 있어요?”

“신문사의 참고 자료실로 가는 거야. 지금 곧, 오늘 오후에. 그자가 경감이라면 반드시 신문에 사진이 실린 일이 있을 거야. 만약에 없다면 승진했을 때의 사진이라도 있을 거야. 기사를 복사해. 복사해 주지 않는다면 훔치면 돼. 입수하면 전화를 걸어. 이쪽에서 받을 수 있는 번호를 가르쳐줄 테니까.”

“알았어요.”

그녀는 더 이상 질문하지 않았다. 그가 필요로 하는 것과 그것을 입수할 수 있는 방법을 알았으면 그것으로 충분했다.

"조심하세요, 월터."

"걱정하지 마."

그는 수화기를 내려놓고 밖으로 나갔다. 일과에 따라 사우나와 마사지 시간이 임박해 있었다. 말수가 없는 샘 영이 하자드의 옆 마사지 테이블에 누워 있었다. 하자드는 영의 겨드랑이에 있는 상처 자국을 보았다.

"그 상처는 어찌 된 거요? 꼭 총알이 스쳐 지나간 자리 같군."

그는 물었다. 영은 잠깐 관심을 보이며 그를 쳐다보았다.

"바로 맞혔군."

"어디서 그랬소?"

"베트남이지."

영은 눈을 감고 그 이상 아무 말도 하지 않았다. 하자드는 엎드려 누워서 그 상처 자국을 자세히 들여다보았다. 그 상처가 정글 속에서 50구경의 기관총에 의해서 난 상처인지, 아니면 뒷골목에서 32구경의 권총에 의해서 생긴 상처인지 구별할 수 있는 방법은 없었다.

저녁 시간 직전에 마고가 전화를 걸어왔다. 들뜬 목소리로 보아 필요한 물건을 입수했다는 것을 알 수 있었다.

"구했나?"

"물론이죠, 월터. 문제 없었어요. 그 남자에 관한 기사는 많이 있었고, 사진도 두 장이나 있었어요. 양쪽 다 복사했어요."

"어떤 꼴을 하고 있어?"

"중년이고 좀 뚱뚱한 편이에요."

"그 정도는 나도 알고 있어. 머리는 하얗던가?"

"아뇨, 사진으로는 검게 보였어요."

"얼마 전의 사진인데?"

"한 장은 3년 전, 또 한 장은 반 년 전의 사진이에요."

"키는 얼마나 돼 보이나?"

"이 사진으론 모르겠어요. 상반신만 찍혀 있어요."

"기사의 내용은? 총알 자국 같은 것에 대해서 뭐 써 있는 것 없었어?"

"아뇨, 그런 것은 안 써 있었어요."

하자드는 좀 초조해졌다.

"얼굴은 어때? 뭐 다른 점은 없어? 상처는?"

"그런 건 없어요, 월터. 그냥 평범한 얼굴이에요."

"눈빛은?"

"흑백사진인걸요, 월터. 빛깔 같은 것이 구별될 까닭이 없지 않아요? 사진으로 봐선 그렇게 밝은 빛이 아닌 것은 틀림없어요."

"됐어, 그만."

그는 더 이상 참을 수가 없었다.

"어떡할까요? 이 사진, 차로 가져갈까요?"

"아냐, 괜찮아. 이번 주에 여자가 오면 금방 눈에 띈단 말이야. 게다가 편도 여섯 시간씩이나 걸린단 말이야. 우편으로 보내 주겠어? 오늘 밤 안으로 보낼 수 있게 직접 우체국으로 가지고 가."

"하지만 아마 목요일 아침이나 돼야 도착할 텐데."

"알고 있어."

우편 배달편의 요행을 기대할 수밖에 없다는 것은 짜증스러운 일이지만, 그래도 운이 좋으면 캐나다에서 마약이 출하되기 전에 도착할 수도 있을 것이다. 마약이 출하되는 날을 레오폴드가 알 리가 없으니까, 현재로서는 하자드가 유리하다. 문제는 레오폴드가 어디까지 알고 있느냐 하는 것이다.

"조심하세요, 월터."

"걱정 마. 이번 주말에는 만날 수 있겠지."

그는 수화기를 내려놓았다. 애기를 하고 있는 동안에 혹시 도청이나 되고 있지 않을까 걱정했으나, 그럴 염려는 없다고 생각을 바꿨다. 교환대를 통해야 전화가 가능하니까. 닥터 로마의 허가 없이는 도청기를 장치할 수 없을 것이다.

저녁 식사 후에 산책을 하면서 애드 말레와 애기를 했다. 말레의 보스톤 실업계 애기에 대항하기 위해서 그는 중서부에서의 사업 애기를 꾸며댔다. 그와 헤어진 다음, 백발의 애드 말레는 적어도 마고가 애기한 정보와는 관련이 없다고 생각했다.

물론 레오폴드가 머리를 염색했다면 애기는 달라진다.

어두워진 다음, 하자드는 닥터 로마의 집으로 가서, 그의 주머니에서 꺼낸 열쇠로 차고의 문을 열었다. 창문에서 밖을 내다보고 있는 사람이 없기를 빌면서, 초록색의 대형 리무진을 본관 뒷문으로 갖다 댔다.

시끄러운 텔레비전 소리가 들려온다. 말레와 다른 두 사람의 남자들이 3인조의 게임에 열중해 있는 것을 알고 있었다. 운이 좋으면 들키지는 않을 것이다. 그래도 만일에 대비해서 22구경 권총을 웃옷 안에 숨기고 있었다.

하자드는 닥터 로마의 시체를 옷장 안에서 끌어내 어깨에 메고 차를 세워둔 곳까지 가서 트렁크에 넣었다. 옷장 바닥에 묻은 커다란 핏자국 위에 사무실에서 가지고 온 작은 깔개를 덮었다. 일이 끝나자, 융단 위에 남은 사체의 발뒤꿈치 자국을 골라서 지웠다.

하자드는 대형 리무진을 운전해 읍내로 향하는 구부러진 길을 천천히 내려갔다. 헬스 클럽으로 올라오는 도중에, 오랫동안 방치된 대리석 채석장이 있는 것을 본 기억이 있었다. 자동차와 사체를 숨기기에 가장 적당한 장소라고는 할 수 없지만, 2, 3일은 견딜 수가 있을 것이다.

채석장 안쪽 깊숙이 차를 세워두고, 멀리서 보더라도 잘 알아볼 수 없도록 판자와 나뭇가지 등을 주위에 쌓아놓고 채석장을 나왔다. 그리고 채석장에서 1마일쯤 걸어서 읍내까지 갔다.

최초에 만난 사람은 가스였다. 역 근처에 세워둔 스테이션 웨건 옆에 서 있었다.

"언덕 위의 헬스 클럽까지 얼마면 태워다 주겠나?"

하자드가 물었다.

"2달러요."

가스가 말했다.

"그래? 부탁하네."

"걸어서 돌아다니십니까?"

"응, 운동을 좀 했지. 생각했던 것보다 멀리까지 와버리고 말았어. 내려올 때는 편하지만, 위로 올라갈 때는 아무래도 차를 타야겠어."

가스는 뭐라고 중얼거리면서 차문을 열어주었다.

"구두 먼지를 좀 털어주세요. 차 안을 깨끗이 하고 싶어서요."

"알았네."

하자드가 말했다.

헬스 클럽까지는 10분이 걸렸다. 가스에게 요금을 주고 안으로 들어가 카드 게임하는 것을 옆에서 지켜보았다. 아무도 그의 부재를 눈치챈 사람은 없는 것 같았다.

아침에, 식전의 조깅에서 프랭크 기본스와 함께 뛰게 되었다. 이 남자는 알레르기의 고민은 극복한 듯했는데, 전에 간 일이 있는 헬스 클럽의 공포 체험이 아직 머리에 깊이 남아 있었다.

숲속의 작은 길을 따라 천천히 뛰면서 그는 말을 걸었다.

"서부의 어떤 헬스 클럽에서는 말이오, 바다가 내려다보이는 바위에서 모두 벌거벗은 채 무릎을 꿇고 앉아서 일광욕을 하지. 남자도 여자도 함께 말이오. 시험삼아 다섯 시간을 했더니, 살이 타서 2주간이나 가더라고!"

"캘리포니아에서는 그게 유행이라고 하더군. 내가 보기엔 정신 나간 친구들이지만."

하자드는 일부러 맞장구를 쳤다.

"넉백에 알레르기는 나았지. 그 점에선 효력이 있더군."

"서부 여자들은 어떻소?"

"굉장한 미인들이지. 그런데 그곳에는 소위 명상광이라는 게 있어서 말이오. 헬스 클럽이라기보다 종교에 가까운 거지."

점심 때가 되기 직전에 우편이 도착되어 곧 알파벳 순으로 나란히 돼 있는 우편함에 이름대로 나뉘어 꽂혔다. 하자드의 첫글자인 H의 우편함에는 아무것도 없었다. 하기야 마고의 편지가 이렇게 빨리 도착될 리가 없었다.

점심 식사 후에, 다시 한 번 샘 영에게 말을 붙일 구실거리를 찾아보려고 했으나, 결과는 시원치 않았다. 용의자 리스트에서 샘 영을 빼버릴까. 레오폴드라면 틀림없이 내 행동을 감시하는 의미에서 좀더 친하게 행동할 것이다.

그날 밤, 그는 마음이 가라앉지 않았다. 익숙하지 못한 운동이 육체 뿐만 아니라 마음까지도 피로하게 만드는 모양이다. 그는 모든 일이 제대로 되지 않았을 때의 일을 생각하기 시작했다. 특히 이곳에 와 있는 레오폴드가 마음에 걸렸다.

닥터 로마에게 정보를 흘려준 보안관 사무소의 남자 이름이라도 알았으면 좋겠는데. 아니, 설사 안다 치더라도 별볼일 없을 것이 아닌가. 그 자는 닥터 로마의 심복일 것이고, 그 로마는 이미 꺼져버렸는데 말이다.

그러나 만일에 로마가 나를 속이고 있었다면?

하자드가 그를 죽이기 전에 케로그에게 전화를 걸었다면 어떻게 될 것인가? 그는 맥스 가트너의 시체에서 훔쳐낸 작은 수첩을 뒤져 케로그에게 연락을 할 수 있는 전화번호를 찾아냈다. 그러나 이번에는 자기 방의 전화를 사용하는 위험을 범하지는 않았다.

밖으로 나와 뒷문으로 닥터 로마의 사무실로 들어갔다. 닥터가 마지막으로 앉아 있던 책상 앞에 앉아서 몬트리올을 불러냈다.

케로그가 전화를 받을 때까지는 좀 시간이 걸려, 한참 만에 그의 목소리가 들려왔다. 주위의 웅성거리는 소리로 짐작컨대, 파티를 열고 있는 모양이다.

"나 하자드야. 지금 클럽에 와 있지."

"아, 그래?"

"내일 만날 수 있겠지?"

"물론이지."

"닥터 로마는 급한 일이 있어서 출타하게 됐어. 혹시 계획에 변경이라도 있는가 해서 전활 걸었어."

"아무 얘기도 못 들었어. 한밤중까지는 그쪽에 도착할 거야."
"좋아."
"돈을 가지고 있을 테지?"
"걱정 놓으라고! 여기 제대로 가지고 있으니까."
"그럼, 북쪽 길 큰 바위 있는 데서!"
수화기를 내려놓은 하자드는 아까보다는 기분이 좀 편해졌다. 모든 것이 잘 되어가고 있다. 잘못될 이유가 조금도 없는데 공연히 초조해졌던 것뿐이다.
아침 식사 때 애드 말레가 도로 얘기를 하기 시작했다.
"이 근처를 드라이브한다는 것은 정말 목숨 걸고 하는 장난이야. 안 그래, 월터?"
하자드는 섬뜩 경계심이 일어났다. 화요일 밤에 닥터 로마의 차를 타고 있던 것을 말레에게 들킨 것은 아닐까?
"글쎄, 나는 차를 몰고 왔는데."
"아니, 이 길을 말이오? 그건 또 대단한 배짱이군."
"여긴 기차로 왔소?"
"아냐, 버스로 왔지. 버스 편이 좋거든."
하자드는 테이블 저쪽의 얼굴을 자세히 들여다보면서, 이 남자를 경감이라고 상상해 보았다. 있을 수 있다. 확실히 있을 수 있다.
"정신위생 강좌에 갈 거요?"
말레가 물었다.
"그럴 생각이오."
하자드가 말했다.
"졸지나 않았으면 좋겠는데."
그들은 오전의 마지막 강좌에 나란히 출석했다. 닥터 로마의 조

수 한 사람이 인생에 대한 올바른 태도의 중요성에 관해서 열심히 설명을 했다.

그렇다. 나는 인생에 대한 올바른 태도를 몸에 지니고 있다.

그리고 죽음에 대해서도.

절반 정도의 사람들밖에 참석하지 않았다. 기본스와 영이 참석하지 않은 것이 몹시 마음에 걸렸다.

"영은 달리기를 하러 갔을 거야."

하자드가 물어보자, 영이 대답을 했다.

"프랭크 기본스는 밖의 수영장에서 수영이나 하겠다고 그랬소. 여기 와서 모처럼의 따뜻한 날이니까."

점심 시간 직전에 강의가 끝나자마자, 하자드는 급히 우편함 쪽으로 갔다. 마고의 편지가 들어 있었다. 가늘고 비스듬한 필적을 보는 순간 마고의 글씨라는 것을 알았다.

그는 침을 꿀컥 삼키고 봉투를 뜯었다.

메모에는 한마디, "이거예요."라고만 적혀 있었다. 그는 서둘러 신문에서 오려낸 것을 펴보았다. 보스톤의 신문에서 오려낸 사진으로, 봄의 동물원 방문기였다. 사진에는 가슴을 두들기고 있는 거대한 숫놈 고릴라의 모습이 찍혀 있었다.

하자드는 기가 막혀서 로비에 걸터앉았다. 마고가 이런 장난을 할 리가 없다. 저 바보 같은 강의를 듣고 있던 사이에, 누군가가 우편에 손을 대서 편지를 빼낸 것이 틀림없었다.

그는 봉투를 접어 풀칠한 부분을 조사해 보았다. 증기를 쏘이고 연 다음, 접착제로 다시 봉을 한 흔적이 보였다. 레오폴드의 사진을 빼내고, 그 대신 이 장난 같은 사진을 넣어둔 것이다. 이런 일을 할 수 있는 것은 오직 한 사람, 레오폴드 경감뿐이다.

그들 두 사람은 살쾡이처럼 어둠 속에서 서로 상대를 쫓아다니고 있다. 제각기 불리한 조건을 가지고 있다. 하자드는 아직 레오폴드의 정체를 포착하지 못했고, 레오폴드 역시 캐나다에서 헤로인이 오늘 밤 여기 도착하는 것을 모르고 있다.

그러나 어쩌면, 오직 추측일 뿐이지만, 레오폴드는 좀 지나쳤던 것이 아닐까?

말레와 오전 중에 계속 함께 있으면서 강의를 듣고 있었으니까, 이 보스톤에서 온 백발의 남자가 편지를 빼내고 알맹이를 바꿔치기할 수는 없을 것이다.

그러니까 적어도 애드 말레는 레오폴드 경감이 아니다.

그렇다면 남은 것은 두 사람, 건강 지상주의자인 기본스와 옆구리에 탄흔이 있는 밀수 적온 샘 영이다.

두 사람 중의 어느쪽인가가 레오폴드이다. 하자드는 입술을 깨물고 방에 놔둔 총을 생각했다. 필요하다면 둘 다 해치우면 된다.

그러나 될 수 있으면 진짜 하나만을 죽여야 한다.

기본스냐, 그렇지 않으면 영이냐?

기본스의 머리 문자 ‘G’의 우편함은 하자드의 바로 옆에 있다. 기본스라면 남의 눈에 띄지 않게 편지를 꺼내서 나중에 되돌려놓을 수도 있다. 그래, 그리고 그 밉살스런 고릴라의 사진이다! 기본이라는 것은 분명히 손이 긴 원숭이의 일종이 아니었던가. 레오폴드는 나한테 힌트를 던졌는지도 모른다.

그러나 무엇 때문에 놈은 그런 짓을 한단 말인가? 누군가 다른 남자에게 의심이 가도록 한 것이 아닐까. 도대체가 무엇 때문에 그 따위 웃기는 종이 쪽지를 남겨놓았을까?

물론 자기 사진을 발견했으면 빼낼 필요야 있었겠지만, 솜씨를 보이려면 그것으로 충분했을 것이다. 손쉬운 보스톤의 신문을 오려서 넣어두기만 해도 아무 일 없었을 것인데. 어쩌면 레오폴드는 하자드를 선동하려고 그랬을 것이다. 기본스란 이름에 의심을 갖도록, 샘 영이 원숭이의 사진을 넣었다고도 생각할 수가 있다.

점심 식사 후, 하자드는 방에서 돌아와 22구경의 피스톨을 꺼냈다. 오늘 한밤중에 케로그를 만날 때까지 정강이에 그대로 숨기고 있어야겠다. 기본스나 영이 방해를 하려고 한다면, 닥터 로마와 마찬가지로 주저없이 쏘아 죽일 작정이었다.

하자드는 수영장 언덕 밑의 작은 주차장에 차를 세워두었다. 훔치려고 하는 사람이 있으리라고는 생각하지 않았지만, 오후가 되면 언제나 차를 살펴보러 갔다. 지금도 차를 점검하고, 오늘 밤의 탈출을 방해하려는 자가 없다는 것을 확인한 다음에 수영장으로 돌아왔다.

하자드가 가까이 가자, 샘 영은 물에서 나와 타올로 몸을 닦기 시작했다.

"좋은 날씨군."

하자드가 말했다.

"음."

그 남자의 옆구리 상처로 눈이 갔다.

"이런 데 자주 오시오?"

"처음이오."

"프로비덴스에서는 어디서 일하고 있었소?"

"시청에서 일했지."

"그래?"

영은 몸을 다 닦고 나자, 그대로 서 있는 하자드를 남겨두고 가 버렸다. 그는 멀어져가는 남자를 쳐다보면서, 그가 진짜 레오폴드 이건 아니건 간에, 지금 이 순간에 그 남자를 죽이고 싶다는 생각 이 들었다.

그는 오후의 살빼기 체조가 시작될 때까지, 한참 동안 수영장 옆 에 앉아 있었다. 일어나려다가 문득 무엇인가를 느낀 그는 언덕 아 래에 있는 차를 바라보았다. 차체의 뒤가 앞부분보다 낮아지고 이 상하게 기울어져 보인다. 그는 잘 조사해 볼 생각으로 천천히 언덕 아래로 내려갔다. 뒷바퀴가 다 펑크가 나 있었다.

재빨리 주변을 살펴보았으나 가까운 곳에는 아무도 없었다. 그 러나 바로 30분 전까지 바퀴에는 아무런 이상도 없었지 않은가.

또 레오폴드였나. 그 말고 누가 또 있단 말인가?

옷을 입고 또 다른 문으로 빠져나가 바퀴의 공기를 뺄 만한 시간 여유가 영에게 있었을까? 아미도 그것은 무리였다. 그렇다면 남은 것은 기본스 한 사람이다.

기본스가 레오폴드였다. 하자드는 거의 확신하고 있었다. 알레 르기라든가 헬스 클럽의 얘기는 모두 속임수였다.

그런데 무엇 때문에 바퀴의 공기를 뺐을까? 레오폴드는 무엇을 얻으려고 그랬을까?

하자드의 도주를 방해하려고 그런 짓을 한 것이 명백했다. 펑크 에 정신이 팔려 바퀴를 서둘러 바꾸거나 급하게 공기를 넣으려고 한다면, 머지 않아 출발할 예정이라는 것을 알려주는 것이나 다름 없다. 그렇다. 차는 그대로 두고 다른 탈출 수단을 생각하는 것이 좋을 듯싶다. 필요하다면 차 정도야 언제든지 훔칠 수도 있다.

로비를 가로지르는 도중에 좋은 생각이 떠올랐다. 읍내에서 온 남자가 게시판에 붙여 놓은 명함!

'가스의 택시 서비스, 주야.'

공중전화를 써서 번호를 돌렸다.

"가스씨는 외출 중입니다."

여자의 음성이 대답했다.

"여기는 트럭 스토아입니다. 가스씨가 돌아오면 전화를 하라고 전할까요?"

"아니, 됐습니다. 다시 전화하죠."

저녁 식사 중에도 그는 프랭크 기본스로부터 눈을 떼지 않았다. 그 남자는 식욕이 왕성하다고 말하면서 탐욕스럽게 식사를 했다.

닥터 로마의 소재가 화제에 올랐을 때, 애드 말레가 말했다.

"2, 3일 여행하러 갔다고 들었는데?"

저녁 식사 후, 하자드는 택시 운전사에게 다시 한 번 전화를 걸었다. 이번에는 아까 나왔던 여자가 그를 불러주었다.

"가스요? 요전날 밤에 헬스 클럽까지 타고 온 사람이야. 기억하겠지?"

"네, 기억하고 있습니다."

"오늘 밤 12시쯤 데리러 왔으면 좋겠는데."

"좋습니다."

"여러 사람을 깨우면 나쁘니까 경적은 울리지 말게. 이정표가 서 있는 데까지 걸어서 내려갈 테니까 거기서 만나지. 딱 12시야. 내가 2, 3분 늦더라도 기다려야 해."

"알겠습니다. 거기 있겠습니다."

하자드는 수화기를 내려놓고 안도의 숨을 내쉬었다. 오늘 하루

중에서 처음 긴장감이 좀 풀리는 것을 느꼈다. 잘될 것 같다. 레오폴드며 그 밉살스런 고릴라 사건이 있었지만, 어떻게 해서든지 뚫고 나갈 수 있을 것 같다.

또 한 가지 해야 할 일이 있었다. 그는 자기 방에 숨겨두었던 장소에서 닥터 로마의 자동차 키와 집의 열쇠를 꺼내 케로그에게 줄 돈과 함께 봉투 속에 넣었다. 이 캐나다 사람이 체포되든가 만약에 하자드를 배반하려고 한다면, 로마 살해죄를 뒤집어쓰게 될 것이다. 아마도 수일간의 알리바이는 있겠지만, 증명하기에는 시간이 걸릴 것이다. 그리고 나서 하자드는 세면도구 상자를 열어 수면제를 꺼냈다. 만약의 경우를 생각해서, 캡셀 세 개 분의 가루를 꺼내 약봉지처럼 종이에 싸서 주머니에 넣었다.

일행들은 모두 카드룸에 모여 있었으나, 저녁 식사 후의 피너클 게임은 아직 시작되지 않았다. 하자드는 프랭크 기본스를 찾아내서 함께 와인이나 하자고 했다. 헬스 클럽에 있는 유일한 알코올 음료는 와인밖에 없었다. 하자드는 와인을 따르고, 기본스의 잔에 수면제 가루를 몰래 털어넣었다.

그들은 테라스에 앉아 마시며 얘기하곤 했다. 기본스는 다른 친구들과의 게임도 거절했다.

"좋은 밤이오."

하자드가 말했다. 기본스도 끄덕이며 말했다.

"저 달을 보게. 숲속을 한바탕 달리고 싶어지는군!"

조금 후에 하자드는 수면제가 효력을 발휘하기 시작한 것을 알았다.

"무엇 때문에 여기 왔지?"

그는 기본스에게 물었다.

“나를 함정에 빠뜨리기 위해서?”

“뭐…… 라고……?”

기본스의 머리는 가슴으로 툭 떨어졌다.

하자드는 싱긋 웃으며 일어났다.

“즐거운 꿈이라도 꾸시길, 레오폴드 경감!”

그는 테라스에서 내려와 천천히 숲으로 걸어갔다. 아직도 한 시간 남짓 기다려야 하지만 일찌감치 도착하고 싶었다. 그는 몸을 굽혀 다시금 정강이에서 테이프를 떼어내고 총신의 차가운 감촉을 손아귀 속에서 확인했다. 그리고 숲 속 깊숙이 들어가 얼마 있으면 만날 장소를 찾아내고, 바위 위에 앉아 담배에 불을 붙였다.

11시에서 몇 분 지났을 때, 케로그가 숲길을 올라와서 신호인 새 울음 소리를 냈다.

“하자드요?”

그는 물었다.

“그래.”

“맥스 영감은 어떻게 됐소?”

“사고를 만나서.”

캐나다 사람은 끄덕였다.

“흔히 있을 수 있는 일이지. 그런데 돈은 가져왔을 테지?”

“이 봉투 속에 있어.”

케로그는 성냥을 켜서 돈을 셌다.

“이 열쇠는 뭐요?”

“숲 속의 적당한 곳에 버려두게.”

“뭐라고?”

“물건은 가지고 왔겠지?”

케로그는 어깨에서 휴대용 룩색을 내렸다.

"50파운드, 정확하게."

"좋아."

하자드는 혀끝으로 재빨리 맛을 보았다. 물건은 틀림없는 것 같았다.

"다음은 언제쯤 필요한가?"

"다시 연락하지. 그럼……."

그는 캐나다 사람이 빠른 걸음으로 숲 속의 길을 내려가는 것을 지켜보았다. 서로 악수도 하지 않았다. 하자드가 오른손에 소음기를 부착한 피스톨을 가지고 있었기 때문이다. 캐나다 사람도 그것을 알고 있었을 테지만, 이 세계에서는 별로 이상한 일도 아니다. 하자드는 손목시계를 보았다. 슈트케이스를 가지고 와서 스테이션 웨건과 합류할 때까지 아직 상당히 시간이 있었다.

급히 헬스 클럽에 돌아갔을 때, 전등은 거의 꺼져 있었다. 그는 방으로 들어갔다. 슈트케이스에 룩색을 넣었으나 피스톨은 그대로 손에 들고 있었다. 무거운 짐을 들고 문을 나서려고 했을 때, 누군가가 어둠 속에서 그를 붙들었다.

백발이 눈에 띈 순간, 애드 말레라는 것을 알았다.

"뭐가 그렇게 급해? 프랭크의 잔에 뭔가 넣는 것을 보았지. 그 친구는 지금 의식불명이야. 도대체 무슨 짓을 하려는 거야?"

하자드는 지저분한 욕설을 중얼거리면서 빠져나가려고 했으나, 말레는 그의 몸을 꽉 붙들고 놓지 않았다. 하자드는 오른손을 치켜들었으나 총신이 긴 피스톨을 쏠 자세는 아니었다. 대신 그는 피스톨을 뒤로 치켜들고 말레의 뒤통수를 힘껏 내려쳤다. 남자의 무릎이 꺾였다. 하자드는 다시 한 번 피스톨로 내려쳤다.

그는 쓰러진 남자에게 다시 한 번 피스톨을 겨냥했다. 무엇이 무엇인지 알 수가 없었다. 기본스, 그리고 이번에는 애드 말레. 둘 다 레오폴드 경감이었단 말인가? 아니지, 그럴 리가 없지!

말레의 머리를 내려쳤을 때, 사이렌서가 떨어져 나간 모양이다. 지금 여기서 사이렌서 없이 총을 쏘는 것은 너무나 위험하다. 바닥에 쓰러진 말레를 남겨두고 그는 급히 밖으로 나왔다.

길을 내려가 이정표 앞까지 왔을 때, 그는 몹시 허덕이고 있었다. 가스의 스테이션 웨건은 벌써 와 있었다.

"몹시 숨이 찬가 보군요?"

통통한 중년 남자가 말했다.

"슈트케이스를 들어드리죠."

하자드는 피스톨을 겨눴다.

"손대지 마. 빨리 타고 운전이나 해."

하자드는 우선 슈트케이스를 자리에 놓았다.

"알았습니다."

그리고 나서 무슨 일이 일어났는지 알 수도 없는 사이에, 자동차 문이 총을 쥐고 있는 손에 심하게 부딪쳤다. 고통스럽게 외치는 소리와 함께 총이 떨어졌다. 문득 올려다보는 하자드의 눈에, 권총을 쥔 가스의 모습이 보였다.

"자, 이제부터 교도소로 직행을 하실까? 내가 바로 레오폴드 경감일세."

다음날 오후, 레오폴드는 플레처, 코니와 함께 사무실에 있었다.

"자네 일도 조금은 거들어주었고, 이 근처의 납세자들이 낸 세금도 조금은 되찾은 셈이지."

레오폴드는 플레처에게 말했다.

"하자드는 닥터 로마 살해 용의자로 버몬트에서 재판을 받게 됐지. 놈이 거기서 무죄 석방이 되지 않는 한, 우리가 다시 나가서 데리고 오지 않아도 될 걸세. 참, 머리를 얻어맞은 친구는 경상이었다는군."

플레처는 그저 끄덕이고 있었다.

"어디서부터 시작해야 좋을지 모를 정도로 질문이 많은데요?"

"사건의 전말만 간단히 야기해 주지."

레오폴드가 말했다.

"가스라는 사람을 만나서, 체격이 나와 마찬가지로 통통하다는 것을 알 때까지는 손님으로서 클럽에 들어갈 생각밖엔 안 하고 있었지. 그 남자에게 돈을 주고 2, 3일간 일을 나한테 맡겨 달라고 부탁을 했시. 클럽의 베치도라든가, 우편을 비롯한 일상적인 일은 그 남자가 가르쳐 주었네. 읍내 사람들에게는 가스가 병이 나서, 사촌형인 내가 2, 3일 간 교대하는 것으로 해두었지. 화요일에 하자드를 만났을 때, 내가 가스냐고 물어왔을 때는 조금 뜨끔했지만 그렇다고 대답했지. 그 사람한테는 쭈욱 내가 가스라고 믿어버리게 했지. 접수계에 있는 남자한테는 사촌형이라고 애기했지만 말이야. 그런데 날 보면 금방 가스가 아닌 것을 알 만한 로마는 나를 보기 전에 살해되고 말았어."

"하자드가 닥터 로마를 죽인 것은 어떻게 아셨어요?"

코니가 물었다.

"화요일 밤에 놈은 걸어서 읍내에 내려왔어. 헬스 클럽까지 태워 줄 차를 찾고 있었지. 놈의 구두에 대리석 가루가 묻어 있었어. 마을 밖에 있는 채석장의 가루가 말이야. 다음날 아침 거기까지 안내해 줄 사람을 찾아서 가보았네. 거기서 로마의 차와 트렁크의 사체를 발견했지. 로마의 부하가 보안관 사무소에 있었는데, 사체가 발견되니까 그냥 살려달라고 하더군. 내가 오는 것을 로마에게 밀고했다는 거야. 그래서 하자드도 알고 있다고 생각했지. 어제 놈에게 편지가 왔다는 것을 알았을 때, 증기로 개봉을 해보니 속에 내 사진이 들어 있잖아. 대신 보스톤 동물원의 신문 쪽지를 넣어두었는데, 아마 꽤나 짜증스러웠을 거야."

플레처는 레오폴드에게 불평했다.

"영장도 없이 개봉을 하셨어요?"

"체신부의 높은 양반에겐 비밀로 해둬야지. 하자드는 다른 손님들 사이에 내가 있는 것으로 의심하고 있었기 때문에, 우편물에 가장 손을 대기 쉬운 인간이 있다는 것을 깜박 잊고 있었어."

"캐나다 사람은 어떻게 됐습니까?"

"국경을 넘어서 돌아가려고 하다가 체포됐을 거야."

"하자드가 어젯밤 차를 태워 달라고 전화하리라는 것을 어떻게 아셨어요?"

코니가 물었다.

"그래, 화요일 밤에 차를 태워줬으니까, 바퀴의 바람만 빼두면 틀림없이 또 전화를 걸 것이라고 생각했지. 걸지 않았더라면, 어쨌든 놈이 올 때까지 기다리고 있었을 거야."

"바퀴의 바람을 빼냈어요?"

레오폴드 경감은 빙그레 웃었다.

"비밀수사라는 것은 아무래도 경찰관의 최악의 면을 드러내는 것 같아서 말이야. 하지만 월터 하자드 같은 놈에겐 어떤 수를 쓰더라도 심하다고 생각할 건 없어."

세계에서 가장 친절한 사나이 / 헨리 슬레서

THE KINDEST MAN IN THE WORLD
Henry Slesar

세계에서 가장 친절한 사나이 / 헨리 슬레서

• 세계에서 가장 친절한 사나이
월프레드 코비는 그의 아내를 살해한 네 사람을 용
서해 주겠다고 선언했다. 그것은 그 나름대로의 깊
은 동정을 품고…….

——엘러리 퀸

헨리 슬레서(1927~   )
뉴욕시 브르클린에서 출생. 카피라이터 출신의 콩트 작가. 산 사람
의 눈을 빼먹는다는 광고업계에서 활동을 계속해 오고 있으며, 지
금도 광고 대행사의 현역 사장이다. 업계를 소재로 한 장편 미스테
리의 처녀작 「회색 플란넬의 수의」로 1959년도 MWA최우수장편상
을 수상. 그러나 그는 뛰어난 숏스토리 작가로 1955년 이후 5백 편
을 넘는 작품을 양산하고 있다. 히치콕 편집에 의한 「재미있는 범
죄, 멋있는 살인」, 「엄마에게 바치는 범죄」 등 많은 단편집이 있다.

세계에서 가장 친절한 사나이

"쉰아홉 살이십니까? 네⋯⋯."

데니슨은 만족스러운 듯이 철거덕 하는 소리를 내고 서류 가방의 뚜껑을 닫으면서 말했다.

"물론 루이스씨, 이 정도 연세의 분과는 보험 계약을 체결하는 일이 거의 없습니다. 하지만 꼭 그렇다는 것은 아닙니다. 생명보험을 드는 데 나이가 너무 많다거나, 너무 젊다거나, 그런 일은 없습니다. 그러니까 어찌 됐든 간에 검토해 보는 게 어떻겠습니까? 어느 정도의 보험 담보를 갖고 계시는지, 가족들을 위해서 앞으로 어느 정도의 예비가 필요하신지, 그런 것들을 말입니다."

데니슨은 주머니에서 구식 만년필을 꺼내 뚜껑을 열고 말했다.

"그런데 보험금을 받으실 분을 부인으로 하시겠습니까?"

그 호텔 방의 반대편 창가에 목욕 가운을 입은 채 앉아 있던 사나이는 소매에 감싸인 가냘픈 팔을 들어 기지개를 켰다. 어둠침침한 조명 아래서 보면 그의 모습은 마치 괴상한 새, 지금이라도 회색의 카펫 위에서 천천히 날아가려고 하고 있는 한 마리의 거위처럼 보였다.

　남자는 새처럼 보이는 이상한 웃음을 얼굴에 띠며 말했다.

　"아니, 내게는 아내도 없고 가족도 전혀 없소."

　별로 큰 기대를 하고 있었던 것은 아니지만, 데니슨은 한숨을 내쉬었다. 그 전화는 라스 팔마스를 담당하는 사무실을 통해서 아무런 사전 연락도 없이 걸려왔다. 그리고 전화를 걸어온 사람은 데니슨을 지명해서 보내 달라고 했다. 이번 달에 영업 성적이 오르지 않아 초조해하고 있던 데니슨은, 왜 자신이 지명됐는지 깊이 생각하지도 않고, 또 호텔에 묵고 있는 단기 체류자가 왜 종신 생명보험에 관심을 갖고 있는지 이상하게 생각할 겨를도 없이, 이렇게 찾아 나섰던 것이다.

　"그래요."

　가운을 입은 사나이는 되풀이했다.

　"여편네도 없고 자식도 없지. 손톱만치도 생각해 줘야 할 상대는 아무도 없단 말일세."

　"네…… 알겠습니다."

　하나도 안 것은 없었지만, 데니슨은 그렇게 말했다.

　"그러시다면 이 보험계약의 목적은……."

　"나는 계약을 체결하겠다는 말은 한마디도 안 했는데."

　"하지만 제가 사무실에서 전해 받은 말은……."

　"자네를 만나보고 싶다는 말이지. 조 데니슨, 자네를 말이야."

　데니슨은 갑자기 목구멍이 간질간질해지는 느낌이 들어, 상대방의 참뜻을 탐색이라도 하려는 듯이 눈을 가늘게 떴다.

　"맙소사! 자네는 날 기억하지 못하는가? 이거야말로 형편없는 얘기군. 아직 10년도 안 됐는데 날 몰라본단 말인가?"

루이스라는 이름의 남자는 비웃는 듯한 말투로 말했다.

"도대체 댁은 누구십니까?"

"조, 이렇게 얘기해도 믿어주지 않을진 모르지만, 나는 세상에서 가장 친절한 남잘세. 자네한테도 친절을 베풀어주고 싶어서, 멀리멀리 3천 마일의 거리를 날아온 걸세. 자네가 집을 뛰쳐나갔을 때, 도대체 어떤 사정으로 그렇게 됐는지는 모르겠지만, 나는 자네 행적을 완전히 놓쳐버린 줄만 알았지. 하지만 운 좋게 내 친구 한 사람이, 그 친구는 사립탐정인데, 그 친구가 이 로스앤젤레스의 한복판에서 자네를 찾아냈단 말이야. 자네가 생명보험 권유를 하고 있다는 거야. 생명보험이라니, 참 웃기는군. 안 그래? 만약에 네티가 자네 회사의 생명보험에 들어 있었다면, 자네는 네티를 죽이지 않았을지도 몰라. 그런 건 생각 안 해봤나, 조?"

가운 입은 사나이는 두 손을 모아 무릎 위에 놓고 무엇인가 기다리는 자세를 취했다. 잠시 있다가 데니슨이 입을 열었다.

"당신은 윌프레드 코비군요?"

"음, 그래. 자네를 속이고 여기까지 불러낸 것은 잘못이지만, 다른 방법이 생각나지 않아서 그랬지. 이렇게 해서라도 서로 오해를 풀고 깨끗이 청산하고 싶었던 거야. 그러니까 나로선 더 이상 화를 낼 일도 없고, 모든 것을 없던 걸로 돌리자 이거야."

그는 천천히 의자에서 일어나 깡마른 손을 내밀면서 다리를 끌고 가까이 다가왔다.

"악수를 해주겠나, 조? 이제 그만 화해를 해야지."

데니슨은 내민 손을 혐오스런 눈으로 내려다보았다. 그리고 느닷없이 마치 도전이라도 하듯 그 손을 잡고, 딱 한 번 아래위로 흔들었다.

"아, 고맙네."

코비는 소리를 죽여 웃었다.

"어떤가? 과히 나쁜 기분은 아니지? 아까도 얘기했지만 나는 자네한테 친절을 베풀려는 거야. 농담이 아니라 진담일세. 다른 친구들을 도와준 것처럼 자네도 도와주겠다는 것이야."

"다른 친구들이라니?"

"그래, 파울러하며, 필 헤플화이트, 윌리 월드론. 잘 알겠지? 난 그들을 용서하기로 했단 말일세. 벌써 오래 전에 말이야. 그리고 일부러 손을 써서 그들에게 보상하려고 했지. 그들이 한 일에 대해서 이제는 아무런 원한도 품고 있지 않다는 것을 보여주려고 했지. 다시 말해서, 네티를 죽인 일에 대해서 말이야."

데니슨의 입가가 갑자기 조금 일그러져 파르르 떨렸다. 파울러, 헤플화이트, 월드론. 오랫동안 들어보지 못했던 이름들이다. 그가 집안 문제로 불가피하게 뉴욕을 떠난 이후의 일이다.

"그렇습니까, 저희들을 용서해 주신다는 얘기를 듣고 저는 안심했습니다, 코비씨. 저는 그만 돌아가야겠는데요."

"잠깐 기다리게, 조. 기다려요. 당신은 내가 어떤 방법으로 그들을 용서했는지 듣고 싶지 않나? 이건 사실 무척 중요해. 그러니까 나는 당신한테도 같은 식으로 선의를 베풀려고 하고 있는데, 여기엔 당신의 협력이 필요하단 말이야. 어떤 식으로 친절하게 해주면 되는지 얘기를 해주어야 한단 말일세."

데니슨은 미간을 찌푸리며 무릎 위에 놓인 서류 가방을 내려다 보았다.

"물론 나는 지금보다 10년이나 젊었었지."

코비가 말하기 시작했다.

"그렇다고 하더라도 불과 10년이란 세월 동안 얼마나 많이 달라졌는지 정말 이상할 정도라네. 나는 당시 50이 가까웠지만, 마치 20대의 젊은이처럼 원기왕성했거든. 그게 모두 네티의 덕택이었지. 네티는 서른한 살이었어. 아니, 둘이었던가? 몇 번이나 물어봤는데 분명하게 얘기 안 하더군. 나이에 관해서는 잘 말하려 하지 않는 여자였으니까 말이야.

자네한테도 정말 보여주고 싶을 정도일세, 조. 물론 생전의 모습이지만 말이야. 네티에게서는 생기가 흘러넘쳤지. 아침부터 저녁까지 눈이나 입에서 생기가 넘치고 있을 정도였어. 마치 파테레프스키가 피아노 건반에서 보여주듯이, 하루 사이에도 몇 번이고 감정의 음계를 뛰어올라갔다가 뛰어내려오곤 했지. 같이 살기에 쉬운 여자는 확실히 아니었지만, 그렇다고 헤어져서 살기는 더욱 어려웠어.

내가 그 호반의 집을 산 것은 결혼하고 2년밖엔 안 되었을 때였지. 그 해에는 모든 게 순풍에 돛단 배처럼 순조로웠네. 내 작은 회사는 크게 성장하려는 참이었지. 그때 네티가 나한테 제시한 자기의 제안을 받아들이라고 졸라댔어. 그러니까 회사 경영을 다른 사람에게 맡기고, 둘이서 세계를 돌아다니든가 재미있게 웃으면서 살자는 거야. 사실 네티만큼 잘 웃는 여자도 없었지. 나는 아직 은퇴할 결심까진 서지 않았지만, 그래도 그 호반의 집을 샀지. 그리고 네티의 그 작은 요트도 말이야. 그것은 생일 선물이었지. 정확히 몇 살 때의 생일이었는지는 몰라. 네티는 나이에 관해서는……. 아, 이건 벌써 얘기했지?

네티가 어떻게 해서 혼자 요트를 타겠다는 생각을 했는지, 그건 하느님만이 알고 계실 거야. 우리가 둘이서 요트를 타고 나갈 때에는 그저 겁이 나서 꺅꺅 떠들면서 구석에 매달려 호숫가에 도착할 때까지 거의 움직이지도 못했는데 말이야. 그런데 그날은, 어떤 날의 일을 얘기하고 있는지 잘 알고 있을 테지, 조? 화창한 날과 거울 같은 호수를 보고 혼자서 배를 낼 생각을 했던 모양이야. 아마 굉장히 멋진 경치였을 것일세. 아름다운 금발을 뒤로 휘날리면서 말이야. 불을 보고 달려드는 불나방처럼, 당신들이 끌려든 것도 무리는 아니겠지.

내가 정말 무슨 생각을 하고 있는지 알겠나? 네티는 멋있는 모터보트를 타고 돌아다니던 자네들 네 사람을 본 것이 틀림없을 거야. 립스틱처럼 새빨간 모터보트를 타고 돌아다니는 네 남자를 보고, 그녀가 바람기를 일으킨 건 틀림이 없겠지. 그래서 그 사고에 대해 전적으로 자네들을 책망할 생각은 없단 말일세.

문젠 말이야, 네티에게는 전혀 요트를 조종할 줄 몰랐다는 점이야. 자네들이 웃으며 함성을 지르면서 전속력으로 그녀에게 달려왔을 때, 그리고 당신들 보트의 여파가 그 작은 요트를 코르크 마개처럼 조롱했을 때, 네티는 완전히 정신을 잃었단 말일세.

아마 당신들은 언제 네티가 뱃전에서 물 속으로 떨어졌는지도 몰랐을 거야. 틀림없이 검사 심문에서도 그렇게 말했지? 그리고 네티가 뱃전에서 떨어지는 것을 설사 보았다고 하더라도 걱정할 건 없었을 테지. 왜냐하면 배를 붙잡고 기어올라갈 수 있을 것이라고 생각했을 테니까 말이야. 다만 자네들은 확인하려고 되돌아오지 않았어. 그렇지, 조? 자네도 다른 친구들도 말이야. 떨어진 그녀를 물 속에 내버려두고 그대로 돌아가버렸단 말일세. 아무도 실제로 무슨 일이 있었는지 몰라. 그녀가 떨어질 때 요트에

머리를 부딪혀 의식을 잃었는지 그것도 확실하지 않아. 나로서
는 그렇게 되었기를 바랬지.

　네티는 어떠한 고통도 싫어했으니까, 그녀가 괴로워했을 것이
라곤 생각하고 싶지 않아. 물이 폐에 가득 차고 입 속에도 가득
차서, 살려달라고 소리치려는 그녀의 비명을 못 들은 체하고 죽
게 내버려두었다고는 생각하기 싫다네. 나는 60마일이나 떨어진
시끄러운 도회 한복판에 있었지. 그러나 만약에 그녀가 살려달
라고 외쳤다면, 그 목소리는 반드시 내 귀에 들렸을 거야.

　어쨌든 내가 얼마나 괴로워했는가는 알 수 있겠지, 조? 그래서
그런 말을 한 걸세. 그런 협박 비슷한 소리를 말이지. 검사 심문
에서의 자네들의 얼굴, 네 개의 돌부처 같은 자네들의 얼굴을 상
기하면 나는…… 그 평결을 듣고 나는 바보 같은 추태를 벌이고
말았지만, 난 제정신으로 그런 소릴 한 건 아닐세, 조. 누구한테
물어도 괜찮아. 내 동업자, 내 고객, 내 경쟁자들까지도, 내가 얼
마나 선량하고 친절한 사람인지 얘기해 줄 걸세.

　조금 지나니까 나도 마음이 가라앉았지. 있었던 일을 다시 생
각해 보고, 네티의 죽음을 자네나 자네 친구들의 책임이라고 우
긴 것은 잘못이라는 생각이 들었지. 그러는 사이에, 그런 식으로
추태를 부린 것이 후회스럽기 시작한 거야. 그러나 어떻게 해야
좋을지, 어떻게 보상을 해야 할지, 도무지 좋은 방법이 머리에
떠오르지 않았어. 그러니까 리버시티 클럽에서 우연히 파울러를
볼 때까지는 말이야.

　네티가 죽은 후 1년 이상 지난 때였지. 생각해 보면 참 이상한
일이야. 그 당시 나는 네티의 얼굴이 정확히 어떻게 생겼는지 생
각해내려면 무척 애를 써야 했는데, 파울러는 금방 알아볼 수가

있었어. 고급 양복을 입고, 아름다운 여자 어깨에 손을 올리고, 보기에도 경기가 좋아 보였지. 턱은 이중으로 생기에 넘쳐 보였어. 그뿐이 아니라 위스키도 넘치고 있었어. 안 보려고 해도 안 볼 수가 없었지. 파울러에 관해선 알고 있을 테지? 그의 약점이 술이었다는 것 말이야. 나는 어느 정도로 심한지는 전혀 몰랐지. 댄스홀에서 나동그라져 웨이터들이 팔다리를 들고 끌고 나가는 것을 볼 때까진 말이야.

그 친구가 데리고 있던 여자가 불쌍했네. 그래서 가까이 가서 말을 걸었지. 마음씨가 착한 아가씨더군. 루이스라고 하는데 사교계에 데뷔한 지 얼마 안 되는 아주 귀여운 아가씨더군. 머리는 별로였지만, 네티 비슷한 초록색 눈을 하고 있었지.

파울러의 주벽이 얼마나 심각한지 가르쳐준 사람은 바로 루이스였어. 가엾게도 그 친구, 와인이나 리큐르에 관해선 제법 도통하다고 자부하고 있었지. 아니, 실제로 그랬는지도 몰라. 어쨌든 그걸 위해선 돈과 시간을 아끼지 않았으니까. 다만 문제는, 당시 그의 소득이 급속히 하강 곡선을 그리고 있었다는 점이지. 그가 일하고 있던 주식중개회사에서는, 아무리 주식에 도통하다 해도 술주정꾼은 좋은 경리 담당 중역이 될 수 없다는 생각을 하고 있었단 말이야. 그는 디너 파티라든가 주말의 별장 초대에 정력적으로 쫓아다니곤 했지만, 거기서도 주벽이 탈이 돼서 친구를 잃고 있었네. 이대로 간다면 조만간 지위도, 사교상의 교제도, 건강까지도 그의 손에서 도망가버리겠지. 그리고 그렇게 되면 불쌍한 파울러는 도대체 어떻게 될까?

아무튼 나는 이 이야기를 듣고 정말 불쌍한 생각이 들었지. 그리고 곧 자문자답을 해보았네. 어떻게 하면 조금이라도 나의 친절한 마음을 보여줄 주 있을까 하고 말이야.

2주일쯤 후에 나는 파울러의 주소를 찾아냈네. 내 친구 사립 탐정이 찾아주었지. 별로 좋은 곳은 아니었어. 시내에서도 최저의 지역에 있는 싸구려 단칸 아파트였지. 그런데 루이스가 그 친구에게 제법 좋은 영향을 주고 있다는 얘기를 듣고 조금은 안심이 됐지. 두 사람은 약혼을 한 사이였고, 루이스는 결혼을 하기 위한 첫째 조건으로 절대 금주를 서약시킨 것이었어.

실제로 선량한 여성의 애정은 우리들 타락한 자들을 얼마든지 다시 일어나게 할 수 있지. 놀라울 정도로. 안 그래? 파울러도 그로부터 6주간 이상이나 아주 훌륭하게 착실한 행동을 했지. 다른 직장도 얻을 수 있었고, 말하자면 중산계급의 따분한 생활로 돌아간 셈이지, 가엾게 말이야. 이런 상황에서 그를 돕기 위해 내가 해술 수 있는 일은 단 한 가지밖에는 없을 것 같았네. 나는 그를 위해서 익명의 후원자가 되기로 하고, 우선 도통한 애주가에게 합당한 선물을 했지. 저스테리니 브룩스라는 1875년산의 코냑 한 병이지. 자넨 코냑에 관해서는 잘 모르는 모양이군. 이 술은 어떤 임금의 대관식을 기념해서 만든 특상급의 브랜디야. 코냑 애호가를 위해선 더 이상 말할 수 없는 선물이라고 할 수 있지.

그런데 유감스럽게도 그는 이 선물을 너무나 좋아했던 모양이야. 비참한 꼴을 하고 있는 그의 모습을 본 루이스는 하마터면 파혼할 뻔했지. 하지만 그녀를 잃게 될지도 모른다는 것을 알게 된 파울러는 개심을 하고 앞으로는 절대로 금주의 맹세를 깨지 않겠노라고 약속을 했지. 그래서 나는 다음에, 1955년산 샤토 무통 로트실트 와인 한 상자를 보냈지. 이 극상품의 와인은 점점 재고량이 줄어들어서 구하기 힘들었어. 이런 고급 포도주를 즐긴다고 나쁠 것이 뭐가 있겠나. 식사를 할 때 반주로 한두 잔쯤 말이야. 그런데 불행하게도 루이스는 이런 것을 전혀 이해하지 못했지. 그래서 가엾은 파울러는 울면서 그 전부를 처분하지 않으면 안 되었네. 아니, 전부라기보다 거의 모두라고 해야겠지. 그 친구, 한두 병쯤은 몰래 어디 감춰두었을지도 모르니까.

아무튼 그 친구는 포상에 합당할 만한 행동을 한 셈이니까, 그 다음 선물로서는 그렌리베트라는 극상품 스카치 위스키를 한 병 보냈네. 그 친구는 이것을 마음껏 즐겼던 모양이야. 그 다음에 계속해서 1924년도 특산의 말, 마르키 단제르뷔 한 병씩, 알마냑, 드메누 보안제르 한 병씩, 샤토 슈발 블랑 한 상자, 베렌나 존넨바, 1955년산 아우스레제 한 상자, 그리고…….

참, 루이스의 얘길 잊었군. 그녀는 마침내 그를 버리고 말았지. 사실 그녀는 그를 위해서 아무것도 할 수 없는 존재가 돼버리고 말았거든. 그래서 난 그녀가 사라져버리자 축하하는 뜻으로 파울러에게 샴페인을 보냈지. 루이 레들레르 크리스탈 브류트, 1955년산 일등품 한 병을 말이지.

파울러가 드디어 그 싸구려 아파트에도 못 있게 된 것은 참 안된 일이지. 그가 집을 쫓겨나서 지저분한 뒷골목을 방황하게 되자, 그에게 선물을 보내는 일도 어려워졌지.

그가 병에 걸려서, 폐렴이라고 했던가? 숨을 거두고 말았다는 얘기를 들었을 때, 내가 얼마나 낙담했는지 알겠나? 그의 부모가 멀리 위스콘신에서 달려와 장례를 치러줬지. 아주 쓸쓸한 장례식이었지만. 나는 그때 일 때문에 바빠서 참석하지 못했지만, 그래도 화환은 하나 보내 주었네.

필 헤플화이트는 우연히 만나게 된 것이 아니지. 친절이라는

것이 얼마나 많은 일을 해낼 수 있는지 이미 알았으니까, 이번에
는 이쪽에서 손을 써서 그를 찾아낸 거야.

최초의 보고를 받았을 때부터, 필이란 자는 선의를 베풀기 어
려운 상대라는 것을 알았지. 그는 모든 것을 다 가지고 있는 것
처럼 보였으니까 말이야. 사업적으로는 상당히 번창한 선글라스
제조회사의 공동 경영자였네. 게다가 풍채도 좋고 호남이고, 학
력도 있고 인품도 훌륭했네. 게다가 기적 중에서도 기적이라고
할까, 아주 행복한 결혼을 하고 있었지. 그 이야기를 들었을 때
나는 몹시 기뻤다네, 조. 결혼에 대한 내 생각은 자네도 알고 있
을 테니까.

바로 6개월 전에, 그는 린다 피셔라는 매력적인 여성과 결혼
을 했지. 그녀는 헤플화이트의 회사에서 비서로 근무하던 여자
야. 그의 회사가 여러 가지 부문에서 많은 젊은 여자들을 채용하
고 있기는 해도, 그의 결혼은 회사의 내외에서 뜻밖이었다는 소
문이 나 있었어. 왜냐하면, 자네도 잘 알겠지만, 필은 바람둥이로
소문난 남자였으니까 말이야. 아름다운 여성이란 항상 그의 약
점이었지. 그리고 린다는 그의 데이트 상대 중에서 가장 매력적
인 여성이었던 셈이지.

어떤 의미에서 그렇게 젊은 나이로, 몇 살이었더라? 스물다섯
이었나? 허겁지겁 결혼을 했다는 것이 잘못이었단 말일세. 나는
40을 넘을 때까지 결혼을 안 했는데, 남자란 그만한 나이가 돼야
비로소 한 여자를 지키고 몸을 추스릴 결심이 서는 법이라고 생
각했기 때문이었네. 만약에 여자를 보는 필의 기준이 미모라는
한 가지뿐이었다면, 그는 아직도 위에는 위가 또 있다는 것을 몰
랐다고 할 수밖에 없지. 그래서 난 생각했지. 그에게 바로 그것

을 가르쳐주는 일로 친절을 베풀기로 말이야.

내가 최초로 헤플화이트의 사무실에 보낸 여성은 도나 드브리스였어. 안 믿을지는 모르겠지만, 한때 실제로 비서 코스를 밟은 적이 있어서, 그 일을 할 만한 충분한 자격을 가지고 있었지. 이건 사실 놀랄 만한 일이네. 왜냐하면 미스 드브리스는 열다섯 살 때부터 그 어여쁜 얼굴에 늘 월계관을 쓰곤 했거든. 얼마 동안 그녀는 '미스 ○○'라는 칭호를 차지하고 있었어. 그리고 속옷 광고 모델로서 사진가들의 인기를 독차지했고, 또 최근에는 세 번 공연으로 막을 내린 뮤지컬 레뷰에도 출연해서, 그 화려한 경력에 한 송이 꽃을 올려놓은 격이 된 셈이지.

그녀가 비서직에 채용이 됐을 때, 내가 걱정하던 대로 피할 수 없는 일이 일어났지. 두 달도 안 돼서 필은 린다의 헤어컬을 만 머리, 크림을 잔뜩 칠한 얼굴에다가, 잠이 덜 깬 듯한 퉁퉁 부은 눈과 비교해서, 단정하고 날씬한 몸매며, 상쾌한 향수가 곁들인 냄새를 풍기는 도나의 매력을 강하게 의식하게 된 것이지. 필은 자연히 늦게까지 회사에서 일을 했고, 당연히 도나도 거기에 맞춰서 늦게까지 근무를 하게 되었네.

결과는 뻔할 뻔자지. 싸움, 눈물, 짐꾸리기…… 이렇게 되어 갔지. 필은 후회하고 화해를 위해서 최대한의 손을 쓸 수밖에 없었지. 결국 도나를 해고하고, 깨끗이 그녀와 손을 끊고, 영원히 충실한 남편이 될 것을 맹세한 것이네. 그래서 나는 이번에는 트레이시를 들여보냈지. 트레이시는 도나 드브리스보다 더 아름다웠네. 그녀의 미모는 모든 잡지의 표지를 장식했지. 미국의 잡지 중에서 그녀의 표지 모델로서의 매력에 저항할 수 있었던 것은 〈내셔널 지오그래피〉나 〈포퓰러 메카닉〉을 비롯한 몇몇 잡지뿐이었지. 그녀의 얼굴은 너무나 잘 알려져 있었기 때문에, 새삼스럽게 그녀에게 비서를 지망하는 척하게 할 수는 없었지. 그래서 나는 다른 소개 방법을 생각해냈네. 단순하지만 아주 효과적인 방법을 말이야.

트레이시는 선글라스 모델을 지원하러 왔다는 구실로 헤플화이트를 만나러 갔지. 그는 광고 대행사로 그녀를 보내게 됐지만, 그 전에 점심식사라도 같이 하자, 뭐 이렇게 된 거지. 알다시피 그 다음은…… 그래, 역사라는 말이 거기에 아주 적당한 것 같아. 흔히들 이렇게 얘기하지 않나, 역사는 되풀이된다고.

린다가 필의 새로운 바람기를 알아차릴 때까지 두 달도 안 걸렸지. 그녀는 재판에 따른 별거 이외에는 만족하지 않았어. 그래서 덕택에 변호사들만 덕을 보게 됐지. 몇 개월 후에 또다시 새로운 화해가 이루어졌네. 트레이시는 팜비치로 들어가서 1년 동안이나 필의 위자료로 편하게 지냈고, 린다는 다시 한 번 헤플화이트가의 여왕벌로 군림할 수가 있었단 말일세.

그래서 나는 일로나를 들여보내기로 했지. 일로나는 도나 드브리스만큼 멋지지는 않았어. 옷차림도 도나만큼 세련되지 못했고, 머리나 눈도 검은 편에, 입술도 두툼했네. 몸매는 좀 지나치게 육감적인 편이었단 말이야. 그런데 그녀는 헤플화이트의 생활 속으로 파고들어가서, 이번엔 드디어 린다의 행복한 가정에 종지부를 찍고 말았지. 아주 완전하게 말이야. 린다는 마치 맥베스의 세 사람의 망령에라도 들린 사람처럼 소동을 일으켰네. 그래서 결국 필이 견디다 못해 짐을 챙겨서 집을 나가려고 하자, 린다는 이런 모욕을 당한 보통 부인들이 하는 행동을 하고 말았지. 그의 등에서 허리 한복판에 총을 쏘았네. 이 얘기는 처음 듣는 얘긴가, 조? 그래, 가엾게도 필의 결혼 생활은 비극으로 끝나고 말았네. 불행 중 다행으로 목숨을 건지긴 했지. 하지만 총탄은 척추를 관통해서 한쪽 신장까지 못 쓰게 만들었지. 그는 완전히 폐인이 됐고, 평생 누워서 살아야 하는 병자가 됐지만 아직 살아는 있네. 현대 외과 의술은 참 대단하지. 필은 두 번이나 스스로 손목을 끊고 죽으려고 했지만 그때마다 의사가 살려주었지. 나는 해마다 그에게 크리스마스 카드를 보내 주고 있지.

자, 이번에는 불쌍한 월리 월드론의 얘기를 해줄까? 참, 그가 죽었다는 것은 알고 있을 테지?

심장 발작이라고? 천만에, 웃기지 말라고. 이런 일로 웃는 것은 예의에 어긋나는 일이겠지만, 아무튼 그것은 심장의 기능 정지라고 하는 게 옳을 거야. 하기야 누구든지 죽을 땐 심장이 멎게 되지만 말이야. 아무튼 좀더 복잡한 경위가 있었다네.

자네도 알 수 있겠지만, 나는 월리 월드론을 찾아내자 곧, 그 남자에게 어떤 친절을 베풀어야 하는가를 깨달았네. 불쌍한 파울러의 경우와 아주 비슷했어. 말하자면 자기 자신의 약점을 송두리째 드러내 보이고 있었단 말이야. 내가 그 친구를 찾아낸 것은 라스베이거스에서였네.

심리학자가 도박을 하는 사람의 충동강박증세에 대해 얘기하는 것을 들은 일이 있나? 그에 의하면, 도박을 하는 사람이 주사위를 던지거나, 칩을 쌓아올리는 것은 모두 사랑을 위해서라네. 판돈을 걸 때마다, 그는 운명의 여신에게 자신을 사랑해 달라고 소원을 빈다는 거지. 내가 보기엔 터무니없는 얘기처럼 들리지만, 높은 사람, 학자 나으리께서 말씀하고 계신 거니까.

아마도 월리는 몹시 사랑에 굶주려 있었던 모양이야. 충동강

박관념에 빠진 주사위 도박사의 전형이 바로 월리 같은 사람일 것이네. 내가 그를 라스베이거스에서 찾아냈을 때에는, 그는 이미 네바다주에서 찾아볼 수 있는 선의와 신용의 마지막 한 방울까지 다 써버리고 나서 동부로 돌아가려고 했을 때였어. 이 세상에서 그에게 남은 것이란, 그 호숫가의 통나무집과 자네도 잘 아는 립스틱 같은 색깔의 모터보트뿐이었지. 이 두 가지가 다 인심 좋은 그의 큰아버지의 유산이었다네. 그는 그 집도 팔고 모터보트도 팔았지. 총액 6천 달러로 에드워드란 사람에게 말이야. 이것은 월리에 대한 내 최초의 친절이었지. 그러니까 에드워드는 내 대리인이었네. 통나무집을 어떻게 하지는 않았지만, 보트는 불을 질러 호수 속에 처넣어버리고 말았지. 어린애 같은 짓이라는 생각도 들었지만 나로선 그렇게 할 수밖에 없었네.

그 둘도 없는 마지막 밑천을 월리가 얼마나 빨리 써버리느냐를 옆에서 보고 있는 것도 무척 흥미로웠다네. 자초지종을 옆에서 본 내 친구인 사립탐정조차, 월리가 그 돈을 다 써버리는 속도를 따라갈 수 없을 정도였으니까. 절반은 분배식 경마에서 날렸고, 그 나머지는 시내의 이곳저곳의 지하실이나 차고 같은 데서 열리는 사설 도박장에서 주사위 도박으로 날렸지. 전부 날리는 데 6주일, 1주일에 1천 달러씩 날린 셈이지. 수중에는 동전 하나도 남지 않았으니까. 그래서 나는 그에게 친절을 베풀려면 어떻게 하면 좋은지 깨달았지. 낭비할 수 있는 큰 돈을 주면 안 된다, 궁핍한 가운데서도 어떻게 해서든지 매일매일을 보낼 수 있을 정도로 소액의 돈을 찔끔찔끔 주는 것이 좋겠다고.

어느 날 나는 현금으로 백 달러를 그에게 보냈지. 친구인 사립탐정의 보고에 의하면, 그게 우편으로 배달됐을 때, 그는 한참 동안 멍하니 말도 못 하고 앉아 있었다는군. 커넬 거리에 웨버라는 책방을 하고 있는 월리의 친구가 있었지. 월리는 웨버의 아파트로 달려가서 이 불가사의한 행운에 대해 떠들어댔지. 웨버는 등이 좁은 꼽추로 세상 일을 볼 줄 아는 눈을 가진 청년이라, 아마도 트로이의 목마 이야기를 들어 그에게 경고를 했지만, 월리는 그것을 일소에 붙였네.

그날 밤, 그 백 달러를 주사위 도박으로 또 날려버렸지. 테이블에 앉은 지 반 시간도 안 되는 사이에 말이야.

다음날 또 우편으로 50달러짜리 한 장이 배달됐네. 그는 원기 백배해서 기운을 내고 야단을 했지. 그는 그 50달러를 털어서 술이며 음식을 사 가지고 웨버의 아파트로 축하를 한다고 달려갔다네. 두 사람은 기숙사에서 떠들고 노는 학생들처럼 실컷 먹고 마시고 떠들었지. 그리고 월리는 감격한 나머지, 이제부터는 도박에서 손을 끊고 착실한 직업을 갖겠다고 선언을 하기까지 했네. 아니, 그랬을 것이라고 추측할 뿐이네. 그렇게 생각하는 까닭은, 월리는 그 다음날 직업 소개소를 찾아가서 여기저기 면접을 하러 다니기까지 했으니까 말이야. 그래서 나는 다시 2백 달러를 보냈고, 그는 다시 차고로 되돌아갔지. 그날 밤엔 운 좋게 이겨서 수백 달러를 여분으로 손에 넣었고, 다음날 밤에는 그것을 두 배로 불리기 위해서 또 나섰지. 대단히 열 오른 승부였지. 운명의 여신은 그를 사랑했네. 그 주말에 그는 3, 4천 달러를 벌었고, 다시 큰 승부를 할 기회도 얻게 되었지. 드디어 그 기회가 찾아왔네. 리치 에디가 물주가 되어 호텔 살루드에서 열리는 비밀 주사위 도박에 초대받은 것이지.

리치 에디에 관해선 내 친구인 사립탐정이 여러 가지 재미있는 애기를 해주었지. 한마디로 말하자면 주먹이 세상을 지배하던 시대로 되돌아간 것 같은 그런 인물이라는 거야. 그 애길 듣고 나는 깜짝 놀랐지. 내 친구 월리가 이런 친구와 같은 테이블에서 주사위를 던지게 되다니, 정말 끔찍한 생각이 들더군.

그런데도 월리는 이 초대를 받아들여 있는 돈을 다 털어서 가지고 갔네. 그런데 어떻게 된 셈인지, 그날 밤 월리는 대승리를 거둔 거야. 운명의 여신의 사랑을 듬뿍 받고 8천 달러 가까이 땄단 말이네. 리치 에디는 고스란히 그를 보내 주긴 했지. 물론 뒷날 다시 한 번 승부를 한다는 약속을 하게 하고 말이야.

그러나 다음날 밤, 월리는 지게 돼 있었지. 여섯 시간 동안 계속 주사위를 던졌는데, 이번에는 운명의 여신이 그를 쳐다보지도 않았던 모양이야. 그는 육체적으로도 정신적으로도 또 금전석으로도 완진히 소모헤버린 거아. 그는 염치도 없이 에디에게 매달려 울면서 애원을 했다네. 한 판만 더 승부를 해보게 밑천을 조금만 꿔달라고 말이야. 노름판의 빚이란 어떤 것인지 자네도 잘 알 테지, 조? 호텔 살루드를 나왔을 때, 월리는 이 도박판에서 5백 달러의 빚을 싸매고 돌아온 거야.

나는 그에게 5백 달러를 보내 주었지. 월리가 재빨리 빚을 갚자, 리치 에디는 만족해했고, 그 대신 월리는 또 빚을 지게 됐는데, 그게 자그만치 4천 달러였네.

그 주말에 가서 월리의 빚은 눈덩이처럼 불어나서 1만2천 달러가 됐지. 물론 나도 더 이상 월리에게 송금을 해줄 수가 없었어. 아무리 돈을 보내더라도 그야말로 밑 빠진 독에 물 붓기니까. 그건 자네도 이해하겠지?

사실 보기에도 딱할 정도였지. 매일 아침 또다시 우편으로 기적이 일어나서 자기를 궁지에서 구해 주지나 않을까 하고 말이야. 그러나 월리는, 이제 다시는 송금이 없을 것이란 것을 깨닫고, 리치 에디의 빚을 청산하기 위해서는 다른 방법을 생각해야 한다는 것도 알게 됐지. 한편 리치 에디는 언제까지나 기다릴 수도 없었으므로 월리에 대한 보복 수단을 검토하기 시작했는데, 따지고 보면 그것은 몹시 불쾌한 결과가 될 것은 뻔한 노릇이지.

빚을 지고 난 2주일 후에 월리는 그 빚을 도저히 갚을 길이 없다는 것을 알고, 밤중에 몰래 아파트를 빠져나왔네. 월리는 그 길로 웨버의 아파트를 찾아가서 에디의 부하들의 보복에서 숨겨달라고 애원을 했지. 에디가 하수인을 보낼 것은 뻔했거든.

웨버는 우정을 생각해서 숨겨주기로 하고 침식을 제공해 주었다네. 그런데 말이야 조, 우리들의 착한 사마리아인이 어떤 대우를 받게 되는지 자네도 잘 알지 않나. 아무리 우리가 친절하게 해주더라도 그것을 받아들이는 자들은 감사하기는커녕 오히려 우리들의 자비심에 대해서 반발을 한다네.

웨버의 작은 아파트에 칩거하고 있던 월리는 차츰 초조해져 짜증만 내고, 사사건건 심술을 부리고, 괜히 화만 내게 됐다네. 그리고 드디어 어느 날 웨버에게 이 세상에서 제일 싫어하는 모욕적인 욕설을 퍼붓고 말았어. 분개한 웨버는 몰래 아파트를 나와서 곧바로 리치 에디를 찾아갔지. 그래, 월리의 사인이 심장마비라고 한다면 그럴 수도 있겠지. 말하자면 일종의 발작이었으니까.

자네가 지금 무엇을 생각하고 있는지 맞춰볼까, 조? 나는 도대체 어떻게 될까 하고 생각하고 있을 테지.

자, 들어보게. 이렇게 된 거지. 월리가 죽은 다음, 나는 친구인

사립탐정에게 자네의 행방을 찾아달라고 했지. 그런데 이때 판명된 것은, 자네가 갑자기 당돌하게 먼저 살던 곳을 버리고, 부모의 집을 버리고, 직장까지도 버렸다는 사실뿐이었어. 그가 알아낸 것은 이것뿐이었어.

자네 취각은 사냥개의 취각보다 더 뛰어났더군, 조. 자네가 직업적인, 그야말로 상습적인 범죄자였다고 하더라도, 그렇게 기가 막히게 발자취를 감추긴 어려웠을 것일세. 그런데 자네는 그것을 해냈단 말일세. 뭐니뭐니해도 아마추어가 몸을 숨기려고 했을 때처럼 찾아내기 어려운 일은 없는 법이네. 그건 경찰서에 가서 실종자 수사반에게 물어보면 알 수 있는 일이지.

오랜 시간이 걸려서 간신히 난 자네를 찾아냈지. 간신히 이 로스앤젤레스에서 찾아냈는데, 조, 참 이상하게도 내가 여기 온 지 한 달이 됐고, 내 사립탐정도 마찬가진데, 두 사람이 여기 도착했을 때 그 이상으로 자네에 대해선 아는 것이 없단 말일세.

여보게, 조. 어떻게 자네에게 협력해야 되는지 그걸 좀 가르쳐 주게나. 다른 친구들과 마찬가지로, 내가 어떻게 자네에게 친절하게 해줄 수 있는지를 얘기해 주겠나?"
조 데니슨은 일어났다. 얼마나 주먹을 꽉 쥐고 있었는지 손가락이 아플 정도였다.
"다른 친구들과 똑같이라고?"
"그래, 다 똑같이 말일세. 내가 검사 심문 법정에서 말한 모든 욕설, 자네나 다른 친구들에게 가졌던 부당한 미움, 그런 것들에 대한 보상을 하게 해달라는 말일세."
"내 약점을 알고 싶다는 건가?"
"글쎄, 그렇게 받아들이고 싶다면……."

"그게 바로 네놈이 하고 싶은 말이 아니고 뭐냐, 안 그래?"

데니슨은 숨을 헐떡이면서 말했다.

"파울러는 술주정뱅이었어. 그래서 네놈은 그 지저분한 선물이라는 것으로 그를 죽였어. 필 헤플화이트는 여자라면 사족을 못 썼다. 월리의 경우에는 노름……."

코비는 마치 괴상한 새와 같은 웃음을 띠고 말했다.

"그래, 자네 경우엔 뭐지, 조? 자네는 나한테 자네 약점을 얘기하지 않으려나?"

데니슨은 코비의 의자 앞으로 다가와서 버티고 섰다. 그리고 느닷없이 두 손을 내밀어 가운 위로 멱살을 움켜잡고 새처럼 생긴 사나이를 일으켜세웠다.

"이 더러운 살인자!"

그는 이빨 사이로 밀어내는 듯한 소리로 말했다. 그리고 가운을 힘껏 흔들어댔기 때문에 그 속의 깡마른 몸이 덜렁덜렁 흔들렸다.

"나는 자네한테 친절하게 해주려는 것뿐인데."

코비는 떨면서 말했다.

"자네가 네티에게 친절하게 해준 것처럼 말이야, 조. 자네나 다른 친구들이……."

"이 살인자!"

조 데니슨은 이번에는 뼈만 남은 어깨를 잡았다. 그는 더욱 세게 코비를 흔들어댔고, 가느다란 갈대와 같은 목 위에 위태스럽게 얹혀 있는 코비의 머리는 앞뒤로 흔들려 경악에 가득 찬 두 눈만이 보였다.

"이 살인자아!"

데니슨은 다시 소리치더니, 더욱 크게, 마치 기계의 피스톤처럼 빠르게 흔들어댔다.

그런데, 갑자기 코비의 뼈가 녹아버린 것처럼 생각되었다. 그의 몸은 인형처럼 흐느적거리고, 온몸의 관절이 소리내던 것이 갑자기 없어진 것 같았다. 데니슨은 지금 몇 시인지 알 수 없었으나, 그 이상으로 코비가 정확하게 언제 죽었는지도 알 수가 없었다.

"6시 10분 전쯤 왔습니다."

마이너 형사가 경감에게 말했다.

"그 시간에 데니슨은 로비로 내려와서, 접수처에 있는 남자에게 무엇이 있었는지를 얘기했습니다. 접수처의 사나이는 지서에 전화를 걸었고, 데니슨은 로비에서 우리가 도착하는 것을 기다리고 있었던 것입니다."

"사인은?"

경감이 말했다.

"피해자의 목뼈가 부러졌습니다. 하지만 경감님, 이 데니슨이란 자가 별로 말썽을 부릴 것 같지는 않습니다. 지금 진술서를 쓰고 있습니다."

마이너 형사는 잠시 입을 다물었다가 다시 덧붙였다.

"저로서는 그 친구가 불쌍한 생각이 듭니다."

"불쌍한 생각? 아니, 그건 어째서?"

"분별 있는 남자 같으니까요. 코비를 죽일 생각은 없었는데, 발끈해서 자기 자신을 잃었을 뿐이라고 말하고 있습니다. 그와 비슷한 일이 몇 해 전에도 있었다고 하는데, 자기 아버지와 말다툼을 하다가 갈겨버리고 말았다는 겁니다. 이 친구, 그것을 몹시 후회하고는 집을 나와서 일도 그만두고 이 서부로 옮겨왔다는 것입니다.”

“흠.”

경감은 떫은 얼굴을 하며 물었다.

“분별 있는 사람이란, 그런 남자를 말하는 건가? 자네 생각으론 말이야.”

“분별은 있지만 상당히 발끈하는 성질 때문이죠.”

마이너는 변명처럼 말했다.

“우리들은 누구든지 약점이라는 것을 갖고 있습니다. 안 그렇습니까?”

완벽한 알리바이 / 패트리샤 맥거

IN THE CLEAR
Patricia McGerr

• 완벽한 알리바이

프랭크 클로포드는 두 사람의 여성과 지내고 있었으나, 두 사람 모두 두통거리가 아닐 수 없었다. 아내인 도리스는 뚱보이며 머리가 모자랐고, 애인인 인지는 고집이 센데다가 탐욕스러웠다. 그런데 주리가 나타났다. 고상하고 마음씨 착한 주리가……. 그러나 그 주리를 얻기 위해선 어떤 계획이 필요했다…….

——엘러리 퀸

패트리샤 맥거(1917~   )

미국 네브라스카주에서 출생. 컬럼비아 대학 저널리즘과에서 수사호를 취득, 건축 잡지의 편집자 등을 겪은 다음, 1946년 「피해자를 찾아라」로 미스테리 작가로 데뷔했다. 그 뒤에도 맥거 여사는 수수께끼풀이 소설의 발상을 거꾸로 써서 범인과 희생자를 맞추게 하는 「무서운 아가씨들」, 탐정을 알아맞히는 「탐정을 찾아라」 등 트리키한 취향으로 미스테리 팬을 즐겁게 했다. 그 후 약 10년간 붓을 꺾었다가 재색 겸비한 여자 스파이 '세리나 미드'의 시리즈와 남녀 애증의 갈등을 신랄하면서도 경묘하게 그리는 일련의 크라임 스토리로 화려하게 컴백했다.

완벽한 알리바이

프랭크 클로포드는 신중한 사나이였다. 중요한 일을 시작하기 전에는 꼭 승산을 생각하고, 이익과 손실을 비교하고, 세밀한 계획을 짜낸다. 나름대로 노름도 좋아했지만 돈을 잃고 곤란을 겪을 정도로 큰 돈을 거는 일은 없으며, 포커를 하더라도 인사이드 스트레이트를 노리는 일은 절대로 없었다.

따라서 그의 결혼 생활이 드디어 인내의 한계에 도달했을 때, 자신의 가전회사가 세일즈 캠페인을 벌일 때와 같은 열을 올려 조심스럽게 취할 길을 생각했다.

결혼해서 20년 가까이 지난 지금, 도리스에 대해서는 가벼운 경멸심 이외에는 아무런 감정도 없었다. 처녀 시절의 통통하고 사랑스러운 몸은 중년이 되면서 뚱뚱해지고 볼품이 없어졌다. 부부가 함께 정성을 쏟을 만한 대상은 거의 없었고, 교양을 높이려고 노력을 하는 도리스의 모습도 그의 눈으로 보면 더욱 따분한 인간이 되기 위한 노력으로밖엔 보이지 않았다. 그러나 주부로서의 재간은 대단해서, 그가 집에서 식사를 할 마음이 들었을 때에는 기가 막힌 요리가 식탁에 오르곤 했다.

그는 다른 욕망을 해결하기 위해서, 사무실 가까운 가게에서 일하는 매니큐어 미용사와 장기간에 걸친 계약을 맺고 있었다. 인지는 남자가 좋아할 만한 온순한 여자였으나, 그 정도의 여자라면 어디든지 있을 것 같아서, 두 사람의 관계를 법적으로 뒷받침하고 싶은 생각은 없었다.

도리스도 편안한 주부의 자리를 위협받지 않는 한, 남편의 바람을 묵인하고 있었다. 이렇게 해서 많은 시간을 따로따로 보내면서, 서로 아무런 불만도 없이 생활을 하는 패턴이 이루어졌다. 그러한 생활에 풍파를 일으킬 생각은 두 사람 다 없었으나, 프랭크의 회사 광고를 담당하는 대리점에 주리 케이스먼트라는 아가씨가 취직을 했을 때 사정이 달라졌다.

주리는 사람을 의심할 줄 모르는, 큼직한 다색의 눈에, 짧고 풍성한 검은 머리의 화사하고 자그마한 아가씨였다. 그녀를 데리고 저녁을 먹으러 나간 프랭크는 그녀와 헤어진 다음, 묘하게 들떠 있던 자신의 마음을 분석해 보려고 생각했다.

지금까지 한 번도 느껴보지 못한 감정이 마음속에서 소용돌이치고 있었다. 우아한 마음이 앞서서, 욕망의 톱날 같은 모서리는 떨어져나가 있었다. 세상의 고통에서 그녀를 지켜주고 싶은, 손을 대는 것조차 황송스러운 그런 기분이었다. 내가 연애를 하고 있구나! 하는 결론에 도달했을 때 그는 아연해졌다. 생전 처음 여자에게 반한 것이다.

그러나 그가 이미 결혼했다는 것을 동료를 통해 알게 된 주리는 그의 다음 청을 거절했다. 그래도 미련이 남은 듯한 말투였기 때문에 다시 한 번 밀어붙이려고 했으나, 소용없는 짓이었다.

"굉장히 구시대의 여자라고 생각하시겠죠. 하지만 저는 그런 교육을 받고 자랐어요. 더 이상 선생님 청을 받아들일 수 없어요."
그녀는 말했다.
"당신도 알고 있을 거야. 우리의 만남은 보통 만남이 아니었어."
그는 물고 늘어졌다.
"당신을 좋아하고 있어, 주리. 어젯저녁에는 당신도 그렇게 생각하고 있는 줄 알았는데."
"저도 좋아해요. 하지만 그런 얘길 한다고 해서 어떻게 되는 일도 아녜요. 제발 더 이상 저를 괴롭히지 말아주세요."
"당신을 괴롭힐 생각은 조금도 없어."
"그럼 그만 헤어져요. 얘기할 것은 이제 없어요."
그녀가 수화기를 내려놓는 소리를 듣고, 프랭크는 천천히 전화를 끊었다. 그렇게 귀엽고 마음 착하고 가냘픈 아가씨가 다시 있을까? 어떻게 해서든지 내가 그녀를 보호해 주지 않으면 안 된다.
그날 밤, 식사를 하는 자리에서 그는 처음으로 이혼 이야기를 꺼냈다.
"또 어디 젊은 여자를 꼬셨군요?"
도리스가 화가 나서 물었다.
"내가 왜 그런 짓을 한단 말이야?"
"그럼 무엇 때문에 갑자기 헤어지겠다는 소리를 하는 거예요?"
"갑자기 얘길 꺼낸 것도 아니잖아. 우리들의 결혼 생활은 몇 해 전부터 도저히 만족할 수 있는 상태가 아니었지 않소."
"당신은 그렇게 생각할지 모르지만, 나는 만족하고 있어요. 당신이 어디 병아리한테 눈독을 들였다고 해도, 난 이 생활을 바꿀 생각은 조금도 없어요."

도리스는 반론했다.

자리에서 일어난 그는 거리 반대편으로 차를 달려 인지의 아파트로 갔다. 마중 나온 그녀에게 인사도 하는 둥 마는 둥 부엌으로 성큼성큼 걸어가서 스카치를 큰 잔에 따라 마셨다.

"무슨 일이 있었어요?"

인지가 물었다.

"사모님한테 잔소리라도 들으셨어요?"

"그런 걸 알아서 뭘 하려고 그래?"

"어머! 왜 이러실까? 나하고 얘기하고 싶지 않으면 왜 오셨어요?"

대답하는 대신 그는 인지를 끌어안고 상대가 놀랄 정도로 거칠게 입술을 댔다. 잠시 후에 그녀의 방을 나왔을 때, 그의 신경은 어느 정도 가라앉아 있었으나 기분은 여전히 처진 대로였다. 그는 불쾌하게 생각했다. 나는 두 여자를 손에 넣었다. 형편없는 싸구려가 둘이다. 뚱보인데다가 어리석은 도리스, 가시 돋친 듯하고 탐욕스러운 인지. 그러나 주리가 있다. 상냥하고 사랑스러우면서도 손이 닿지 않는 곳에 있는 주리가.

잠자리에 들어서도 그는 이혼에 관한 일을 생각했다. 강력하게 주장한다면 도리스도 반대를 철회할지 모르지만, 그 댓가로 엄청난 위자료를 요구할 것이다. 부부의 공유재산제를 인정하는 주에서 살고 있는 이상, 그의 저금의 반은 도리스의 것이고, 그 외에도 이혼수당까지 지불하지 않으면 안 된다. 도리스에게 빼앗기고 남은 거스름돈으로 서글프게 살기는 싫다. 여자로서의 격이 다른 주리를, 번잡스러운 이혼 소동의 원흉으로 만드는 것도 싫다. 그러나 만약에 도리스가 죽어버린다면……

어둠 속에서 그의 마음은 자신이 홀아비가 되는 날의 공상 속에서 놀았다. 아내가 먼저 간 고독 속에서 주리에게 위안을 찾으려는 자신……. 그렇다! 그렇게 되면 그녀를 차지할 수가 있게 될 것이다. 도리스가 죽어준다면 말이다.

그 후에 여러 날이 지나도 그의 마음은 어느덧 그 생각으로 되돌아오는 것이다. 아내를 보는 눈도 달라지고, 여자로서가 아닌 희생자로서의 그녀를 보게 되었다. 그의 공상 속에는 여러 가지의 흉기가 떠올랐다. 칼과 총, 밧줄과 독약.

그러나 여자가 피살됐을 때 제일 먼저 의심을 받게 되는 사람은 남편이라는 것을 그는 알고 있었다. 그리고 수사 결과, 그 결혼 생활이 순조롭지 못했고 게다가 남편에게 연하의 애인이 있다는 것이 판명되면, 경찰은 그 이상 취조할 필요도 없을 것이다. 그러나 만약에 이혼도 실인도 안 된다면 무엇이 남을까? 주리가 없는 길고 따분한 생활뿐이다.

검출 불가능한 독약이나, 그가 없을 때 아내의 머리 위로 무거운 물건이 떨어지면 좋겠는데. 그러나 그것이 이룰 수 없는 꿈이라는 것을 그는 잘 알고 있었다. 도리스를 죽이면 교도소행, 이혼을 하면 내핍 생활. 도망갈 구멍조차 없는 함정에 빠져들어간 꼴이다. 현실주의자인 그는 이런 현실을 가슴에 안고 이대로 살아갈 길을 택할 수밖에 없었다.

그러나 어느 날 오후 주리를 보았을 때, 그의 생각이 달라졌다. 그녀는 잘 차려입은 젊은이와 나란히 걸어가면서, 대화에 열중한 나머지 얼굴을 쳐들고 젊은이에게 시선을 쏟고 있었다. 그녀가 다른 남자와 함께 있는 광경, 그녀를 잃게 될지도 모른다는 생각은 살을 에는 듯한 고통을 그에게 안겨주었다. 그레고르를 생각해낸 것은 바로 이때였다.

그레고르는 다운타운의 거리 모퉁이에서 신문 가판대를 내고 있었다. 그 가게에서는 신문이나 잡지 외에도 사탕이나 껌, 담배, 그림엽서 같은 것도 팔고 있었다. 게다가 경마장 도박의 청부도 했고, 여러 가지 도박도 취급하고 있는 남자였다. 사람들의 소문으로는, 그를 통하면 고리로 돈을 돌릴 수도 있고, 제법 암흑가에도 손이 닿는다고 했다.

러시아워 때 가게가 혼잡한 것을 피해서 밤까지 기다린 프랭크는, 내일 열리는 경마에서 인기 있는 말에 걸 20달러를 들고 가게로 갔다. 마권을 산 다음, 그는 조심스럽게 아무렇지도 않은 듯이 말을 꺼냈다.

"그런데 곤란한 처지에 빠진 친구가 있는데 말이야, 누군가가, 그러니까 그 친구 방해를 하고 있단 말이야. 그러니까 그 방해를 치워줄, 말하자면 일을 거들어줄 사람이 어디 없을까?"

"있을지도 모르지."

그는 표정도 변하지 않고 종이쪽지에 전화번호를 적어 프랭크에게 건네주었다.

"닥터 브릴에게 물어보지 그래?"

"닥터?"

"완벽한 치료를 원한다면 말이야."

"그럼, 그 닥터의 치료비는 얼마나 되지?"

"후유증 발병을 염려 안 해도 될 정도의 간단한 일 같으면 2천 달러."

"하지만 어떻게……?"

"전화번호는 당신이 가지고 있으니까, 친구한테 주든 찢어버리든 맘대로 하쇼. 허지만 아무것도 물어보진 마쇼. 물어봐도 난 모르니까. 당신이 간 다음엔 난 이런 얘기는 깨끗이 잊어버리니까. 아시겠소?"

"알았어, 그레고르."

그 장소를 떠났을 때, 그는 떨고 있었다. 전화번호가 적힌 쪽지를 쥐고 있는 손은 주머니 속에 들어가 있었다. 난 할 수 없다! 그는 이렇게 생각했다. 도리스의 일로, 그걸 뭐라고 그랬던가, 그래 치료를 위한 계약을 체결하다니? 사람을 사서 도리스를 죽이다니? 그건 올바른 정신 상태에서 할 수 있는 일이 아니다. 그러나 그는 그 종이쪽지를 태워버리기 전에 그 번호를 기억해버렸고, 마음 깊숙한 곳에서 언젠가는 그 전화를 걸 생각이라는 것을 알고 있었다.

그 이후 그는 주말까지 다른 일은 거의 생각조차 하지 않았다. 덤비거나 초조해서는 안 된다. 돌이킬 수 없는 첫발을 내딛기 전에, 모든 각도를 계산에 넣고 신중한 준비를 갖추지 않으면 안 된다.

우선 돈에 관한 일이다. 도리스가 갑자기 사망했을 때, 그의 구좌에서 난데없이 많은 예금이 인출된 것을 알게 되면, 수사관은 틀림없이 의심을 품을 것이다. 그것을 피하기 위해서는 돈을 조금씩 금속 상자 속에 넣어서 책상 맨 아래 서랍에 넣고 자물쇠를 채워두기로 하였다. 금요일 밤, 늘 해오던 포커판에서 계속 딴 3백 달러는 손도 대지 않고 그대로 그 상자 속에 들어갔다.

자금이 모이는 동안, 그는 동기를 지워버리는 방법을 또는 동기를 알기 어렵게 하는 알리바이를 마련하기 시작했다. 도리스의 생일날에 다른 부부를 초대하여 거리에서 제일 가는 호텔에서 저녁 식사를 했다. 그 자리에서 그는 도리스에게 호박 목걸이를 선물했다. 그리고 그날 밤은 이것 보라는 듯이 애처가다운 행동으로 일관했다.

"무슨 꿍꿍이속이에요?"

둘만이 남았을 때, 도리스가 말했다.

"뭔지 속셈이 있어서 술수를 쓴다는 것쯤은 나도 알아요."

"여보, 우리는 일심동체가 아닌가. 우리 잘해 보도록 합시다. 갓 결혼했을 때엔 즐겁게 지낼 수 있었지 않소? 둘이서 노력한다면 그때로 돌아갈 수도 있을 거야."

"글쎄, 노력하기는 어렵지 않지만……."

그녀는 더 이상 따지려 들지 않았다.

다음에 손을 쓴 것은, 그는 여행 팜플렛을 한 다발 들고 들어가 지중해 일주 여행으로 결혼 기념일을 축하할 것을 제안했다. 친구들에게 아내가 그 팜플렛을 보여줄 것도 계산하고 있었다. 필요하다면 그가 아내의 행복만을 생각하고 있었다는 사실에 대한 증인으로, 그 친구들을 이용할 수 있을 것이다. 필요하다면 이 말은 어디까지나 가정에 그치는 것이다. 그레고르가 가르쳐준 전화번호를 돌릴 뻔한 일이 몇 차례 있었다. 그러나 그때마다 그는 멈추고 말았다.

드디어 결심을 한 것은, 월요일 조간에서 한 가지 흥미로운 기사를 읽었기 때문이었다. 요즈음 시가지나 교외에서 연속적으로 발생하고 있는 빈집털이는 아무래도 동일인의 범행 같다는 기사였다. 모든 범행의 수법이 비슷해서 경찰은 그렇게 판단했다는 것이다. 즉 범행 현장 부근에서 몇 번 오토바이의 폭음이 들렸고, 오토바이에 탄 사람의 그림자를 본 사람이 있다는 증언으로 그 빈집털이는 '오토바이 살인마'라고 불리게 되었다.

밤에 외출에서 돌아와 보면, 돈이나 보석처럼 부피가 적고 값어치가 있는 것만이 깨끗이 없어져 있다. 그런 피해가 일곱 건이나 계속됐다. 여덟 번째의 피해자는, 마침 빈집털이가 들어와 있을 때 귀가해서 무거운 촛대로 얻어맞고 쓰러졌다. 피해를 입은 여성은 현재 병원에서 치료를 받고 있다고 했다.

프랭크는 그 기사를 두 번 읽고, 하려면 지금 해야 한다고 생각했다. 정오 조금 전에 사무실을 나와, 사람이 없는 공중전화 부스에 들어갔다. "답신 서비스입니다."라는 소리가 들리자, 그는 닥터 브릴을 바꿔달라고 부탁했다.

"성함과 전화번호를 말씀해 주십시오. 닥터가 전화를 드리겠습니다."

"이름은 스미스입니다."

그렇게 말하고 프랭크는 전화기 위에 쓰인 전화번호를 읽어주었다. 10분 정도 기다렸다.

"닥터 브릴입니다."

이번의 목소리는 똑똑했고 위엄이 있었다.

"그쪽의 이름을 말씀해 주십시오."

"스미스입니다. 그레고르에게 들었습니다만, 그쪽에 의뢰하면 완벽한 치료를 해주신다고……."

"요금은 알고 계십니까?"

"2천 달러라고 들었습니다."

"좋습니다. 보통 수술이군요."

"될 수 있으면 오토바이 살인마의 범행으로 보이게 했으면 좋겠는데요."

"좋겠죠. 환자의 이름과 주소는?"

"프랭크 클로포드 부인. 라인골드 로드 4100."

“날짜 지정은 있습니까?”

“상대는 금요일 밤 8시에서 9시 반까지 강연회에 갔다가 10시쯤에는 귀가할 예정입니다. 그때까지 집안에 숨어 있다가…….”

“자세한 점은 이쪽에 맡겨주십시오. 남편은 어떻게 됩니까? 부인과 함께 있습니까?”

“아뇨, 그날 밤에는 다른 장소에 가 있을 겁니다.”

“요금 준비는 돼 있겠죠?”

“네.”

“그럼 다음 지시대로 해주십시오. 아무것도 적혀 있지 않은 자색 봉투에 2천 달러를 넣어서 공항에 있는 23번 라카에 갖다 놓을 것. 기일은 수요일 오후 5시까지. 알았습니까?”

“알았습니다. 수요일, 23번 라카지요? 열쇠는 어떡할까요?”

“필요 없습니다. 다만 시간은 꼭 지켜주십시오.”

“그런데 돈을 받은 다음 꼭 약속을 실행한다는 보증은 있습니까?”

“자동차 수리를 의뢰할 때, 수리공이 요금대로의 부품을 사용할지 안 할지는 보증이 없지요. 스미스씨, 그것이 싫으시면 좋을 대로 하십시오. 수요일에 라카에 돈이 들어 있으면 수술은 틀림없이 진행됩니다. 만약에 들어 있지 않으면 거래는 중지됩니다. 어떤 경우에도 뒤탈은 전혀 없습니다.”

이렇게 말하고 닥터 브릴은 전화를 끊었으나, 프랭크가 수화기를 내려놓고 공중전화 부스를 나온 것은 거진 1분이 지나서였다. 드디어 일을 저지르고 말았다고 그는 생각했다. 나는 살인 청부업자를 고용하고 말았다. 그는 사체가 된 도리스의 모습을 머릿속에서 쫓아버렸다. 도저히 할 수 없다. 나는 살인자가 아니다. 책상 서랍 속에 있는 돈을 은행에 넣어버리면, 그것으로 모든 것은 끝난다. 그 전화도 없었던 것으로 된다.

그러나 수요일이 됐을 때, 주리가 광고의 레이아웃을 보여주러 왔을 때, 프랭크의 욕망은 다시 꿈틀거리기 시작했다. 그녀가 자기 회사로 돌아간 다음, 곧 봉투에 돈을 넣고 차를 공항으로 달렸다. 라카 열쇠는 돌아오는 길에 길가에 있는 쓰레기통 속에 던져넣었다. 이제 뒤로 되돌아갈 수는 없었다.

목요일, 그는 여행사에 들러서 도리스가 선택한 유람선을 예약했다. 그날 밤 유람선을 예약한 얘기를 듣자, 도리스는 어린애처럼 좋아했다. 모든 손은 다 써놓았다. 이제 하루만 지나면 그는 자유의 몸이 되는 것이다.

그러나 금요일 아침, 뜻하지 않았던 장애가 그를 기다리고 있었다. 그날 밤 포커 대회를 주최하기로 했던 집주인이 독감으로 쓰러졌다는 것이다. 게임이 중지된 것을 전화로 알려온 것은 또 한 사람의 포커 친구였다.

"뭐라고?"

프랭크는 소리쳤다.

"이제 와서 그렇게 말하면 어떡하나? 다른 장소를 찾아보자."

"어디서 하는가가 문제지. 자네 집은 어떤가?"

"아냐, 무리야. 짐의 집은 어때?"

"그 친구 집은 지금 페인트칠을 하고 있거든. 한 번쯤 쉬면 어때? 어젯밤에 돼지꿈이라도 꾸었나?"

"아냐, 그게 아니고……."

그는 말끝을 흐리고 머리를 회전시켜 생각을 다듬었다. 이대로 노골적인 반응을 보이고, 포커가 중지됐다고 당황해하는 눈치를 보여서는 안 된다.

"요컨대 집사람이 오늘 밤 미술관계 강연회에 가는데, 포커가 중지된 것을 알면 같이 가자고 그럴 거란 말이야."

"그것도 곤욕이겠군."

상대 남자는 낄낄거리며 웃었다.

"아주머니한텐 포커가 중지됐단 말만 안 하면 되지 뭘 그래. 그럼 내주에 만나세."

프랭크는 이미 침묵하고 있는 전화를 가만히 바라다보았다. 빌어먹을! 어쩐지 너무 잘돼 나간다 했더니, 어디선가 차질이 생길지도 모른다는 것을 미리 알고 있어야 하는 것인데.

자, 어떡하면 좋은가? 수술 중지나 연기를 신청할까? 그러나 다른 모든 준비는 다 돼 있는 것이다. 도리스와 내가 따로따로 외출할 날을 기다리려면 몇 주 후에야 될 것이다. 그리고 브릴에게 지불한 돈은 다시는 돌아오지 않을 것이다.

어쨌든 지금은 침착하게 생각하는 것이 제일이다. 요컨대 알리바이가 없어진 것뿐이 아닌가. 결국 밤까지 또 하나의 다른 알리바이를 만들어내면 되는 일이 아닌가. 그러나 어떠한 안도 곧 폐기되고 말았다. 무엇을 하든지, 그것은 그의 성격에 들어맞아야 한다. 부자연스러운 행동을 한다면 조작된 알리바이라는 것이 금세 탄로가 나고 말 것이다.

그는 영화팬도 아니었다. 볼링이나 당구도 하지 않았다. 친구나 단골 손님은 저녁이 아니라 점심에 초대하는 것이 보통이다. 이상하다는 생각을 주지 않고 함께 지낼 수 있는 사람은 한 사람도 없었다. 다만 인지는 그렇지도 않았지만……

이렇게 생각했을 때 그는 얼굴을 찡그리며 빙그레 웃었다. 그렇다, 인지라면 극히 자연스러운 상대다. 그러나 알리바이로서는 쓸모가 없다. 아내가 피살됐을 때, 그가 함께 있었다는 정부의 증언을 누가 믿는단 말인가. 그러나 그렇다고 하더라도…….

그는 조금은 집착하는 듯했다. 포커 게임이 취소되어서 인지를 찾아간다는 것은 자연스런 일이다. 가령 그녀를 공공 장소로 데리고 나가서, 그 일이 집행되는 결정적인 시간에 두 사람의 모습을 다른 사람에게 보이고, 그것이 그들 두 사람이라는 것을 확실하게 인상지어 줄 수 있다면, 문제는 일거에 해결되는 것이다.

그는 기분을 고쳐먹고 전화기를 들었다.

데이트의 약속을 하고 나서 생각을 해보니까, 단순한 알리바이 이상의 일도 할 수 있다는 것을 알았다. 오늘 밤에 인지에게 두 번 다시 만나지 않기로 한다는 선언을 하고, 두 사람의 관계를 청산해 버리면 되는 것이다. 그렇게 되면 과거의 유한이 없는 깨끗한 몸으로 주리와의 새로운 생활을 시작할 수가 있다. 또 하나 중요한 일은, 그렇게 함으로 해서 도리스와의 결혼 생활을 다시 시작하는 척한다는 계획에 또 하나의 진실성을 보탤 수가 있다.

그는 하루 종일, 모든 세부 계획이 완벽해질 때까지 안을 짜냈다. 그리고 세면장의 거울을 향해서 놀라움과 비관이 뒤섞인, 경찰에 보이기 위한, 아내를 잃은 남편의 표정을 열심히 연습하기도 했다. 사무실에서 돌아올 때의 그는, 포커 게임의 취소가 실제적으로 행운이었다는 것을 믿게끔 돼 있었다.

그는 귀가의 타이밍을 계산해서, 도리스와 함께 강연회에 가는 도리스의 친구가 그녀를 데리러 오기 몇 분 전에 집에 도착했다. 그리고 도리스를 차가 주차되어 있는 곳까지 배웅하고 승용차의 문을 열어주었다.

"재미 보고 와요."

그는 두 사람에게 말했다.

"단단히 교양을 쌓고 와요. 외국의 미술관에 갔을 때 많은 도움이 될 거야. 참, 우리가 배로 여행을 하기로 한 것, 도리스한테 들었어요?"

"네, 얼마나 좋겠어요?"

"그럼 나중에."

그는 승용차 문을 닫고 손을 흔들어 보이며 떠나가는 차를 만족스럽게 전송했다. 감동적인 이별이었다는 것은 나중에 그녀의 친구인 수 파렐이 경찰에 증언해 줄 것이다.

그리고 조금 있다가 그는 인지의 집으로 향했다. 집 뒤의 빈 터에 차를 세우고 차문을 잠갔다. 그러나 일부러 전조등은 끄지 않았다. 인지는 개조한 고가의 1층에 살고 있었다. 그는 뒷문을 노크하려다가 깜짝 놀랐다. 인지가 그대로 켜둔 전조등을 보면 끄고 오라고 할 것이다. 하마터면 실수를 할 뻔했다. 그는 당황해서 급히 현관으로 향했다.

술을 마시며, 두 블록 앞에 있는 레스토랑에 자리를 예약해 둔 것을 얘기했다.

"그 스페인 요리의 가게 말이에요?"

인지는 불만스러운 듯했다.

"그 집보다는 훨씬 좋은 가게가 있는데……. 절약을 하기 위해서 그러는 거예요?"

"연주를 아주 잘하는 기타리스트가 나온다고 그래서, 한 번 들어두는 것도 좋다고 생각해서 그랬어."

"그래요? 하지만 집 근처의 식당에서 저녁 한 끼 먹는 데 드레스를 차려 입고 나가다니 우습군요.”

“그렇게 싸구려 식당도 아냐.”

그는 더 이상 왈가왈부하고 싶지 않았다.

“아무튼 예약은 해놓았고, 난 시장해. 가기 싫으면 관두라고.”

“알았어요. 아무튼 오래간만의 외식이니까.”

어쩔 수 없이 따라가는 듯이 그녀는 말했다.

인지의 구두는 걸어다니기에는 적당치 않았다. 가까운 식당이니까 걸어가자고 프랭크가 주장했을 때, 그녀는 또 기분이 좋지 않았다. 그녀가 기분이 좋지 않다는 것도 프랭크에게는 유리한 일이었다. 경찰이 물어봤을 때, 웨이터는, 식사하는 동안 우리들이 말다툼만 하고 있었다고 증언할 것이다. 이것으로 그녀와의 헤어지려고 했다는 얘기가 더욱 사실처럼 보일 것이다. 그는 일부러 기분을 풀어주려고도 하지 않았고, 인지의 불평불만을 듣고도 모른 척하였다. 그리고 웨이터가 두 사람 앞에 쌀요리의 접시를 갖다 놓았을 때, 그는 일부러 거칠고 큰 소리로 이렇게 말했다.

“잔소리 그만하고 어서 먹으라구! 당신의 잔소리도 인제 정말 짜증이 나!”

조용한 식사였다. 시무룩해서 말도 안 하는 인지, 속에서는 잘됐다 싶어 기뻐하면서도 표면상으로는 기분이 언짢다는 표정을 하고 있는 프랭크.

9시 반에는 별로 특징도 없는 플라밍고 댄서가 쇼를 시작했다. 기타리스트도 대단한 것이 아니었는데, 프랭크는 열렬한 박수를 보내고, 웨이터를 불러 〈아디오스 무차차스〉라는 노래를 청했다. 두 사람의 테이블 앞에 온 기타리스트는 정감어린 모습으로 인지 앞에 몸을 굽히며 노래를 불렀다. 프랭크는 그에게 5달러의 팁을 주었다.

“도대체 뭘 하는 거예요?”

인지가 화가 난다는 듯이 덤벼들었다.

“괜히 무뚝뚝하다 했더니, 이번에는 감상적인 노래로 날 구워 삶으려고 그래요?”

그는 대답했다.

“그게 아니지. 나는 나 나름대로 당신에게 작별의 인사를 한 셈이지. 나는 당신하고 이제 더 이상 만나지 않기로 했으니까.”

그는 손을 들어 웨이터에게 청구서를 가지고 오라고 하였다.

“뭐라고요?”

그러지 않아도 억지로 참고 있던 화가 단숨에 불을 뿜었다.

“이렇게 해서 나를 쫓아버리려구 그래요? 짜낸 레몬 껍질처럼 버리겠다는 거예요? 이것 봐요, 난 말예요…….”

“큰 소리 내지 않아도 될 텐데 왜 이러는 거야?”

“아뇨, 큰 소릴 내야지 당신이 알아들을 거예요.”

기대했던 대로 그녀의 목소리는 높아졌다.

“당신은 나를 노리개처럼 가지고 놀고서는 당신 마음대로 버릴 생각인 모양인데, 그렇다면 나한테도 할 말이…….”

“좀 조용히 하지 못해? 사람들이 보고 있잖아.”

그가 크레디트카드를 내놓자, 웨이터는 그것을 받아 가지고 갔다.

“당신은 남의 마음 같은 것은 조금도 생각하지 않는 사람이에요!”

그녀는 테이블을 밀어젖히고 소리를 내면서 일어났다. 두 사람은 근처에서 식사를 하고 있는 손님들의 주목의 대상이 되고 있었다.

“뭐가 필요한 거야?”

그는 마치 업신여기는 듯이 말했다.

“위자료야?”

“곧 알게 될 거야!”

그녀의 말투도 거칠어지기 시작했다.

“더러운 것 만지듯 사람을 취급하고 무사할 줄 알았다면 천만의 말씀이지!”

그는 청구서에 사인을 하고는 카드와 영수증을 받고 일어났다. 손목시계를 보니까 10시 10분, 계획대로의 시간이다.

“자, 그만 돌아갑시다.”

그는 인지의 팔을 잡았다. 그녀는 그것을 뿌리치듯 하며 문을 향해 뛰어나갔다. 지배인의 곁을 지날 때, 그는 조그만 소리로 변명을 했다.

“동행이 좀 신경질이 돼서…….”

인지의 뒤를 따라 거리에 나오자, 그는 두세 걸음 늦게 그녀의 아파트로 걸어갔다. 집에 도착한 그녀는 집안으로 뛰어들어가면서 거칠게 문을 닫았다. 이것으로 그에게는 모든 것이 충분했다. 이 계획으로 그녀의 역할은 끝났고, 게다가 그런 줄도 모르고 그녀는 명배우처럼 연기했다.

그는 뒷골목의 공터로 돌아갔다. 차는 어둠 속에서 전조등도 이미 꺼져 있었다. 운전석에 앉아 열쇠를 꽂고 시동을 걸려고 했으나 엔진은 움직이지 않았다. 계획대로 배터리가 나간 것이다. 골목을 나와 다음 블록까지 걸어가서 24시간 영업을 하는 편의점으로 들어갔다.

“차가 고장이 나서…….”

안에 있는 공중전화 부스를 향하면서 그는 점원에게 말을 걸었다.

"이런 시간이면 수리는 어려울 겁니다."

"아니, 괜찮아. 차는 그대로 아침까지 놔두기로 하고, 전화로 택시를 불러야겠어."

공중전화 부스에 들어간 그는, 유혹을 견디지 못하고 자택의 전화번호를 돌려보았다. 이미 일은 끝났을 것이다. 집안에서 울리는 전화벨 소리를 그는 숨도 쉬지 않고 듣고 있었다. 열 번까지 셌다. 응답이 없다.

그는 만족하고 이번에는 택시회사를 호출해서 편의점의 주소를 알려주었다. 공중전화 부스를 나왔을 때, 그는 온몸이 땀에 젖어 있는 것을 알고 깜짝 놀랐다. 손수건으로 땀을 닦으며 카운터로 가서 커피를 주문했다. 커피가 나와 잔을 입으로 갖다 대려고 했을 때, 손이 떨려 커피의 반이나 카운터에 엎지르고 말았다.

택시는 곧 도착했다. 집으로 향하는 차내에서 그는 말꼬리를 잡히지 않으려고 운전사와는 짧은 말로 대화를 끝냈다. 침착해야 한다. 마지막에 이르러 꼬리를 밟히지 않도록 조심을 해야 한다. 레스토랑을 나온 것이 10시15분, 편의점에 들어간 것이 10시30분. 날개가 있다고 하더라도 거리의 끝에서 다른 쪽 끝까지 왕복할 수는 없다.

택시가 도착했을 때, 집의 전등은 모두 꺼져 있었다. 택시 요금은 2달러45센트. 프랭크는 난처한 표정을 지었다.

"이거 어떡하지? 50달러짜리밖에 없는데, 잔돈이 있을까?"

"농담을 하시는 겁니까? 밤중에는 그런 큰 돈은 가지고 다니지 않기로 했어요. 아까 편의점에서 바꿔달라고 하시지."

"깜빡했지. 미안하지만 집에까지 들어와 주겠나? 집사람더러 잔

돈을 내달라고 할 테니까."

"할 수 없죠."

운전사는 투덜거리며 그와 함께 한길에 내렸다.

"사모님은 벌써 주무시는 거 아닙니까? 이런 밤중에 깨워서 일어나게 하면 안 좋을 텐데요."

"아냐, 우리 집사람은 괜찮아."

"거 참, 부럽습니다. 우리 집사람 같으면 대소동이 벌어집니다."

운전사를 포치에서 기다리게 한 다음 프랭크는 열쇠로 현관문을 열고 안으로 들어갔다. 그리고 재빨리 크게 숨을 들이마시고, 용기를 내서 스위치를 켰다. 거실이 환해졌다. 카펫 중앙에 두 팔을 벌리고, 눈을 부릅뜨고, 입이 일그러진 채로 도리스가 쓰러져 있었다. 예기했던 광경이긴 하지만, 그가 받은 충격은 대단했다.

"이게 어떻게 된 일이야! 도리스가…… 설마!"

그는 운전사에게로 달려갔다.

"큰일났어요!"

"무슨 일입니까?"

운전사는 그를 따라 안으로 들어왔다.

"아니, 이게 웬일입니까? 죽어 있습니까?"

"모르겠어요."

그는 도리스 옆에 무릎을 꿇고 손목을 잡았다. 물론 맥박은 느껴지지 않았다.

"의사를 불러주시오! 급히 와달라고 그래요."

"경찰을 불러야지요."

"그래, 아니, 당신이 말하는 대로야! 전화를 좀 해주시오! 전화는 현관 앞 홀에 있으니까."

“알았습니다.”

운전사는 거실을 나갔다.

프랭크는 도리스의 사체 곁을 떠나 방구석에 있는 의자에 가서 앉아, 전화를 걸고 있는 운전사의 목소리를 듣고 있었다.

“숙녀가 죽어 있어요!”

숙녀라니? 저것은 내 아내인데. 프랭크는 운전사의 말을 정정할 생각을 떨쳐버렸다. 이제부터는 정신이 혼미해서, 비탄에 젖어 있는 남편의 역할을 연기하고, 어떻게 오늘 저녁을 지냈는지, 사실 그대로 경찰에게 말해야 한다. 운전사가 방안에 들어왔을 때, 프랭크는 의자에 앉아 두 손으로 얼굴을 감싸고 있었다.

“곧 온다고 했습니다.”

운전사가 말했다.

“나도 여기 있으라고 해서요. 그리고 현장에는 손을 대지 말라고 합디다.”

“알았어요. 정말 고맙습니다.”

“아주머니가…… 어떻게……? 정말 안됐습니다.”

그는 서툰 말투로 동정의 말을 했다.

“이거 틀림없이 오토바이 살인마의 범행일 겁니다. 경찰이 주차 위반 적발만큼이나 열을 올려서 수사를 했더라면, 범인은 벌써 오래 전에 끌려들어갔을 겁니다.”

그의 입에서는 거침없이 말이 튀어나왔으나, 프랭크는 듣고 있지 않았다. 얼굴을 두 손으로 감싸고 눈을 감은 채로 마음속에서는 다른 일을 생각하고 있었다.

드디어 현관의 초인종이 울리고 운전사가 문을 열어주자, 갑자기 집안은 사람들로 가득 찼다. 그중의 한 사람은 사체 옆에 웅크

리고 앉아 있었다. 다른 한 사람이 방안으로 들어오자, 프랭크는 의
자에서 일어났다.

"살인과의 하밀 경감입니다."

그는 자기 소개를 했다.

"여긴 당신 집입니까?"

"네, 그렇습니다. 제가, 제가 프랭크 클로포드라고 합니다. 저기
있는 것은……."

그는 용기를 내서 다시 한 번 도리스를 쳐다보았다.

"저것은 제 아내올시다."

"어떻게 됐소, 선생?"

하밀은 사체 곁의 남자에게 말을 걸었다.

"피해자는 죽었어요?"

"틀림없습니다."

남자는 침착하게 말했다.

"아마 둔기로 머리를 강타당한 모양이에요."

"그래요? 다들 해야 할 일을 알고 있을 테지?"

하밀 경감은 형사들에게 말했다.

"어디서 조용히 얘기할 장소가 있을까요, 클로포드씨?"

"서재로 오시지요."

"저는 어떻게 되는 거죠?"

운전사가 항의했다.

"그만 돌아가야겠는데요. 그렇지 않으면 오늘 밤엔 완전히 공치
는 겁니다."

"당신은 사건과 어떤 관련이 있는 거죠?"

"이 사람을 집에까지 태워다 주었습니다. 사체를 발견했을 때 저

도 같이 있었죠. 경찰에 전화를 한 것도 저였습니다."

"그렇군. 아직 택시 요금을 안 주었군."

프랭크는 생각이 난 듯이 말했다.

"돈이 있는 곳은……."

도리스의 손에서 조금 떨어진 곳에 떨어져 있는 핸드백을 보고 프랭크는 말을 잇지 못했다.

"나중에 청구서를 보내게."

하밀이 거들어주었다.

"크랜시 형사, 운전사한테서 얘기를 들어보고 끝나거든 보내 주게. 클로포드씨, 서재로 안내해 주실까요?"

거실보다 약간 좁은 그 방에는 빈집털이가 뒤진 흔적이 역력했다. 반쯤 열려져 있는 책상 서랍, 그대로 열려 있는 장롱의 문짝, 이것 보라는 듯이 흐트러놓은 것이 아니라, 집안을 뒤졌다는 흔적을 남길 정도로 적당히 흐트러져 있었다.

"여기에는 귀중품이나 현금 같은 것이 있었습니까?"

하밀 경감이 물었다.

"아뇨, 아 참!"

그는 갑자기 어떤 사실을 알았다.

"왜 그러세요? 없어진 것이라도 생각이 났습니까?"

"이 방은 아닙니다만, 처음 집사람을 발견했을 때 손목을 잡아 봤어요. 지금 비로소 생각이 났습니다만, 그 왼손에는 아무것도 없었습니다."

"아무것도 없었어요?"

"반지 말입니다. 언제든지 큼직한 다이아 반지를 끼고 있었습니다. 1캐럿 정도의 반지입니다."

브릴의 하수인들은 안성맞춤의 보너스를 차지한 셈이구나, 하고 그는 생각했다. 그러나 강도라는 진실감을 나타내기 위해선 그 정도의 희생은 환영할 일이다.

"그렇군요. 나중에 집안을 조사해서 없어진 물건을 찾아내주셔야겠습니다만, 그보다도 먼저 사정을 밝혀주셔야겠습니다. 당신이 부인을 마지막 본 것은 언제입니까?"

"오늘 밤, 7시 반쯤입니다."

그는 의자에 앉아서 손의 떨림을 막기 위해 두 손을 꼭 잡았다.

"강연회에 간다고 해서 아내의 친구가 데리러 왔습니다."

"친구분의 주소와 이름은 알고 계시겠죠?"

경감이 그렇게 말했을 때, 크랜시라고 부른 형사가 들어와서 작은 수첩을 펴들었다.

"조지 파렐 부인입니다."

프랭크는 크랜시 형사가 그것을 수첩에 적어넣는 것을 보고 있었다.

"주소는 메이플 드라이브, 번지는 잘 모르겠습니다만."

"됐습니다. 두 사람이 떠나간 다음에 어떻게 하셨죠?"

"친구와 함께 저녁 식사를 했습니다."

"그의 이름과 주소는?"

"아니, 여성입니다."

"그래요?"

"인지 에릭슨. 그랜드 스트리트 1421번지에 살고 있습니다."

크랜시의 펜이 다시 움직였다. 그와 하밀 경감은 눈으로 신호를 주고받았다.

"경감님, 솔직히 말씀드리겠습니다만."

프랭크는 곤혹스런 표정을 숨기려고도 하지 않았다.

"인지와 저는 단순한 친구 사이가 아니었습니다. 우리들은 말하자면 애인 관계였습니다. 하지만 이제 끝났습니다. 오늘 밤에 만난 것은 바로 그 때문이었습니다. 말하자면 지금까지의 관계를 청산하기 위해서 만난 것입니다."

"그렇습니까?"

경감의 목소리에는 믿고 있는 것인지, 아니면 의심하고 있는 것인지, 어느 쪽인지 아리송한 인상이었다.

"그건 어떤 의미죠?"

"솔직하게 다 말씀드리겠습니다만, 집사람과 저는 사이가 좋지 않은 그런 시기가 있었습니다. 저는 좋은 남편이 아니었습니다. 세상에는 흔히 있는 얘기죠. 하지만 최근에는 두 사람이 노력해서 그 효과가 나타나기 시작했습니다. 제2의 신혼 여행으로 유람선 여행도 계획하고 있었습니다. 도리스도 기쁜 마음으로 기대를 하고 있었는데. 하지만 집사람은, 도리스는……."

프랭크는 말을 못 하고, 두 손으로 얼굴을 가리고는 얼마 동안 움직이지 않았다. 얼마 후 고개를 든 프랑크는 애써 미소를 지어 보이며, "실례했습니다."라며 말을 이었다.

"어쨌든 간에 이런 일을 인지에게 얘기하려고 했던 것입니다."

"잘 알겠습니다."

그러나 그 목소리에는 회의의 빛이 나타나 있었다.

"그러니까 이렇게 됐다는 거죠, 클로포드씨? 부인이 살해됐을 때 당신은 여자 친구의 아파트에서 영원한 작별을 고하고 있었다. 그러니까 미스 에릭슨이라고 하셨던가요? 그녀도 같은 증언을 해주시겠죠?"

"그녀의 아파트엔 있지 않았습니다."

프랭크는 형사가 미끼에 걸려드는 모습을 보며, 내심 잘됐다 싶었다.

"인지가 심술을 부리기 시작해서, 달랠 겸 냉정히 얘기를 하려고, 아파트에서 머지 않은 레스토랑으로 갔습니다. 〈라 파로마〉라는 가게입니다."

그는 잘 알았느냐, 크랜시, 라는 말까지 하고 싶었다.

"그러고요?"

"식사를 하고 쇼를 구경하고, 그러고 나서 하고 싶은 말을 했습니다."

"그녀는 어떻게 했지요?"

"좀 화를 냈던 것 같습니다. 그 다음에 그녀를 집에까지 바래다 주었습니다."

"차는 안 가지고 계십니까, 클로포드씨?"

"네, 가지고 있습니다. 깜빡할 뻔했군요. 인지의 집까지는 차로 갔는데, 레스토랑은 걸어서 갈 수 있는 거리에 있습니다. 그 다음에 돌아오려고 차에 타보니까 배터리가 나갔어요. 그래서 그대로 놔두고 왔습니다."

"어떻게 택시를 타셨죠?"

"스티븐스 거리 모퉁이에 있는 편의점에 들어가서 전화를 걸었습니다. 그런데 집에 돌아와 보니까, 수중에 있는 현찰은 큰 것뿐이고, 운전사는 거스름돈을 가지고 있지 않더군요. 그래서 운전사와 함께 집으로 들어온 겁니다. 도리스에게 잔돈을 내주라고 하려고 했는데……."

그는 다시 한 번 감정이 격해지듯 두 손으로 얼굴을 가렸다.

“운전사의 말과 전후가 들어맞나?”

하밀이 크랜시에게 물었다.

“네, 그의 일지에 의하면 차에 태운 것이 10시35분입니다. 그리고 경찰에 통보한 것이 11시27분으로 돼 있습니다.”

“틀림은 없군. 누굴 시켜서 파렐 부인을 만나 얘기를 들어보게. 클로포드 부인을 집으로 데려다주었던 시간과 그때 무엇이든지 보거나 듣거나 한 일이 없는가를 자세히 듣고 와. 그리구 레스토랑, 편의점, 또 에릭슨이라는 여자도 잊지 말고!”

“알았습니다.”

크랜시는 방을 나갔다. 하밀 경감은 프랭크가 평정을 되찾기를 기다렸다. 그가 얼굴을 들었을 때, 형사의 눈은 훨씬 동정적인 빛을 띠고 있었다.

“심중은 충분히 알겠습니다, 클로포드씨. 솔직히 얘기해 주셔서 감사합니다. 하지만 사건이 사건인 만큼 증언은 모두 체크해야겠습니다.”

“그야 물론 경감님의 임무시니까요.”

프랭크도 역시 정중히 말했다.

“집사람을 살해한 범인을 체포하기 위해선 협력을 아끼지 않겠습니다.”

“꼭 잡고야 말겠습니다.”

하밀 경감은 약속했다.

“이렇게 얘기하고 있는 동안에도 수사는 진행되고 있습니다.”

그것을 증명이라도 하듯, 부하 한 사람이 방안으로 들어왔다.

“검시관의 일이 끝났습니다. 시신을 치워도 괜찮을까요?”

“사진은 괜찮은가?”

"모든 각도에서 촬영했습니다."

"그래, 그럼 일단 영안실로 옮기지. 그 밖에 알려진 건 없나?"

"네, 뒷문에 억지로 따고 들어온 흔적이 있습니다. 그리고 이웃 사람들의 말로는, 10시쯤 오토바이 같은 소리를 들었다고 합니다."

우연이었을까? 프랭크는 생각했다. 아니면 닥터 브릴이 계획적으로 한 짓이었을까?

젊은 형사가 가버리자, 하밀 경감은 프랭크 쪽으로 얼굴을 돌렸다. 그 태도는 눈에 띄게 호의적이었다.

"대충 알 것 같군요."

그는 말했다.

"요즘 계속 발생하고 있는 빈집털이의 사건을 알고 있습니까?"

"택시 운전사가 뭔가 얘기하고 있었는데, 오토바이 살인마라는 것 말입니까?"

"신문에선 그렇게 부르고 있지요. 전등도 텔레비전도 안 켜져 있고 밤에 사람들이 모두 외출한 주택이 당하고 있습니다. 도난당하는 것은 주로 현금이라든가 보석이라든가, 오토바이로 가져갈 수 있는 작은 물건들입니다."

"집사람의 반지 같은 것도 그렇겠군요."

"그렇습니다. 그 밖에 무엇이 도난당했는지 조사해 볼까요?"

하밀 경감의 앞에 서서 프랭크는 계단을 올라가 도리스의 침실로 들어갔다. 서재와 마찬가지로 거기도 흩어져 있었다. 보석함이 열리고 속에 들어 있던 물건이 침대 위에 흩어져 있었다.

"대부분이 모조품이었습니다만."

프랭크가 말했다.

"그중에는 진짜도 좀 들어 있었습니다. 호박 목걸이라든가 금팔찌라든가."

그는 흩어져 있는 장신구를 찾아보았다.

"양쪽 다 없어졌군요."

"값어치 나가는 것만을 훔치고, 가짜 물건은 내버려두었군요. 물건을 보는 눈이 있는 모양이군요."

조사하고 있는 동안에 프랭크의 소지품에서 금으로 만든 커프스가 없어진 것을 알았다. 이것 또한 강도의 소행인 모양이다. 두 사람이 침실에 있을 때, 전화가 걸려왔다. 하밀 경감에게 걸려온 것이다. 그는 오랫동안 애기를 듣고 있었다. 듣고 있는 동안에도, '응'이나 '허' 하는 소리 외에는, 분명히 애기의 내용에 만족해하고 있었다.

"대개 뒷받침이 된 셈이군."

그는 그렇게 결론을 내렸다.

"나머진 에릭슨뿐이군. 그녀의 애기만 들어보면 모든 게 들어맞게 되는데, 나는 아직 한 시간쯤은 여기 있을 테니까."

그는 전화를 끊었다.

"당신의 애기는 완전히 증명이 됐습니다."

그는 프랭크에게 애기했다.

"식당 주인, 웨이터, 기타리스트, 모두가 당신 일을 기억하고 있었습니다. 당신 여자 친구는 상당히 화를 낸 모양이더군요."

"좀 대단했습니다."

프랭크도 끄덕였다.

"편의점의 점원도 기억하고 있더군요. 물론 택시회사의 기록에도 당신의 전화 기록이 남아 있었습니다."

“파렐 부인의 증언도 들으셨나요?”

“네, 9시 반에 강연회가 끝났고, 부인을 여기까지 데려다 준 것은 바로 그 후였답니다. 집안은 캄캄했고, 수상한 일은 아무것도 없었다고 하더군요.”

“별로 단서가 못 되는군요.”

“그렇죠. 하지만 적어도 시간 면에서 본다면, 이것으로 당신은 용의권 외에 놓이게 되는군요. 그럼 실례하고 나는 일을 좀더 해야겠습니다. 집안을 조사해서 지문이라든가 단서가 될 만한 것을 찾아내야 하니까요. 다른 사건에서 범인은 단 한 가지도 단서를 남겨놓지 않았는데, 이쪽이 운이 좋으면 뭔가 실수를 저지를 때도 있으니까요. 참, 쉬시고 싶으시면…….”

“아닙니다, 괜찮아요. 잠이 올 것 같지도 않습니다. 방해는 안 할 테니까 어서 일을 시작해 주십시오.”

경감이 다른 형사들과 합류하고, 프랭크는 혼자서 2층으로 올라갔다. 당신은 용의권 밖에 있게 됩니다. 용의권 밖에. 하밀의 말이 그의 머릿속에서 기분 좋게 울려퍼졌다. 밤새도록 긴장해 있던 신경을 행복감이 적셔주었다. 나는 용의권 밖에 있는 것이다. 도리스에게서 도망갈 수가 있었다. 용의에서 벗어날 수가 있었다. 치른 댓가는 2천 달러와 다이아 반지, 그리고 호박 목걸이와 금팔찌, 게다가 커프스. 이렇게 싸구려 바겐세일이 또 있을까.

그는 창문 곁에 서서 어둠 속에 눈을 굴리면서 밝아오는 미래를 점쳐 보고 있었다. 그때 하밀이 들어왔다. 그의 뒤에는 크랜시가 서 있었다.

“단서라도 찾아내셨습니까?”

프랭크가 물었다.

“집안에는 없었습니다만.”

하밀이 말했다.

“그러나 사태의 진전이 있었습니다. 한 가지 물어보겠는데요, 당신은 택시를 부르는 데 어째서 편의점까지 가셨죠? 당신 여자 친구 집의 전화를 빌리지 않았던 것은 무엇 때문이죠?”

“심한 말다툼을 했다는 것을 말씀드렸죠? 더 이상 그녀의 아파트에는 들어가고 싶지 않았습니다.”

“그럴 테죠. 편의점 점원의 말을 빌리면, 당신은 몹시 초조해하면서 커피를 반 이상이나 카운터에 엎질렀다구요?”

“그건 좀 흥분했기 때문이겠죠. 인지와 그렇게 싸우고 난 다음에, 자동차의 배터리까지 나가버렸으니까요.”

“택시 운전사는 당신이 안절부절 못하면서 침착하지 못했다고 하던데요?”

“그랬는지도 모르죠. 하지만 무슨 얘기를 하고 싶은 거요? 경감님, 집사람 살인사건과 무슨 관계가 있다는 겁니까?”

“부인 사건 말입니까? 아뇨, 아무 관계도 없습니다. 부하가 미스 에릭슨의 증언을 들으러 간 것은 알고 계시죠?”

“당신이 그렇게 명령하는 것을 들었으니까요.”

“방의 벨을 눌러도 대답이 없고, 전화를 걸어도 나오지 않더군요. 부하는 걱정이 됐습니다. 남자에게 버림받은 다음, 절망해서 약을 다량으로 먹거나, 개스의 마개를 틀어놓고 있는 여자도 있다니까요.”

“인지에게 무슨 일이 있었다는 겁니까?”

“그건 당신이 더 잘 알고 있을 텐데요. 방에 들어갔을 때, 그들은 그녀가 바닥에 쓰러져 있는 것을 발견했습니다. 흉기가 된 놋으로 만든 무거운 북엔드는 바로 옆에 떨어져 있었고."

하밀은 다그쳤다.

"그럼 그녀는…… 그녀는?"

"죽었어, 클로포드!"

"아니, 그럴 리가 없어요! 그렇게 되다니……?"

"그녀는 레스토랑에서 당신을 매도했어. 그리고 협박을 했어! 열 사람 이상이 그것을 듣고 있어서, 둘이서 아파트로 돌아왔을 때 싸움은 절정에 달했지. 그녀는 점잖게 물러날 생각은 없었어. 당신을 공갈할 건덕지를 가지고 있었을 테지. 당신은 북엔드를 들고 그녀의 머리를 내려쳤어. 어때, 틀림없지?"

하밀이 말했다.

"아녜요! 그럴 리가 없어요. 나는 아파트에는 안 들어갔어! 그 여자는 바로 내 코앞에서 문을 쾅 하고 닫았어요!"

그는 말을 끊고 그 당시의 일들을 떠올리려고 했다. 밖에 서 있는 자신. 어두운 집안으로 혼자 들어가는 인지.

"범인은 안에 있었어요. 오토바이 살인마가 범인이야. 우리들이 레스토랑에 간 사이에 들어와 있었을 거야. 그놈이 물건을 훔치고 있을 때 인지가 돌아와서, 그래서 살해된 것이 틀림없어!"

"계획이 제대로 됐으면, 우리도 그렇게 믿었을 테지만."

하밀이 다시 다그쳤다.

"당신은 거기서 오토바이 살인마의 수법을 흉내낸 거야. 거의 성공할 뻔했는데, 진짜 살인마 덕택에 틀려버렸어. 오토바이 살인마가 오늘 밤 10시, 이 집에 들어왔다는 것은 알고 있어. 그런데 한 사람이 같은 시각에 두 군데 장소에 나타날 수가 있을까? 어떤가, 클로포드씨?"

가장 쉬운 일 / 빌 프론지니

A NICE EASY JOB
Bill Pronzini

가장 쉬운 일 / 빌 프론지니

● 가장 쉬운 일

이번에 의뢰된 것은 탐정으로서는 간단한 일이었다.
화려한 결혼 피로연이 열리고 있는 사이에 밀실에
보관되어 있던 화산한 포장의 2백 개 이상의 선물
꾸러미를 지키고 있는 일이었으니까. 그러나 믿을
수 없는 일이 일어났다.

──엘러리 퀸

빌 프론지니(1943~   )

미국 캘리포니아 출신의 신진 작가. 신문 판매원, 창고지기, 세일
즈맨, 가스맨 등을 거쳐, 20대 중반에는 펄프 라이터로 전향. 작가
와 마찬가지로, 오래된 펄프 매거진의 수집가로 해소를 걱정하는
헤이비 스모커인 중년 탐정을 1971년의 처녀 장편 「유괴」에 데뷔
시켰다. (단편에서 처음 등장하는 것은 1969년) 신사립탐정파의 서
해안의 기수 중 한 사람으로 활약하고 있다. 철도 미스테리의 앤솔
로지를 편찬했고, 2백 편에 가까운 단편이 있다. 신설된 미국사립탐
정소설가협회의 초대 회장에 취임했다.

가장 쉬운 일

마린에 있는 로스라는 작은 마을은 샌프란시스코에서 자동차로 금문교를 건너서 30분 정도 거리에 있다. 부자들이 좋아할 만한 땅으로, 계급이나 인종 차별에 관한 고시적인 사고방식이 아직도 통용되는 곳이다. 주민이 결성한 위원회라는 것이 있어서, 그들이 터무니없이 비싸게 내놓은 부동산을 사겠다는 사람들을 체에 걸러내고 있다. 따라서 설혹 미더스왕 같은 대부호라도, 그 인물이 소수민족 그룹의 한 사람이라든가 그들의 엄격한 선발 기준에 합격하지 못 했을 경우에는, 그 동네에 들어와 살기가 어렵다는 것이다.

그렇다고 로스의 주민 전부가 고집쟁이나 속물이라는 것은 아니다. 대부분의 주민들은 보통 사람들이고, 훌륭한 동네 내력이라든가 경치, 지역에서도 최고라고 할 정도의 치안 상태에 이끌려서 살고 있을 뿐이다. 그러나 로스를 쥐고 있는 사람들은 모두 일정한 타입이어서, 그들이 이웃에게 원하는 것도 그들 자신과 같은 타입이다.

가로수가 그늘을 드리우고 있는 한산한 길을 승용차로 달리면서, 10월의 한가한 토요일 정오를 몇 분 지난 시간이었다. 클라이드 모렌하워 역시 그들 마을의 보스의 한 사람일까 하고 나는 생각하고 있었다. 그에 대해서는 거의 아는 바가 없다. 다만 그의 딸이 오늘 오후 3시에 결혼식을 올리고, 그 피로연이 자택에서 개최될 예정이라는 것을 알고 있을 뿐이다. 그를 만나본 일도 없었고, 말을 나눈 일도 없었다. 나는 그의 비서 조지 히콕스라는 사람에게 전화로 고용된 것뿐이다.

이야기를 들어보니까 그리 까다로운 일도 아닌 것 같은데, 제법 좋은 보수를 받을 수 있는 좋은 일거리라서 승낙한 것이다. 어떤 일이냐 하면 단순한 경비, 그것도 사람 경비가 아니라 결혼식의 선물 꾸러미를 경비하면 된다는 것이다.

결혼식 참석자들은 교회에서 거행되는 식에 앞서서 제각기 모렌하워 댁에 선물을 가지고 온다. 히콕스의 말로는, '상당히 고가'의 물건도 그 속에 섞여 있을 것이라고 했다.

내 역할은 모든 사람이 결혼식에 참석하고 있는 동안, 그리고 그 후에 피로연이 벌어지고 있는 동안, 그 선물 꾸러미를 지키고 있는 것이다. 누군가 고약한 사람이 그 선물 꾸러미 이야기를 듣고 훔칠 생각을 할지도 모른다는 것이다. 그런 사태는 일어날 것 같지도 않았지만, 로스 마을에 대저택을 가지고 있는 사람쯤 되면, 필요하다고 생각한다면 어떠한 예방 조치라도 취할 수 있는 것이다.

곧 직접 눈으로 보고 알게 됐지만, 그 대저택이라는 것이, 또 로스 마을 기준에 비춰 보더라도, 세상에 이럴 수가 있을까 싶을 정도였다. 대지의 주변에는 높은 담을 빙 세우고, 그 위에는 쇠창살뿐만 아니라, 작은 유리 파편을 콘크리트에 심어놓았다. 개인 소유 도로 안쪽에는 거대한 철문이 있고, 그 안에는 고풍스러운 경비실이 있으며, 역시 고풍스러운 경비원이 근무하고 있다. 그 뒤에 펼쳐진 밝은 초록색 잔디 사이에 점점이 참나무가 서 있다. 1에이커는 됨직한 넓은 정원, 그 한복판에 난 길이 저 높은 언덕 위에 서 있는 저택까지 통하고 있다.

경비원은 내 이름을 물어보고, 경비실 안으로 들어가 전화를 걸어보고 나서 철문을 활짝 열어주었다. 나는 차로 집안으로 들어갔다. 저택에 접근하면서 예전에는 마차를 넣어두었을 건물이 북쪽에 서 있는 것이 보였다. 칠을 새로 하고 있는지 벽을 따라 철골의 발판이 세워져 있고, 밧줄, 활차 같은 공구가 보였다. 벽은 낡은 크림색이었으나, 정면의 벽은 하얀색으로 빛나고 있었다. 결혼식에 맞춰서 사람 눈에 띄는 곳만큼은 새로 칠한 모양이었다. 그러나 주위 환경으로 보아 철골의 발판만은 어울리지 않는 것 같았다.

저택의 정면 앞에서 깊은 분수가 있는 원형의 주차장으로 합류하고 있었다. 나는 벤트레와 메르세데스 벤츠 사이에 차를 세우고, 38구경의 리벌버와 벨트홀스터를 꺼냈다. 보통 때에는 별로 총을 휴대하지도 않았고, 또 나 자신 총을 갖고 있지도 않았다. 이 38구경은 빌린 것이다. 무기를 휴대해 달라는 것이 상대방이 제시한 조건의 하나였다. 그만한 보수를 받는 이상, 그 정도의 양보는 어쩔 수 없는 일이다.

권총을 양복 안에 장착을 끝내고, 나는 조수석에서 조그만한 서류 가방을 들고 차에서 내렸다. 서류 가방이라 해도 속에는 세 권의 펄프 매거진이 들어 있을 뿐이다. 펄프 매거진 수집이 내 취미로 샌프란시스코의 아파트에는 6천 권 이상이 수집되어 있다. 그것을 읽는 것이 나의 유일한 낙인 것이다. 선물 꾸러미를 경비하면서 돌부처처럼 앉아서 눈만 번쩍이고 있는 대신에, 책을 읽으면서 감시를 해도 괜찮으리라고 판단한 것이다.

벨을 누르자, 제복을 입은 메이드가 나와서 안으로 안내해 주었다. 저택 안은 호화스러우면서도 고상하고 고풍스러운 가구들로 통일돼 있었다. 메이드의 뒤를 따라, 가구나 장식물에 감탄하면서 두세 개의 방을 지나 넓은 복도를 반쯤 간 곳에, 마호가니제의 큰 방문이 열려 있었다. 안에 들어가 보니, 책장이 가득 차 있는 서재로, 남성적인 격조가 있는 가구와 장식이 돼 있었다.

거기에는 모두 턱시도를 입은 세 사람의 남자가 있었다. 메이드가 내 이름을 전하자, 가장 나이 많은 남자가 다가와서 이름을 말했다. 클라이드 모렌하워. 나이는 48, 9세에서 52, 3세 정도로 보였다. 배짱이 두둑해 보이는 인상이다. 큰 키에 마른 편이며, 검은 머리, 진한 호박색의 강렬한 눈빛, 합스부르크왕처럼 건장한 턱을 갖고 있는 탓인지, 입을 열면 아랫니가 드러나 보인다.

고집쟁이인지 속물인지, 외견으로는 알 수가 없다. 보기에는 태도도 정중하고 남을 깔보는 말투도 아니다. 그러나 악수를 하려고 손을 내밀지는 않았다.

그는 나를 다른 두 사람에게 소개해 주었다. 단단한 체격의 떨떠름한 얼굴을 한 서른 정도의 남자가 비서인 조지 히콕스였다. 초면의 인사를 하자, 그쪽에서도 인사를 건넸다. 그의 목소리는 전화에서 들은 것과 마찬가지로 딱딱한 편이었다.

세 번째의 남자가, 이제 모렌하워의 사위가 되는 스티븐 워커였다. 나이는 스물다섯쯤 되어 보였다. 배우처럼 생긴 미남자였다. 웨이브진 머리하며 한 점 트집 잡을 것 없는 옷차림이 오히려 멋없어 보였다. 인사를 끝내자 시선을 내 배후에 보내는 품이, 젊음에 걸맞지 않게 뼛속까지 속물이라는 생각이 들었다.

멋적은 침묵이 흘렀다. 그들은 그들대로 내 신분을 알아서 서먹
서먹했을 것이고, 나 또한 그들의 속을 다 알았으니 무슨 말을 하
겠는가. 세속을 떠났다는 대부호들이 촌놈 같은 이탈리아계의 사
립탐정을 상대로 무슨 얘깃거리가 있을 것이며, 펄프 매거진을 애
독하는 사립탐정이 그들에게 무슨 이야기를 하겠는가.
　우선 당면한 문제에 대해서 이야기를 꺼낼 수밖에 없었다.
　"결혼식 선물은 다 들어왔습니까, 모렌하워씨?"
　"그렇소. 내가 딸에게 줄 특별한 선물 이외에는. 그것도 거진 도
착할 때가 됐는데."
　"선물을 놔둔 장소를 보여주시겠습니까?"
　"그러고말고요."
　모렌하워는 히콕스를 쳐다보며 말했다.
　"소시, 내가 가 있는 동안에 보서상에서 사람이 오거든 선물 있
는 방으로 보내 주게."
　"알겠습니다."
　나는 모렌하워를 따라 집안을 가로질러, 다른 복도를 통해 안쪽
에 있는 가늘고 긴 안채로 들어갔다. 나도 모렌하워도 말이 없었다.
그 통유리로 된 안채의 앞쪽 벽을 통해서 경기장만한 넓이의 테라
스가 보였다. 그 한쪽 구석에는 L자형의 수영장이 있었다. 메이드
제복을 입은 세 여자가 뷔페와 바의 테이블을 준비하고, 하얀 의자
를 늘어놓고 있었다. 대단한 파티가 될 모양이다. 악단이 들어설 단
까지 준비돼 있으니까.
　더 들어가서 안채의 끝까지 가면 복도의 막다른 벽에 창이 있고,
관목 화단 너머로 부드러운 기복을 그리고 있는 잔디와 검은 참나
무가 보였다.

모렌하워는 복도 끝의 왼쪽 방 앞에 서서 열쇠로 문을 열었다. 나는 그의 뒤를 따라 방으로 들어갔다.

그 방은 본래 예비용 침실로 쓰인 것 같았다. 그러나 지금은 아이들이 크리스마스에 받고 싶어할, 화사한 포장지에 싸인 여러 가지 크기와 모양의 선물이 가득 들어차 있었다. 2백 개가 훨씬 넘을 것 같았다. 벽 앞에까지, 더블 침대 위에도, 그리고 다른 가구 위, 그야말로 방안 가득히 놓여 있었다. 아무렇게나 막 늘어놓은 것도 아니고 상하지 않도록 주의 깊게 놓여져 있었다.

침대 앞에는 특히 조그마한 선물들을 놓아둔 작은 테이블이 있었다. 그 위에는 일곱 개의 상자가 한 줄로 나란히 놓여 있었다. 핑크색의 리본을 맨 것이 세 개, 푸른 리본을 맨 것이 세 개, 그리고 한가운데에는 하얀색의 리본을 맨 상자가 하나 놓여 있었다.

이 방으로 들어오는 단 하나의 입구는 방금 우리가 들어온 방문뿐이다. 왼쪽으로 열려 있는 문 안쪽은 욕실로 통해 있고, 그 옆의 두 개의 슬라이딩 문 뒤로 옷장이 있는 모양이다. 맞은편 벽에 있는 창 너머로는, 복도에서 본 것과 같은 전망이 펼쳐져 있었다.

나는 우선 창문으로 갔다. 꽂는 자물쇠와 경첩으로 된 이중의 자물쇠가 잠겨 있었다. 꽂는 자물쇠가 신품이 아닌 것을 보면, 이번에 결혼 선물을 지키기 위한 것이 아니라 전부터 있던 것 같다. 욕실에 들어가 보았다. 거기에도 이중의 자물쇠가 달려 있었다. 다시 방안으로 들어와 슬라이딩 문을 열고 텅 비어 있는 옷장 안도 들여다보았다.

그 사이에 모렌하워는 시종 침묵을 지키고 있었으나, 내가 옷장의 문을 닫자 비로소 입을 열었다.

"문단속에 관해선 선물을 들여놓기 전에 집에 있는 사람들을 시켜서 다 확인시켰소.”

“물론 그러시겠지요. 저는 다만 이 일을 맡은 이상, 완벽을 기하려고 생각했을 뿐입니다.”

그것은 납득이 간 모양이었다.

“뭐 질문은 없소?”

“한 가지 질문이 있습니다. 선물 감시는 이 방안에서 할까요, 아니면 복도에서?”

“글쎄, 복도에서 하는 게 좋겠지. 맞은편 방에 의자가 있으니까, 그것이라도 내다놓고 앉아서 해요. 이 방엔 그야말로 발 들여놓을 틈도 없어서 일하기도 불편할 거요.”

그건 그렇다는 생각이 들었다. 그러나 한편으로는, 내가 혼자 있게 됐을 때 혹시나 사심을 먹을지도 모른다는 생각에, 방은 자물쇠로 잠가버리고 복도로 내쫓겠다는 것이 본심 아니겠는가. 하기야 그것도 통상적인 예방 조치의 하나일 것이다.

복도에 사람의 인기척이 나서 돌아다보니, 신랑인 워커가 40연배의 키가 작고 마른 남자를 데리고 방으로 들어왔다. 키 작은 사나이는 핑크색의 리본을 맨 작은 선물 상자를 들고 있었다. 비서인 히콕스가 뒤따라 들어오자, 그러지 않아도 여유가 없던 방은 가득 찬 셈이 됐다.

“이쪽은 그레이슨 보석상의 패튼씨입니다.”

히콕스가 소개하자, 모렌 하워는 깡마른 사나이에게 끄덕이며 인사했다.

패튼이 말했다.

“반지를 보시겠습니까, 모렌하워씨?”

쥐가 우는 소리 같은 목소리였다.

"음, 보여주시오."

깡마른 사나이는 선물 상자를 테이블 위에 올려놓았다. 상자 속에 넣은 티슈페이퍼를 젖히고 파란 빌로드의 케이스를 꺼내 소리를 내서 뚜껑을 열고 모렌하워에게 건네주었다.

속에 있는 반지가 잠깐 내게도 보였다. 반지는 금으로 돼 있고 나선 모양으로 조각되어 있었다. 보기에도 오래 된 반지로, 아마도 이 집안에 대대로 전해 내려오는 것 같았다. 거기에 앵두알만한 크기의 다이아몬드가 박혀 있었다. 방안의 조명을 받아 눈부신 빛을 발하고 있다. 보석에는 문외한인 나였으나, 그 가격은 적어도 다섯 자리 숫자는 될 듯싶었다.

"완벽하군. 세공을 잘해 주었소."

모렌하워가 말했다.

패튼은 싱긋 웃었다.

"감사합니다."

"마샤는 틀림없이 반해버릴 겁니다, 아버님."

신랑인 워커가 말했다. 그 자신이 반해버린 그런 말투였다. 그 반지 자체에 대해서인지, 아니면 그 값어치에 대해서인지 그것은 알 수 없었지만.

"이 반지는 원래 할머니께서 가지고 계셨던 거라고 하셨죠?"

"그렇지. 하지만 그때는 이것보다 훨씬 작았지만 말이야."

물론 그랬을 것이다.

히콕스가 말했다.

"방금 1시가 됐습니다. 이제 그만 교회 쪽으로 출발하시는 게 어떠신지요?"

"그래, 그렇게 하지."

모렌하워는 케이스를 닫았다. 그것을 받아든 히콕스는 선물 상자에 다시 넣어 티슈페이퍼를 그 위에 덮고 뚜껑을 닫았다.

네 사람은 테이블에서 돌아다보았다. 모렌하워는 나를 발견하고 눈살을 찌푸렸다. 내가 거기 서 있었던 것을 잊고 있었다. 어디서 온 말뼈다귀인지도 모르는 사립탐정이 눈을 동그랗게 하고 그 매혹적인 광경에 넋을 잃고 있는 것을 미처 몰랐구나 하는 낭패어린 얼굴이었다.

그는 날더러 복도에 나가 있으란 시늉을 했다. 나는 하라는 대로 밖으로 나와 정면의 벽에 기대서 그와 세 사람의 남자가 한 줄로 나오는 것을 지켜보았다.

방안의 전등을 끈 모렌하워는 방문을 잠그고, 손잡이를 세 번이나 돌려본 다음 자물쇠가 잘 걸렸는지를 확인하고 내게 말했다.

"피로연이 시작되는 것은 4시요. 당신은 7시까지 여기서 감시를 해주시오. 그 시간이 되면 신부와 신랑이 테라스에서 선물을 열어보게 돼 있으니까."

그것은 이미 히콕스로부터 들은 대로였지만, 나는 말했다.

"알겠습니다."

그는 끄덕이고 돌아섰다. 거기까지만 알고 있으면 된다는 것이다. 다른 세 사람은 나를 전등불빛 정도로밖에는 생각하지 않는 모양이다. 이쪽은 쳐다보지도 않고 모렌하워의 뒤를 따라갔다.

그들이 가버리자, 나는 두 번째 예비 침실에서 의자를 끌어내서 선물실의 문과 복도 끝의 창, 복도의 끝과 끝이 한눈에 보이는 위치에 갖다 놓았다.

그리고 나서 편한 자세로 의자에 앉아, 서류 가방에서 펄프 매거진 한 권을 꺼냈다. 1938년 2월호 〈더블 디텍티브〉라는 책을 무릎 위에 놓고 천천히 들춰보았다. 아무리 시간이 천천히 지나가더라도 나로서는 지루하지 않았다. 〈더블 디텍티브〉에는 코넬 울리지와 저스톤 필립스의 소설, 로버트 데이비스의 단편 등 알짜 작품들이 실려 있어 제법 즐길 수가 있었다. 이따금 테라스 쪽에서 소리가 들려왔다. 악단이 도착했다고 누군가가 외치는 소리도 한 번 들려왔으나, 내가 앉아 있는 안채 건물 자체는 아주 조용했다. 내 근무 태도를 살펴보러 오는 사람도 없었고, 결혼 선물을 훔치러 오는 자도 없었다.

예상했던 대로 수익 좋은 편한 일이었다. 토요일 오후에는 조용한 장소에서 독서를 하며 지내는 경우가 많은데, 여기선 그와 똑같은 일을 하며 많은 보수를 받을 수 있는 것이다.

3시 50분이 되었다. 세 번째 하품을 하려고 의자에서 일어나려 했을 때, 결혼식을 마친 일행이 교회에서 돌아왔다. 나팔을 불어대는 것도 아닌, 조용한 행렬이었다. 이곳 로스 마을의 부자들은 그런 소란스러운 풍습은 자기네들과는 아무런 관계도 없다고 생각하는 모양이다. 사실, 현관에서 사람들의 웃는 소리와 함께 테라스에서 악단이 연주를 개시할 때까지, 그들이 돌아왔다는 것을 모를 정도였다.

파티가 시작되면서, 아마 모렌하워의 지시였을 테지만, 히콕스가 와서 아무 이상이 없느냐고 물었다. 이상 없다고 대답하자, 그는 곧 돌아갔다. 나는 다시 독서를 시작했다.

황혼이 스며들기 시작한 것은 5시쯤 돼서였다. 테라스에 조명이 들어오고, 그 빛이 창문으로 비쳐들고 있었다. 그리 큰 소리가 들리지 않는 것으로 보아, 파티도 비교적 조용히 진행되고 있는 듯했다. 악단까지도 조용한 백그라운드 음악만 연주하고 있었다.

깜짝 놀란 것은, 5시 반쯤 해서 메이드가 저녁식사를 담은 쟁반을 갖다 주었을 때였다. 처음 히콕스와 전화로 타합했을 때, 저녁식사가 나온다는 말은 있었지만, 이런 경황에 그것을 기억하고 있는 사람이 있을 줄은 몰랐다.

쟁반에 담긴 것은 파티 음식의 일부로 카나페가 대부분이었다. 그리고 작은 샌드위치가 몇 조각, 두 가지 샐러드와 커피. 나는 그것을 전부 먹어치웠다. 내 취미대로 하자면 델리카테센에서 먹는 가벼운 식사와 맥주가 제격이지만, 그것은 아마 내 취미가 저급한 탓이겠지.

그때까지 〈더블 디텍티브〉는 다 읽었기 때문에 두 권째의 펄프 매거진을 꺼냈다. 1941년도 발행의 〈다임 디텍티브〉였다. 맥스 라텐이라는 하드보일드 소설에 열중해서 거의 마지막까지 갔을 때, 갑자기 선물실 안에서 유리 깨지는 소리가 났다. 무엇인가 '폭'하며 터지는 듯한 소리였다.

튕긴 것처럼 벌떡 일어난 나는, 한순간 무엇이 어떻게 됐는지 바보처럼 우두커니 서 있었다. 터지는 듯한 파열음은 사라졌으나, 그 여운은 여전히 복도에 남아 있는 것 같았다. 나는 잡지를 내던지고 38구경의 권총을 꺼내 들고 방문 앞으로 뛰어갔다. 손잡이를 잡고 어깨로부터 몸을 부딪쳤으나, 문은 꼼짝도 하지 않았다.

실내에서는 쿵 하는 소리에 이어서 후다닥 무엇인가 방바닥을 치는 듯한 소리가 들렸다.

나는 한 발 뒤로 물러나, 오른발을 들고 열쇠 구멍 위쪽 근처를 구두 뒤꿈치로 힘껏 걷어찼다. 그것을 세 번 되풀이했을 때, 자물쇠가 떨어져 나가면서 문이 안쪽으로 열렸다. 나는 허리를 낮추고 권총을 앞으로 내밀면서, 안으로 들어서며 왼손을 뻗어 전등의 스위치를 켰다.

그러나 방안에는 물론, 붙어 있는 욕실에도 사람의 모습은 보이지 않았다.

나는 열심히 눈을 껌벅거렸다. 방바닥에 흩어져 있는 것이 눈에 들어왔다. 그 순간, 나는 납덩어리를 씹는 것 같은 기분을 느꼈다. 하얀 리본을 맨 두 개의 상자와 핑크색 리본을 맨 세 개의 상자가 테이블에서 방바닥에 떨어져 흩어져 있었다. 모렌하워의 다이아몬드 반지를 넣은 선물 상자의 뚜껑이 열려 있고, 속에 들었던 티슈 페이퍼가 밖에 나와 있었다. 그 속에 파란 빌로드 반지 케이스가 입을 연 채로 속이 들여다보이는 각도로 떨어져 있었다.

이 방과 다름없이 텅 비어 있고, 반지는 온데간데 없었다.

나는 다시 한 번 놀라 몸을 일으켜 맞은편 벽의 창문 앞으로 뛰어갔다. 창문에는 톱날 같은 유리 파편이 그대로 끼워져 있었다. 그 깨진 창문으로 머리를 내밀고 밖을 내다보았다. 그러나 밖의 관목의 낮은 숲에는 아무도 없었다. 이 안채와 마차 창고, 그리고 이 부지의 경계인 돌담 사이의 어둠컴컴한 정원 내에는 사람의 그림자도 보이지 않았다.

도대체 어떻게 된 것인가?

나는 머리를 빼고 획 돌아다보며 복도로 뛰어나갔다. 막다른 창문에 꽂게 돼 있는 자물쇠는 쉽게 열 수 있었으나, 경첩이 녹이 슬어 좀처럼 열리지 않았다. 간신히 열고 밖을 내다보았을 때, 키가 작은 남자와 보석으로 전신을 장식한 키 큰 여인이 잔디밭을 걸어오고 있었다. 나는 창문을 열고 밖으로 뛰어내렸다. 그들은 나를 보고 깜짝 놀라 뒷걸음질쳤다. 그들이 놀란 것은 나 자신이 아니라, 내가 오른손에 쥐고 있던 권총 때문이란 것을 알았다.

"걱정 마세요. 나는 경호원입니다."

소리치고 그들을 안심시킨 다음, 38구경의 권총을 홀스터에 넣었다. 만약에 상황을 냉정하게 파악하고 있었더라면, 권총을 들고 창문을 뛰어넘지는 않았을 것이다.

"모렌하워씨를 불러주시오! 빨리요!"

주변은 어느덧 차거운 밤공기에 싸여 있었다. 이마에 흐르는 땀에 밤공기를 더욱 차갑게 느끼면서, 나는 안채의 정면과 저택 현관 옆에 차를 대는 곳을 바라볼 수 있는 지점으로 나갔다. 원형의 주차장은 조명등 덕택에 훤했고, 40대에서 50대의 승용차가 주차해 있었으나, 사람의 그림자는 역시 보이지 않았다.

돌아다보니까 키가 큰 여인은 어디로 갔는지 없었고, 키가 작은 남자가 기가 막히다는 표정으로 깨어진 유리창과 나를 번갈아보고 있었다. 나는 그에게 다가가서 물었다.

"내가 나오기 전에 이 창문에서 빠져나온 사람을 못 보셨습니까?"

"아뇨, 도대체 무슨 일……?"

그가 말을 끝내기도 전에, 안색이 변한 모렌하워가 테라스의 모퉁이를 돌아 달려오고 있었다. 뒤에는 대여섯 명이 따라오고 있었다. 이 세상의 것이 아닌 것을 보는 듯이 창문을 보고 다시 내 얼굴을 노려보며, 모렌하워는 고자세로 말했다.

"무슨 일인가, 도대체?"

"아직 모르겠습니다."

"뭐라구?"

"네, 눈 깜짝할 사이에 일어난 일이었기 때문에……."

"선물은 어떻게 됐어? 마샤의 반지는?"

나는 두 손을 펴 보이며 만사는 끝났다는 시늉을 해보였다.

"반지는 없어졌습니다. 이 창문을 깬 남자가 가져간 것으로 생각됩니다만."

모렌하워는 허리에 두 손을 얹고 나를 노려보았다. 나는 그의 시선을 피해 창문 쪽으로 시선을 돌렸다. 2, 3초 지나서 모렌하워가 뭐라고 했지만, 그 소리는 내 귀에 들리지 않았다. 내 시선은 창문 바로 밑에 흩어져 있는 것에 고정돼 있었다. 소름이 끼치는 듯한 느낌이었다.

유리 파편, 잔디밭에 흩어져 있던 것은 바로 그것이었다. 잘게 깨진 유리 파편이 외벽의 바깥쪽 2, 3피트 사이에 흩어져 있어, 선물실에서 새어나오는 광선을 받아 검게 빛나고 있었다. 조금 아까까지는 매우 놀란 나머지 미처 알지 못했으나, 지금 그것을 눈앞에 보면서 좀처럼 믿어지지가 않았다.

유리 조각들은 그런 장소에 떨어져 있을 성질의 것이 아니었다. 바깥이 아니라 방안에 떨어져 있어야 했다. 만약에 바깥에서 창문을 깼다면, 유리 조각은 당연히 방안에 떨어져 있어야 했다. 유리 조각이 잔디밭에 떨어져 있다는 것은 꼭 한 가지 사태를 의미한다. 그러나 그것은 불가능한 일이었다.

즉 창문은 안쪽에서 깼다는 것을 의미하는 것이었다.

모렌하워의 통보에 의해서 경찰이 도착한 것은 약 15분 후였다. 대혼란의 15분이었다. 반지가 도난당했다는 이야기는 순식간에 참석자들 사이에 퍼졌고, 파티는 곧 끝나버리고 말았다. 경찰에 의해서 돌아가지도 못하고, 긴 시간 심문에 응해야 하는 번거로움을 피하겠다는 생각에서 서둘러 돌아가는 사람들도 있었지만, 아무도 말리지 않았다. 나로서는 그럴 생각도 없었지만, 그럴 권한도 없었다. 남아 있는 사람들은 불안한 듯이 제각기 떼를 지어 테라스나 저택 안을 서성대고 있었다.

나는 선물실이나 가까운 복도에서 기다리려고 했으나, 모렌하워가 용서하지 않았다. 2분간 나는 비난의 집중포화를 뒤집어썼다. 그는 나를 아주 무능한 얼간이라고 매도하고, 범행에 한 자리 거들지 않았느냐는 눈치로 나를 보고, 영향력을 행사해서 사립탐정의 면허를 몰수해 버리겠다고 위협했다. 그렇게 날뛰고 있는 동안에는, 이성에 호소한다는 것도 무의미했으므로, 나는 한마디의 변명도 하지 않고 그 비난을 견디며, 하라는 대로 서재로 옮겨 이것저것 생각하면서 경찰의 도착을 기다렸다.

현관 벨이 울리고, 경찰들이 우르르 들어온 다음, 5분 후에 그들은 나한테도 들어왔다. 그때 들어온 사람은 어깨가 떡 벌어진 사복의 형사였다. 반백의 숱이 많은 머리, 암록색의 눈, 동작이나 말투가 신중히 행동에 옮기는 타입의 남자였다. 이름은 밴드위치, 경위라고 했다.

모렌하워는 내 이름 같은 것은 안중에도 없었던 모양이다. 내가 사립탐정 면허증을 보이자, 밴드위치는 한쪽 눈썹을 치켜올리며 말했다.

"당신도 이탈리아계인가?"

"네, 스위스계의 이탈리아인입니다."

"그래? 난 로마계인데."

그는 어깨를 으쓱하더니 조상의 혈통 이야기에 종지부를 찍었다.

"그건 그렇고, 오늘 밤 사건에 대해 당신 입장에서 본 목격담을 들려주겠소?"

나는 내가 본 대로를 들려주었다.

“그렇다면 방안에 뛰어들어서는 한 사람도 보지 못했다는 건가?”

내가 말을 끝내자 그가 물었다.

“방안에서도, 밖에서도?”

“네, 지금 얘기한 커플 말고는 말입니다.”

“유리가 깨지는 소리를 듣고, 문을 박차고 방안으로 들어갈 때까지 얼마나 시간이 걸렸지?”

“30초 정도일까? 길어도 45초 정도라고 봅니다.”

밴드위치는 다시 한쪽 눈썹을 치켜올렸다.

“그만한 시간으로 과연 유리창을 깨고 들어와 반지를 꺼내고 다시 밖으로 도망을 갈 수가 있을까?”

“시간적으로 매우 어렵다는 것은 나도 알고 있습니다.”

지금 지적한 시간적인 요소와 함께, 유리 파편의 위치 등이 나를 고민에 빠뜨린 문제의 하나였다.

“그러나 그게 사실인 걸 어떡합니까?”

“음.”

납득을 했는지 안 했는지 알 수 없는 말소리였다.

“선물실을 조사하는 동안 여기서 기다려주겠소? 나중에 다시 한번 얘기할 테니까.”

“좋습니다.”

“그건 그렇고, 모렌하워씨한테 들으니까 당신 무기를 휴대하고 있었다던데.”

“네, 휴대 허가증도 가지고 있습니다. 보여드릴까요?”

“그건 나중에 보기로 하고, 먼저 그 권총을 좀 보여주겠소?”

이것은 관례적으로 하는 요청으로 특별한 의미가 있는 것은 아니다. 아니, 혹시 모렌하워가 뭐라고 나팔을 불었을까?

"좋습니다."

나는 상의의 단추를 열고 홀스터에서 38구경의 권총을 꺼내 조심스럽게 총신을 잡고 그에게 내밀었다.

"미안하이."

그는 가볍게 끄덕이더니 총을 받아 주머니에 넣고 서재를 나갔다. 고물 같은 소파에 앉아 있으려니 담배를 피우고 싶은 충동이 맹렬히 일어났다. 강한 정신적 스트레스를 느꼈을 때 이런 충동을 느끼게 된다. 그러나 담배와는 벌써 1년 이상 인연을 끊은 터였다. 당시 몹시 심한 기침 때문에 의사를 찾았더니, 폐의 일부에 종양이 발견된 것이다. 양성의 종양이지만, 그대로 흡연을 계속하면 악성 종양이 될지도 모른다는 경고를 받았다. 상습적인 골초를 금연시키기 위해서는 폐암처럼 효과적인 위협은 없을 것이다.

그래서 나는 텅 빈 서재에서 그런 욕망과 싸우며 마샤 모렌하워의 반지에 대한 생각을 모아보았다. 지금까지 밝혀진 것은 몹시 불투명할 뿐 아니라, 상식으로는 받아들일 수 없는 의외성으로 차 있다. 어떻게 해서 그 창문이 선물실의 안쪽에서 깨졌을까? 어떻게 범인은 1분도 안 되는 사이에 반지를 꺼내 들고 탈출할 수가 있었을까?

적어도 지금으로서는 모두가 해답을 낼 수가 없는 문제들이었다. 또 그것은 내가 해석하는 사실과는 정면으로 맞부딪치는 의문들이었다. 세상에서 가장 쉬운 일이라고 점친 것은 어디 사는 누구였단 말인가.

다시 긴장 속에 25분이 지났을 때, 또 한 사람이 방안으로 들어왔다. 이번에는 이름도 대지 않은 다른 사복 형사였다.

"밴드위치 경위가 오라는군."

일어나 그와 함께 복도로 나와 저택 안을 통과해서 안채로 들어 갔다. 도중에 히콕스와 워커와 마주쳤다. 그리고 스물 정도의 신부 의상을 입은 여성과도. 이쪽에서는 별로 주의해서 볼 생각은 없었 으나, 울어서 눈이 빨갛고 허탈한 듯한 슬픈 얼굴을 하고 있었다. 거기다 비하면 히콕스와 워커는 쏘는 듯한 눈으로 노려보고 있었 다. 특히 워커는 사람을 업신여기는 듯한 증오에 찬 눈으로 보고 있었다. 이런 청년에게 어떤 인간적인 좋은 점이 있을까? 마샤 모 렌하워도 같은 종류의 인간들일까? 그녀가 언젠가 후회해야 할 치 명적인 과오를 범하지 않았으면 좋으련만.

밴드위치는 선물실의 창틀 앞에 혼자 서서, 회중전등을 들고 창 밖의 땅 위를 조사하고 있는 몇 사람의 경찰들을 가만히 지켜보고 있었다. 우리가 들어가자, 뒤돌아보고 내게로 다가왔다. 여전히 느 긋하면서도 입가에는 무서운 것을 감추고 있었다.

"왔나, 페산?"

그의 이탈리아 말에는 마치 나를 민족적 전통에 대한 오점으로 보고 있는 것 같은 느낌을 주었다.

"아까 당신 얘기를 한 번 더 들려주겠나?"

나는 나 자신이 목격한 일을 다시 한 번 신중하게 그리고 상세하 게 설명했다. 그의 얼굴빛은 전혀 변하지 않았다기보다, 오히려 그 의 눈빛은 어두워지고 엄격한 색채를 띠고 있었다. 내 마음속의 긴 장은 더욱 고조되고 불안하기까지 했다. 일은 점점 묘하게 돌아가 고 있는 듯했다.

잠시 동안의 침묵 끝에, 밴드위치가 무거운 어조로 말했다.

"이 방안에 있는 선물은 적어도 2백 개는 되겠지?"

“그렇소.”
“그런데 그건 모두 포장된 채 그대로 있군.”
“무엇을 얘기하려는지 알겠소. 범인이 어떻게 반지가 들어 있는 상자를 알았느냐고 말하고 싶은 거죠? 그것은 처음부터 알고 있었다고 볼 수밖에 없겠죠. 반지가 들어 있는 선물 상자만이 열려 있었으니까.”
“당신은 그걸 어떻게 설명하지?”
“내부에 있는 사람이 한 짓이라고밖엔 생각할 수가 없소.”
“동감이야. 내부에 있는 자의 범행이지. 오늘 오후에 그 선물상자가 배달된 다음에, 그 상자와 속의 반지를 본 사람이 몇 사람이지?”
“모렌하워, 그의 비서, 신랑, 보석상의 점원.”
“그리고 당신이지?”
밴드위치가 말했다.
“그렇소. 그리고 나요.”
“다시 말해서 당신네들 다섯 사람 중에 범인이 있다는 것이지?”
“그렇게 되는 셈이죠.”
“그러나 그건 당신이 아니라고 하는 건가?”
“물론이오. 나는 모든 것을, 한치의 틀림도 없는 진실을 말했소.”
“한치의 틀림도 없는 진실이라.”
밴드위치는 앵무새처럼 되풀이했다.
“당신의 증언을 믿는다면, 다른 네 사람 중의 한 사람이 창문을 뚫고 침입해서, 반지 상자를 열고 반지를 탈취하고 다시 창문 밖으로 도망을 쳐버렸다, 이렇게 되는 것인데.”
나는 잠자코 있었다.

“게다가 그런 일들을 단 1분 이내에 해치웠다는 것이 된단 말이야, 당신 증언에 의하면?”

“그야 틀림없이 1분 내에 해치운다는 것은 불가능하게 들릴지도 모르지만.”

“불가능하게 들리는 것이 아니야. 실제로 불가능한 거야.”

그는 나를 창가로 데리고 갔다.

“이 창문의 구멍을 보게. 창틀은 모두 톱날 같은 유리 파편이 남아 있소. 상하, 양측 모두. 그런데 그 파편에는 한 방울의 혈흔이라도 묻어 있나? 옷자락이 찢어진 것이라도 붙어 있나?”

“아뇨.”

“그러나 당신의 증언에 의하면, 범인은 이러한 예리한 파편에 둘러싸인 구멍으로 한 번도 아니고 두 번씩 드나들었다는 말인데. 상처 하나 없이, 옷자락이 찢기지도 않고 말이야. 그런 일이 가능하다고 생각하나?”

“아뇨.”

“그렇지, 그런 일은 있을 수 없지. 그럼 이번엔 방바닥을 보게. 무엇이 보이지?”

올 것이 왔다고 나는 생각했다.

“아무것도 안 보입니다. 유리 조각은 모두 창 밖 잔디밭에 떨어져 있어요.”

“그래, 알고 있었군?”

“네, 사건 직후에요.”

“그렇다면 그것이 의미하는 것도 알고 있겠군. 이 유리창은 당신이 주장하는 대로 밖에서 깬 것이 아니야.”

“밖에서 깼다고 내가 주장한 일은 없습니다. 알고 있는 것은 유

리가 깨지는 소리가 났다는 것뿐이고, 그대로 당신한테 얘기한
걸로 아는데.”

“증거로 판단을 하면, 이 창문은 안쪽에서 깨졌어. 당신의 증언
에 의하면, 완전한 밀실과 다름없었던 방의 내부에서 말이야. 당
신은 이걸 어떻게 설명하지?”

“나로선 설명 불가능합니다.”

“나는 설명할 수 있지.”

밴드위치는 좀 딱딱한 목소리로 말했다.

“이렇게 생각하면 어떨까? 오늘 그 다이아 반지를 본 당신은 그
가치를 짐작하고 복도에서 감시를 하고 있는 동안에 어떻게 훔
칠 방법을 생각했지. 저 문을 발길로 차서 열고 들어가, 반지를
탈취하고 유리창을 자신이 깨뜨렸어. 물론 안쪽에서 깨뜨렸지
만, 그렇게 했을 때 유리 조각이 어느쪽으로 떨어지는지 그때는
깜박 잊어버리고 있었지.”

“그런 일은 하지 않았소.”

“증거는 했다고 얘기하고 있는데?”

“증거가 뭘 얘기하든 간에 내가 알 바 아니오. 좋습니다. 그렇다
면 당장에 신체검사를 해주시오. 승용차도 수색해 보세요.”

“물론 그렇게 해야지. 그러나 그렇게 해서 반지가 나오리라고는
생각 안 해. 훔친 물건을 그대로 가지고 있거나, 자기 차에 숨겨
둘 만큼 당신은 바보가 아니야.”

“그럼 내가 그걸 어디다 처치했다는 거요?”

“부근의 대지 안에 어디다 숨겨두지 않았을까? 당신한테는 충분
한 시간이 있었어. 한 소동 지나간 다음에, 심야에라도 정원 내
로 몰래 들어와서 숨겨둔 반지를 찾아내서 도망간다는 것은 쉬

운 일일 테니까."

나는 화가 치밀어오르는 것을 참느라고 애를 썼다. 여기서 화를 터뜨리면 사태는 악화될 수밖에 없다. 밴드위치는 그 나름대로 사실을 판단해서 경찰관으로서의 직무를 수행하고 있는 것에 불과하다. 만약에 입장이 반대였다고 해도 나 역시 그런 해석을 했을 것이다.

나는 애써 침착한 목소리로 말했다.

"내 과거를 한 번 조사해 주지 않겠소? 샌프란시스코 시경의 에버하트 경감에게 전화를 걸어보면, 내 신뢰성에 대해서 보증을 해줄 것으로 생각하오."

밴드위치는 한숨을 내쉬었다.

"과거의 경력 같은 것이 무슨 소용이 있다고, 페산! 이만큼 증거가 갖추어져 있는데."

"그러니까 이것은 누명이라고 하는 거요."

"그야 그럴 수도 있지. 다들 그렇게 얘기하니까. 선퀜틴 교도소의 문이 뒤에서 닫혀지는 순간까지."

나는 그 자리에서 교도소로 직행하는 꼴이 되지는 않았다. 밴드위치는 나를 고발하기 전에 그 나름대로의 추리의 정확성을 입증하기 위해서 정원을 샅샅이 수색하려고 했을 것이다. 그래서 그가 추측한 대로 반지가 발견된다면 사건은 해결될 것이다.

그는 미란다 카드를 꺼내서 내게 허용된 권리를 읽어내려갔다. 나는 당면해서 변호사를 부를 권리를 유보했으나, 만약에 정식으로 절도죄로 고발된다면, 변호사의 입회 없이는 이 이상의 어떠한 질문에도 대답할 수 없다고 말해 주었다. 그리고 나서 신체검사를 받은 다음, 또 하나의 예비 침실에 연금되고 말았다.

수갑까지는 채우지 않았지만, 경찰이 두 사람이나 옆에서 감시를 했다.

나는 침대에 앉아 생각을 정리하려고 했다. 모든 것이 이치에 맞지 않았다. 그 창문은 안쪽에서 깨졌을 까닭이 없다. 오후에 주욱 그 방안에 누군가 숨어 있었다면 얘기가 다르지만, 그런 일은 절대로 있을 수가 없다. 우리들 다섯 사람이 함께 방에서 나왔고, 또 나 자신이 그 방안을 면밀히 조사했으니까. 게다가 그 예리한 창틀의 유리 파편에 아무런 흔적도 남기지 않고 드나들기란 불가능한 일이다. 불과 30초나 45초 사이에 반지를 꺼내 들고 도망간다는 일도 사람으로서는 불가능하다. 그런데도 누군가가 그 방안에 침입한 것은 틀림없다. 반지를 탈취하기 위해서 다른 포장된 선물 상자를 방바닥에 떨어뜨리는 소리를 이 귀로 들었으니까.

모는 것이 있을 수 없는 일이었다. 그러나 어쨌든 이미 일어난 일이다. 무엇인가 논리적인 대답이 있을 것이다.

어찌 됐든 범인은 네 사람 중의 한 사람일 것이다. 모렌하워냐, 히콕스냐, 워커냐, 아니면 패튼, 도대체 어느 놈일까? 그러나 그들의 이력이나 처해 있는 입장을 생각한다면 누구도 이런 짓을 할 것 같지는 않다. 그러나 반면에 이러한 교묘한 탈취 계획을 꾸밀 만한 지능은 그들 모두가 충분히 갖추고 있을 것 같기도 하다.

이 탈취 계획이 노리는 점은 단순히 불가사의한 상황 아래서 반지를 훔치는 데에만 있는 것은 아니다. 그것쯤은 나도 알 수 있었다. 그것은 나를 함정에 빠뜨리기 위해서 치밀하게 꾸며진 계획이기도 했던 것이다. 얄미울 정도로 교묘한 함정이라고 할 수 있을 것이다.

미리 한구석에서 무엇인가 꿈틀거리고 있었다. 나는 눈을 감고 정신을 집중하여 그 선물실에 뛰어들었던 직후의 방안의 모습을 머리 속에 그려보려고 노력했다. 창문의 유리가 깨져 있던 일과 선물 꾸러미가 방안에 흩어져 있던 것을 제외하고는, 모든 것이 오후 1시에 그들 네 사람과 함께 그 방안에 있었을 때 그대로였으리라는 생각이 든다. 잠깐! 정말 그랬을까? 그때는 분명히…….

갑자기 돌파구가 열렸다. 두 시점에서의 방안 모습의 상이점. 교묘한 함정을 무너뜨릴 하나의 사실이 뚜렷이 뇌리에 떠오른 것이다. 나는 꼼짝도 않고 그 사실을 검토하면서 거기에 숨겨진 의미를 모색했다. 그 일부가 해명되자, 또 다른 기억이 소생하고, 그것들을 검토하고 있는 동안에 모든 것이 해빙되기 시작했다.

그랬구나!

나는 일어나서 두 사람의 경찰을 보았다.

"밴드위치 경위를 만나게 해주시오."

"왜요?"

한 사람이 물었다.

"반지를 훔친 수법과 범인을 알았어요. 그렇게 전해 주시고 이리로 데리고 와주시오."

두 사람이 결심을 할 때까지는 몇 초가 걸렸다. 이것도 무슨 책략이 아닐까 하고 두 사람은 생각했던 모양이다. 곧 한 경찰이 나한테 권총을 들이대고, 다른 경찰에게 경위를 불러오도록 말했다.

3분도 안 걸려서 밴드위치가 달려왔다.

"수법하고 범인을 알아냈다고?"

처음부터 의심하고 있는 듯한 말투였다.

나는 대답했다.

"그렇소. 그걸 증명하려면 나 혼자서는 곤란하지만, 당신들은 할 수 있을 거요."

"좋아. 얘기를 들어보지."

"우선 선물실로 데리고 가주시오."

나는 두 경찰관의 호위 아래 그곳으로 연행되었다. 바닥에 흩어져 있던 선물 꾸러미는 주워올려 테이블 위에 놓여 있었다. 뚜껑이 열린 채의 선물 상자와 반지 상자에는 지문 채취용의 가루가 묻어 있었으나, 그 밖에 달라진 것은 전혀 없었다.

"잘 풀려나갔으면 좋겠지만, 그렇지 않으면 형무소행일세."

밴드위치가 말했다.

"자신 있소."

나는 테이블 앞으로 갔다.

"당신이 처음 이 방을 조사했을 때, 이 작은 선물 상자가 몇 개 바닥에 떨어져 있었죠?"

밴드위치는 눈썹을 찌푸렸다.

"네 개인가 다섯 개였지, 반지가 들어 있는 선물 상자까지 합쳐서?"

"그게 문제요. 좀 이상하다고 생각하지 않소? 범인은 어떤 상자에 반지가 들어 있는지 알고 있었어요. 그렇다면 어째서 다른 선물 상자까지 바닥에 떨어뜨리지 않으면 안 됐을까요?"

"그건 범인, 아니 당신이 당황해서 그랬지. 그래서 모르고 떨어뜨린 것일 테지."

나는 고개를 흔들었다.

"이 테이블은 처음 있던 위치에서 전혀 움직이지 않았습니다. 다시 말해 누군가가 여기 부딪힌 일이 없었다는 것입니다. 그리고 당황했더라도 반지가 들어 있는 상자를 알고 있었다면, 다른 선물 상자를 네 개나 떨어뜨릴 필요가 없었지 않았을까요. 그러니까 반지 이외의 상자를 바닥에 떨어뜨린 것은 역시 계산된 행위였다는 것입니다.”

“난 모르겠는데, 뭘 얘기하려는 건지?”

“곧 알게 될 거요.”

나는 테이블 위의 선물 상자를 가리켰다.

“여기 아홉 개의 선물 상자가 있습니다. 반지의 선물 상자를 포함해서 핑크색 리본을 맨 것이 네 개, 파란색 리본을 맨 것이 세 개, 그리고 하얀 리본의 상자가 둘.”

“그래서?”

“오후 1시에 우리 다섯 사람이 이 방에 들어왔을 때에는 반지의 선물 상자는 여덟 개밖엔 없었습니다. 하얀 리본을 맨 상자는 하나밖엔 없었어요.”

밴드위치는 눈살을 찌푸리고 떫다는 듯이 나를 쳐다보았다.

“정말인가?”

“틀림없습니다.”

나는 하얀 리본의 선물 상자 두 개를 들었다. 하나에는 카드가 붙어 있었다. 그것을 테이블에 내려놓고 다른 한쪽의 상자를 들어 흔들어보았다. 묵직했지만 안에서는 아무 소리도 나지 않았다.

“이것을 열어보면 결혼식 선물답지 않은 싸구려 물건이 들어 있을 것입니다.”

밴드위치는 조심스럽게 리본을 풀고 선물 상자를 열어보았다. 그 속에서 나온 것은 잡화상에서 팔고 있는 듯한 플라스틱제의 문진이었다.

"그렇군, 폐산. 지금까지 말한 것으로 보아, 당신이 아무런 근거도 없이 그런 얘기를 한 것이 아니라는 것은 알겠는데, 범행 전에 이 상자가 없었다고 하면 어떻게 해서 이 방안에 들어와 있게 된 거지?"

밴드위치가 물었다.

"저 창문 구멍을 통해서 밖에서 던져진 것입니다. 반지의 선물 상자를 비롯해서 되도록이면 많은 상자를 테이블에서 떨어뜨리려고 말입니다. 최대의 목표는 반지 선물 상자였소. 그것이 바닥에 떨어지면서 뚜껑이 벗겨지고 반지 케이스가 굴러나와 주면 금상첨화라고 범인은 생각했을 테죠. 케이스의 뚜껑까지 열게 한다는 공작은 불가능한 일이지만, 그 케이스의 뚜껑이 열린 것은 범인으로선 예기치 않았던 행운이라고 할 수 있죠. 가짜 선물 상자를 생각해낸 것은 대단한 명안이죠. 선물이 가득 쌓여 있는 방안에 무엇인가를 던져넣으려면 무거운 물건을 선물 상자에 넣으면 되지요. 그런 거라면 발견되지 않을 수도 있고, 설사 운 나쁘게 열어보더라도 누군가의 장난쯤으로 생각할 테니까요."

"그러나 무엇 때문에 그러한 공작을 해야 했지? 어째서 반지의 선물 상자나 다른 선물 상자들을 바닥에 떨어뜨려야 했느냔 말이야?"

"첫째는 이 방에 실제로 도둑이 침입해서 반지를 훔쳐갔다고, 내가 생각하게 하기 위해서, 그리고 둘째는 범인이 나라고 당신이 생각하게 하기 위해서요. 다른 사람에겐 범행이 불가능하다고 하면, 위장된 증거로 비추어봐서 범인은 나밖에는 없다는 결론이 나올 겁니다."

"그렇다면 진범은 반지를 밖에서 훔쳤다는 건가?"

“아뇨, 범인은 오후 1시에 우리들이 이 방안에 있었을 때 훔친 것이죠.”

“어떤 방법으로?”

“생각해 보면 간단한 일입니다. 범인은 마지막에 반지 케이스를 만진 인물, 그 케이스를 선물 상자에 넣고 포장한 사람입니다. 즉 반지 케이스를 티슈페이퍼로 싸는 척하며 몰래 뚜껑을 열고 재빨리 반지를 손아귀에 숨겨버립니다. 그가 그런 짓을 하리라곤 아무도 의심하지 않았으니까, 주의해서 보는 사람도 없었죠. 그러니까 아주 쉽게 해치울 수가 있었죠.”

“그게 누구요?”

“조지 히콕스입니다. 모렌하워의 비서.”

밴드위치는 잠시 생각하고 있다가 말했다.

“거기까진 좋다고 치더라도, 그러나 아직 한 가지 설명이 안 된 점이 있는데?”

“유리 파편 말이죠?”

그는 끄떡였다.

“유리창은 안에서 깨져 있었어.”

“아뇨, 그것은 안에서 깬 것이 아닙니다. 밖에서 깬 겁니다.”

“그런데도 유리 파편이 밖에 떨어져 있었다고? 그건 불가능하지.”

“아뇨, 그렇지도 않습니다. 다른 트릭과 마찬가지로 그것도 불가능한 건 아닙니다. 방법은 있습니다.”

“어떤 방법이?”

“흡착 조이개라는 것을 아시오?”

“선반 같은 것을 지탱하는 데 쓰는, 장대 양쪽에 고무로 된 흡판이 붙어 있는 공구 말인가?”

“그렇습니다. 가옥에 칠을 하는 칠장이가 일종의 발판하고 같이 쓰는 겁니다. 제법 흡착력이 강합니다. 얼마 전에 나온 〈톱 카피〉라는 영화에서 그런 종류의 흡착식 조이개로 무거운 유리 케이스를 들어올리는 장면이 있었죠.”

“히콕스도 그걸로 창문을 깨뜨렸다는 건가?”

“난 그렇게 보고 있습니다. 그는 고무 흡판을 물에 적셔서 유리에 대고 눌러서 고정시켰습니다. 그리고 거기 붙어 있는 장대를 잡아당기면 되는 거죠. 저 창문 유리는 얇고 또 창문이 넓으니까, 게다가 히콕스는 건장한 체격이니까 창문을 깨뜨리는 것쯤은 쉬운 일이죠. 창문은 깨져서 유리 조각은 잔디 위로 떨어지고, 흡판도 떨어집니다. 뚫린 창문으로 가짜 선물 상자를 테이블을 향해서 던져 상자들을 떨어뜨린 다음 집 모퉁이를 돌아 도망을 간 것입니다. 그러니까 내가 다른 창문으로 나갔을 때엔 벌써 보이지 않았어요.”

밴드위치는 다시 생각에 잠기고 말았다.

나는 말을 계속했다.

“아마도 그는 그 흡착식 조이개를 마차 창고의 도장 공사 현장의 발판에서 빌려왔을 것입니다. 당신도 이 저택에 들어올 때 그 건물의 도장 공사를 하고 있는 것을 보셨을 겁니다. 그는 흡착 조이개를 쓰고 거기다 돌려놨을 테죠. 그것이 발견된다면 당신의 감식과에서 창문의 일부로 판정할 수 있는 유리 파편이 한두 개쯤은 붙어 있지 않을까요? 또 히콕스의 지문이 발견될지도.”

“알겠네.”

밴드위치는 말했다.

"모든 게 딱딱 들어맞는군. 당신의 주장을 뒷받침할 수 있도록 검증을 하도록 하지."

그는 문 앞에 서 있던 경찰에게 명령했다.

"너희들 중의 한 사람은 조지 히콕스를 찾아서 데리고 오고, 자네는 다른 형사들을 데리고 마차 창고로 가봐!"

히콕스는 선물실로 끌려오자, 처음에는 화를 내며 모든 것을 부인했다. 그리고 오직 나에게 모든 것을 덮어씌우려고 했다. 그러나 이쪽에서 다시 한 번 범행의 수법을 설명해 주자, 차츰 서성대기 시작하더니 얼굴에 흐르는 땀방울을 닦기에 바빴다. 밴드위치도 나와 마찬가지로 그가 범인이라는 심증을 굳히기 시작하자, 아까 나에게 했던 것처럼 준엄한 어조로 질문을 퍼부었다.

그러고 있는 동안에, 밴드위치의 명령으로 마차 창고를 검색하던 경찰들이 흥분한 표정으로 돌아왔다. 역시 공사장 발판에서 떼낸 흡착식 조이개를 찾아냈는데, 그들이 가져온 것은 그뿐이 아니었다. 칠하다가 남겨놓은 페인트통과 테레빈유통을 휘저어본 결과 그 속에서 없어진 다이아몬드 반지를 찾아냈다는 것이다.

그 순간의 히콕스의 반응은 볼 만했다. 그는 곧 정신을 잃고 쓰러질 것 같았다. 밴드위치가 흡판 조이개와 페인트통에서 지문을 채취하라고 하자, 히콕스는 체념하고 일체를 자백하기 시작했다. 그에 의하면 그의 절도 계획은 나를 봉으로 선택하기 전에 수일간에 걸쳐 짜낸 것이라고 했다. 도대체가 모렌하워에게 사립탐정을 고용하자고 한 것이 히콕스였다. 이러한 절도계획을 세우게 된 동기를 묻자, 그는 서슴없이 대답했다.

"언제까지 부자의 비서 노릇만 하고 있으라는 법은 없지 않습니까. 모렌하워의 재산을 이쪽에서도 조금 물어뜯어보려고 한 건데……."

그는 수갑을 채우고 연행되었다. 나도 부지런히 저택을 나왔다. 그 집 사람은 누구라도 다시는 얼굴을 대하기가 싫었다.

그러나 클라이드 모렌하워와의 거래가 그것으로 끝난 것은 아니었다. 나도 모렌하워의 재산의 일부라도 물어뜯어보고 싶어졌다.즉 내가 끝낸 일에 대한 정당한 보수를. 나는 곧 청구서를 보냈는데, 응답이 없었다. 두 번째 청구서에 대해서도 역시 무시당했다. 세 번째 청구서도 계속 무시를 당했다.

그는 이번 사건이 대대적으로 신문에 보도된 것은 내 탓이라고 내게 불만을 품고 있는지도 모르는 일이었다. 그가 그만한 재산을 쌓아올리기 위해서는 나 같은 서민에게 당연히 지불해야 할 돈을 움켜쥐고 울며 겨자 먹기식으로 떨어져나갈 때를 노려서 이룩했는지도 모른다. 나는 결국 잘 아는 변호사에게 부탁해서, 더 이상 모른 체한다면 고소하겠다고 으르렁대는 편지를 써 보냈다. 그것은 단번에 효력이 있었다. 부자들은 동서고금을 막론하고 재판을 싫어하는 모양이다.

1주일 후에 수표가 우송되었다. 그것도 내 이름의 철자를 틀리게 써서.

나는 그것을 알았을 때 쓰디쓴 웃음과 함께 나 자신에게 단단히 타일렀다. 이제부터는 저런 거물들은 상대하지 않는 게 좋다. 도대체 그런 거물들처럼 취급 곤란한 족속은 없다. 그들은 어떻게 해서든지 이쪽을 골탕 먹일 구실을 만들어내는 족속들이니까. 너 같은 펄프 매거진이나 즐겨 읽는 소수민족파의 사립탐정 따위가 이겨낼 상대가 아니라는 것을 명심해야 돼.

일상생활 속의 함정 / 도날드 올슨

WEB OF CIRCUMSTANCE
Donald Olson

● 일상생활 속의 함정

닥터 로마의 헬스 클럽은 마약 거래의 루트가 돼 있
었는가? 뚱뚱한 중년 남자 레오폴드 경감이 은밀한
수사를 위해 나타났는데……. 레오폴드 경감 시리즈
의 걸작.

——엘러리 퀸

도날드 올슨(?)
미국의 단편 미스테리 작가. 경력은 분명치 않으나, 1960년대의 중
반부터 〈알프레드 히치콕 매거진〉의 준레귤러 작가가 되었고, 〈엘
러리 퀸 매거진〉에도 가끔 기고했다. 장편으로는 1976년의 처녀작
「If I Don't Tell」이라는 작품과 1979년의 「Sleep Befor Evening」
의 두 작품뿐이다. 오히려 숏스토리를 잘하는 작가로, 오래간만에
〈EQMM〉에 발표된 이 단편도 일상생활의 뒤에 숨어 있는 알지 못
하는 공포를 느끼게 하는 작품이다.

일상생활 속의 함정

일단 결혼한 다음에는 에드워드와 떨어져서 산다는 것을 세실은 생각할 수도 없었다. 그녀는 깨끗이 직장을 그만두고 위싱트리레인에 있는, 지붕을 예쁘게 칠한 작은 집에서 남편을 위한 사랑의 보금자리를 만들었다. 주부가 되는 것이 그녀 인생의 유일한 꿈이었으므로, 열심히 가사에 정력을 쏟고 남편을 기쁘게 했다.

얼마 후 그는 근무처인 가구회사에서 더 유리한 판매 구역을 맡아보게 되었다. 그렇게 되면 한 달에 2주일은 여행으로 돌아다녀야 했으나, 어쨌든 두 사람은 크게 기뻐했다. 이러한 상태가 언제까지 계속될 것도 아니고, 첫아이를 낳게 되면, 곧 집에서 가까운 판매 구역으로 바꿔주게 되어 있었다.

세실에게 어린애가 생길 징조가 없다는 것이 결혼생활의 유일한 고민거리였다. 두 사람은 그 일에 대해서 크게 마음을 쓰고 있었으나, 사랑으로 맺어진 생각 깊고 분별 있는 부부였으므로 곧 현실 상태에 순응할 수 있었다. 양자를 들이자는 이야기도 있었으나, 아이가 없어도 안정된 일상생활의 충분한 행복을 누릴 수가 있었다.

에드워드가 두 주일 동안이나 집을 비우는 것도, 오히려 같이 있는 동안의 기쁨을 높이는 역할을 해냈다. 눈 깜짝할 사이에 몇 해가 지났지만 불화의 징후는 보이지 않았다. 자기네들만큼 행복한 부부는 없을 것이라고 생각되었다.

39세가 됐어도, 에드워드에게 세실은 결혼식날과 다름이 없었다. 몇 가닥의 새치라든가, 파란 눈가에 생긴 잔주름까지도 성숙한 매력을 느끼게 했다. 그의 드문드문해진 머리라든가, 나오기 시작한 아랫배와 서로 걸맞는다는 생각이 들었다.

에드워드는 2주일 동안의 출장에서 배를 곯는 일은 없다고 했지만, 집에 있을 때에는 하루에 세 끼 나오는 정성어린 요리를 깨끗이 먹어치워 아내를 기쁘게 했다.

6월에 들어서 처음 귀가한 날, 저녁식사 자리에서 에드워드는 다른 때와 마찬가지로 부재중에 별일 없었느냐고 물었다. 세실은 새로 이사온 이웃집 사람의 이야기를 했다.

"성은 체스터, 이름은 필립과 마리벨. 우리들보다 조금은 젊은 부부들이에요. 필립은 회계사로 집에서 일을 하고 있어요. 아주 핸섬한 사람이에요. 집 안뜰에서 바벨을 들고 있는 것을 보았어요. 부인은 아직 만난 적이 없지만, 바깥 양반은 아주 인사성이 좋은 분인가봐요."

에드워드는 아내의 말을 듣고 놀랐다. 항상 내성적이고 낯을 가리는 편인 세실이 이렇게 빨리 타인과 가깝게 지내게 되다니.

그녀는 필립 체스터가 이 집에 찾아온 날 아침에 있었던 일을 설명하였다. 그는 전화국에서 빨리 전화를 설치해 주지 않는 것에 화를 내면서, 무리한 일인 줄 알지만 그 동안만이라도 전화를 빌려 쓰게 해달라고 세실에게 부탁을 하러 왔다. 다른 한쪽의 이웃은 긴

휴가 여행을 떠나고 없었다.

그 후 출장 중에 잘 손질해 두었던 정원을 남편에게 보이며 산책을 하던 중에, 필립 체스터가 다른 집 뒷마당 울타리 너머로 모습을 나타냈다. 세실은 두 사람을 인사시켰다. 에드워드는 그가 아내에게 들은 대로 핸섬한 남자라고 생각했다. 키가 크고 어깨가 떡 벌어졌으며, 짙은 금발에다가 웃는 얼굴이 매력이적이었다.

"부인께서 전화를 빌려주셔서 크게 도움을 받고 있습니다. 전화국 사람들에게 전화가 없으면 일을 볼 수가 없다고 얘기했죠."

필립은 에드워드의 일에 대해서 물었다. 에드워드는 세실의 허리를 안고, 자택에서 일을 할 수 있다니 부럽기 짝이 없다고 했다. 약간 연하의 필립은 농담 비슷이 웃으며 말했다.

"그렇긴 하지만 좋은 점도 있고, 나쁜 점도 있습니다."

필립이 아내의 음주벽을 은근히 비친 것을, 나중에 세실은 남편에게 이야기하였다.

"언젠가 밤에 둘이 싸우는 소리가 들려왔어요. 부인이 더 흥분하고 야단이에요. 필립은 저렇게 좋은 사람인데, 안 그래요?"

"응, 그건 그래."

에드워드가 다음 지방 출장에서 돌아와 체스터 부부의 일을 물어봤을 때, 세실은 아직 마리벨을 만나지 못했으며, 요즘은 필립과 울타리 너머로 인사를 할 뿐이라고 대답했다. 이제 그의 집에도 전화가 설치되었기 때문이다.

에드워드가 출발하기 전날은 세실의 생일이었다. 선물 속에는 그녀의 이름을 새긴 일기장이 있었다.

"에드워드, 정말 멋있는 일기장이에요. 하지만 내가 이 페이지를 무엇으로 다 채우면 좋지요? 가사와 정원 손질밖에는 하는 일이 없는데……."

에드워드는 애정을 담고 그녀를 끌어안았다.

"문제는 그거야. 내가 집을 비우고 있는 동안, 하는 일도 없이 우두커니 있어야 할 당신이 걱정이야. 자주 외출도 하고, 여러 가지 일을 해봐요. 하얀 일기장이 가득 채워지도록 말이야."

"그렇게 여러 가지 일을 할 생각이 안 들어요. 우리들의 집과 정원을 좋아하고 있고, 지금 이대로 충분히 만족하고 있는걸요."

"세실! 당신 이상의 여자는 없어."

"당신이야말로, 에드워드. 이만한 행복을 누릴 만큼 무엇을 했을까?"

"간단하지. 우리가 서로를 발견했으니까."

그러나 다시 혼자가 됐을 때, 에드워드의 말이 마음에 걸렸다. 가슴이 아파오는 고독의 발작으로 늘 고민하고 있는 것은 사실이지만, 언제나 에드워드는 곧 돌아온다는 말로 자신을 위로했다. 함께 있을 수 있는 즐거움을 위해서라면 2주간의 고독쯤은 아무것도 아닌 댓가라고 생각했다.

어느 무더운 6월의 오후, 집안의 청소며 정원의 잡초까지 다 뽑고 난 세실은 포치의 흔들의자에 앉아 일기장을 열어놓고 몇 줄 적어보았다.

"아침 식사를 마치고 차로 슈퍼마켓에 다녀왔다. 에드워드의 셔츠를 꿰매고, 도서관에서 빌려온 책을 다 읽었다."

여기까지 써도 한 페이지의 4분의 1도 채워지지 않았다. 그녀는 빙그레 웃고 일기장을 덮었다.

울타리 저쪽에 필립 체스터의 모습이 보였다. 잘 발달된 근육을 자랑이라도 하듯 숏팬티 바람으로 개와 놀고 있었다. 다음 순간 꽃

무늬의 평상복을 입은 마리벨 체스터가 안마당에 나타났다. 그녀가 남편에게 소리지르는 말이 들려왔다.

"나보다도 그 병신 같은 개가 더 소중하단 말이에요?"

공포에 움츠린 세실의 눈앞에서, 그녀는 팔을 들어 무엇인가를 남편을 향해 던졌다. 그것은 햇볕에 번쩍 빛나면서 울타리를 넘어 세실의 루비나스 화단에 떨어졌다.

여름날 오후의 고요를 깨는 이런 일은, 세실로서는 지옥이나 다름이 없었다. 그녀는 평온무사한 일상의 나날을 마음으로부터 기쁘게 생각하고, 에드워드와 결혼한 행복을 다시금 뼈저리게 느꼈다.

필립은 울타리를 돌아 들어와 조심스럽게 화단에서 위스키의 병 같은 것을 꺼냈다. 그는 포치에 서 있는 세실을 보자 미안하다는 시늉을 해 보였다. 세실은 진심으로 그를 동정했다.

세실은 다시 일기장을 펴들고 잠깐 생각을 했다가, 지금 일어났던 일을 대강 적어넣었다. 에드워드가 보면 재미있어할 것이다. 그 다음에 어떻게 됐는지, 그녀는 자기도 모르는 사이에 덧붙여 썼다.

"필립이 잠깐 들어와 아내의 행동을 사과했다. 굴욕을 애써 참는 그런 표정이었다. 포치로 올라오라고 해서 레모네이드를 대접했다. 그는 아내와의 비참한 결혼 생활을 털어놓았다. 그러나 오래 있으려고는 하지 않았다. 부인이 몹시 질투를 하기 때문이다."

다시 읽어본 세실은 자신의 어리석은 짓에 부끄러움을 느끼고 그 페이지를 찢어버렸다. 국민학교 6학년 때 산수 담당 교사에게 열을 올릴 때의 기억이 의식 속에서 되살아났다. 어린 공상의 여러 가지들을 비밀 일기장에 적어넣었던 나날. 이제 와서 다시 그런 어리석은 행동을 되풀이하려는 자신에게, 세실은 양심의 가책을 느졌다.

　에드워드가 도대체 어떻게 생각할까. 말하자면 작은 배반 같은 것이다. 어리석은 행위에 공연히 중대한 의미를 갖게 하는 것 같아서, 일기장을 쓰레기통에 넣을까 하다가 말았다.

　그러나 고독감이라는 것은 아무리 강하게 부인하더라도 이치만으로는 설명할 수 없는 마음의 문제이다.

　다음날은 비가 왔다. 마당에도 나갈 수가 없었고, 얼마 안 되는 다림질이나 집안의 청소를 아침 나절에 마친 세실은 막연한 불만의 늪 속에 있었다.

　전화가 걸려왔다. 시간이 있을 때 가끔 걸어오는 에드워드나, 아니면 친구 헬렌 벤트리라고 생각하고 수화기로 달려갔다. 그러나 잘못 걸려온 전화였다. 하릴없이 포치로 나가 제라늄의 화단 너머로 체스터 저택을 보고 있었으나 사람 기척도 없었다.

　우두커니 있다가 집안으로 들어온 그녀는 어느 사이엔가 작은 책상 앞에 앉아 있었다. 눈앞에는 펼쳐놓은 일기장이 있었다. 그녀는 펜을 들고 쓰기 시작했다.

　"방금 필립에게서 전화가 왔다. 부인이 외출을 했는데 잠깐 들러도 괜찮겠느냐고 했다. 어떻게 해서든지 누군가와 함께 이야기를 하고 싶은데, 나만큼 이야기를 알아줄 만한 사람이 따로 없다는 것이다. 그다지 좋은 생각이 아니라고 얘기해 주었다."

　다 쓰고 나서 다시 읽어보았을 때, 세실은 죄악감에 얼굴이 빨개지는 것을 느꼈다. 미치광이 같은 짓이다. 일기장을 덮으려고 했으나, 마치 도전이라도 하듯 페이지의 여백이 보였다. 또 펜이 움직였다.

　"전화를 끊으려고 했으나, 가엾은 필립의 목소리에 깊은 절망감이 느껴졌다. 이야기를 들어주는 것까지도 거절한다는 것은 너무 불친절한 것 같았다. 몇 분 정도면 와도 좋다고 했다. 그는 몹시 흥분해 있었다. 마리벨의 끊임없는 고함을 들으면서, 더 이상 집에서 일을 계속하는 것은 무리라는 것이다. 읍내에 사무실을 빌리면 어뗘냐고 제안했으나, 그럴 여유는 없다고 했다. 나하고 이야기해 마음이 가라앉았다고 했다. 도움이 돼서 다행이다.”

마리벨 체스터의 음주벽과 마찬가지로, 세실도 일기를 적는 습관에 빠져들어가고 있었다. 수치심은 차츰 엷어져갔다. 뭐 죄악감을 느낄 만한 일을 한 일은 없으며, 바보스러운, 죄없는 심심풀이에 지나지 않는 것이고, 어린애 장난 같은, 혼자서 하는 트럼프 같은 것이다. 필립 체스터에게 몰래 연정을 품은 것도 아니다. 뛰어나게 핸섬한 남자에게 마음이 끌려본 일은 한 번도 없었다. 단 한 사람, 에드워드만을 사랑하고 있었다.

그런데도 불구하고 일기는 날을 거듭할수록 길어지고, 차츰 로맨틱한 색채까지 띠게 되었나.

“오늘 헤어질 때, 필립이 뜻하지 않게 내 볼에다 키스를 했다. 내가 화난 것을 알고 곧 사과했으나, 두 번 다시 만날 수 없을지도 모른다고 하니까, 소년처럼 후회했다. 그는 불평불만을 털어놓고 어리광을 부릴 수 있는 상대를 빼앗긴다는 것은 견딜 수 없다고 버텼다. 마지막에는 불쌍해져서, 앞으로는 얌전히 하겠다는 약속을 믿고 용서해 주었다.”

그 주간의 후반이 되었다.

“필립과 슈퍼마켓에서 만났다. 그는 우연에 불과하다고 해명했다. 차가 고장났으니 집까지 태워다 달라고 했다. 그리고 그 후에 교외까지 드라이브하자고 했다. 오늘은 정말 활짝 개인 좋은 날씨였다. 여러 시간 드라이브하며 이야기하였다. 그는 차가 고장났다는 것은 거짓말이었다고 실토했다. 차를 세우고 알렌 파크를 산책하고 있을 때 나한테 키스하려고 했다. 이제 다시는 안 만나야겠다.”

물론 그 후에도 그녀는 필립과 만났다. 일기에 의하면 그 다음주에는 거의 매일처럼 만났다.

에드워드가 귀가하자, 그녀는 공상의 배반을 보상하려고 넘치는 애정으로 남편을 대했다. 양심의 가책을 암시하는 듯한 행동을 보여서 불신감을 안겨주지나 않을까 하여 조마조마했다. 그러나 그는 세실이 전보다 훨씬 건강하게 보이며, 정원의 손질을 열심히 해서 얼굴빛이 좋아졌다는 감상을 말했을 뿐이었다.

그가 출발하기 전에, 세실은 남편이 집을 나가면 당장에 그 바보스런 일기를 태워버리겠다고 맹세했다.

그러나 그 맹세와는 반대로, 일기는 생활 최고의 낙이 되어버렸다. 그녀는 이 비밀스러운 자극과 즐거움을 연장하기 위해서 가사를 돌보는 사이에 몇 줄씩 적어넣고, 나머지 페이지는 밤을 위해서 남겨두었다.

어느 날, 문을 두드리는 소리가 들려 현관문을 연 세실은, 필립 체스터의 파란 눈과 마주치고 얼굴이 몹시 빨개졌다.

“미안합니다, 웨런드 부인. 퓨즈가 끊어졌는데 집에는 마침 떨어져서, 한 개만 빌렸으면 해서요.”

“퓨즈라구요? 어떡하죠? 저희 집에서는 퓨즈가 아니라 브레이커예요.”

사실은 그렇지 않았지만, 필립을 집으로 들여놓는다는 것은 생각할 수도 없을 정도로 흥분해 있었다.

"뭐가 잘못됐습니까, 웨런드 부인?"

"네? 아녜요. 아무것도 아니에요. 오븐에서 막 무엇을 들어내려고 했는데, 그럼 실례하겠어요."

그리고 그녀는 세차게 내던지듯 문을 닫아버렸다.

나중에 일기에는 이렇게 적었다.

"필립이 퓨즈를 구실로 집에까지 찾아왔다. 물론 집에는 들여놓지 않았다. 더 이상 깊이 들어가서는 안 되겠다."

이렇게 써놓고, 다음에는 필립의 청을 받아들여 공상 속의 산책을 즐기고, 소풍도 가고, 미술관을 찾기도 하고, 숲속을 산책하기도 하였다. 그리고 드디어는 고민하는 이웃의 남편에 대한 동정이 양심의 가책을 멀리 하고 말았다.

"필립이 긴장된 표정을 하고 찾아왔다. 마리벨이 무엇인가 의심하는 것 같지만, 그런 것은 상관 않겠나고 했다. 이처럼 슬픔에 잠긴 필립을 본 것은 처음이었다. 어쩔 수가 없었다. 자연히 그렇게 돼버리고 말았다. 나중에 에드워드의 일을 생각하니까 가슴이 아팠다. 그런 일은 두 번 다시 해서는 안 되겠다."

물론 그런 일은 되풀이되었다.

7월의 후반 2주일 동안 집에 있던 에드워드가 다시 지방 출장을 떠날 직전에, 생각지도 않은 사태가 발생했다. 두 개가 한 조인 슈트케이스의 손잡이가 망가져서, 나중에 세실이 읍내의 가방집에 가지고 가서 고치기로 하고, 그 동안에 다른 헌 케이스를 쓰기로 했다. 출발 직전에 그가 그 헌 슈트케이스를 2층에서 꺼내 올 때까지, 세실은 그 사실을 잊고 있었다.

"어머! 찾아오셨군요."

그녀가 말했다.

“지붕 뒷방에 있었어요?”

“아냐, 옷장 안에 있었어.”

그래도 그때까지는 생각이 나지 않았다. 남편의 차가 떠난 다음에야 비로소 그 사실을 상기했다. 옷장! 큰일났다. 일기를 숨겨둔 장소였다. 2층으로 뛰어올라가 전등을 켰다. 일기장을 얹어둔 선반 바로 아래 헌 슈트케이스를 꺼낸 자국이 먼지 속에 네모나게 남아 있었다.

일기를 그가 읽어보았는지 확인할 길은 없었으나, 에드워드가 그 위에 있던 일기책을 알 까닭이 없다고 자신에게 타일렀다. 설사 알았다 치더라도, 어째서 그런 장소에 일기장이 있는가 이상하게 생각할진 몰라도, 설마 일기장을 들춰보고 읽기까지 했을라고.

그녀는 내심 걱정하면서 남편의 귀가를 기다렸다. 그리고 남편이 왠지 무뚝뚝해진 것은 단순한 지레짐작이라고 믿으려 했다. 그날 저녁상을 받은 남편은 확실히 이상할 정도로 말이 없었다.

“괜찮아요?”

그녀는 억지로 물었다.

“고기가 잘 구워졌어요?”

“음, 잘 됐어. 그런 걸 왜 물어보지?”

“아뇨, 그저 당신이 잠자코 있으니까.”

“영 형편없는 2주간이었어. 일이 하나도 제대로 된 게 없어서 말이야. 지금까지의 방법이 좋지 않았나봐.”

안심한 세실은 열심히 남편을 격려했다.

“여보, 이제 지방 출장 같은 건 그만둬도 될 때가 됐잖아요? 젊었을 때하고는 다른걸. 더 집에 있을 수 있게 안 돼요?”

“정말 그렇게 생각해, 세실?”

일부러 그렇게 말한 것은 아니었을까? 아니, 내가 그렇게 생각해서 그렇게 들린 것이겠지. 그럴 거야.

"잘 알지 않아요, 에드워드. 혼자 있으면 때로는 무서워질 때도 있어요."

"뭐가?"

"아니, 특별히 뭐가 무섭다는 건 아니지만, 뭐 강도 같은 건 아니고, 그냥 혼자 있다는 것이 무서워진다는 거예요."

그는 냅킨으로 입술을 눌렀다.

"무슨 얘기를 하고 싶은 거야?"

자신도 놀라운 일이다. 세실은 왁 하고 울음을 터뜨리고 말았다. 깜짝 놀란 그는 이것저것 애써서 그녀를 위로했다.

"에드워드! 당신만이라도 집에 있어 주었으면."

"자, 그만 울어요. 세실, 당신은 이 몇 해 동안 잘 해왔잖아. 생각이 깊고…… 혼자 있는 것이 그렇게까지 괴로울 줄은 생각도 못했지."

간신히 침착성을 되찾은 세실은 참지 못하고 울어버린 것을 사과했다. 그러나 에드워드가 집에 있는 동안, 눈에 보이지 않게 팽팽해진 긴장은 두 사람 사이에서 풀리지 않았다.

사흘 후, 세실이 포치에서 제라늄에 물을 주고 있으려니까 건너편 길에서 사이렌 소리가 들려왔다. 몇 분 후에는 제복을 입은 세 경찰관을 포함하여 사람들이 체스터 집의 뒷마당과 안뜰을 왔다갔다하고 있었다. 그녀는 호기심으로 잔디를 가로질러 울타리 너머로 이웃집을 넘겨다보았다. 사복 형사 한 사람이 그녀를 보고 가까이 왔다.

"무슨 일이에요? 혹시 무슨 사고라도?"

세실이 물었다.

그 남자는 그녀의 이름을 물어보고, 나중에 사정 청취를 하러 찾아가겠다고 했다. 그녀는 찾아온 사람을 거실로 안내했다.

그는 수사과의 그레그 경감이라고 자기 소개를 한 다음, 무엇이 일어났는지 간단히 설명했다. 필립 체스터가 오후에 낚시에서 돌아와 보니 아내가 죽어 있는 것을 발견하고 신고했다는 것이다.

세실의 손이 입술로 올라갔다.

"죽었다고요, 마리벨이?"

"목을 졸라 죽였습니다."

그는 감정을 넣지 않고 말했다. 너무나 큰 놀라움 속에 멍한 상태로 세실은 질문에 대답했다.

"아뇨, 체스터 부부의 일은 잘 모릅니다. 마리벨을 한 번도 만나 본 일이 없어요. 필립하고도 두세 번 이야기했을 뿐이에요."

그녀는 전화 건을 설명했다. 그리고 그날 오후에도 이렇다할 소리는 못 들었다고. 얘기하면서 얼굴을 붉히지 않으려고 했으나 마음대로 되지 않았다. 그뿐 아니라 더듬기까지 했다.

머릿속에 있는 것은 일기에 적어놓은 무분별한 거짓 이야기뿐이었으나, 경감은 유난히 낭패한 듯한 그녀의 모습을 눈치챘을 것이다.

집에 돌아온 에드워드가 사건의 상세한 내용을 알고 싶어해서, 그녀는 배달된 신문의 기사를 내주었다. 남편이 아무 말도 안 하고 기사에 열중해서 읽고 있는 동안, 그녀는 뜨개질에 온 신경을 쏟으려고 애썼다.

조금 후에 에드워드는 월 2회 제출하는 판매 보고서를 쓰기 위해서 2층의 서재로 들어갔으나, 내려왔을 때에는 사건의 상세한 내용이 머리에 꽉 들어차 있는 모양이었다.

"신문에 의하면, 사건이 일어난 것은 14일 오후였지?"

"네."

"그 남자가 했다고 생각해? 용의자의 필두에 올라 있던데."

"믿어지지가 않아요. 당신도 그 사람 만나보셨지요, 에드워드. 아주 상냥한 사람처럼 보였는데."

"그건 당신이 잘 알고 있을 테니까."

그녀는 마음속으로 놀라 그를 쳐다보았다. 남편은 침착한, 그저 보통의 호기심 어린 눈으로 아내를 보고 있었다.

"내가요?"

"그래, 그 전화 건으로 친해진 거 아니던가?"

"에드워드, 난 그 사람에 대해서 아무것도 몰라요."

그녀는 눈을 아래로 내려깔고 일사불란하게 손을 움직여 뜨개질을 했다.

"체스터는 그날 오후 내내 낚시를 했다고 주장하고 있어. 그러나 그것을 증언해 줄 사람은 한 사람도 없어."

"진실을 얘기하고 있다면, 누군가가 꼭 입증해 줄 거예요."

에드워드는 콧방귀를 뀌었다.

"이상해. 낚시를 좋아하는 스포츠맨처럼 보이진 않던데."

"그건 알 수 없죠. 언제든지 안마당에서 바벨을 들어올리고 있었는데."

"그건 겉치레야. 스포츠가 아니야."

분명한 것은 에드워드의 말투에는 필립 체스터에 대한 비난의 색채가 들어 있다는 것이다. 세실은 뜨개질감을 옆으로 던져놓고 저녁식사를 준비하기 위해서 부엌으로 갔다.

그날 밤 에드워드는 혼자서 산책을 나갔다. 집에 들어왔을 때, 세실은 남편의 얼굴이 이상하게 창백한 것을 알았다.

"에드워드! 도대체 어떻게 된 일이에요?"

그는 세실의 손을 잡고 소파에 앉혔다.

"여보! 변명할 여지도 없는 일을 저지르고 말았어."

"에드워드! 당신은 설마……?"

"당신한테 알릴 생각은 전혀 없었어. 세실, 내가 당신을 얼마나 사랑하고 있는지 알 테지. 무슨 일이 있더라도 그것만은 잊어버리지 말아요. 목숨을 걸고라도 당신한테 언짢은 생각만은 안 시키려고 노력해 왔어."

세실은 마음이 갈기갈기 찢어지는 것 같아서, 그저 남편의 부드러운 눈만을 멍하니 보고 있었다. 에드워드는 마음에 결정을 내리고 입을 열었다.

"옷장에서 헌 슈트케이스를 꺼내던 날의 일을 기억하고 있을 테지?"

세실은 숨을 몰아쉬었다. 에드워드의 눈에 자비심마저 감돌았다.

"당신한테 선물한 일기장이 선반 위에 놓여 있는 것이 눈에 띄었지. 읽을 생각은 없었어. 쓰지 않은 것 같아서 손에 들고 들춰 보니까 쓰고 있다는 것을 알았지. 내게 읽히고 싶지 않은 것이 써 있다는 것을 알았으면 결코 속을 열어보지도 않았을 거야."

"에드워드, 에드워드! 왜 그걸 읽을 필요가 있었어요?"

"안 읽었더라면 좋았을 것을 그랬어. 진심이야."

그녀는 남편의 손을 꼭 쥐었다.

"에드워드, 그것은 정말 있었던 일이 아녜요. 전부 거짓말이에요. 그것은 바보스럽고 너절한, 만들어낸 이야기예요. 맹세해도 좋아요.”

“세실, 그만둬. 나도 알고 있어. 알고말고. 고독이란 것이 어떤 것인지 알고 있어. 나는 나 자신을 책망하고 있는 거야. 다만 그를 위로해 주려고 그랬던 것뿐이라는 걸 알지. 당신은 따뜻하고 착한 여자야. 그렇기 때문에 당신을 사랑하고 있는 거야.”

세실은 놀라 벌떡 일어났다.

“에드워드, 그만두세요! 여보, 하느님에게 맹세하지만, 그것은 진실이 아녜요. 제가 당신한테 부정한 행동을 할 수 있다고 생각하세요? 절대로 할 수 없어요. 그것은 완전히 공상의 산물이에요. 내가 필립 체스터를 정말 상대했다고 생각하세요?”

그는 어린아이에게 타이르듯 그녀를 달랬다.

“내 귀여운 세실, 사정을 잘 안다고 얘기했지? 나무라는 것이 아냐. 외로움에 견디다 못해서 악마에 현혹된 거야. 자신을 속일 필요는 없어.”

“속인 것은 바로 내가 일기에 적어놓은 일들이에요. 에드워드, 나는 진실을 얘기하고 있어요. 그런 일들은 일어나지도 않았어요. 전부 거짓말이에요.”

에드워드는 불편한 듯 몸을 일으켰다.

“세실, 잘 들어. 오늘 밤에 난 필립 체스터를 만나고 왔어.”

“설마…….”

“그렇게 하지 않을 수가 없었어, 여보. 물론 그는 모든 것을 부인하더군. 웃고 있었어, 마치 재미있다는 듯이. 그래서 증거가 있다고 그랬지. 당신의 일기가 있다고…….”

“맙소사!”

"어제 다시 일기를 읽어보았지. 그날의 날짜에 적혀 있는 대로 당신이 그와 함께 발레 리지에서 하루를 지내고 있었다면, 자기 아내를 죽인다는 일은 불가능하지."

세실은 위험한 절벽에서 낭떠러지로 떨어진 것 같은 전율을 느꼈다. 숨이 막힐 것 같은 전락감에 목소리까지 갈라졌다.

"그 사람은 나하고 같이 있지 않았어요. 같이 있었던 것은 한 번도 없었어요."

에드워드는 한숨을 내쉬었다. 그녀는 남편의 눈동자 속에서 자신의 절망감을 읽을 수 있었다. 그녀는 절망적인 외침을 남기고 위층의 침실로 뛰어올라갔다.

다음날 아침 늦게, 에드워드가 그녀를 일으켰다.

"아래로 내려와, 세실. 그레그 경감이 당신을 기다리고 있어."

경감은 처참할 정도의 그녀의 모습을 무시하고 똑바로 쳐다보며 말했다.

"필립 체스터가 사건 당일 오후에 자기가 집 근처에 없었다는 것을 당신이 증명해 줄 것이라고 하던데요. 일기가 있을 것이라고요……."

세실은 지친 모습으로 남편을 바라보다가 그레그 경감에게 시선을 옮겼다.

"아뇨, 그는 저하고의 관계를 부인했을 거예요. 남편에게 물어주세요."

"분명한 것은, 그는 당신을 감싸주는 것보다 알리바이 쪽을 택한 모양입니다."

세실은 남편을 응시했다.

"에드워드, 도대체 무슨 짓을 한 거예요?"

“여보, 그레그 경감에게 일기를 보이는 것은 당신의 의무야. 이 분한테 알리바이를 제공할 수 있다면, 이 마당에 정보 제공을 꺼리는 것은 용서받을 수 없는 일이야. 경감은 당신만 협력해 준다면, 번거로운 일에 말려들지 않도록 힘을 써주겠다고 약속하셨어.”

그레그는 한 손을 내밀었다.

“일기장은 어디 있습니까, 웨런드 부인?”

세실은 발을 질질 끌고 2층으로 올라가 옷장 속에서 그 끔찍한 일기장을 꺼냈다. 젖은 손가락에 닿는 감촉마저도 끔찍스러웠다. 그레그는 쭈욱 훑어보고 그녀를 쳐다보았다.

“이것이 체스터의 주장을 뒷받침해 주지 못한다는 것은 아시겠죠? 당신네들이 사전에 짜고 있었을지도 모르니까요. 두 사람이 함께 발레 리지에 있었던 것을 증언한 사람을 찾아야 하니까요.”

세실은 고개를 흔들었다.

“찾을 리가 없을 거예요. 증인 같은 것이 있을 까닭이 없으니까요. 나는 그날 발레 리지 같은 데는 간 일도 없었고, 필립 체스터하고 같이 있지도 않았으니까요. 그 사람하고 같이 어딜 간 일은 한 번도 없었어요.”

그레그 경감이 돌아가자, 세실은 절망적인 눈초리로 남편을 바라보았다.

“그 두 사람도 나를 전혀 믿어주지 않는군요, 당신처럼.”

이틀 동안, 아무런 소식도 없었다. 에드워드는 애써 평상시처럼 행동했고, 세실에 대해서도 원망하는 기색 없이 이해하고 있는 태도를 보이려고 했다. 그러나 알지도 못하는 남남처럼 그들 사이에는 서먹서먹한 분위기만이 감돌았다.

그레그가 다시 방문했을 때, 그는 뜻하지 않은 요구를 제시했다.

"아직 증인을 찾고 있는 중입니다. 그런데 웨런드씨, 당신의 지문을 뜨려고 왔습니다."

에드워드는 경감을 응시했다.

"내 지문을요? 도대체 무엇 때문에?"

"마리벨 체스터의 여자 친구가 제공한 정보에 의하면, 피해자가 살해되던 날 아침 그 여자 친구에게 전화를 했다는 것입니다. 남편이 다른 여자와 바람을 피우고 있다는 증거를 잡았다고 말입니다. 필립이 이 세상에 태어난 것을 후회할 만큼 혼을 내주겠다고 했다는 겁니다."

세실은 자기도 모르게 에드워드의 손에 매달렸다.

"설마 그녀를 만나러 갔던 건 아니겠죠, 에드워드?"

"아니, 물론 안 갔어."

"관례에 따라서 댁의 지문을 체스터 저택에 남아 있는 미확인의 지문과 대조를 해야겠습니다, 웨런드씨. 그리고 그녀가 피살된 날의 알리바이를 말씀해 주실 수 있겠죠?"

"거래선의 리스트를 내드리겠습니다."

미칠 지경인 세실에게 이 복잡한 상황은 어떻게 보면 우습기도 한 비현실의 세계처럼 보였다.

"그레그 경감님, 에드워드를 의심한다는 것은 말도 안 되는 소리예요. 남편이 마리벨 체스터를 살해할 동기가 어디 있단 말이에요? 기가 막혀서 말이 안 나와요."

"남편이 용의자라고는 안 했습니다, 웨런드 부인. 다만 이 사건에 관해선 이런 사태를 생각할 수도 있지요. 즉 남편이 체스터 댁으로 가서, 체스터 부인이 당신과 그녀 남편과의 애인 관계를

폭로하겠다고 협박을 해서, 그것을 방지하기 위해……. 아까 말
씀드린 대로 모든 가능성을 조사해야 하니까요.”

둘만 남게 되자, 세실은 경감 앞에서 참고 있던 울음을 더 이상
견딜 수가 없었다.

“에드워드! 어쩌면 이런 터무니없는 일에 당신을 말려들게 하다
니, 모두가 내 말도 안 되는 망상 때문이에요. 이런 나를 어떻게
용서해 주시겠어요. 얼마나 화를 내실지…… 다른 남자 같으면
정말 나를 멸시할 거예요.”

“내가 어떻게 당신을 멸시한단 말이야. 세실, 사랑하고 있어! 그
남자와 관계를 갖게끔 한 고독감을 이해한다고 몇 번이나 얘기
했잖아.”

“하지만 당신은 진실을 알고 있는 게 아녜요. 진실을 믿으려고
하지 않잖아요. 일기장에 적은 내용이 터무니없는 공상에 지나
지 않는다는 것을 믿어주셨더라면…….”

목요일에 다시 그레그 경감이 찾아왔다. 그의 얼굴에는 직무상
의 엄격한 표정이 굳어 있었다.

“안됐습니다만, 당신에 대한 체포영장을 가지고 왔습니다, 웨런
드씨.”

“설마!”

세실의 입에서는 비명에 가까운 외마디가 새어나왔다.

“있을 수 없어요, 그런 일은! 뭔가 터무니없는 잘못이에요. 에드
워드는 사람을 죽일 만한 사람이 아니에요. 저만큼 남편을 알아
주셨더라면——일기에다 미친 소리 같은 거짓말을 늘어놓은 것
때문에 남편의 인생을 망치고 말았어요. 저는 그저 외로웠던 것
뿐이에요. 혼자 우두커니 있다는 것이 어떤 영향을 끼치는 것인

지 당신네들은 몰라요.”

세실은 에드워드를 향하고 그의 두 손을 꼭 잡았다.

“에드워드! 제가 얼마나 이기주의자였는지 이제야 알겠어요. 당신도 외로웠을 거예요. 저는 그래도 이 집에 있었지만, 당신처럼 모르는 사람들을 찾아다니며 쓸쓸한 모텔에서 혼자 식사를 안 해도 되었죠. 여보! 당신이 한 짓이 아니라고 이분한테 얘기해 주세요.”

에드워드의 얼굴에서는 핏기가 가시고 있었다.

“내가 아니야, 세실. 물론 아니고말고! 맹세코 아니야.”

“남편의 알리바이를 조사 안 했어요? 지방의 거래선 사람들의 얘기 다 들었을 테죠?”

“들었습니다.”

“그런데 왜 남편을 살인 용의자로 체포한다는 거예요?”

경감은 직무상 엄격했던 표정을 조금은 풀고 말을 이었다.

“남편을 살인 용의로 체포한다고는 말하지 않았습니다, 웨런드 부인. 우리는 드디어 체스터의 거짓말을 깨뜨렸습니다. 그는 틀림없이 다른 여성과 바람을 피우고 있었습니다. 그 여성의 심문도 끝냈죠. 체스터는 자기 아내를 살해한 것을 자백했습니다.”

세실의 입술에서 기쁨의 소리가 튀어나왔다.

“그렇다면 왜?”

“우리는 남편의 알리바이를 본인이 상상하는 이상으로 조사했습니다.”

그레그는 주머니에서 한 장의 사진을 꺼내 세실에게 주었다.

“안됐습니다. 고독을 푸는 방법도 사람마다 다 다른 모양이죠.”

세실은 사진을 응시했지만 에드워드의 얼굴밖에는 보이지 않았다. 그녀는 남편의 손이 허리에 와닿는 것을 느꼈다. 이야기를 하는 그의 목소리는 아내에게 상처를 안겨준 후회와 고뇌에 가득 찬 슬픔으로 얼룩지고 있었다.

"사내아이는 나를 꼭 닮았거든. 세실, 정말 좋은 아이야. 당신은 아마 아이린이 마음에 들 거야. 당신을 닮았어. 두 사람 다 마음씨가 착했거든."

세실은 애원하듯 경감의 얼굴을 쳐다보았다. 그레그 경감은 헛기침을 했다.

"남편을 체포하는 이유는 살인이 아닙니다, 웨런드 부인. 중혼죄입니다."

잠겨진 문의 비밀 / 피터 러브세이

BEHIND THE LOCKED DOOR
Peter Lovesey

● 잠겨진 문의 비밀
메시타는 담배 가게 2층에 있는 하숙집을 빌리기 위
해서 끈질기게 1년 가까이 기다렸는데, 애써 빌린
방을 웬일인지 별로 쓰지 않은 모양이었다.

──엘러리 퀸

피터 러브세이(1936~   )
영국 미들섹스주 휘튼에서 태어나, 레딩 대학 졸업 후 교육 장교로
영국 공군에 근무. 1975년까지 6년간 하머스 미스 칼리지의 교육학
부장을 지낸 교수작가. 학식을 살려 빅토리아 왕조 시대의 런던을
무대로 클리프 경찰부장과 사카레이 순경이 활약하는 역사 미스테
리 시리즈를 쓰기 시작했다. 그 첫작품 「죽음의 경보」는 범죄소설
콘테스트에서 우수 처녀작으로 선정됐고, 제2작 「탐정은 실크 트렁
크스를 입는다」에서는 복싱을, 제3작 「살인은 아브라카다브라」에서
는 뮤직홀 등 19세기 런던의 회고적인 풍속을 재현해 보였다. 제8
작 「Waxwork」는 1978년도 CWA상을 수상했다.

잠겨진 문의 비밀

때때로 가게가 조용해지면, 블레이드는 천장을 쳐다보며, 열쇠가 잠겨진 2층 방을 머리에 떠올렸다. 다소의 호기심은 있었으나 경찰이 관심을 보이는 일이 없었다면, 어떻게 해볼 생각은 전혀 없었다.

경감은 수요일 11시를 좀 넘었을 때, 레돈홀 거리에서 당당하게 가게로 들어왔지만, 그의 거동으로 보아 관광객이 아닌 것은 분명했다. 비지니스맨도 아니다. 도시의 가장 엄숙한 전통으로서 10시부터 4시 사이에는 코트를 입고 거리를 돌아다니지 않는 습관이 있다. 경감이 입고 있던 것은 다색의 인조 가죽 코트로, 도시에서는 어떤 시간에도 절대로 볼 수 없는 코트이다.

깡마른데다 얼굴은 창백하고, 한 줌밖에 남지 않은 검은 머리카락이 머리 위를 가로질러 대머리와 싸우고 있다. 경감은 카운터에 가까이 다가오지도 않고, 한 손을 코트 주머니에 넣고 다른 손으로는 울넥타이를 매만지면서, 담배를 사려는 기색도 없이, 마지막 손님이 브랜드를 사고 거스름돈을 받아가는 것을 기다리고 있었다.

문이 닫히자, 한 걸음 가까이 다가와서 블레이드에게 말했다.

"시간 걸리는 일은 아닙니다만, 수사과의 젠트 경감입니다."

주머니에 들어가 있던 손이 경찰신분증을 꺼내 보였다.

"형식적인 심문입니다. 당신은 이 가게의 주인, 프랭크 러셀 블레이드죠?"

블레이드는 고래를 끄덕이고 입술을 핥았다. 이런 식으로 이름을 정식으로 불리게 되면, 마치 법정에라도 서 있는 것 같아서 기분이 이상했다. 지금까지 경찰 신세를 진 일은 한 번도 없었고, 가책을 받을 만한 일도 한 일이 없다. 27년간, 카운터 너머로 사회에 충실하게 봉사해 왔다. 생각나는 대로 단 한 번도 남에게 불평을 받은 일도 없고, 또 불평을 말한 적도 없다. 얼마 안 되는 매상에서도, 정부가 매기는 세금을 꼬박꼬박 물어왔다.

고객의 어떤 사람들——은행가, 중개인, 회계사는 한 밑천 잡고는 세금을 빼돌리는 얘기를 한다. 그러나 이것은 블레이드와는 상관 없는 얘기다. 그는 운명을 믿고 있었다. 어떤 사람이 어느 날엔가 부자가 될 것이라고 하늘이 정했다면, 어느 날엔가 그는 부자가 될 것이다. 그때까지는 다른 생각 하지 않고 시가나 각연초를 꾸준히 팔아갈 것이다.

"2층의 방도 당신 소유죠?"

"네."

"세든 사람이 있죠?"

그렇다면 메시타가 무슨 짓을 했다는 걸까? 블레이드는 혀끝을 차면서, 혐의가 자신에게 걸려 있는 것이 아니라는 점에 안도하긴 했으나, 귀찮은 일에 말려드는 것이 짜증스러웠다.

메시타에게서는 처음부터 좋은 인상을 받았다. 세든 사람으로서

의 1년간이 그것을 뒷받침해주고 있었다. 교양 있는 신사, 옷차림
도 고상하고, 재미있게 이야기할 줄도 알며, 집세도 잘 내고 있다.
느닷없이 무슨 일이란 말인가.

"이름은 뭐라고 합니까?"

"메시타요."

블레이드는 일부러 이렇게 덧붙였다.

"노먼 헨리 메시타."

"메시타씨는 여기 하숙을 한 지 얼마나 됐습니까?"

"하숙은 아니죠. 사업상의 연락처로 사용하고 있으니까 세든 사
람이죠. 집세는 작년 9월부터 내고 있으니까 13개월이 되나요?"

경감의 표정으로 그런 것은 이미 알고 있는 사실이 명백했다.

"오늘 아침엔 2층에 있었습니까?"

"아뇨, 메시타씨하고는 그렇게 늘 얼굴을 마주치는 것도 아닙니
디. 화요일과 금요일에 우편을 찾으러 옵니다."

"사업상의 편지입니까?"

"그렇겠죠. 조사해 본 일은 없습니다만."

"하지만 메시타씨가 어떤 사업을 하고 있는지 알고 계시겠죠?"

경감의 질문 방법으로 봐선 물어보나마나 한 질문이었다.

"우표를 팔고 있습니다."

"2층은 우표 가게입니까?"

"아뇨, 통신판매입니다. 여긴 다만 다른 소매상과 연락하는 주소
로 쓰고 있을 뿐입니다."

"이상하군요?"

경감은 감상을 말했다.

"그러니까, 집에서 장사를 하려고 해도 간단히 할 수 있는데, 일

부러 집세를 내면서 방을 빌리고 있다는 것이 말입니다.”

블레이드는 말려들어가지 않았다. 합법적인 심문에는 대답을 하지만, 이쪽에서 의견을 말할 생각은 없었다. 그는 열심히 담배의 포장을 뜯고 있었다.

“그렇다면 오직 사업을 위해서만이군요. 거기선 아무 일도 없었습니까?”

경감은 말을 이었다.

그 말에 블레이드의 가슴은 뛰기 시작했다. 아무 일도 없다…….도대체 무슨 혐의일까? 광란의 파티? 포르노 영화?

“거긴 가구도 없는 방이죠. 부엌, 욕실, 게다가 거실, 아무것도 쓰지 않고 있어요.”

그는 말했다.

거기에 대해서 경감은 손을 비비면서 말했다.

“그렇군요. 그럼 프라이버시를 침범하지 않는 범위에서 방을 보여주실 수 있겠죠?”

그렇다면 가게를 잠깐 동안 닫아야 하지만, 오전 중에 올 단골손님은 거의 다 다녀갔다.

“13개월 전에 당신은 처음 메시타씨를 만났습니다.”

경감은 계단을 올라가면서 말했다.

엄밀하게 말하자면, 그렇지 않다. 그것은 질문이 아니었기 때문에 블레이드는 대답을 하지 않았다.

“멋진 난간인데요, 블레이드씨. 하나하나 손으로 조각한 거죠?”

“이 건물은 적어도 2백 년 전의 것이니까요.”

블레이드는 얘기가 곁으로 흘러간 것을 다행히 여기며 말했다.

“레돈홀 거리에선 그렇게는 안 보일 겁니다. 보시는 것처럼 겉은 현대식으로 돼 있어요. 실크햇이라든가 옛날 양산을 팔고 있을 때는 고풍스러운 구조라도 상관 없겠지만, 담배라고 하면…….”
“좀더 시대에 맞는 외양이 필요하다는 거죠?”
경감은 그 정도에서 얘기를 끝내자는 식으로 말을 가로막았다.
“처음 메시타씨를 만난 것은 13개월 전입니까?”
아무래도 경찰은 그 점이 걸리는 모양이다. 속일 필요는 없는 일이다.
“사실을 말하자면 그렇지는 않고, 2년 전쯤 될까요.”
경감의 눈썹이 치켜올라간 것을 보고, 블레이드는 당황해서 설명을 시작했다.
“처음에 어느 날 찾아와서 방을 빌릴 수 있느냐고 물었어요. 그냥 그렇게 묻는 거예요, 방을 보지도 않고. 그때는 프랑스인 젊은 부부에게 빌려주고 있었어요. 나로선 그 사람들이 마음에 들었고, 방을 비워 날랄 생각은 없었죠. 게다가 법률이란 게 있지 않습니까. 그렇게 할 순 없다고 메시타씨한테 얘기했죠. 그의 얘기는, 여기가 썩 마음에 들어서 그 사람들이 이사갈 때까지 기다리겠다, 약속하는 뜻으로 선금으로 한 달치 집세를 놓고 가겠다는 거였죠.”
“방을 보지도 않고 말이오?”
“믿어지지 않을지 모르지만, 실제로 그렇게 된 것입니다.”
블레이드는 말했다.
“물론 선금을 받지 않았습니다. 정직하게 말해서, 두 번 다시 안 올 것으로 생각했거든요. 저 같은 장사를 하고 있으면, 때로는 놀려주겠다는 사람이 들어올 때도 있어요. 그런데 그 사람은 또 나타난 겁니다. 그것도 몇 번이고 말입니다. 그때부터 11개월 동안은 두 주일에 한 번 꼴로 얼굴을 대하게 된 거죠. 어떤 사람인지 전혀 몰랐지만, 대단히 진지하다는 것을 알 수가 있었지요. 그러던 차에 프랑스인이 마르세이유로 돌아가게 되어서, 메시타씨가 뒤를 이어 들어오게 된 것이죠.”

그들은 계단을 올라가 마루에 서 있었다.

“가구는 일체 놓여 있지 않습니다.”

그는 설명했다.

“무엇을 찾고 계신지 대중도 못 하겠습니다만.”

젠트 경감은 알고 있다고 하더라도 말하려고 하지 않았다. 그는 열려 있는 욕실 문 안쪽을 들여다보았다. 쓰고 있지 않다는 것이 분명히 냄새가 났다.

경감은 본론으로 돌아가 말했다.

“이상하군요, 사용하지도 않을 방을 오랫동안 기다리고 있었다는 것은? 기묘하게 생각하셨겠죠, 가구를 들여놓지 않은 것도?”

블레이드는 의견을 말하지 않았다. 자물쇠가 잠겨 있는 문 앞에서 기다렸다. 이 방에 관해서 끈질기게 질문을 연발할 것이 틀림없었다.

“여긴 뭡니까, 거실입니까?”

경감이 물었다. 블레이드 옆에서 손잡이를 쥐고 돌려본다.

“문이 잠겨 있군요. 열쇠를 빌려주실 수 있습니까, 블레이드씨?”

“빌려드릴 수가 없어요. 메시타씨가 자물쇠를 바꿨습니다. 말하자면, 계약에 의해서 말입니다.”

“집세를 미리 내셨군요. 왜 그랬을까요?”

경감은 문 앞에서 허리를 굽혔다.

“단단한 자물쇠군요. 차브 모티스 자물쇠지요. 이건 철사 같은 것으로는 안 되겠군. 도대체 뭐라고 하던가요, 블레이드씨?”
“안심할 수 있게 한다고요.”
“그렇겠군, 이만하면 안심이겠지.”
경감은 슬그머니 물었다.
“메시타씨를 마지막으로 본 것이 언젭니까?”
“화요일…….”
갑자기 가슴이 울렁거렸다.
“설마 그 사람이……?”
“이 속에서 죽어 있다? 아니, 메시타씨는 살아 있습니다. 그건 의
심할 여지가 없어요. 멀쩡할 겁니다.”
그는 빙그레 웃으면서 블레이드를 불안 속에 빠뜨렸다.
“아무튼 영장 없이 집행할 생각은 없습니다. 수속을 해 가지고
다시 오겠습니다.”
경감은 아래층으로 내려가려고 했다.
“잠깐 기다려 주세요.”
블레이드는 뒤를 따랐다.
“집주인으로서 알 권리가 있다고 생각합니다만, 저 방에 무엇인
가 숨겨져 있다고 생각하는 겁니까?”
“위험한 것이나 인체에 유해한 것은 결코 아닙니다.”
경감은 쳐다보지도 않고 말했다.
“그 정도 아시면 되겠죠. 특별한 자물쇠를 달게 할 정도로 메시
타씨를 신용하고 있었으니까, 권리에 관해서 이러쿵저러쿵 말하
실 자격은 없으실 텐데.”
경감이 돌아간 다음, 블레이드는 나중에 후회할 만한 일을 하지
않은 것을 다행으로 생각했다. 그러나 한편으로는 좀 억울한 생각

이 들었다. 억울한 생각은 저녁 때까지 가라앉지 않았다. 경감, 메시타, 그리고 자신에 대해서도 화가 났다. 확실히 새로운 자물쇠를 달도록 허가한 것은 잘못된 일일지 모르나, 그렇다고 사람 좋게 바보 취급을 받는다는 것은 당치도 않은 말이다. 메시타가 부탁할 때, 별다른 악의가 있는 것 같지는 않았다.

아니, 바른 대로 얘기한다면, 그때 블레이드는, 그가 가끔 여자라도 데리고 들어오려고 그러는 것이겠지 하고 생각했으나, 신중히 생각한다 해도 반대할 마음은 없었다. 그런 정도로 벽창호는 아니었으니까. 2세기 동안 그 방도 갖가지 정사를 보아왔을 것이다. 그러나 범죄라고 한다면 얘기는 다르다. 권장할 수 있는 일이 아니다.

그는 메시타를 신용하고 있었고, 그 성실함에 감탄하고 있었다. 그 방에 대해서 옛 시대의 매력을 충분히 이해하고 만족하고 있는 듯했다. 프랑스인 부부가 나갈 때까지 1년 가까이 기다렸다는 사실은 그의 성실함을 증명하는 것처럼 생각되었다.

그러나 블레이드는 화가 치밀었다. 그 방에 무엇이 숨겨져 있는지는 모르지만, 어쨌든 경찰의 관심을 끌었다. 메시타는 그 방을 빌렸을 때 이미 그렇게 될 것을 알고 있었을 것이다. 속으로는 그를 비웃으면서, 가게의 신용을 고의로 위험에 처하게 한 것이다. 손님들은 스캔들의 냄새를 민감하게 맡는다. 이것이 신문에 난다면 여러 해 동안의 선의와 뼈를 깎는 듯한 서비스도 수포로 돌아가고 말 것이다.

그날 오후, 블레이드의 눈이 천장을 향했을 때, 그때는 이미 단순한 호기심 정도가 아니었다. 그는 계속해서 자신에게 질문을 던졌다. 화가 날 수밖에 없는 절박한 문제들을.

6시에 가게를 닫았을 때에도, 그것들은 마음속에 응어리져 있었다. 메시타가 어디까지 속이고 있는가를 알 권리가 있다고 자신을 설득했다. 뭐니뭐니 해도 그 방은 블레이드의 것이다. 그는 잠겨져 있는 문 저쪽에 무엇이 있는지 알아낼 때까지는 잠도 잘 수 없을 것 같았다.

그래서 그는 어떤 방법을 생각해냈다.

뒷마당에 7피트 가량 되는 사다리가 있다. 그 옛날 이 가게가 장갑 상점이었을 때, 카운터 뒤의 높은 선반을 오르내릴 때 사용하던 것이다. 전에 장갑이 든 하얀 상자가 놓여 있던 장소에, 지금은 말보로며 금테를 두른 벤슨 앤드 헷지스 등의 담배 상자가 진열되어 있다.

어느 여름날 아침, 말을 안 듣는 차양을 살펴보려고 가게 밖으로 사다리를 내다 세운 일이 있는데, 맨 꼭대기 가까이 올라가면 잠겨져 있는 방의 창문 아래 틀까지 손이 닿았다.

저녁 때의 혼잡이 가시고, 레돈홀의 거리가 조용해지자, 블레이드는 사다리를 가게 밖에 세웠다. 은행이나 보험회사의 검은 대리석과 어두운 창문의 유리가 가로등의 불빛을 반사하고, 사다리를 오르기 시작한 그의 눈에는 멀리 올드게이트 밖의 블루스 헤드의 밝은 창문만이 거기에 사람이 있다는 것을 가르쳐주고 있었다.

만약에 누군가가 지나가다가 무슨 일이냐고 물어본다면, 이 건물은 내 소유인데 창문의 경첩을 살피기 위해 올라갔다고 정정당당히 말하면 될 것이다.

창문턱에 기어올라가 드라이버로 쇠로 된 고리를 벗겼다. 창문의 아래틀이 좀처럼 움직이지 않았으나, 한 번 움직이니까 창문은 쉽게 열렸다. 방안으로 들어가 플래시를 꺼냈다.

방안은 텅 비어 있었다.

문자 그대로 아무것도 없었다. 가구도 없고, 커튼도, 융단도 없었다. 나무 바닥, 천장, 그리고 몇 군데 벽지가 뜯겨진 벽.

여우에 홀린 것 같아서, 플래시로 방바닥을 비춰 보았다. 오랫동안 왔다갔다한 발자국조차 없었다. 방안을 샅샅이 뒤져보았으나, 아무데도 물건을 숨겨둘 만한 곳은 없었다. 경찰은 메시타의 일을 잘못 생각하고 있는 것이 아닐까. 그리고 자기 자신도 꺼림칙한 기분으로 창문으로 나와 사다리를 내렸다.

금요일, 메시타는 전과 다름없이 11시쯤, 주식 중개인도 아니고, 은행원 같지도 않은 거무스름한 양복, 늙은이 같은 넥타이, 반짝거리는 구두, 이런 옷차림으로 한가하게 들어왔다.

웃는 얼굴로 지갑에서 지폐 한 장을 꺼내, 늘 하는 듯이 임페리얼 파나테라 다섯 개들이 한 갑을 샀다. 그것은 처음 만났을 때부터 집주인에 대한 선의를 표시하는 의식이었다. 정말 피우는 것일까 하고, 블레이드는 의심해 본 적도 있었다. 시가를 피우는 사람이라고 확신시키는 그런 것이 없었다.

조용한 인물로, 세상 얘기를 시켜도 모가 나지 않는다. 본인에 의하면 47세라고 하지만, 검은 머리라든가 감동적인 얘기를 할 때, 눈시울이 뜨거워지는 것을 보면 몇 살은 젊어 보였다.

"우편은 와 있습니까, 블레이드씨?"

"5, 6통."

블레이드는 뒤의 선반에서 우편물을 꺼냈다.

"경기는 어떻습니까?"

"별로 다를 게 없습니다."

"내가 하는 일은 도락이나 다름이 없어서요. 이런 얘기를 할 만큼 팔자 좋은 사람도 드물 거예요. 그런데 담배업계 쪽은 어떻습

니까? 알고 있습니다. 영업이 잘 되시니까요, 블레이드씨. 다들
고생이 많으니까──얼굴에 드러나 있거든요. 그러니까 담배가
필요하지요, 앞으로도 언제까지나.”

그리고 부드러운 태도로 물었다.

“금주엔 날 찾아온 사람이 없었겠죠?”

블레이드는 아무 말 안 하려고 생각했지만, 메시타의 태도가 경
계심을 풀어놓았다. 그리고 그를 의심하고 있었던 것이 꺼림칙하
기도 해서 어느덧 말이 나와버렸다.

“사실은 한 사람 있었습니다. 형사가 왔어요. 그게 언제더라, 수
요일? 당신에 관한 일을 묻고 갔어요. 도무지 말도 안 되는 얘기
예요.”

그는 젠트 경감이 방문했을 때의 일을 얘기했으나, 그 후에 자기
가 사다리로 올라가서 조사해 봤다는 얘기는 하지 않았더.

“요즘 경찰은 도무지 뭘 하고 있는지 모르겠어요.”

블레이드는 이렇게 결론지었다.

“요즘은 웬만한 사람들은 다 경시청의 컴퓨터에 올라 있어도 곧
잘 착오가 있는 모양입니다.”

“날 믿어주시는군요, 블레이드씨. 고마운 일입니다.”

메시타는 이렇게 말하면서 벌써 눈시울을 적시고 있다.

“당신은 처음부터 나를 신용해 주셨어요.”

“당신은 2층에 장물 같은 것을 숨겨둘 사람이 아니거든요. 그런
걱정은 안 해도 돼요.”

블레이드는 진심으로 말했다.

“하지만 경감은 그렇게 생각 안 했을 테죠?”

“수색영장인지 뭔지 그런 얘길 하고 있었는데, 아마 지금쯤은 착

오라는 것을 알게 되었을 겁니다. 두 번 다시 안 올 거요."

"무슨 일 때문에 왔을까?"

메시타는 자기에게 물어보듯 말했다.

"나 같으면 걱정도 안 해요. 틀림없이 컴퓨터 착옵니다."

"나는 그렇게 생각 안 해요. 혹시 저 문에 단 자물쇠 얘기는 안 물어보던가요, 블레이드씨?"

"그때는 여러 가지로 수상하게 생각하는 모양이었는데."

그는 웃으면서 말했다.

"걱정하실 것 없어요. 나는 전혀 개의치 않습니다. 메시타씨는 미리 의논했고, 그 때문에 주에 1파운드의 웃돈을 얹어주었으니, 내가 왈가왈부할 게 뭐 있겠어요? 당신이 거기다 뭘 두든지. 하기야 뭐가 있다면 모르지만, 그건 댁의 자유죠."

상대를 안심시키듯 그는 다시 웃는 얼굴을 보였다.

"그 형사는 당신이 거기에 한 재산 숨기고 있는 것 같은 말투였지만 말이오."

"아마 그랬을 거요."

블레이드는 귀를 의심했다.

"네?"

"미리 말씀드리지 않은 걸 사과해야겠습니다. 물론 범죄에 관계되는 일은 아닙니다. 오히려 놀랄 만한 얘깁니다. 잘 아시는 대로 저는 우표 수집을 하고 있어서, 남들은 웃기도 합니다만, 할 수 없는 일이죠. 뭐니뭐니 해도 우표 수집이라는 것은 아이들 장난 같은 것이니까요. 하지만 이것을 매매한다고 하면 문제가 달라지죠. 저 나름대로 여러 가지 전문 용어를 써서 그럴 듯하게 꾸미죠. 어떻게 보면 우표 수집 역시 결코 무시할 수 없다는 것을 나 자신에게 납득시키기 위한 일인지도 모르겠습니다만. 그런데 4, 5년 전의 일입니다만, 우표 수집을 정당화하는 기가 막힌 방법이 있다는 것을 알았죠. 다시 말해서, 우표에 관한 책을 쓰는 일입니다. 로란드 힐이란 사람을 아실 줄 생각합니다만, 바로 이런 일을 시작한 분인데.”

“페니 우표의?”

메시타는 끄덕였다.

“1840년, 세계 최초의 우표, 블랙 페니와 블루 타펜스. 제 생각은 힐의 전기를 쓰겠다는 것이 아닙니다. 이것은 이미 나보다 훨씬 현명한 사람들의 손으로 여러 번 씌어졌으니까요. 그런 것이 아니고, 그의 아이디어가 어떤 식으로 인기를 얻게 됐는지 분석하는 일이었습니다. 빅토리아 왕조 시대에 대중의 반응은 아주 이상할 정도였으니까요. 딩시의 신문에 실려 있어요. 그래서 코린델의 신문 도서관으로 조사를 하러 갔습니다. 몇 주 걸렸죠.”

메시타의 목소리는 당시의 피로가 아닌 흥분, 얼마나 흥분했는가를 전하고 있었다.

“읽어야 할 것이 너무 많았습니다. 의회의 의사록, 편집자에게 보내는 투서, 우표 수집이나 배달에 관한 특별 기사.”

그는 입을 다물고 블레이드를 손가락으로 가리켰다.

“이게 2층의 방과 무슨 관계가 있느냐고 생각하시겠죠? 이제부터 얘기하겠습니다. 이것은 하느님의 뜻인지, 단순한 행운인지, 어떤 쪽이라고 말씀드릴 수는 없습니다만, 그날 오후 신문 도서관에서 1841년 5월 모일의 타임스를 펼쳤더니, 1면에 있는 한 개인 광고가 내 눈을 끌었습니다.”

메시타의 손은 주머니로 들어가 지갑을 꺼냈다. 거기에서 한 장의 접혀진 종이 쪽지를 꺼내 보였다.

"이것이 바로 제가 본 것입니다."

블레이드가 손에 받아 들고 보니, 그것은 틀림없는 당시 신문의 개인 광고 사진이었다. 깊은 사연이 있을 듯한 기사가 볼펜으로 둘러져 있다.

젊은 한 부인이 사용필의 우표로 화장실의 벽을 바르고자, 친한 사람들에게서 1만6천 매를 기증받아 크게 기뻐하였음. 그러나 아직도 부족하므로 사용필한 이 아무런 가치도 없는 작은 종이 쪽지를 가지신 분은 이 여인의 기이한 소원을 달성할 수 있도록 일조를 던져주시면 감사하기 그지없겠음. 레돈홀 거리, 장갑상 배트댁, 미스 E. D.에게 연락 바람.

블레이드는 곧 그 뜻을 알아차렸다. 목이 타 온다. 다시 한 번 읽었다. 그리고 또 한 번.

"아시겠습니까?"

메시타가 말했다.

"이것은 우표 수집가의 꿈입니다. 블랙 페니가 문자 그대로 벽 가득 붙어 있는 방입니다!"

"하지만 이것은……."

"1841년. 그래요, 1세기 이상의 옛날입니다. 옛날 신문을 보신 일이 있습니까? 거기 적혀 있는 사건이 바로 어제 일어난 일처럼 생각된다는 것은 정말 이상한 일입니다. 그 광고를 읽었을 때에는 미스 E. D. 의 화장실이 뚜렷이 눈앞에 떠올랐습니다. 명주로 된 커튼, 놋쇠로 된 침대, 세면대와 거울, 미스 E. D.가 풀 그릇과 붓을 들고 열심히 우표를 벽에 붙이고 있는 모습이 눈앞에 보이더군요. 가슴이 뛰는 듯한 상상이었지만, 오랜 옛날의 일이고, 그녀는 적어도 19세기 말에는 죽었을 것이라고 생각이 들었을 때는 쇼크였습니다. 그 화장실은 어떻게 됐을까? 아마도 없어졌을 것이다, 공습의 피해를 보지 않았다 하더라도, 시의 재개발 계획으로 없어졌으리라. 레돈홀 거리라면 끝에서 끝까지 은행이나 보험회사가 줄줄이 들어서 있고, 5층의 밝은 오피스 빌딩이 즐비했으며, 어쩌다가 기적처럼 배트 소유의 점포가 남아 있다고 하더라도, 그리고 그녀의 방이 가게 위에 있다고 해서, 우표가 그대로 벽에 붙어 있을 리가 없다고, 상식은 나한테 그렇게 말했습니다.”

그는 입을 다물고 시가에 불을 붙였다. 블레이드는 가슴을 두근거리면서 기다렸다.

“그러나 희망은 있었습니다. 부질없긴 해도 아주 지워버릴 수 없는 희망이 말입니다. 다시 말해서, 누군가가 몇 년 후에 우표 위에다 다른 벽지를 발랐을지도 모른다는 희망입니다. 도배공의 얘길 들으면, 벽지가 여러 겹 층으로 돼 있는 경우도 있다는 거예요. 그 여러 겹의 벽지를 떼어내고 보면, 우표 세계에도 보고되지 않은 블랙 페니나 블루 타펜스가 몇천 장이 나온다! 요새는 시원치 않은 것도 10파운드니 뭐니 하는데, 그야말로 진품이 발견된다면 한 장에 5백 파운드의 값이 붙을 겁니다. 아니, 천 파운드가 될지도 모릅니다, 블레이드씨. 그런 방에 값을 매긴다면 50만 파운드까지는 떨어지지 않을 것이라고 해도, 절대로 과장은 아닙니다. 그 젊은 부인이 아무것도 모르고 ‘아무런 가치도 없는 작은 종이 쪽지’라고 한 것이 50만 파운드입니다.”

메시타는 상대의 마음속을 읽었다는 듯이 말했다.

"내가 발견해낸 것입니다. 얼마나 고생했는지 모릅니다. 드디어 국립도서관에서 1845년의 우체국 주소록에서 찾아냈지요. 레돈홀 거리의 주민 이름 속에 배트라는 이름의 장갑 가게가 있었어요."

"그래서 이 가게의 주소를 찾아냈군요?"

메시타는 끄덕였다.

"그리고 레돈홀 거리로 와서 보니, 문자 그대로 최후의 전기 빅토리아 시대의 건물이 로이드 보험조합 이쪽에 있었죠?"

메시타는 시가를 피우며 블레이드를 쳐다보았다.

블레이드는 속삭였다.

"27년간 이 가게와 그 방의 소유자이면서 그런 우표가 2층의 그 방에 산더미 같은 보물이 돼 있는 줄 몰랐군요. 이렇게 얘기해 줄 때까지."

"나라고 아주 쉽게 찾아냈다고 생각하진 마세요."

메시타는 못을 박았다.

"그 프랑스인 부부가 나갈 때까지 꼬박 1년 동안이나 기다렸습니다. 이건 끈기의 싸움이었습니다. 막상 그 방의 주인이 됐을 때 무엇이 나올지 알 수는 없었으니까요."

기묘하게도 블레이드는 메시타에 대해서 화가 나지 않았다. 오히려 이 건물, 그의 건물에 살고 있던 빅토리아 시대의 젊은 아가씨에게 분노를 느꼈다. 자기의 소유물인 벽에다 터무니없는 도락으로 사람을 이 지경으로 만들어놓은 그 젊은 아가씨에게.

메시타는 허물없이 굴었다.

"그렇게 비참한 얼굴을 하지 마시고, 날 비열한 놈이라고 생각하지 마세요. 내가 지금 왜 이렇게 다 털어놓고 있는지 아시겠어요?"

블레이드는 어깨를 으쓱했다.

"도대체가 알 수 없는데요."

"생각해 보세요. 당신 집에 세든 사람으로 몰래 도둑질을 한 건 아닙니다. 그 방을 빌릴 때, 도배하겠다는 얘기를 안 했던가요? 당신은 언제든지 좋을 대로 하라고 그랬어요. 그때 당신은 벽이 블랙 페니로 가득 차 있는 것을 몰랐지요. 그러나 여러 겹으로 된 벽지를 뜯어내 보기 전에는 나도 확신이 없었어요. 그리고 감격의 일순!"

그는 입을 다물고 회상에 잠겨 있다.

"그 우표 덕택으로 이 1년 동안은 정말 재미도 많이 봤습니다. 실제로 장래를 위한 비축도 했구요, 무엇보다도 저 방을 발견했다는 진귀한 체험도 했죠."

메시타는 담뱃재를 가볍게 떨어뜨렸다.

"거기에는 아직 2만 매의 우표가 있을 것이라고 보고 있습니다. 블레이드씨, 공정하게 봐서 그것은 당신 것입니다."

블레이드는 놀라는 눈으로 그를 쳐다보았다.

"정말입니다."

메시타는 말을 이었다.

"이제 시골에 땅도 사놓았고, 집필 생활에 들어갈 만한 것은 충분히 해놨습니다. 조사는 끝났습니다. 한동안 벌어보겠다는 것이 이 수년 간의 계획이었습니다만, 다 해냈습니다. 더 이상은 바라지 않습니다."

블레이드는 미간을 모았다.

"왜 그런 얘기를 하시는지 모르겠군. 경찰 탓입니까? 아무것도 뒤가 구린 일은 안 했다면서."

"물론 안 했죠. 그건 당신이 말하는 대로예요, 블레이드씨. 경감이 여기 찾아왔다고 그래서 약간은 충격을 받았습니다."

"그건 무슨 뜻이죠?"

메시타는 색다른 질문을 했다.

"신문을 볼 때 경제란도 훑어보십니까?"

블레이드는 한참 동안 그를 쳐다보았다. 메시타도 되받아보았다.

"그것이 이번 일과 어딘가 관계가 있다면 모르지만, 안 읽습니다. 주식 시장 같은 것엔 별로 흥미가 없어요. 투자 대상에도."

"지금 같은 불안정한 세상에선 무리도 아니죠. 이 수년 동안에 좋은 투자 대상을 찾기란 어려워졌습니다. 그래서 다들 다른 것에 돈을 집어넣게 됐습니다. 가령 그림입니다. 우수한 그림은 경제의 위축기에도 본래의 가치를 유지할 수가 있으니까요. 보석도 그렇고, 골동품 역시 마찬가집니다. 그리고 오래 된 우표도 그렇습니다, 블레이드씨. 최근에는 많은 돈이 옛날 우표에 투자되고 있습니다."

"그것은 나도 알고 있어요."

메시타는 두 사람 사이에 놓인 광고 사진을 가리키며 말했다.

"그렇다면 이런 것도 아시겠죠. 다시 말해서, 이러한 정보가 대소동을 일으킨다는 것을 말입니다. 지난 1년 동안 나는 시장이 알지 못하는 영국 초기의 우표를 대량으로 우표상에게 팔아넘겼습니다. 그 친구들도 바보가 아닙니다. 값 나가는 우표를 사기 전에 그것이 어떤 사람의 손을 거쳐왔는지를 알고 싶어하지요.

그래서 이 얘기를 하고 타임스의 기사를 보여주게 되지요. 그것
으로 충분합니다. 보통은 그 이상의 확증은 필요가 없어요. 그런
데 여기 아주 곤란한 일이 생긴다는 것을 아시겠어요? 장차 우표
상도 모르는 2만 장의 블랙 페니나 블루 타펜스가 왕창 시장에
흘러들어가게 된다는 것입니다. 그 영향을 상상하실 수 있습니
까?”
“우표상들이 가지고 있는 우표의 값이 떨어진다는 건가요?”
“맞습니다. 진품이 진품이 아니게 됩니다. 소문이 떠돌고, 그리
고 머지 않아 공황이 일어나고 우표의 값이 폭락하지요.”
“거기에 욕심쟁이들이 몰려들겠군.”
블레이드가 말했다.
“이제야 겨우 알겠습니다. 경찰은 이것을 사기라고 생각한 것이
군요?”
메시타는 끄덕였다.
“그러나 당신과 나는 시기가 아니라는 것을 알고 있어요.”
블레이드는 말을 이었다.
“저 방을 보여주면 되지 않아요? 왜 그렇게 하지 않는 거죠?”
“이유는 얘기했습니다. 책을 쓰는 게 내 오래 전부터의 염원입니
다. 그 밖에도 있어요. 미리 경고해 두겠지만, 여기가 크게 소문
이 날 것은 불 보듯 뻔합니다. 신문, 텔레비전, 이건 바로 그들이
덤벼들 만한 애깃거리니까요. 빅토리아 시대의 한 아가씨, 1세기
동안이나 발견되지 않았던 우표. 블레이드씨, 나는 내 자신의 프
라이버시를 중요하게 생각합니다. 내 이름이 신문에 나는 것을
좋아하지 않아요. 어차피 그렇게 되겠지만, 그때는 이미 여기에
있지 않을 겁니다. 그런 의미에서 이사가는 곳도 비밀로 하고 있

습니다. 소동이 끝나면 주소를 알려드리죠. 희망하신다면……."

"물론이죠. 그런데……."

손님이 들어왔다. 단골 손님 중의 한 사람이다. 블레이드는 인사를 했지만 길 건너 다른 매점으로 가주었으면 좋겠는데 하고 생각했다.

메시타는 얘기를 계속했다.

"해약은 한 달 전에 예고해 드리면 되는 거죠? 집세는 은행으로 불입하도록 하겠습니다."

그는 주머니에서 방의 열쇠를 꺼내 사진과 함께 카운터 위에 놓았다.

"이것도 드리죠. 나는 이제 필요없으니까요."

블레이드의 팔에 손을 얹고 이렇게 덧붙였다.

"언젠가 다시 만나서 미스 E. D.의 추억을 위해 한잔 합시다."

그는 등을 보이고 가게에서 나갔다.

손님은 담배를 스무 갑 달라고 요구했다. 블레이드는 가게 창문 너머로 늦었지만 손을 들어 인사를 하고 장사를 시작했다. 또 손님이 들어왔다. 금요일은 주말이기 때문에 궐련을 사러 오는 사람들로 붐볐다. 바쁘다는 것은 고마운 일이다.

굉장한 부자가 됐다는 사실에 자기 자신을 서서히 길들이지 않으면 안 된다. 메시타와 달리, 이 이야기가 신문에 나는 것에 대해서 이의는 없었다. 이 가게에 오랫동안 다니면서도 그를 인간답게 취급하지 않았던 사람들이, 타임스 조간에 그의 이름이 올라 있는 것을 보면, 아마도 마멀레이드를 바른 토스트가 그대로 목에 걸리고 말 것이다.

자기의 소유물을 되찾아서, 그는 크게 만족했다. 메시타가 이 건물의 비밀을 폭로했을 때, 블레이드는 마치 27년 간의 소유권이 소멸된 것처럼 느껴졌다. 온통 건물 안이 미스 E. D.의 생각으로 가득 차 있었다. 언제까지나 젊은 아가씨가 우선권을 가진 듯한 생각이 들었다. 정말 이 건물이 자기의 것이라고 믿어질 때가 다시 올까 하고 그는 생각했다.

그러나 그녀의 기상천외한 아이디어는 이제 그의 소유가 된 것이다. 그것을 하나하나 벗겨가며, 미스 E. D.가 생각도 못 했던 이익을 조금씩 쌓아올리는 즐거움을 맛보게 될 것이다. 그것은 복수와 같은 것일지도 모르지만, 그렇게 해서 그의 소유인 이 건물에서 그녀의 혼을 쫓아버릴 수가 있을 것이다.

폐점 10분 전에 젠트 경감이 들어왔다. 지난번에 왔을 때와 마찬가지로 마지막 손님이 돌아가기를 기다리고 있었다.

"또 이렇게 찾아왔습니다. 이번엔 영장을 가지고 왔습니다."

"이번엔 그런 것 필요 없습니다."

블레이드는 명랑하게 말했다.

"메시타씨가 오늘 아침에 와서 열쇠를 주고 갔습니다."

그는 자초지종을 얘기하기 시작했다.

"그럼 타임스의 기사를 보여주었겠군요?"

경감이 말참견을 했다.

"알고 계셨습니까?"

"알고 있었느냐고요?"

그는 날카롭게 말했다.

"그는 버밍검의 북부에 있는 모든 우표상을 찾아다니면서, 그 젊은 아가씨와 화장실 벽에 붙여져 있는 블랙 페니 얘기를 하고 돌아다니고 있어요."

블레이드는 눈살을 찌푸렸다.

"의심스러운 데는 조금도 없던데요? 그 얘기는 정말 신문에 실려 있던데요."

"그건 그렇습니다. 우리도 조사했지요. 그리고 여기가 기사에 있었던 주소입니다."

경감은 오히려 무표정하게 블레이드를 쳐다보았다.

"문제는 말입니다, 우리 친구 메시타가 북부 버밍검에서 팔고 있는 블랙 페니가 E. D.양의 화장실 벽에서 떼어낸 것이 아니라는 사실입니다. 그는 런던의 우표상한테서 한 장에 10파운드 정도의 흔한 우표를 사들였어요. 그리고 거기에다가 손질을 하는 것입니다."

"손질을 해요? 무슨 말입니까?"

"블랙 페니는 인쇄됐을 때의 판에 따라 가격이 결정됩니다. 인쇄된 판에는 판마다 뚜렷한 표시가 있는데, 특별히 진귀하게 취급되는 것은 구석에 가이드 숫자가 붙어 있는 것입니다. 메시타가 팔고 있던 우표는 진품처럼 보이게 손질이 돼 있었어요. 런던에서 흔하게 나돌고 있는 6자판의 우표를 사들여 가이드 숫자를 손질해서, 맨체스터의 우표상에는 11자판의 우표라고 속여서 75파운드에 파는 것입니다. 우표 카달로그에는 그 배의 값이 나와 있으니까 우표상은 횡재를 했다고 생각하는 것입니다. 메시타는 봉을 찾는 데도 신중하게 고르고 다녔죠. 대개는 영국 초기의 우표에 대해서는 자세하게 모르는 우표상을 골랐는데, 웬만한 우표상은 블랙 페니, 특히 진품이라면 기꺼이 덤벼들거든요."

블레이드는 고개를 흔들었다.

"난 도대체 무슨 소리를 하는 것인지 모르겠군요. 무엇 때문에

메시타가 위조를 해야 합니까, 2층에는 2만 매의 우표가 있는
데?”
“당신은 실제로 보셨습니까?”
“하지만 신문 기사가……."
“그걸로 웬만한 사람들은 걸려들어갑니다.”
“당신도 그 신문 기사는 사실이라고 하지 않았습니까?”
“그래요, 블랙 페니가 방안 가득 있다는 생각은 사람들의 상상을
불러일으킵니다. 모두가 그것을 믿으려고 합니다. 그게 바로 교
묘한 신용 사기의 수법입니다. 메시타가 그 방에 완강한 모티스
자물쇠를 채운 게 뭣 때문인지 아십니까? 그 안에 있는 것이 큰
재산의 값어치가 있는 것이기 때문이라고 생각하셨죠? 그런데
그 안에는 아무것도 없다는 것을 남에게 알리지 않으려고 그런
자물쇠를 채웠나는 가능성에 대해서는 생각해 보지 않았어요?”
블레이드의 꿈은 소리를 내며 무너져 내려갔다.
“우표가 벌써 몇 대 전에 벽에서 뜯어져 나갔다면.”
경감은 말을 이었다.
“사리가 맞지 않습니까? 메시타는 아무것도 없는 벽을 발견했
다, 그러나 그는 일단 떠오른 아이디어를 버릴 수가 없었다, 그
래서 마음의 포로가 되어버린 거죠. 우표로 벽을 다 발라보겠다
고 생각한 그 젊은 아가씨는, 1세기 후에 자기 때문에 한 남자가
범죄로 줄달음치리라고는 꿈에도 생각 안 했을 것입니다.”
경감은 손을 내밀었다.
“이 열쇠를 빌려주신다면 그 방을 한 번 봤으면 좋겠습니다.”
블레이드는 경감의 뒤를 따라 계단을 올라가서, 열쇠로 방문을
여는 것을 지켜보았다. 두 사람은 방안으로 들어갔다.

경감은 말했다.

"메시타에 대해서, 그 비상한 머리에 경탄을 금치 못하는 것은 인정합니다만, 여기를 찾아내기 위해 무진 고생을 한 끝에 그 불쌍한 친구가 여기 들어왔을 때의 일을 상상해 보세요. 그 친구가 벽지를 조금씩 떼어낸 흔적이 있죠?"

그는 젖혀진 벽지 끝을 잡고 아무렇게나 휙 잡아당겼다.

"거기에 아무것도 없었다면……."

그는 갑자기 입을 다물었다.

"아, 아니!"

우표는 거기 있었다. 질서정연하게 나란히 붙어 있었다.

블레이드는 말이 없었다. 그러나 얼굴에서는 천천히 핏기가 가셔갔다.

미스 E. D.의 실내장식 계획은 유례를 찾아볼 수 없는 야심적인 것이었다. 그녀는 우표를 한장 한장 붙이고 그 위에 빨강, 보라, 초록의 잉크를 칠했던 것이다. 제법 복잡한 모자이크 모양을 덧보이게 하기 위해서.

전에는 6자판, 11자판의 블랙 페니며 블루 타펜스였던 우표들이 그녀가 일찍이 타임스에 썼듯이 '아무런 값어치도 없는 작은 종이쪽지'로 변해 있었던 것이다.

꾀꼬리장 / 애거더 크리스티

PHILOMEL COTTAGE
Agatha Christie

• 꾀꼬리장

온몸의 털이 솟구치는 서스펜스의 걸작.
당연하다.
애거더 크리스티가 썼으니까.

——엘러리 퀸

애거더 크리스티(1890~1976)

영국의 대표적인 추리작가, 극작가. 금세기 최고로 인기 높은 본격물(수수께끼 풀이)의 제1인자. 16세 때 파리로 가서 성악 공부를 했으나 내성적인 성격에다 목소리도 오페라 가수에 맞지 않는 것을 알고 중도에서 단념했다. 24세에 결혼, 남편이 참전하고 있는 사이에 명탐정 '포와로'가 처음 등장하는「스타일즈장의 괴사건」(1920년)을 써냈다. 어머니의 죽음, 이혼소동 등의 쇼크로 건망증이 돼서 한때 행방을 감추기도 했다. 재혼 후에 계속 역작을 발표했다. 죽을 때까지 왕성한 창작력은 쇠퇴할 줄을 몰랐다. 작품은 100개 국어로 번역되었고, 총발행 부수는 4억권에 달한다고 한다.

꾀꼬리장

"다녀오세요, 여보."

"응, 다녀올게."

알렉스 마틴은 작은 통나무 문에 기대 선 채, 남편이 마을 쪽으로 통하는 길을 내려가 점점 멀어지는 것을 지켜보고 있었다.

드디어 남편의 모습은 모퉁이를 돌아서 사라졌지만, 알렉스는 여전히 같은 자세로 서 있었다. 얼굴 위로 흘러내리는 풍성한 갈색 머리를 쓸어올리면서, 먼 곳을 바라보는 그녀의 시선은 마치 꿈을 꾸고 있는 것 같았다.

알렉스 마틴은 아름답지는 않았다. 아니, 엄밀히 말해서 그저 보통이라고도 할 수 없었다. 그러나 한창 나이 때의 모습은 남아 있지 않다고 해도, 얼굴은 생기가 돌고 밝았기 때문에, 회사 다닐 때의 동료들도 못 알아볼 정도였다.

당시의 미스 알렉스 킹은 똑똑하고 사무적이며 민첩했다. 좀 무뚝뚝하기는 했지만, 분명히 재능 있고 실제적이었다. 그녀는 그 아름다운 갈색 머리를 잘 가꾸기는커녕 거의 신경 쓰지 않았다. 윤곽

이 뚜렷한 입술을 늘 꼭 다물고 있었다. 옷차림도 산뜻하고 단정해 조금도 요염해 보이지 않았다.

알렉스는 어렵게 학교를 졸업했다. 18세에서 33세가 될 때까지 (7년간은 병약한 어머니를 부양하면서) 15년 동안 속기 타이피스트로서 스스로 생활을 꾸려왔다. 그것은 살기 위한 투쟁이었으며, 그 탓인지 여자다운 부드러운 선이 많이 망가져버렸다.

물론 그녀에게도 로맨스라고 할 만한 것은 있었다. 상대는 딕 윈디포드라는 동료 사원이었다. 여자들이 다 그렇듯, 알렉스는 내색하지 않았으나 그가 자기를 좋아한다는 사실을 훨씬 전부터 잘 알고 있었다.

그러나 겉으로는 단순한 친구로서의 만남일 뿐 그 이상으로는 진전되지 않았다.

딕은 얼마 안 되는 급료를 쪼개 동생의 학비를 대고 있었다. 당장은 결혼을 생각할 여지도 없었다. 그런데도 알렉스는 앞으로의 일을 생각할 때, 언젠가는 딕의 아내가 될 것을 절반쯤은 확신하고 있었다. 서로 좋아하고 있었으므로 그녀가 먼저 말해 보려고도 했지만, 두 사람 다 같이 수줍고 어색해 입에 담지 못했다. 아직도 시간은 넉넉하다, 성급히 서둘 필요는 없다, 이렇게 해서 몇 해가 지나갔다.

그런데 돌연히, 뜻하지 않은 일로 생활의 고생에서 해방되는 날이 찾아왔다. 먼 친척 오빠가 죽으면서 알렉스에게 돈을 남겨준 것이다.

수천 파운드의 유산으로, 1년에 이자가 2백 파운드나 붙었다. 그 돈은 알렉스에게는 자유와 새로운 생활, 독립을 의미했다. 그녀와 딕은 더 이상 기다릴 필요가 없었다.

그러나 딕의 반응은 뜻밖이었다. 이전에도 알렉스에게 애정을 직접 고백한 일은 한 번도 없었으나, 그런 경향은 지금까지보다도 더욱 농후해졌다.

알렉스를 피하는가 하면 말수가 줄어들고 표정도 어두워졌다. 알렉스는 곧 진상을 알아차렸다. 그녀가 부자가 됐기 때문이다. 자격지심과 남자로서의 자존심이 그녀에게 결혼 신청을 할 수 없게 만들어버린 것이다.

그녀는 그렇다고 해서 딕이 싫어진 것은 아니었다. 사실, 그녀가 먼저 말을 꺼낼까도 생각하고 있을 때, 두 번째의 뜻하지 않은 사건이 일어났다.

친구의 집에서 그녀는 제럴드 마틴을 만나게 된 것이다. 제럴드와 알렉스는 열렬한 사랑에 빠졌고, 1주일도 채 되지 않아서 약혼을 하고 말았다. 알렉스는 평소부터 자기는 연애 같은 것에 빠질 여자가 아니라고 생각하고 있었는데, 느닷없이 불어닥친 회오리바람에 말려든 기분이었다.

그런데 모르는 사이에 이런 일이 옛애인을 분발시키는 결과가 되고 말았다. 딕 윈디포드는 그녀를 찾아와 격분한 나머지 더듬거리면서 말했다.

"그 남자, 어디서 굴러다니던 말뼈다귀인지 알 게 뭐야? 그 남자에 대해서 아무것도 모르잖아?"

"나는 내가 그를 사랑하고 있다는 것만큼은 알고 있어."

"어떻게 그걸 알 수 있단 말이야? 불과 1주일 정도로?"

"여자 하나 사랑한다는 것을 알기 위해서 11년이나 걸리는 사람은 아무도 없어!"

알렉스는 화가 치밀어 소리쳤다.

딕의 얼굴이 창백해졌다.

"나는 당신을 만나서부터 쭉 당신을 생각해 왔어. 당신도 그런 줄 알고 있었어."

알렉스는 정직하게 말했다.

"나도 그렇게 생각했어."

그녀는 깨끗이 인정했다.

"하지만 사랑이 어떤 것인지 내가 몰랐던 탓도 있었어."

그러자 딕의 감정은 다시 폭발했다. 부탁도 하고, 애원을 하기도 하고, 또 자신을 밀어낸 남자에게 협박까지 했다. 알렉스로서는 잘 알고 있다고 생각했던 남자의 조용한 내면 속에 숨어 있던 화산의 폭발은 참으로 놀라웠다. 동시에 조금은 그녀를 주춤거리게 만들었다.

딕은 물론 본심으로 그렇게 얘기한 것은 아니겠지. 제럴드 마틴에게 복수를 하겠다고 했지만, 그것은 화가 나서 한 소리야. 그래, 그뿐인 거야……

그녀는 아침 햇살이 눈부신 대문에 기대 서서, 그때의 대화를 되새기고 있었다.

지금은 결혼한 지 한 달, 한가하리만큼 행복에 젖어 있었다. 그러나 전부라고 할 수 있는 남편이 잠시라도 집을 비우게 되면, 그녀의 완전한 행복 속에 불안의 그림자가 슬그머니 침입해 오는 것이었다. 그 불안의 원인은 다름 아닌 딕 윈디포드였다.

결혼 후, 그녀는 세 번이나 똑같은 꿈을 꾸었다. 주위의 배경은 달랐지만 주요 내용은 늘 변함이 없었다. 남편이 죽어서 누워 있고, 딕 윈디포드가 내려다보고 있는 꿈이었다. 그녀는 딕의 손이 바로 최후의 일격을 가했다는 것을 명백하게 알고 있었다.

무서운 꿈이었지만 더 끔찍한 것이 있었다. 꿈속에서는 남편의 죽음은 참으로 자연스럽고 피할 수 없는 것처럼 보였기에, 눈을 떴을 때의 무서움은 더욱 컸다. 게다가 그녀, 알렉스 마틴은 남편이 죽은 것을 기뻐하고 있었던 것이다. 그녀는 살인자에게 감사에 넘치는 두 손을 내밀었고, 때로는 감사의 말을 하기도 했다. 딕 윈디포드의 두 팔에 끌어안긴 채로 꿈은 언제나 똑같이 끝났다.

남편에게는 이 꿈에 대해 얘기하지 않았지만, 이 꿈은 그녀가 인정하는 이상으로 그녀의 마음을 사로잡고 있었다. 이것은 일종의 경고, 딕 윈디포드에 대한 경고가 아니었을까.

그는 무엇인가 비밀스러운 힘을 가지고 있어서, 아주 먼 곳에서 그녀를 움직이고 있는 것이 아닐까. 그녀는 의지에 반해서 최면술에 걸리지는 않는다는 사실을 전부터 잘 알고 있었다.

집안에서 요란스럽게 울리는 전화벨 소리로 알렉스는 긴 생각에서 깨어났다. 그녀는 안으로 들어가 수화기를 들었다.

느닷없이 몸이 휘청거려, 그녀는 한쪽 손으로 벽을 짚고 간신히 몸을 지탱했다.

"누구라고 말씀하셨어요?"

"뭐라고? 알렉스, 어떻게 된 거야? 그런 목소리를 내다니? 다른 사람인 줄 알았잖아. 나, 딕이야."

"어머! 지금 어디서 걸고 있어?"

알렉스는 말했다.

"트래블러스 암스. 그게 정확한 이름이겠지? 자기가 살고 있는 마을에 그런 여관이 있다는 것도 몰랐어? 나는 지금 휴가중이고, 여기서 낚시를 하고 있어. 오늘 저녁 식사 후에 잠깐 찾아보고 싶은데, 지장은 없을 테지?”

“안 돼요, 오면 안 돼.”

알렉스는 단호하게 말했다.

이야기는 잠시 중단됐지만, 딕은 이내 어조를 바꾸어 말했다.

“실례했어. 물론 찾아가서 방해할 생각은 없지만…….”

그녀는 급히 말을 가로 막았다. 물론 자기의 태도가 갑자기 달라졌으니, 그가 이상하다고 생각할 것이 틀림없었다. 확실히 이상했다. 왠지 당황하고 있었다. 그녀가 그런 꿈을 꾼 것은, 말하자면 딕의 탓이 아니다.

“저…… 그냥, 우리들은 오늘 밤에 선약이 있어서.”

그녀는 되도록 자연스럽게 말하려고 애쓰면서 해명했다.

“저, 내일 저녁에 식사하러 와요..”

그러나 딕은 그녀의 제의가 진심에서 우러나오는 말이 아닌 것을 알아차렸다.

“여러 가지로 고마워.”

그는 여전히 서먹서먹한 말투로 대답했다.

“난 언제 다른 곳으로 옮기게 될지 몰라. 친구가 오기로 돼 있단 말이야. 그럼 잘 있어, 알렉스.”

그는 잠깐 입을 다물었다가 이내 명랑한 목소리로 급히 덧붙였다.

“행복을 빌겠어.”

알렉스는 수화기를 내려놓고 안도의 숨을 내쉬었다.

‘그 사람, 여기 오면 안 돼!’

알렉스는 되풀이해서 자신에게 들려주었다.

‘여기 오게 해서는 안 돼! 어쩌자고 내가 그런 상상을 했지? 나

같은 바보가 또 있을까? 그가 오지 않는 것만으로도 다행으로 여겨야지.’

그녀는 시골 사람들이 쓰는 밀짚모자를 꺼내 쓰고 마당으로 나갔다. 그녀는 현관에서 잠깐 멈추어 서서 머리 위에 〈꾀꼬리장〉이라고 새긴 액자의 글씨를 올려다보았다.

“참 이상한 이름이죠?”

그녀는 결혼하기 전에 제럴드에게 그렇게 말한 일이 있었다. 남편은 웃으며 애정이 담긴 목소리로 대답했다.

“당신은 도회지에서만 자랐으니 꾀꼬리 우는 소리를 못 들었을 거요. 꾀꼬리란 새는 사랑하는 사람들을 위해서 우는 새거든. 우리는 여름날 밤, 우리집 근처에서 꾀꼬리가 우는 소리를 들을 수 있을 거야.”

그리고 실제로 그 울음 소리를 듣게 되었을 때를 되새기며, 알렉스는 현관 앞에 서서 즐거운 듯이 얼굴을 붉히고 있었다.

꾀꼬리장을 찾아낸 사람은 제럴드였다. 그는 흥분해서 싱글벙글하며 그녀에게로 왔다. 두 사람을 위해서 정말 알맞는 장소, 둘도 없고 보석이나 다름없는, 일생에 두 번 다시 없을 절호의 기회를 그는 붙잡은 것이다.

그리고 그녀도 꾀꼬리장을 처음 보았을 때부터 홀딱 반해버리고 말았다. 가장 가까운 마을에서도 2마일이나 떨어져 있었으니. 조금 외진 것은 사실이었다.

얼핏 보기에는 오래 된 집 같기는 했지만, 집 그 자체는 멋있었다. 욕실은 튼튼해서 기분 좋아 보였고, 더운 물이 나오는 설비나 전등, 전화도 갖추어져 있어서 그녀는 곧 그 매력에 빠져들고 말았다.

그런데 약간 까다로운 문제가 있었다. 부자인 집주인은 이 집을 취향에 따라 지어놓고는 빌려주는 것을 꺼리고 오히려 팔기를 원했다.

제럴드 마틴은 상당한 수입을 올리고 있었으나, 사업자금에는 손을 댈 수가 없었다. 간신히 1천 파운드까지는 조달할 수가 있었다. 집주인은 3천 파운드를 요구하고 있었다.

알렉스는 이 집이 마음에 꼭 들어서 구원의 손길을 내밀었다. 유산으로 받은 무기명 채권은 쉽게 현금으로 바꿀 수 있었다. 그녀는 재산의 절반을 이 집을 사는 데 내놓았다. 이렇게 해서 꾀꼬리장은 그들의 소유가 됐고, 알렉스는 이 집을 선택한 것에 대해서 단 한 번도 후회하지 않았다.

다만 일하는 사람들이 이 쓸쓸한 시골을 그리 좋아하지 않아서 일하는 사람은 한 사람도 두지 않았다. 그러나 가정 생활에 굶주리던 알렉스는 맛있고 간단한 요리를 만드는 일이나 가사 일을 돌보는 것을 진심으로 즐거워했다.

정원에는 꽃들이 가득 피어 있었다. 1주일에 두 번, 마을 노인에게 부탁해서 정원 일을 거들도록 했다. 제럴드 마틴도 정원 가꾸는 일을 좋아해서 많은 시간을 정원에서 보내고 있었다.

아무 생각 없이 집 모퉁이를 돈 알렉스는, 늙은 정원사가 화단에서 열심히 일하고 있는 것을 보고 깜짝 놀랐다. 정원사가 와서 일하는 날은 월요일과 금요일인데 오늘은 수요일이었기 때문이다.

"어머나! 조지, 거기서 뭘 하고 계세요?"

그녀는 노인에게 다가가며 말했다.

노인은 일어나서 빙그레 웃으며 헌 모자 챙에 손을 갖다 댔다.

"아마 무척 놀라실 것이라 생각했습니다. 하지만 이렇게 된 겁니다. 금요일은 지주가 베푸는 축제가 있어서요. 그래서 금요일 대신에 수요일에 한 번 더 와서 일을 해드려도 마틴씨나 부인께서 나쁘게 생각하지는 않으실 거라고 말이죠.”

“괜찮고말고요. 축제날에는 재미 많이 보셔야지요.”

“그래야죠. 그건 그렇고 말입니다, 부인께서 여행 떠나시기 전에 뵙고 어떤 꽃을 좋아하시는지 여쭈려고 했는데, 언제 돌아오시는지 작정도 안 하셨다고요?”

“무슨 말이죠? 나는 여행 갈 계획이 없어요.”

조지는 영문을 몰라 그녀의 얼굴을 한참 들여다보았다.

“내일 런던에 나가신다고 하던데…….”

“아뇨, 도대체 누가 그런 애길 영감님한테 했나요?”

“어제 마을에 내려오시는 마틴씨를 만나서 말입니다, 두 분이 내일 런던에 가시는데 언제 돌아오는지는 모른다고 저한테 말씀하셨습니다요.”

“그런 게 어디 있어요? 영감님이 잘못 들으셨겠죠.”

그녀는 웃으며 말했다.

그래도 그녀는, 제럴드가 도대체 왜 그런 이상한 오해를 불러일으킬 말을 이 노인에게 했는지 궁금했다. 런던에 가다니, 런던에는 두 번 다시 가고 싶지 않다고 생각했는데.

“난 런던 같은 덴 싫어요!”

그녀는 느닷없이, 그것도 거칠게 내뱉었다.

“예?”

그래도 조지는 부드럽게 대답을 했다.

“제가 아마 잘못 생각했나 봅니다. 하지만 마틴씨가 분명히 그런 말씀을 하신 것 같아서요. 두 분이 여기 쭈욱 계신다면 안심이죠. 젊은 두 분이 괜히 나돌아다니시는 건 좋지 않습니다. 나도 런던 같은 덴 생각하기도 싫습니다요. 자동차도 너무 많고, 뭐 가볼 일도 없고……. 요샌 그게 탈이거든요. 일단 자동차를 갖게 되면 그냥 아무데나 돌아다니구 싶어진단 말씀이에요. 이 집에서 사셨던 에임스씨도 사람 좋고 조용히 지내시던 분이었는데, 그런 걸 살 때까진 말씀이에요. 그런 걸 산 지 한 달도 안 가서 이 집도 팔려고 내놓으셨지요. 에임스씨는 이 집에 상당히 돈을 쓰셨죠. 침실마다 수도를 끌어넣으시고 전등이고 뭐고 다 갖추고 말입니다. 저는 에임스씨에게 말했죠. '아, 에임스씨가 쓰신 돈은 이제 돌아오지 않습니다. 솔직히 말하자면 세상에 방마다 목욕 설비를 만드는 양반은 별로 없을 겝니다.' 그랬더니 이렇게 대답하시더군요. '하지만 조지, 2천 파운드 이하로는 이 집을 절대로 안 판다.' 아닌게 아니라 그대로 됐으니까 말입니다."

"그 분에게 3천 파운드 지불했어요."

알렉스는 미소지으며 말했다.

"2천 파운드올시다요."

조지는 되풀이 말했다.

"에임스씨가 꼭 받아야겠다는 금액을 그때 분명히 말씀하셨으니까요. 전 그때 굉장한 값이라고 생각했지요."

"정말 3천 파운드였어요."

"뭐 여자 분들이 집값을 잘 아시겠습니까?"

조지는 납득이 가지 않는 듯 덧붙였다.

"설마 에임스씨가 염치없게 부인께 3천 파운드라고 바가지를 씌웠다고 저한테 말씀하시는 것은 아니겠죠?"

"나한테 그런 게 아니고 우리 남편에게 그렇게 말한 거예요."

조지는 다시 화단에 앉았다.

"집값은 틀림없이 2천 파운드였는데……."

조지는 그래도 고집스럽게 말했다.

정원사와 언쟁을 벌일 생각은 없었던 알렉스는 다른 화단 쪽으로 걸어가면서 한 아름 꽃을 따기 시작했다. 밝은 햇살이며, 꽃향기하며, 분주하게 날아다니는 벌들의 날개짓 소리하며, 모든 것이 하나가 되어 화창한 하루를 만들고 있었다.

취할 듯 향기 높은 꽃을 한 아름 안고 집으로 걸어가고 있을 때, 화단 꽃그늘에 진녹색의 물건이 떨어져 있는 것이 알렉스의 눈에 들어왔다. 허리를 굽혀 주워 보니 남편의 수첩이었다. 잡초를 뽑을 때 주머니에서 떨어졌던 모양이다.

그녀는 수첩을 펴고 적힌 메모를 장난삼아 읽기 시작했다. 결혼 초부터 알렉스는, 충동적이며 감정적인 제럴드에게 뜻밖에도 꼼꼼하고 계획적인 면이 있다는 것을 알게 되었다.

식사 시간도 몹시 까다로웠고, 언제나 미리미리 하루의 시간표를 정확하게 만들었다. 그는 그날 아침에도 아침 식사 후 10시 15분에 마을에 나간다고 했다. 그리고 10시 15분에 정확하게 집을 나섰던 것이다.

수첩을 들추다가 알렉스는 5월 14일자의 메모를 발견했다.

'알렉스와 결혼. 세인트 피터 교회에서. 오후 2시 30분.'

"정말 웃기는 양반이야."

알렉스는 웃으면서 다시 페이지를 넘겼다.

갑자기 그녀는 페이지를 넘기는 것을 멈췄다.

"6월 18일, 수요일. 어머, 오늘이네."

그 날짜란에는 제럴드의 꼼꼼한 글씨로 '오후 9시'라고 적혀 있었다. 그 밖에는 아무것도 적혀 있지 않았다. 제럴드는 오후 9시에 도대체 무엇을 할 생각일까? 알렉스는 몹시 궁금했다. 전에 곧잘 읽었던 소설에서라면, 이 수첩은 틀림없이 무엇인가 중요한 단서를 줄 것이라고 생각하며, 알렉스는 혼자 빙그레 웃었다.

아마 틀림없이 다른 여자의 이름도 적혀 있을 것이다. 그녀는 천천히 페이지를 뒤로 넘겨보았다. 날짜며, 약속 사항, 사업 거래의 비밀 메모 같은 것은 있었으나 여자의 이름은 하나밖에 없었다. 알렉스의 이름뿐이었다.

그런데도 수첩을 주머니에 넣고 꽃을 안고 집으로 돌아가면서, 그녀는 까닭 모를 불안에 사로잡혔다. 딕 윈디포드의 말이 눈앞에서 되풀이 생각났기 때문이다.

'그 남자, 어디서 굴러다니던 말뼈다귀인지 알 게 뭐야? 그 남자에 대해서 아무것도 모르잖아?'

그것은 사실이었다. 남편에 관해서 그녀가 도대체 무엇을 알고 있단 말인가. 제럴드는 40세이다. 40년 동안 그의 인생에는 몇 사람의 여자가 있었을 것이다…….

알렉스는 안타까운 듯이 머리를 흔들었다. 아니야, 그런 부질없는 생각에 잠겨 있을 필요가 없다. 우선 당장 결정해야 할 중요한 문제가 있다. 딕 윈디포드한테서 전화가 걸려온 것을 남편에게 애기해야 할 것인가, 아니면 그대로 잠자코 있을 것인가.

제럴드는 어쩌면 마을에서 이미 딕과 만났을 가능성도 있었다. 만났다면 남편은 집에 돌아오는 대로 곧 그녀에게 애기할 것이다. 그렇다면 아무 문제도 없겠지만, 만약에 그렇지 않으면 어떻게 할까.

알렉스는 내심 그 문제에 대해서 아무 말도 하고 싶지 않았다.

제럴드는 딕에게 언제나 동정어린 마음을 가지고 있었다.

"불쌍한 녀석이야."

그는 그렇게 말한 일이 있었다.

"나만큼이나 그 친구는 당신한테 반해 있었지. 결국 운이 없어서 그런 거야."

그는 알렉스의 마음에 대해서는 조금의 의심조차 없었다.

만약 남편에게 전화 온 것을 얘기한다면, 그는 서슴지 않고 딕 윈디포드를 꾀꼬리장으로 초대하면 어떠냐고 말할 것이다. 그렇게 되면, 이번에는 그녀가 딕이 오고 싶어했다는 말을 해야 할 것이고, 구실을 만들어서 거절했다는 얘기도 해야 할 것이다. 남편이 그녀에게 왜 그렇게 했느냐고 묻는다면, 뭐라고 대답하면 좋을까. 꿈 이야기를 해야 할까? 그러나 남편은 그저 웃어버릴 것이다. 아니면, 남편은 별로 마음에 두고 있지도 않은데, 그녀가 괜히 신경 쓰고 있다는 것을 알게 되겠지. 그러면 남편은 이것저것 생각하게 될 것이다……. 도대체 내가 왜 이렇게 쓸데없는 망상을 하고 있을까!

조금은 마음에 걸렸지만, 결국 그녀는 아무 말도 하지 않기로 했다. 이것은 그녀가 남편에게 숨기는 최초의 비밀이었다. 그런데 또 그 사실을 의식하고 나니까 공연히 마음이 가라앉지 않았다.

점심 조금 전에 마을에서 돌아오는 제럴드의 발소리가 들려왔다. 그녀는 급히 부엌으로 가서, 혼란한 마음을 감추기 위해 음식을 만들기에 바쁜 척했다.

제럴드가 딕 윈디포드를 만나지 않았다는 것은 곧 알 수가 있었다. 알렉스는 안도의 숨을 내쉬었으나 한쪽에서는 망설여지기도 하였다. 그녀에게는 이제 남편에게 숨기는 일이 생긴 것이다.

그날은 하루 종일 초조했고, 멍하니 있다가 무슨 소리만 나도 깜짝깜짝 놀라기만 하였다. 그러나 남편은 아무것도 알아차리지는 못했다. 남편도 무엇인가 골몰히 생각에 빠진 듯했다. 그녀가 무슨 얘기를 대수로운 말도 아닌데 몇 번씩 되풀이 말해야 했다.

간단히 저녁을 먹고 나서, 두 사람은 거실에 앉아 있었다. 창문을 활짝 열자 정원에 피어 있는 꽃들의 향기가 밤공기와 함께 방안으로 흘러들어왔다.

알렉스는 그때 비로소 화단에서 주운 수첩이 생각나서, 서둘러 그것을 꺼내들고 두 사람 사이의 서먹서먹한 공기를 해소해 보려고 말을 건넸다.

"이걸로 화단에 물을 주셨어요?"

그녀는 그의 무릎 위에 수첩을 던져주었다.

"화단에 떨어뜨렸나, 내가?"

"그래요, 난 당신의 비밀 다 알고 말았어요."

"나한테 무슨 비밀이 있다고. 난 결백해."

제럴드는 고개를 저으며 말했다.

"오늘 밤 9시의 예정이라는 것은 뭐예요?"

"응? 그것은……."

그는 잠시 허를 찔린 듯했으나, 곧 무언가 각별히 생각난 일이라도 있는 듯이 미소지었다.

"대단한 미인과 약속이 있었어, 알렉스. 갈색의 머리, 푸른 눈을 하고 있는데, 당신을 꼭 닮았지."

"무슨 얘긴지 못 알아듣겠어요."

알렉스는 일부러 정색을 하고 말했다.

"당신, 중요한 사실을 일부러 감추고 있는 것 같아요."

"그럴 리가 있나. 사실을 말하면, 오늘 밤 네거를 현상하려고 메

모를 해두었던 거야. 게다가 당신에게도 거들어달라고 부탁하려
했지.”

제럴드 마틴은 사진에 열중해 있었다. 좀 오래 된 카메라였지만
렌즈만큼은 좋은 것이었다. 암실로 개조한 작은 지하실에서, 그는
직접 현상을 했다. 그는 싫증을 내지도 않고 알렉스에게 여러 가지
포즈를 취하게 하기도 했다.

“하지만 꼭 9시에 해야 해요?”

알렉스는 놀리듯이 말했다.

제럴드는 좀 귀찮아하는 듯이 보였다.

“이것 봐, 당신.”

그는 초조해하는 눈치를 보이며 말했다.

“사람이란 정한 시간 대로 딱딱 일을 처리해야 한다고. 그래야만
일이 쉽게 진행되는 거야.”

알렉스는 잠시 입을 다물고, 남편이 의자에 기대 앉아 담배를 피
우는 모습을 보고 있었다.

의자의 등받이에 검은 머리를 기대고 있는 그의 얼굴은 수염을
깎은 자국까지 뚜렷이 보였다. 그러자 갑자기 어디선가 까닭 모를
공포의 파도가 밀려와서, 그녀는 손으로 입을 막을 틈도 없이 소리
치고 말았다.

“아! 제럴드, 당신에 대해 좀더 알고 싶어요.”

남편은 놀라 어이가 없다는 표정으로 그녀를 쳐다보았다.

“알렉스, 당신은 잘 알고 있잖아. 노섬벌런드에서 어린 시절을
보냈고, 남아프리카에서 살고 있던 일이며, 캐나다에 10년 있으
면서 성공한 일 등, 모두 당신한테 얘기했는데 그래.”

“그건 모두 일에 관한 이야기죠!”

제럴드는 느닷없이 웃어댔다.

"당신이 뭘 얘기하는지 알겠어. 연애 문제 말이군. 여자란 똑같이 남녀간의 일밖엔 흥미가 없군 그래."

알렉스는 목이 바짝바짝 타오르는 것 같았다. 그녀는 거의 알아듣지도 못할 정도의 목소리로 중얼거렸다.

"네, 하지만 무엇인가 연애 문제가 있었을 거예요. 그냥 알기라도 했으면 하는 거예요."

다시 얼마 동안 침묵이 흘렀다. 제럴드 마틴은 눈살을 찌푸리고 주저하는 기색을 보였다. 드디어 그는 입을 열었다. 앞서의 장난스러운 태도와 달리 말투는 무거워졌다.

"그게 현명한 일일까, 알렉스? 푸른 수염(15세기경의 전설적 주인공 슈발리에 라울의 별명으로 여섯 명의 아내를 죽여 그 시체를 밀실에 숨겼으며, 일곱 번째 아내를 죽이고 발각되었다)의 엽색 행각 같은 얘기를 듣겠다는 거야? 물론 내 인생에도 몇 사람의 여자가 있었지. 그걸 부정할 생각은 없어. 부정하더라도 당신은 믿지 않을 테니까. 그러나 그런 여자들 가운데서 내가 진심으로 대한 여자는 한 사람도 없었어. 진심으로 당신한테 맹세해도 좋아."

그의 목소리에는 성실함이 담겨 있어서, 듣고 있던 아내의 마음도 위로가 됐다.

"만족했어, 알렉스?"

그는 미소를 띠며 물었다. 그리고 그는 호기심에 찬 눈으로 그녀를 쳐다보았다.

"어째 오늘 밤 그런 재미도 없는 일에 마음이 동했지? 여태까지 그런 얘기는 한 번도 하지 않았는데."

알렉스는 일어나서 서성대듯 방안을 걸어다녔다.

"글쎄요, 저도 모르겠어요. 오늘은 하루 종일 그냥 초조했어요."

"이상하군?"

제럴드는 낮은 소리로 자신에게 말하듯 중얼거렸다.

"정말 이상하군?"

"왜 이상해요?"

"이것 봐, 괜히 그렇게 열을 올리지 말아. 이상하다고 한 것은 보통 때는 당신이 상냥하고 침착하니까 하는 말이지."

알렉스는 일부러 웃는 얼굴을 해 보였다.

"오늘은 다들 한 패가 돼서 날 열받게 하는군요."

그녀는 털어놓았다.

"조지 영감까지 뭘 잘못 생각했는지 우리가 런던에 가버린다는 거예요. 당신이 그랬다는 거예요."

"어디서 그 영감을 만났는데?"

제럴드가 날카로운 어조로 물었다.

"금요일 대신 오늘 일하러 왔어요."

"늙은이, 주책이군!"

제럴드는 화가 나서 말했다.

알렉스는 놀라서 눈을 동그랗게 떴다. 남편의 얼굴은 화가 나서 일그러져 있었다. 남편이 그렇게 화를 내는 것을 그녀는 아직 본 일이 없었다. 그녀가 놀라는 것을 보고, 제럴드는 자신을 추스르려고 애를 썼다.

"정말 바보 같은 늙은이야."

"무슨 얘기를 하셨는데 그래요? 영감님이 그렇게 생각할 만한 얘기가?"

"내가? 적어도 난 아무 얘기도 안 했어. 아, 그래! 생각났어. 가벼운 농담으로 '내일 아침에 런던에 가요.'라고 했는데 그걸 진담으로 들은 모양이야. 그렇지 않으면 얘기를 제대로 못 들었던지. 영감한테 그게 아니라고 얘기했을 테지, 물론?"

그가 불안한 듯이 아내의 대답을 기다렸다.

"물론 그렇게 얘기했지요. 하지만 그 영감님은 일단 그렇다고 생각하면 끝까지 그렇게 생각하는데, 아주 요지부동이에요. 그래서 아니라고 이해시키는 데 힘이 들었어요."

그녀는 정원사가 이 집의 집값에 관해 고집을 부리던 일도 얘기했다.

제럴드는 잠자코 듣고 있다가 천천히 입을 열었다.

"에임스는 현금으로 2천 파운드를 내고 나머지 1천 파운드는 담보를 넣어주면 된다고 그랬어. 아마 그걸 잘못 들은 모양이군."

"그랬는지도 모르죠."

그녀는 맞장구를 쳤다.

그리고 그녀는 시계를 쳐다보며 장난스러운 표정으로 말했다.

"이제 그만 가야죠, 제럴드. 5분이나 지났어요."

참으로 기묘한 웃음이 제럴드 마틴의 얼굴에 떠올랐다.

"마음이 달라졌어."

그는 조용히 말했다.

"오늘 밤에는 현상은 집어치우겠어."

여자의 마음이란 기묘하다. 알렉스는 그 수요일 밤 침대에 들어갔을 때, 만족스럽고 평안한 기분이었다. 한때는 무너질 것 같기도 했던 행복감이 다시 원상대로 복귀해 그 존재를 과시했다.

그런데 그 다음날 저녁때가 되자, 왜 그런지 불가사의한 힘이 움직여 그 행복을 위협하고 있는 것을 알게 됐다. 딕 윈디포드는 두 번 다시 전화를 걸지 않았지만, 보이지 않는 그의 어떤 힘이 작용하고 있는 것이 아닌가 하는 생각이 들었다. 자꾸만 되풀이해서 그의 말이 머리에 떠올랐다.

'그 남자, 어디서 굴러다니던 말뼈다귀인지 알 게 뭐야? 그 남자에 대해서 아무것도 모르잖아?'

그리고 그와 동시에 그때 남편의 얼굴이 머릿속에 되살아나는 것이다.

'그게 현명한 일일까, 알렉스? 푸른 수염의 엽색 행각 같은 얘기를 듣겠다는 거야?'

그는 이렇게 얘기했던 것이다. 왜 그런 말을 했을까? 무슨 생각으로 그런 말을 입에 올렸을까?

그 말에는 경고의 뜻이 담겨 있었다. 일종의 협박 같은 것이 아닐까? 그것은 이렇게 말한 것이나 다름없었다.

'내 과거를 들여다보지 않는 것이 좋을 것이다, 알렉스. 그런 짓을 한다면 큰코 다칠지도 모른다.'

그리고 나서 몇 분 후에, 진심으로 상대한 여자는 한 사람도 없었다고 그녀에게 맹세했다. 알렉스는 그때 느꼈던 남편의 진실함을 다시 한 번 상기해 보려고 애썼으나 허사였다. 제럴드는 그때 어쩔 수 없이 그렇게 맹세한 것이 아니었을까.

금요일 아침이 되자, 알렉스는 제럴드의 과거에 여자가 있었다는 것을 믿게 되었다. 그가 애써 그녀에게 숨기려고 했던 푸른 수염의 정사가 있었다. 그녀 안에서 늦게나마 질투가 싹터 미치도록 날뛰고 있었다.

그날 밤 9시에 여자를 만나려고 했을까? 사진 현상은 엉겁결에 생각해낸 거짓말이었을까? 알렉스는 그 수첩을 발견한 이후에 묘한 기분 속에서 괴로워하고 있는 자신을 깨달았다. 그런데도 수첩에는 특별한 이야기는 한 줄도 적혀 있지 않았다. 그런데도 이건 무슨 일이란 말인가?

사흘 전이라면 그녀는 남편의 모든 것을 알고 있다고 단언할 수가 있었다. 그러나 지금은 남편에 대해서 아는 것이 아무것도 없다. 마치 아무런 관계도 없는 낯선 타인처럼 생각됐다.

남편이 조지 영감에 대해서 터무니없이 화를 냈던 일이 생각났다. 평소의 상냥한 태도와는 손바닥을 뒤집은 것처럼 판이했다. 어떻게 보면 대수롭지 않은 일인지도 모른다. 그러나 그것은, 남편이 어떤 인간인지 전혀 모르고 있다는 사실을 그녀에게 가르쳐주고 있었다.

금요일에는 주말에 해치워야 할 자질구레한 일 때문에 마을에 나가야 했다. 오후가 되자 알렉스는 제럴드가 정원을 손질하고 있는 사이에 잠깐 마을에 다녀오겠다는 말을 했다. 그런데 놀랍게도 남편은 이 말에 맹렬히 반대를 하면서, 자기가 다녀올 테니까 당신은 집에 있으라고 고집을 부렸다.

알렉스는 하는 수 없이 남편의 말을 따랐지만, 남편의 고집에 놀란 나머지 불안한 생각마저 들었다. 어째서 남편은 마을에 가겠다는 것을 그토록 말렸을까.

돌연히 어떤 설명이 그녀의 마음속에 떠오르자 만사가 뚜렷해졌다. 내게는 아무 말도 안 했지만 제럴드는 딕 윈디포드를 만나본 것이 아니었을까? 내 질투심이라는 것도 결혼 당시에는 잠자코 있다가 최근에 이르러 비로소 눈 뜨기 시작했다. 제럴드 역시 나와 마찬가지가 아니었을까? 어떻게 해서든지 내가 딕 윈디포드와 재회하는 것을 막으려 한 것이 아니었을까?

이러한 설명은 사실과 전후가 딱 들어맞는 것 같았고, 알렉스의 불안을 어느 정도 가라앉혀 주었다.

그렇긴 했어도 차를 마시는 시간이 지나가자, 그녀는 다시 침착성을 잃고 안절부절 못해서 그대로 있을 수가 없었다. 그녀는 제럴드가 밖으로 나간 다음, 줄곧 자신을 엄습하는 유혹과 싸워야 했다. 드디어 그녀는 집안을 깨끗이 치워야 한다는 구실로 양심을 납득시키고, 2층에 있는 남편의 화장실로 올라갔다. 그녀는 손에 걸레를 들고 가정주부다운 모습을 갖추었다.

"확인할 수만 있다면……."

그녀는 되풀이해서 중얼거렸다.

"확인할 수만 있다면……."

소용없는 일이긴 하지만, 의심스러운 증거는 벌써 옛날에 없앴을 테지, 하고 그녀는 자신을 타이르기도 했다. 그 반면에, 남자란 어쩌다가 대단한 감상주의에 빠져 가장 중요한 증거물을 겁도 없이 보관하기도 한다는 생각도 들었다.

결국 알렉스는 유혹에 지고 말았다. 자기가 하고 있는 일이 너무 수치스러워 얼굴을 붉히면서, 그녀는 숨을 죽여 편지와 서류 뭉치를 뒤지고 서랍을 열어보고, 남편의 호주머니까지 뒤졌다. 두 개의 서랍만 열리지 않았다. 옷장 아래의 서랍과 책상 오른쪽 서랍에는 열쇠가 걸려 있었던 것이다. 그러나 알렉스는 이제 염치도 부끄러움도 잊고 있었다.

어느새 이 서랍 한구석에서 자기의 마음을 사로잡고 있는 과거의 여자에 대한 증거를 찾아낼 수 있으리라고 그녀는 믿고 있었다.

공교롭게도 제럴드가 열쇠 꾸러미를 아래층 찬장 선반 위에 놔두고 간 것이 생각났다. 알렉스는 열쇠 꾸러미를 들고 와서 하나하나 맞춰보았다. 세 번째 열쇠가 책상 서랍에 들어맞았다. 알렉스는 조바심치며 서랍을 열었다. 수표장과 지폐가 들어 있는 지갑이 있고, 그 안쪽에 끈으로 묶은 편지 다발이 있었다.

숨을 죽이며 알렉스는 테이프를 풀었다. 그러나 곧 얼굴을 붉히고 편지 다발을 다시 서랍에 넣고 닫아버렸다. 그 편지는 그녀 자신이 제럴드 마틴과 결혼하기 전에 그에게 써 보냈던 것이다.

이번에는 장롱 서랍으로 갔다. 원하는 것을 찾아내리란 기대보다도, 이제 구석구석을 다 찾아보았다는 안도감이 더 필요했다. 그녀는 부끄러움과 함께 미친 행동이란 생각이 들었다.

그런데 제럴드의 열쇠 꾸러미에는 장롱 서랍에 맞는 열쇠가 없었다. 그래도 단념하지 않고 알렉스는 옆방으로 가서 다른 열쇠 다발을 가져왔다. 다행히 손님용 침실의 옷장 열쇠가 그 서랍에 들어맞았다. 열쇠를 돌리고 서랍을 열었다.

그러나 그 속에는 다른 것은 없었고, 오랜 시일이 지나 누렇게 퇴색한 신문 스크랩 한 묶음만이 들어 있었다.

알렉스는 안도의 한숨을 내쉬면서도, 신문 스크랩을 보면서 제럴드가 이 먼지투성이의 신문 오린 것을 무엇 때문에 이렇게 소중히 보관하고 있는지, 도대체 어떤 것이 적혀 있을까 하는 호기심에 사로잡혔다.

거의 대부분이 미국의 신문으로 날짜는 약 7년 전의 것이었다. 악명 높은 사기꾼이며, 중혼의 상습범이기도 한 찰스 리메이터의 재판에 관한 기사였다. 리메이터는 자기 아내를 살해했다는 혐의를 받고 있었다. 그가 세들어 살던 집 마루 밑에서 백골이 발견되고, 또 그와 결혼했던 여자들이 모두 행방이 묘연하다는 것이다.

리메이터는 미국에서도 가장 우수한 변호사의 도움으로, 더 이상 무너지지 않을 정도로 교묘하게 혐의를 반론했다. 스코틀랜드식으로 증거 불충분이라는 평결이 이 사건을 가장 절절하게 표현했을지도 모르는 일이었다. 증거가 없었으므로, 그는 함께 고발된 다른 죄상으로 장기형을 선고받았으나 살인죄에 대해선 무죄를 선고받았다.

알렉스도 당시 이 사건이 세상을 떠들썩하게 했으며, 그 후 3년 후에 리메이터가 탈옥해서 큰 소동이 일어났던 것을 기억하고 있었다. 그는 아직도 체포되지 않았다.

당시 영국의 신문은 그 인물이나 여자를 유혹하는 비상한 재능에 대해서 줄줄이 적어댔다. 또 그는 법정에서 잘 흥분했고, 심하게 항변을 하거나, 또는 때때로 성격이 불 같아 갑자기 쓰러진 것에 대해서는, 사실 그의 심장이 약하기 때문이었지만, 진상을 모르는 사람들은 그것을 쇼라고 생각한다고 적혀 있었다.

알렉스가 들고 있는 스크랩 한 장에 그 남자의 사진이 실려 있었다. 그녀는 호기심으로 그 사진을 자세히 들여다보았다. 긴 수염을 기르고, 어떻게 보면 학자풍의 신사처럼 보였다. 사진을 보고 알렉스는 누군가와 닮았다는 생각이 들었다. 그러나 누구인지 당장은 생각나지 않았다. 남자들이 범죄와 유명한 재판에 흥미를 갖는다는 것은 알고 있었지만, 제럴드에게도 그런 취미가 있는 줄은 미처 몰랐다.

그런데 누굴 닮았더라? 문득 알렉스는 사진의 인물이 제럴드와 비슷하다는 사실을 깨닫고 깜짝 놀랐다. 눈과 눈썹은 제럴드와 무척 닮았다. 제럴드가 이 때문에 그 신문기사를 오려두었을 것이다.

그녀의 시선이 사진 옆에 적혀 있는 기사로 옮아갔다. 피고의 수첩에는 몇 개의 날짜가 적혀 있는데, 이것이 남자가 여자들을 살해한 날짜라고 설명이 붙어 있었다. 그리고 한 여자가 증언대에 올라서서, 용의자는 왼손 손바닥 바로 아래에 검은 흉터가 있다는 사실로 그가 진범임이 틀림없다고 증언했다는 것이다.

알렉스의 손에서 갑자기 힘이 빠져나가고 신문의 스크랩이 떨어졌다. 그녀는 휘청거리는 몸을 간신히 버티었다. 제럴드의 왼쪽 손목 손바닥 바로 아래에는 작은 상처가 있었다……

방이 빙글빙글 돌았다. 나중에 생각해도 그처럼 절대적인 확신으로 어째서 비약을 했는지 이상할 정도였다. 제럴드 마틴은 찰스 리메이터였다. 그녀는 그렇게 생각하고 그대로 믿어버리고 말았다. 조각조각이 된 단편들이 머릿속에서 빙글빙글 돌아갔다. 마치 퍼즐의 조각들처럼.

집을 사기 위해 지불한 대금은 그녀의 돈이었다. 오직 그녀의 돈뿐이었다. 그에게 맡겨둔 무기명의 채권들. 그 무서운 꿈까지도 진실감을 갖고 있는 것처럼 생각되었다. 그리고 보면, 그녀의 마음속 깊은 곳의 잠재의식 밑에서 제럴드 마틴을 늘 두려워하고 있었으며, 그로부터 도망가고 싶어했던 것이다. 그래서 그녀는 마음속에서 딕 윈디포드에게 구원을 청하고 있었던 것이다. 그렇기 때문에 그녀는 의심하거나 주저하지도 않고 그 사실을 쉽게 받아들일 수 있었던 것이다. 그녀도 리메이터의 새로운 희생자가 될 운명이었던 것이다. 그것도 틀림없이 아주 가까운 어느 날에.

그녀는 어떤 일을 상기했다. 거의 비명에 가까운 소리가 입에서 터져나왔다. 수요일 오후 9시. 지하실에 깔린 박석은 쉽게 들어올릴 수 있다. 전에도 그는 희생자 한 사람을 지하실에 매장한 일이 있었지. 모든 것이 수요일 밤에 실행되도록 계획돼 있었다. 그런 일들을 미리 꼼꼼히 적어넣다니, 미친 짓이다. 아니지, 오히려 앞뒤가 들어맞는 얘기다. 제럴드는 언제나 예정을 메모하고 있었다. 살인도 그에게는 다른 일들과 마찬가지로 하나의 비지니스였던 것이다.

그러나 무엇이 그녀를 구해 주었을까? 그날 밤, 어떻게 해서 그녀가 무사할 수 있었을까? 막상 시간이 되자 알렉스가 불쌍했다는 말인가? 아니, 곧 그 대답이 떠올랐다. 조지 영감 덕택인 것이다.

이제 와서는 남편이 이유도 없이 화를 낸 것을 알 듯했다. 의심할 여지도 없이, 그는 만나는 사람마다 내일 런던에 간다고 얘기하고 미리 도망갈 구멍을 마련해 놓았겠지. 그런데 조지 영감이 갑자기 일을 하러 온 것이다. 그녀에게 런던 얘기를 하고, 그녀는 그 얘기를 부정했다. 조지 영감이 되풀이해서 그 얘기를 한 바로 그날 밤에 그녀를 처치하는 것은 너무나 위험한 일이었다.

그렇다 치더라도 이 얼마나 위기일발이었던가! 그녀가 우연찮게 그런 소리를 하지 않았더라면 어떻게 됐을까? 그녀는 생각만 해도 소름이 끼쳤다.

그러나 이제 한시도 꾸물거릴 수는 없었다. 지금 당장이라도 도망가지 않으면 안 된다. 그가 돌아오기 전에. 이제는 누가 뭐라고 그래도 그런 남편과는 하룻밤이라도 한 지붕 아래서 같이 살 수는 없었다.

그녀는 서둘러 신문의 스크랩을 장롱 서랍에 놓고 단단히 열쇠를 채웠다.

바로 그 순간, 그녀는 돌부처처럼 얼어붙어 꼼짝을 할 수가 없었다. 큰길로 향한 대문이 끼익 하고 열리는 소리가 들려왔다. 남편이 돌아온 것이다.

잠시 그녀는 화석이 된 것처럼 서 있었으나, 곧 정신을 차린 뒤 발뒤꿈치를 들고 창가로 다가가서 커튼 사이로 밖을 내다보았다.

그렇다. 역시 남편이 돌아온 것이다. 무슨 영문인지 싱글거리며 콧노래를 부르고 있었다. 가뜩이나 겁에 질린 그녀를 얼어붙게 하는 물건을 손에 들고 있었다. 새로 산 삽이었다.

알렉스는 본능적으로 사태의 위급함을 알아차렸다. 오늘 밤에 해치울 생각이 틀림없다…….

그러나 그래도 아직 도망갈 기회는 있었다. 제럴드는 작은 소리로 콧노래를 부르며 집의 뒷마당 쪽으로 돌아갔다.

'지하실에 삽을 두러 가는구나, 준비하려고.'

알렉스는 몸을 부르르 떨며 생각했다.

그녀는 조금도 주저하지 않고 계단을 뛰어내려 집 밖으로 뛰어나갔다. 그러나 그녀가 현관 밖으로 나가려는 순간, 남편이 뒷마당 쪽에서 돌아오고 있었다.

"여보, 그렇게 당황해서 어딜 가는 거야?"

그는 말했다.

알렉스는 필사적으로 침착하게 평소와 다름없이 행동하려고 했다. 우선 지금의 기회는 사라졌으나, 주의해서 남편의 의심을 사지 않는다면 다시 기회는 돌아올 것이다. 지금 곧, 아니면 조금 후에라도…….

"저기 샛길까지 산책을 하려고 그랬어요."

그 목소리는 너무나 가냘퍼서 자기의 귀에도 제대로 들리지 않았다.

"그래? 그럼 나도 같이 갈까?"

제럴드가 말했다.

"아녜요, 괜찮아요, 제럴드. 저, 괜히 신경이 날카로워지고 머리가 지끈거려요. 혼자 다녀오겠어요."

그는 알렉스의 얼굴을 노려보듯 바라보았다. 남편의 눈에는 순간적이지만 의심하는 빛이 스쳐 지나간 것처럼 보였다.

"왜 그러는 거야, 알렉스? 안색이 좋지 않은데. 게다가 떨고 있는 것 아니야?"

"아무것도 아녜요."

그녀는 일부러 무뚝뚝하게 말하며 미소를 지어 보였다.

"머리가 아파서 그래요. 그것뿐이에요. 산책을 하고 나면 좋아지겠죠."

"하지만 함께 있기 싫다는 건 나쁜 버릇이야."

제럴드는 그렇게 말하며 거리낌없는 웃음 소리를 냈다.

"당신이 싫다고 해도 내가 함께 가지."

그녀는 더 이상 항변하려 들지 않았다. 만약에 자기가 진상을 알았다는 낌새라도 알게 된다면…….

그녀는 간신히 평소의 태도를 조금은 되찾게 되었다. 그런데도 남편은 완전히 납득이 가지 않는 듯 힐끔힐끔 그녀를 쳐다보았기 때문에, 그녀는 불안을 느끼고 있었다. 그의 의심은 완전히 사라지지 않은 것 같았다.

집으로 돌아오자, 남편은 그녀더러 누우라고 하더니 오드콜로뉴를 가지고 와서 미간에 발라주었다. 그는 전과 다름없는 헌신적인 남편이 돼 있었다. 그러나 알렉스는 마치 함정에 빠진 것처럼 손발이 맘대로 움직이지 않는 자신을 느끼고 있었다.

남편은 한시도 그녀를 혼자 있게 하지 않았다. 부엌에도 따라 들어가고, 그녀가 미리 만들어둔 요리를 나르는 것도 거들었다. 음식이 좀처럼 목에 넘어가지 않았으나, 그래도 그녀는 애써서 먹으려고 했고, 일부러 즐거운 척하기도 했다.

그녀는 지금 목숨을 걸고 투쟁을 하고 있다는 것을 알고 있었다. 단 혼자서 이 무서운 남자와 함께 있는 것이다. 구원을 요청하려고 해도 마을에서 몇 마일이나 떨어져 있으며, 살리건 죽이건 그의 뜻대로다.

단 하나의 기회가 있다면, 그의 의심을 누그러뜨리고 잠시 동안이라도 좋으니까 혼자 있게 해주는 것이다. 그 사이에 홀에 있는 전화로 달려가 구원을 청할 수가 있다. 그것이 지금의 그녀에게는 단 한 가지의 소망이었다. 설사 그녀가 도망을 가더라도, 구원의 손길이 도달하기 전에 추적을 당하고 말 것이다.

그가 며칠 전에 계획을 중지한 것이 생각나자, 한순간이지만 희망이 솟아나는 듯했다. 딕 윈디포드가 오늘 밤 찾아온다는 말을 하면 어떨까?

그 말이 떨리면서 그녀의 입술까지 나왔지만, 그녀는 다급히 그 말을 삼켜버리고 말았다. 이 남자는 두 번씩이나 실행을 중지할 사람이 아닐 것이다. 저 부드러운 태도 속에도 소름끼치는 결의와 자신에 넘치는 모습을 볼 수가 있었다. 아마 범행을 재촉하는 결과밖에는 없을 것이다. 그는 당장에 그녀를 살해하고, 침착한 태도로 딕 윈디포드를 전화로 불러내서는 급한 일이 생겨 외출한다고 거짓말을 할 것이다. 아! 딕 윈디포드가 오늘 밤 와준다면, 딕이 혹시 오늘 밤…….

돌연히 어떤 생각이 그녀의 마음속에 떠올랐다. 마음속을 들키지나 않을까 하고 조심조심 그녀는 남편을 곁눈으로 살펴보았다.

머릿속에서 계획이 이루어지자 그녀는 용기가 나는 듯했다. 제법 아무렇지도 않은 태도를 취할 수가 있어서 그녀 자신이 놀랄 정도였다. 제럴드는 이제는 완전히 안심하고 있는 듯이 보였다.

그녀는 커피를 끓여 가지고 포치로 나갔다. 두 사람은 날씨가 좋은 날 밤이면 언제나 포치에서 한동안을 보냈다.

"참, 나중에 현상을 합시다."

제럴드가 느닷없이 말했다.

알렉스는 온몸에 소름이 끼치는 것을 느꼈으나 아무렇지도 않다는 듯이 말했다.

"혼자 하시면 안 돼요? 전 오늘 좀 피곤해서요."

"별로 시간도 안 걸려."

그는 웃음을 머금으며 말했다.

"그리고 나중에는 내기 피로를 풀어줄 테니까."

그 말을 하며 그는 만족스러운 표정을 지었다. 무슨 뜻일까? 그러나 알렉스는 여전히 소름이 끼쳤다. 그렇다! 지금이 아니면 계획을 실행할 기회는 두 번 다시 오지 않을 것이다.

그녀는 자리에서 일어났다.

"잠깐 정육점에 전화를 하고 오겠어요. 당신은 그냥 여기 앉아 계세요."

그녀는 침착하게 말했다.

"정육점에? 이렇게 밤이 늦었는데?"

"물론 가게는 닫혀 있겠죠. 당신은 바보야. 하지만 주인은 집에 있을 게 아녜요. 게다가 내일은 토요일이죠. 일찌감치 송아지의 좋은 고기를 보내달라고 해야죠. 다른 손님들한테 다 뺏기기 전에 말예요. 그 집에서는 내 애기라면 뭐든지 다 들어주거든요."

그녀는 빠른 걸음으로 집안으로 들어가 문을 닫았다. 제럴드의 목소리가 들려왔다.

"현관문 닫지 마."

그녀는 서슴지 않고 가볍게 대답했다.

"모기나 나방이 들어오면 어떡하려고 그래요? 아니, 내가 정육점 주인하고 연애라도 할 줄 알고 그러세요? 바보 같은 양반."

집안으로 들어가자 그녀는 급히 수화기를 들고 트래블러스 암스 전화번호를 말했다. 전화는 곧 연결되었다.

"윈디포드씨 계시면 전화 좀 바꿔주세요."

그때 그녀의 심장이 두근거리는 소리가 밖에까지 들리는 듯했다. 문이 열리고 남편이 홀로 들어왔던 것이다.

"저리 가 계세요, 제럴드."

그녀는 토라진 것처럼 말했다.

"전 전화를 걸 때 누가 옆에서 듣는 거 싫단 말이에요."

그는 웃기만 하고 의자에 가서 털썩 주저앉았다.

"당신이 전화를 걸고 있는 건 정말 정육점인가?"

그는 빈정대듯 말했다.

알렉스는 절망을 느꼈다. 계획은 실패한 것이다. 조금 있으면 딕 윈디포드가 전화를 받을 것이다. 위험을 무릅쓰고 큰 소리로 구원을 청해야 할까. 제럴드가 전화기를 낚아채기 전에? 딕은 내 뜻을 이해해 줄까? 아니면, 그냥 고약한 농담이라고 생각할까?

초초해진 그녀는 손에 쥐고 있는 수화기에 달린 작은 버튼을 눌렀다 풀었다 하다가 한 가지 묘한 생각이 문득 머리에 떠올랐다. 이 작은 버튼을 누르면 이쪽의 목소리가 상대방에게 들리게 돼 있고, 버튼을 풀면 이쪽의 목소리가 들리지 않게 돼 있었다. 이 버튼을 이용한다면 이쪽의 의사를 전달할 수가 있을지도 모른다.

'어려운 일이야.'

그녀는 마음속으로 생각했다.

'머리를 냉정히 하고 적당한 말을 만들어서 한다면……. 절대로 더듬으면 안 된다. 하지만 못 할 것도 없지. 아니, 어떻게 해서든지 해내야 한다.'

이때 딕 윈디포드의 목소리가 들려왔다.

알렉스는 크게 숨을 들이마시고 수화기에 달린 버튼을 꼭 누르고 말을 시작했다.

"꾀꼬리장의 마틴 부인이에요. (버튼을 풀고) 내일 아침에 암송아지의 스테이크를 여섯 개만 가지고 (다시 버튼을 누르고) 집으로 와주세요. 아주 중요한 일이니까. (버튼을 풀고) 여러 가지로 고마워요, 헥스워디씨. 이렇게 밤 늦게 전화해서 미안해요. 암송아지 스테이크는 (다시 버튼을 누르고) 사느냐 죽느냐 하는 문제예요. (버튼을 풀고) 그래요, 내일 아침 (다시 버튼을 누르고) 되도록 빨리 와주세요."

그녀는 전화를 끊고 남편을 돌아보며 긴 숨을 내쉬었다.

"당신은 정육점에 그런 식으로 전화를 하나?"

"여자는 본래 그렇게 말이 많은 거예요."

알렉스는 여자들의 수다처럼 얘기했다.

그녀는 흥분해서 그대로 앉아 있을 수가 없었다. 남편은 아직 모르고 있었다. 딕은 얘기의 내용을 다 못 알아들었다고 하더라도, 꼭 와줄 것이다.

그녀는 거실로 들어가 전등을 켰다.

제럴드가 뒤따라 들어왔다.

"이제 기운이 좀 나는 것 같군."

그는 수상하다는 눈으로 아내를 쳐다보았다.

"인제 두통이 좀 나은 것 같아요."

그녀는 거실의 자기 의자에 앉으며 남편에게 미소를 지어 보였다. 남편은 맞은편 자기 의자에 가서 앉았다. 이제 살았다. 시간은 아직 8시 25분. 적어도 9시까지는 딕이 충분히 도착할 것이다.

"아까 마신 커피는 별로 맛이 없었어. 너무 쓰더군."

제럴드가 투덜거렸다.

"새로운 종류를 써봤는데, 맘에 안 드시면 안 쓰겠어요."

알렉스는 뜨개질하던 것을 들어올려 열심히 뜨개질을 시작했다.

제럴드는 책을 들고 몇 페이지를 읽더니, 시계를 힐끗 쳐다보고는 책을 팽개치고 말았다.

"8시 반이군. 지하실에 가서 일을 할 시간이야."

뜨개질하던 바늘이 알렉스의 손가락 사이에서 미끄러져 떨어졌다.

"어머! 아직 시간 안 됐어요. 9시까지 있다가 해요."

"안 돼, 내가 정해 놓은 시간은 8시 반이야. 일찍 시작하면 당신도 일찍 잘 수 있잖아?"

"하지만 나는 9시까지 기다리고 싶어요."

"8시 반이라니까."

제럴드는 고집을 부렸다.

"내가 일단 시간을 정하면 그대로 지키는 것쯤 당신도 잘 알고 있을 텐데 그래. 자, 갑시다. 알렉스, 더 이상은 1분이라도 기다릴 수 없어."

알렉스는 그를 쳐다보았다. 뜻하지 않은 공포의 파도가 밀어닥치는 것을 느꼈다. 가면은 벗겨진 것이다. 제럴드의 손은 떨리고 있었다. 눈은 흥분으로 이글이글 타오르고 있었다. 말라붙은 입술을 혀끝으로 핥으며 입맛을 달래고 있었다. 이제는 더 이상 흥분을 숨기려고도 하지 않았다.

알렉스는 생각했다.

'모든 게 정말이었구나. 그는 더 이상 기다리지 않는다. 정말 미친 사람이구나.'

그는 성큼성큼 다가서더니 알렉스의 어깨를 잡아 일으켜 세웠다.

"자, 갑시다! 가지 않으면 안아서라도 데리고 갈 테니까."

유쾌한 듯한 목소리였으나, 그 속에는 그녀를 움츠리게 하는 잔인성이 드러나 보였다. 그녀는 있는 힘을 다해서 그를 뿌리치고 벽에 몸을 기댔다. 그녀는 무력했다. 빠져나갈 수가 없었다. 어떻게 할 수가 없었다. 그래도 그는 바싹바싹 다가오고 있었다.

"자, 알렉스."

"싫어, 싫어요."

그녀는 외쳤다. 두 손을 힘없이 뻗으면서 그를 쫓으려고 했다.

"제럴드, 멈춰요. 당신한테 얘기할 게 있어요. 고백할 것이……."

그는 발을 멈췄다.

"고백할 것이라고?"

그는 호기심에 싸여서 말했다.

"네, 고백할 것이."

그 말에 끌려든 그의 주의를 놓치지 않으려고 그녀는 필사적으로 얘기를 계속했다.

"훨씬 더 이전에 당신한테 했어야 할 얘기가 있어요."

경멸하는 듯한 표정이 그의 얼굴에 비쳤다. 그는 흥미를 잃었다.

"옛날 애인에 관한 얘기겠지?"

그는 비웃으면서 말했다.

"아뇨, 다른 일이에요. 말하자면, 그렇죠, 범죄라고나 할까요."

그리고 곧 그녀는 적절한 말을 던졌다는 것을 알아차렸다. 그녀의 말은 다시금 그의 주목을 끌어 발을 붙들어맬 수가 있었다. 그것을 보자 그녀는 배짱이 생겼다. 다시금 그 자리의 주도권을 쥐었다는 생각이 들었다.

"다시 한 번 앉아요."

그녀는 침착하게 말했다.

그녀도 실내를 가로 질러 자기의 의자로 돌아가 앉았다. 허리를 굽혀 뜨개질감을 다시 주워 들기까지 했다.

그러나 겉으로는 평온한 척하면서도 내심에서는 머리를 움직여 얘기를 꾸며대느라고 바빴다. 그녀가 꾸며댄 거짓말이 구원의 손길이 들이닥칠 때까지 그의 흥미를 끌고 이어나가지 않으면 안 되었기 때문이다.

"전에도 얘기했지요? 저는 15년 동안이나 속기 타이프를 했다는 거요. 사실은 그것이 결코 전부는 아니었어요. 그 동안에 두 번이나 전혀 다른 시기가 있었어요. 처음의 시기는 제가 스물두 살 때였어요. 돈푼 좀 가진 연배의 남자와 교제를 했어요. 그는 저를 좋아해서 청혼을 했지요. 저도 승낙을 하고 우리는 결혼했어요."

그녀는 여기서 한숨을 돌렸다.

"그리고 그를 설득해서 생명보험에 가입시켰어요."

남편의 표정에 갑자기 강렬한 호기심이 떠오르는 것을 보고, 그녀는 자신을 얻어 얘기를 계속했다.

"전 전쟁 중에 얼마 동안 병원의 약국에서 일한 일이 있었어요. 그때 저는 여러 가지 진귀한 약이나 독약 같은 것을 취급했어요. 독약 같은 것 말이에요."

그녀는 옛날 일을 상기하려는 듯이 잠깐 사이를 두었다. 그가 완전히 흥미의 도가니 속에 빠져든 것은 의심할 여지도 없었다. 살인범은 필연적으로 살인사건에 흥미를 갖는 것이다. 그녀는 도박과 같은 선택에서 성공한 셈이다. 그녀는 몰래 시계를 힐끔 보았다. 9시 25분 전이었다.

"이런 독약이 있었어요. 하얀 가루인데 아주 적은 분량으로 사람을 죽일 수가 있는 거예요. 당신도 아마 독약에 관해선 잘 아시죠?"

이렇게 질문하면서 그녀는 갑자기 겁이 났다. 그에게 독약에 대한 지식이 있다면 아주 조심해야 할 것이다.

"아니."

제럴드가 대답했다.

"불행 중 다행으로 그런 지식은 없어."

그녀는 안도의 숨을 내쉬었다. 그것이 그녀의 일, 즉 만들어낸 얘기를 훨씬 쉽게 했다.

"물론 동공을 확장시키는 유독성의 알칼로이드 진정제의 일종인 히오신의 이름은 들은 일이 있을 거예요. 그 비슷한 약이었지요. 독약과 같은 효력이 있지만, 절대로 흔적을 남기지 않지요. 어떤 의사라도 심장마비의 사망진단서를 쓰게 되니까요. 전 그 약을 몰래 훔쳐서 가지고 있었어요."

그녀는 잠깐 숨을 돌리고 전력을 다했다.

"그래서?"

"그만두겠어요. 무서운 얘기라서, 이야기가 안 나와요. 요 다음에……."

"지금 하라니까."

그는 기다릴 수 없다는 듯이 말했다.

"나는 지금 듣고 싶단 말이야."

"결혼하고 한 달이 지났어요. 저보다 훨씬 나이가 많았던 남편에게 저는 참 잘해 주었어요. 남편은 제 얘기를 여러 사람들에게 하며 얼마나 칭찬했는지 몰라요. 그래서 모두들 제가 얼마나 헌신적인 아내인지 알고 있었죠. 나는 언제든지 밤마다 커피를 타서 남편에게 주었어요. 어느 날 밤, 우리 둘이 있을 때 남편의 찻잔에 아주 소량의 알칼로이드를 넣었죠."

알렉스는 입을 다물었다. 그리고 뜨개바늘에 주의 깊게 코를 맞추었다. 태어나서 지금까지 단 한 번도 연극 같은 것은 해본 일도 없는 그녀였지만, 이 순간만큼은 세계 최고의 여배우와 맞먹을 정도였다. 그녀는 냉혹한 독살범의 역할 속에 젖어 있었다.

"아주 조용했어요. 나는 그대로 앉아서 남편을 지켜보고 있었어요. 남편은 딱 한 번 숨을 헐떡거리는 듯하더니 창문을 열어 바람을 쐬게 해달라고 하더군요. 일어나서 창문을 열었지요. 그때 남편은 벌써 일어날 수 없게 돼 있었어요. 그리고 얼마 있다가 죽었어요."

그녀는 얘기를 마치고 미소지었다. 9시 15분 전이었다. 아마 얼마 안 있으면 구원의 손길이 찾아줄 것이다.

"보험금은 얼마나 탔어?"

제럴드가 물었다.

"2천 파운드 정도 됐어요. 그런데 그걸로 주식을 하다가 몽땅 날렸지 뭐예요. 그래서 다시 회사 생활을 시작한 거죠. 하지만 오래 근무할 생각은 없었어요. 그리고 나서 또 한 남자를 만났지요. 저는 회사에서는 결혼 전의 이름을 쓰고 있었어요. 그 남자는 내가 결혼 경험이 있다는 것을 모르고 있었죠. 그 남자는 나이도 젊고 꽤 상당한 미남자에 돈도 많았어요. 우리들은 서섹스에서 몰래 결혼식을 올렸죠. 그 남자는 생명보험에는 들려고 하지 않았지만, 그 대신 나를 위해서 유언장을 써주었지요. 이 남자도 내가 커피를 끓여 주는 것을 좋아했어요. 먼저 남편이 그랬던 것처럼."

알렉스는 생각났다는 듯이 미소지었다. 그리고 한마디 이렇게 덧붙였다.

"전 커피를 정말 맛있게 끓이거든요."

그리고 그녀는 얘기를 계속했다.

"우리가 살고 있던 마을에 내 친구가 몇 사람 있었죠. 그 사람들은 남편이 어느 날 밤 저녁식사 후에 갑자기 심장마비로 죽었다는 것을 알고 몹시 슬퍼해 주었어요. 달려온 의사가 마음에 들지 않았어요. 의사 선생님이 나를 의심한 것은 아니지만, 갑자기 죽은 것에 대해서 몹시 놀란 것은 사실이었어요. 저는 다시 회사로 돌아왔지만, 왜 그렇게 했는지 모르겠어요. 아마 습관처럼 돼 있었는지도 모르죠. 두 번째 남편은 4천 파운드쯤 남겨주었어요. 이번에는 주식 같은 것엔 손대지 않았죠. 투자를 했지요. 그리고 당신이 아시는 대로……."

그러나 그녀는 얘기를 계속하지 못했다.

제럴드 마틴이 얼굴이 새빨개져서 숨을 몰아쉬면서 떨리는 손가락으로 그녀를 가리키며 흔들어댔다.

"커피가, 아…… 커피가…….”

그녀는 마틴을 쳐다봤다.

"아까 커피가 어째서 썼는지 이제야 알겠다! 이 악마! 내 커피에 독을 넣었구나.”

그의 손이 의자 팔걸이를 움켜쥐고 있었다. 덤벼들 것 같은 기세였다.

"나한테 독을 먹였군!”

알렉스는 난로 쪽으로 도망쳤다. 겁이 난 그녀는 순간적으로 입을 벌려 부정하려 했다. 그러나 그녀는 입을 다물어버렸다. 그는 곧 덤벼들 것만 같았다. 그녀는 있는 힘을 다 모았다. 그리고 상대를 뚫어지게 쏘아보았다.

"그래요, 독을 넣었어요! 벌써 독이 온몸으로 퍼지기 시작했어요. 이제 당신은 의자에서 못 일어나요. 못 일어나요, 못 일어나!”

그를 의자에 붙들어놓을 수 있다면, 다만 몇 분이라도…….

이때 길가에서 발걸음 소리가 들려왔다. 문을 여는 소리, 그리고 자갈길을 달려오는 소리, 현관문이 열렸다…….

"이제 못 일어나요.”

그녀는 다시 한 번 뇌까렸다.

그리고 그녀는 제럴드의 옆을 스쳐 방에서 뛰어나가, 거의 정신을 잃어가면서 딕 윈디포드의 두 팔에 쓰러졌다.

"오! 알렉스!”

그는 소리쳤다. 그리고 그는 그의 뒤를 따라온 키가 크고 체격 좋은 경찰관을 돌아다보았다.

"방에 들어가서 무슨 일이 있었는지 봐주시오."

그는 알렉스를 가만히 긴 의자에 눕히고 몸을 굽혔다.

"알렉스!"

그는 조용히 말했다.

"도대체 어떤 끔찍한 일을 당할 뻔한 거요? 가엾은 사람……."

그녀의 눈이 잔잔하게 떨리고, 입술은 소리 없이 그의 이름을 부르고 있었다.

경찰관이 나와서 팔을 당기는 바람에, 딕은 제정신으로 돌아왔다.

"저 방에는 별다른 일은 없습니다. 다만 남자가 한 사람 의자에 앉아 있을 뿐입니다. 뭔가 몹시 겁을 먹고 있는 것 같은데……."

"그런데?"

"그게, 네, 남자는 죽어 있어요."

그들은 알렉스의 말을 듣고 깜짝 놀랐다. 그녀는 꿈을 꾸고 있는 사람처럼 말했다.

"그리고 곧……."

어떤 책에서 인용이라도 하듯 그녀는 말했다.

"죽었어요."

발바닥 / 나쓰키 시즈코

THE SOLE OF FOOT
Shizuko Natsuki

발바닥 / 나쓰키 시즈코

● 발바닥

사람들의 손에서 손으로 떠돌아다니는 지폐는 번호
라는 얼굴을 가지고 있다. 무심의 1만엔권이 그려내
는 인생 드라마. 의표를 찌르고 타의 어떤 추측도 허
용하지 않는 통렬한 결말. 그리고 인생의 서글픔을
노래하는 나쓰키의 서정성이 여운으로 남는다…….

——엘러리 퀸

나쓰키 시즈코(1938~   )

본명 이데미쓰 시즈코. 도쿄 출생. 게이오 대학 재학 중에 추리소설
에 관심을 가졌고, NHK TV의 「나만이 알고 있다」의 시나리오를
집필하기도 하였다. 결혼 후 붓을 꺾고 있다가, 1970년 「천사가 살
아져 간다」로 에도가와 란보상에 도전, 차석을 차지했으나 출판되
어 주목을 끌었다. 그 후 장편 「증발」에서는 항공기에서의 인간 소
실에 연애와 모성을 그려 일본추리작가협회상을 수상했다. 근작
「W의 비극」에 이르기까지 여성의 심정을 생생하게 그려 명실공히
여류추리작가의 대표자가 됐다. 또 「빛나는 언덕」, 「먼 약속」 등에
서는 사회 문제에도 도전했고, 「바람의 문」에서는 SF적인 의학 영
역에도 파고들어 야심적인 시도를 하고 있다.

발 바 닥

T시의 인구는 약 3만5천 명. 삼면이 산으로 둘러싸이고, 강가에 펼쳐진 조용한 T시가 전국적으로 알려진 것은 오직 윤광사 덕분이었나. 정식 명칭은 시룡산 윤광사이며, 덴쇼 시기에 세워졌으니 4백 년의 전통을 갖고 있었다.

격 높은 본산이기 때문에 1930년까지만 해도 절의 주변에는 참배객을 위한 여관이 즐비해서 상당히 번창했으나, 사철(私鐵)이 개통되고 고속도로가 건설되자, 도쿄의 참배객들은 대개 당일치기를 하거나 고속도로 앞의 온천지까지만 가는 경우가 많아져, T시 거리에는 손님이 부쩍 줄어들고 말았다.

거리의 번창은 옛날만 못했지만, 윤광사의 이름은 해마다 높아지는 편이다. 윤광사의 본존불은 윤광부동존이라고 해서 통칭 출세부동존이라고 한다. 또 별당에는 전세 다이고쿠가 있어서 신불이 혼재하는 신앙이니, 출세의 부처님과 돈벌이의 하느님을 함께 겸한 절인 셈이다.

이것이 상인들 뿐만 아니라 샐러리맨들의 마음까지 사로잡아,

요즘 같은 불경기에는 더욱 참배객이 늘어난다. 도쿄에서는 자동차나 전철로 편도 약 한 시간 거리라는 편리함에, 정월에는 많은 정초 참배객들이 몰려든다.

정초에 참배가 특히 많은 것은, 윤광사의 전세 다이고쿠의 관습이 널리 알려져 있기 때문이다. 이것은 전세(錢洗)라는 말 그대로 돈세탁을 해주는 관습이다.

정월의 초하루와 이튿날 아침, 절의 옆을 흐르고 있는 맑은 계류에서 절의 스님들이 참배객의 동전을 받아 씻어서 준다. 그 동전을 1년 동안 가지고 있으면 복이 찾아온다고 한다. 동전은 인연(일본 말로는 인연과 5엔의 발음이 같다)이 있다고 해서 5엔 동전이 많지만, 참배객들은 그 다음 본당에 참배하면서 많은 시주를 한다.

정초 참배객들은 매년 150만을 넘으며, 정초의 사흘 동안은 윤광사에 이르는 큰길이 사람과 자동차로 꽉 메워진다. 또 5월 2일과 3일의 축제 때에도 황금 주말과 겹쳐서 많은 관광객이 몰려든다. 나머지 360일은 그저 조용하다.

그 큰길에 있는 신용금고 지점에 3인조 강도가 들어닥친 것은 12월 8일 금요일 오후 4시 15분이었다.

그날은 아침부터 눈이라도 올 것처럼 두꺼운 구름이 하늘을 덮었고, 절의 뒷산 쪽에서는 이따금 눈발이 날리기도 했다. 이 지방은 눈이 그렇게 많지는 않지만 겨울 추위는 심한 편이었다.

섣달이라고는 해도 세밑까지는 아직 기간이 있어서 그런지 추위를 타는 듯 거리에는 오가는 사람도 없었다.

신용금고 지점은 오래 된 철근 콘크리트 2층 건물로, 언뜻 보기에는 우체국처럼 평범한 건물이다. 정문에는 벌써 셔터가 내려져 있었으나, 골목으로 나 있는 뒷문에는 열쇠가 걸려 있지 않았다.

처음 한 남자가 뒷문으로 들어와 내부를 힐끗 살펴보고 곧 문을 닫았다. 안에 있던 다섯 사람의 직원들은 알아보지 못했거나 신경을 쓰지 않았다. 3시의 폐점 후에도 뒷문으로 출입하는 손님이 가끔 있었고, 지금의 그 남자도 볼일이 있어서 왔다가 뭔가 잊어버린 것이 있어서 되돌아온 것 같았다. 점내에 다른 손님은 없었다.

그런데 그로부터 불과 1, 2분 후, 다시 문이 열리고 이번에는 세 남자가 들어왔다. 세 사람이 모두 눈과 입 부위에 구멍을 뚫은 검은 보자기로 복면을 했다. 엽총을 든 사람이 가장 가까운 곳에 있는 접수계의 젊은 남자 목에 총구를 들이댔다. 계속해서 다른 남자가 카운터 끝의 출입구 옆에 앉아 있는 여직원의 멱살을 잡고 칼을 들이댔다. 눈 깜짝할 사이에 일어난 일이었다.

"떠들면 쏜다!"

엽총을 든 남자가 걸쭉한 목소리로 말했다.

"경찰에 알리면 몰살한다."

칼로 위협받은 여직원 외 네 사람의 직원은 모두 벌떡 일어났지만, 아무도 움직일 수가 없었다. 다섯 사람 중에서 둘은 여자였다. 외근하는 직원이 두 사람 더 있으나, 이 사람들은 보통 멀리까지 가므로 6시나 되어야 돌아올 것이다.

카운터나 책상 아래에는 가까운 경찰서로 직접 연결된 비상벨이 있었으나 발을 갖다 대는 사람은 아무도 없었다. 두 사람이 인질로 잡혀 있을 뿐 아니라, 침입자가 겨누고 있는 엽총이 진짜 산탄총이라는 것을 알아차렸기 때문이다.

게다가 약 한 달 전, 간사이 지방의 어떤 은행에 강도가 들이닥쳐 행원 세 사람을 인질로 잡고 있다가 모두 사살하는 흉악 사건이 발생한 후였다. 그때에도 산탄총이었다. 한 발만 발사해도 수백 개의 산탄이 사방으로 퍼져나가는 엽총의 공포는 신용금고 직원들 뇌리에 단단히 새겨져 있었다.

다섯 사람에게 저항의 기색이 없다는 것을 확인하자, 엽총을 든 남자는 카운터 밖에 서 있던 덩치 큰 남자에게 눈으로 신호를 보냈다. 그는 장갑을 낀 손을 점퍼 주머니에 넣어 작은 병과 가제 수건을 꺼냈다. 손수건은 네모나게 접혀 있었다.

남자는 카운터 안으로 들어왔다. 우선 중간 데스크 앞에 서 있던 남자 직원 앞으로 가서, 손을 뒤로 하라고 명령했다. 그가 그대로 따르자, 남자는 병뚜껑을 열어 속의 투명한 액체를 손수건에 적셨다. 독특한 냄새로 미루어 마취용 에테르가 틀림없었다. 남자는 병을 책상 위에 놓고 직원 뒤로 가서 손수건을 그의 코와 입에 갖다 댔다. 왼손으로 상대의 가슴을 끌어안듯 하면서 오른손의 손수건을 눌러 댔다. 직원은 한순간 "욱"하는 소리를 내며 몸을 피하려고 했으나, 1분이 채 못 되어서 녹초가 돼서 바닥으로 쓰러졌다. 반사적으로 저항하려고 해서, 오히려 에테르를 더 많이 들이마신 모양이었다.

그래도 남자는 만전을 기하려는 듯 몇십 초 동안 쓰러진 직원의 코에 손수건을 대고 있었다. 그의 몸을 발끝으로 차보고 반응이 없다는 것을 확인하고, 다음 여직원의 뒤로 걸어갔다. 그 사이에도 여전히 접수계의 남녀 두 사람에게 엽총과 칼을 들이댄 침입자들은 눈을 번득이며 점내를 감시하고 있었다.

에테르를 갖고 있는 남자는 같은 방법으로 차례차례 네 사람의 직원을 실신시켰다. 세 번째는 엽총을 들이대어 꼼짝 못 하고 있는 남자, 네 번째가 여직원. 모두 몇 분도 걸리지 않았다.

지점장만이 남았다.

세 사람이 그를 둘러쌌다. 아까까지 칼을 쥐고 있던 남자는 어느새 큼직한 자루 같은 것을 들고 있었다.

"돈은 어디 있어?"

엽총을 든 남자가 지점장 가슴에 총구를 겨누고 물었다. 그가 바로 주범인 듯했다. 지점장은 안의 금고실을 가리켰다. 저항할 겨를도 없었다.

금고의 문은 아직 열려 있었고, 안쪽의 창살문만이 닫혀 있었다. 지점장은 그들이 시키는 대로 책상 서랍에서 열쇠 다발을 들고 와서는 창살문을 열어주었다.

금고 속에는 약 2천만엔의 현찰이 쌓여 있었다. 바로 보너스 시기였기 때문이다.

엽총을 든 남자는 잠깐 현찰 꾸러미를 세다가 곧 에테르를 가진 남자를 쳐다보았다.

지점장도 에테르를 맡고는 의식을 잃고 그 자리에 쓰러졌다.

3인조는 금고에 있던 모든 현찰 꾸러미를 자루 속에 넣고 뒷문으로 빠져나갔다. 밖으로 나온 그들은 세워두었던 회색의 소형 승용차를 타고 윤광사 쪽으로 달려갔다.

사건이 경찰에 통보된 것은 오후 5시 20분이었다. 두 번째로 에테르를 맡고 실신했던 여직원이 최초로 의식을 회복하고 비상벨을 눌렀던 것이다.

즉시 T경찰서의 경찰이 달려와 사건을 확인하고 긴급수배가 깔렸다. 도로, 역, 버스 정류장 등 요소요소에 수사원을 배치하고, 차나 엽총을 소지한 사람을 체크하는 검문이 시작됐다. 동시에 현장 검증과 탐문수사가 개시되었다.

다섯 사람의 직원은 차례차례로 의식을 회복하고, 일단 가까운 병원으로 수용됐으나 생명에는 별다른 이상이 없었다. 따라서 사정 청취에도 응할 수가 있었다. 그러나 현장에 남겨진 단서는 극히 적었다.

유류품은 무엇 하나 남겨져 있지 않았다. 범인의 지문이라고 생각되는 것은 단 한 개도 검출되지 않았다. 세 사람 모두 장갑을 끼고 있었다.

단지, 카운터 바깥 바닥에 운동화 밑바닥과 같은 큰 족적이 몇 개 남아 있어서 범인들의 것으로 짐작됐지만, 이것도 똑똑하지가 않아서 신발의 종류나 메이커까지 알 수는 없었다.

탐문수사에서도 단서를 얻을 수 없기는 마찬가지였다.

피해를 입은 직원들은 세 사람의 얼굴을 보지 못했다. 처음에 한 사람이 뒷문을 열고 안을 들여다보았을 때에는 복면을 하지 않았지만, 순식간의 일이었고 문도 빠끔히 열렸을 정도여서, 거의 얼굴을 알 수 없었다고 했다. 아마도 그 후에 그들은 복면을 뒤집어썼을 것이다.

주범으로 보이는 엽총을 쥔 사나이와 에테르를 맡게 한 사나이는 상당히 체격이 큰 편이었다. 특히 에테르의 남자는 키가 180센티미터쯤 됐고, 뒤에서 덮어씌우듯 손수건을 눌러댔다. 또 한 사람, 칼을 들고 있던 남자는 그리 큰 키는 아니었지만, 그렇다고 몸집이 작은 편도 아니었다. 세 사람 모두 검정이나 흑갈색 점퍼에 바지를 입고 있었다.

에테르를 맡게 한 남자가 직원들과 가장 가깝게 접근한 셈인데, 그의 입에는 금니가 있었다고 두 사람이 증언했다. 그와 엽총의 남자는 말을 했지만, 복면을 쓰고 있었기 때문에 목소리는 탁하게 들렸고 특징은 거의 알 수가 없었다.

요컨대 피해자들의 증언에서 세 사람의 범인상을 추정한다는 것은 불가능에 가까웠다.

사건 발생 당시, 신용금고 통용문 옆에 좀 허름한 회색의 소형차가 주차하고 있던 것을 보았다는 증언을 두 사람으로부터 얻어왔다. 큰길을 지나가던 주부와 학생이다. 그러나 차번호까지는 보지 못했다. 설사 기억하고 있더라도, 현장에 하등의 단서도 남기지 않았던 범인들인 만큼 거짓 번호판을 붙이고 있었는지도 모를 일이었다.

"긴급 수배를 폈을 시점에서는 차 색깔도 몰랐으니까요. 게다가 최근에는 불심검문도 못 하게 돼 있으니까, 거의 효과는 없었을 겁니다."

T서 형사과장인 무로미 경감이 주먹으로 아래턱을 쓰다듬으며 안타깝다는 듯이 말했다.

"시간적으로도 늦었고 말이야. 경찰의 비상벨이 울린 5시 20분에는 범인이 도주한 다음 이미 50분 가까이 지나서였어. 그리고 나서 사건을 확인하고 각서에 수배를 했으니까, 아무래도 한 시간 이상은 늦었단 말이야."

현 경찰본부에서 나온 특수반장 가이즈카 경감도 입술을 깨무는 표정으로 말했다. 한 시간이면 범인들은 도쿄로 숨어들어갈 수도 있었다.

"당연히 그들은 거기까지도 계산을 하고 있었을 테지만……."

두 사람은 마주 보며 떨떠름한 얼굴로 끄덕였다. 그들은 현장 검증과 사정 청취를 끝내고 일단 T서에 돌아와 있었다. 곧 최초의 수사회의가 열렸다.

"에테르를 흡입시킨 직원이 의식을 잃고 쓰러진 다음에도, 범인은 한참 동안 손수건을 대고 있었다니까, 마취약을 충분히 흡입시키고 깨어날 때까지의 시간을 되도록이면 연장시키려고 했습니다."

"아무튼 상당히 치밀한 계획을 세웠던 것은 틀림없는 것 같아. 또 신용금고의 내부 사정에 관해서도 자세히 조사했던 것 같고."

그것은 4시 15분이라는 범행 시간으로도 짐작할 수가 있었다. 폐점 후 1시간 15분이나 지났기 때문에 손님이 남아 있을 가능성은 아주 적었다. 그러나 뒷문은 그대로 열려 있었다. 게다가 신용금고의 외근계는 보통 상당히 멀리까지 출장할 때가 많아 4시대에는 아직 점포에 돌아와 있지 않았다. 즉 신용금고의 인원이 가장 적을 때를 선택한 것이다.

또 12월 8일의 범행도 당연히 보너스 시기를 노린 것이다. 이번 사건과 같이 조그만 시의 신용금고 지점의 경우에는, 통상 매일 아침 10시경에 본점에서 현금을 배달하는 차가 와서, 그날 필요한 현금을 두고 간다. 그리고 저녁 때에는 3시 반쯤 다시 와서 현금을 회수해 간다. 야간에 신용금고 지점에는 거의 현금을 두지 않는다.

그런데 8일은 보너스 시기의 한복판으로, 특히 9일 아침에는 개점과 동시에 거래선의 회사나 상점에서 도합 1천8백만엔의 현금을 인출할 것이라는 연락이 들어와 있었기 때문에, 2천만엔의 현찰이 보관돼 있었던 것이다.

"범인들은 보너스를 현찰 그대로 가져간 셈이지만, 적어도 한 가지의 단서만큼은 남겼다고 할 수 있겠군."

가이즈카가 힘주어 말했다.

"새표의 번호 말씀이군요?"

무로미 경감이 되물었다.

회사나 상점에서는 보너스용으로 새 돈을 희망하는 경우가 많다. 그래서 신용금고 지점은 본점을 통해 주거래 은행에 신청을 해서 8일 아침에 1천만엔의 새 돈을 받아두었다. 9일 아침의 출금에 대비해 8일 낮에는 손을 대지 않고 그대로 금고에 쌓아놓았다. 강도에게 빼앗긴 2천만엔 가운데 헌 지폐의 번호는 조사할 길이 없으나, 1천만엔의 새 돈의 번호는 알 수 있다고 지점장이 말했다.

통상 일본은행에서 시중은행의 본점, 지점을 통해 신용금고 지점까지 신권이 배당되는 과정에서는 아무데서도 돈의 번호를 기록하지 않는다. 다만 신권은 1천만엔씩, 즉 백만엔의 다발을 열 개씩 묶어서 십자로 봉을 하고 비닐 봉지로 포장을 한다. 그 십자로 봉을 한 종이 테이프 위에 지폐의 번호가 인쇄된다. 포장된 하나하나마다 세 개의 로마 글자가 공통이고, 그 가운데 여섯자리 숫자가 일련번호로 돼 있다.

이번 경우에는 8일 아침 돈 뭉치를 비닐 봉지에서 꺼내 봉을 뜯고 금고에 수납한 다음, 버려진 비닐 봉지와 종이 테이프는 신용금고 안의 쓰레기통 속에 그대로 남아 있었던 것이다.

수사회의에서는 몇 가지 수사 방침을 세웠다.

목격자를 찾아 범행 차량의 행방을 추적하는 일, 엽총 소지자의 조사(직원들은 범인이 가지고 있던 엽총을 산탄총으로 보고 있으나, 라이플일 가능성도 있으므로 그 양쪽 모두), 최근에 에테르를 구입한 자의 조사, 피해를 입은 신용금고 직원과 그 밖의 내부 사정을 잘 알고 있다고 생각되는 자를 내탐하는 것이었다.

그리고 탈취된 돈에 대해서 매스컴에는 지폐의 번호를 전혀 알 수 없다고 발표하여, 범인이 오판을 내리도록 유도하고, 한편으로는 금융기관 등을 중심으로 신권 번호를 수배해서 발견 즉시 신고하게끔 조치를 취했다.

그러나 이번 수사는 오래 걸리지 않을까? 무로미 형사과장은 그런 예감이 들었다. 어찌 됐든 우선 단서가 모자랐다. 범인의 차에는 특징이 없다. 에테르는 병원이나 약국에서도 쉽게 입수할 수가 있다. 엽총 소지자만 하더라도 현에서만도 1만5천 명이나 되고, 그 외에도 등록되지 않고 불법으로 나돌아다니는 총은 수도 알 수 없을 정도였다.

결국 신권이 나오는 것을 기다리는 지구전이 될 것이 아닌가?

무로미의 예감은 들어맞아서, 수사는 이렇다 할 진전을 보지 못한 채 해가 바뀌었다.

정초의 사흘 동안은 온화한 일기 덕택으로, 윤광사에는 예년 이상의 참배객들이 몰려들었다. 제야의 종과 동시에 예년과 다름없이 돈세탁이 진행되는 계곡 앞에는, 약 두 시간 전부터 줄서기가 시작되었다. 해가 떠오르면서 참배길에서 시의 큰길에 걸쳐 주로 도쿄 번호의 승용차가 줄을 이었고, 그 양측은 가족 동반에 기모노 차림의 인파로 메워졌다. 그중에는 12월에 일어났던 신용금고 강도사건을 기억하고는 그 앞에서 걸음을 멈추는 사람들도 있었다.

4일의 경찰청 발표에 의하면, 윤광사의 정초 참배객은 작년 수준을 상회하여 사흘 동안에 170만 명으로 추산된다고 했다. 그 시주돈의 합계는 1억엔쯤 될지도 모른다고, 지방신문이 예상 기사를 실었다. 그렇다면 한 사람 평균 60엔 미만으로 인원수에 비해서 시주액이 적은 듯했다. 경비를 맡았던 순경이나 절의 직원들의 애기로는, 금년에는 동전을 던지는 사람이 압도적으로 많았는데, 그것도 불경기 탓이라고 했다.

그렇다고 하더라도 어마어마한 액수다.

윤광사의 시주돈은 매년 본당 뒤의 지하실에서 흰 종이 마스크를 한 재무직원들의 손으로 집계된다. 지폐는 한장 한장 손으로 추리고 동전은 기계에 의해서 선별된다. 시주함 뒤에는 전동식 선별기가 설치돼서 100엔 동전, 50엔 동전, 10엔 동전 등 크기에 맞는 구멍이 뚫려 있어서 동전은 고속으로 회전하면서 지하실에 떨어질 때까지 각기 구멍에서 선별되게 돼 있다.

시주를 집계할 때에는 본산 주지를 비롯한 절의 간부들도 입회한다. 집계된 돈은 절의 수입으로 장부에 기재된 다음, 거래하는 시중은행, 도시은행, 신용금고 등에 예금된다. 정월 초가 지나면 은행에서 차로 수금하러 와서는 간부들 앞에서 다시 한 번 세보고 운반해 간다. 수입이 많은 종교 법인은 금융기관의 소중한 단골 손님인 셈이다.

이러한 절차는 윤광사 뿐만 아니라 전국의 관광 사원이나 신사도 거의 마찬가지다.

정초의 바쁜 며칠 간도 지나고, T시가 다시 평상대로의 조용한 나날을 보내기 시작한 1월 10일.

밤 11시 넘어, T서에 전화로 신고가 있었다. 연말부터 수배되었던 번호의 1만엔짜리가 한 장 발견됐다는 것이다. 신고한 사람은 시내의 스낵 〈마도카〉의 주인이었다.

서에서 가까운 관사에 살고 있는 무로미 형사과장은 당직 경찰로부터 보고를 듣고, 직접 마도카로 달려갔다. 문제의 새 돈에 관해선 처음 들어온 정보였다. 마도카는 큰길에서 조금 들어간 주차장 곁에 있는 작은 스낵으로, 10년 전부터 영업을 하고 있어서 가게는 낡았다. 카운터와 박스가 셋 정도, 안쪽에는 오래 된 주크 박스가 놓여 있었다. 이런 가게도 정초에는 제법 붐볐을 테지만, 평소에는 근처의 젊은이들이 출입할 정도일 것이다. 사건이 있었던 신용금고에서는 5백 미터밖에 떨어져 있지 않았다.

문제의 새 돈 번호에 관해서는 계속해서 신문 보도가 통제되고 있었으나, 사건 후 시일이 경과되면서 금융기관 뿐만 아니라 역이나 슈퍼, 유흥업소 등에도 수배 전단이 널리 배포돼 있었다. T시내에서도 마도카 같은 작은 가게에도 전단을 배포해서 협력을 구하고 있었다.

"앞뒤 로마자를 머릿속에 넣어두면, 나머지는 일련번호니까 비교적 외우기 쉬워서 만엔짜리를 받을 때는 늘 신경을 썼죠."

스웨터 목둘레에 야한 스카프를 두른 45, 6세의 주인 지노는 자랑스러운 표정으로 카운터 위에 만엔짜리를 내놓았다. 무로미가 곧 수첩에 적어둔 번호와 조회를 해보니 틀림없는 수배된 번호에 포함돼 있는 지폐였다.

"밤에는 대개 제가 회계를 보는데요, 오늘 밤 10시 반 조금 넘어 와키다씨가 돌아가면서 지갑에서 1만엔을 내놓아, 거스름돈을 내주고 나서 보니까 이것이지 뭡니까……."

"손님의 이름도 알고 있어요?"

"그럼요, 단골 손님인걸요. 그래서 더욱 깜짝 놀랐죠. 그때는 아직 다른 손님도 있고 해서 모른 척하고 있다가, 가게를 닫고 곧 경찰에 전화를 했습니다."

와키다는 마도카에서 그리 멀지 않은 곳에 살고 있는 50 전후의 남자로, 1주일에 한 번이나 열흘에 한 번 정도 혼자서 마시러 왔다. 위스키 워터를 두세 잔 마시고 그때마다 현금으로 지불하고 갔다. 그 습관이 벌써 2, 3년이나 계속되었기 때문에 주인은 얼굴도 이름도 기억하게 됐다고 했다.

"말수가 적은 사람인데, 윤광사에 근무하고 있다고 들었습니다."

T시의 주민은 도쿄 방면으로 통근하는 샐러리맨이나, 아니면 어떠한 형태로든 윤광사와 관련이 있는 직업이 많았다.

와키다의 신원은 곧 밝혀졌다. 와키다 도시히로, 51세. 20년 이상 윤광사의 사무소에 근무하고 있는 직원으로, 서무과장이라는 직함을 갖고 있지만 승적은 없다. 처 미야코 47세, 장남 시게루 13세, 그리고 미야코의 어머니 시바 75세의 4인 가족이다. 장남은 시내의 중학교에 통학하고 있다. 집은 마도카에서 수백 미터 떨어진 곳에 있으며, 아담한 평옥으로 와키다의 소유이다. 지방 농가의 외동딸이었던 아내가 부모로부터 물려받은 땅에다 수년 전에 신축했다.

"와키다는 본래 교토 태생으로, 작은 절의 3남입니다. 그 절은 현재 장남이 승계를 하고 있습니다. 와키다는 교토에서 불교계의 대학을 나온 다음 한동안 그쪽에 있다가, 윤광사와 인연이 닿아서 1957년에 이쪽으로 이사와서 근무하게 됐습니다. 그 후 미야코와 결혼했는데, 결혼을 늦게 해서 아이가 아직 어린 편입니다."

와키다의 신변 조사는 형사들에 의해서 속속 보고되었다.

"매우 착실하며 빈틈없이 꼼꼼해서, 오히려 통이 작은 편이라는 평판입니다. 입이 무겁고, 사람 교제도 넓은 편은 아닙니다. 현재 윤광사에는 41명이 근무하고 있는데, 그중 19명이 스님이고, 다른 20명은 승적이 없는 일반 직원, 그리고 심부름꾼인 노부부가 입주해서 살고 있는데, 와키다는 별로 두드러진 존재가 아닌 듯

싶습니다.”

절의 최고 책임자는 본산 주지로, 그 아래 십여 명의 승려가 있고, 수도승의 사미승도 두 사람 있다. 승려들은 몇 개의 당탑(堂塔)의 책임을 맡기도 하고, 절의 사무를 분담하고 있다. 사무 관계에서는 집사장이 가장 계급이 높고, 다음에 서무부장, 교화부장, 재무부장의 3역. 여기까지는 승려, 이른바 역승이다.

서무과장인 와키다는 일반 직원 중에서는 상위에 속하지만, 이것은 연공서열에 의한 것으로 사교성이 좋지 않고 특별히 유능하지도 않은 그는 오히려 주위에서 무시되기 쉬운 존재였던 모양이다.

그의 경제 상태도 당연히 내탐의 포인트가 됐다. 그는 현재 절에서 세금 빼고 20만엔 안팎의 월급을 받고 있으며, 거기에 보너스를 합치면 연봉 320만엔 정도. 저금은 3백만엔 정도 있으나 은행 정기예금에 들어 있고, 사건이 있던 신용금고와는 거래가 없었다.

생활 정도는 제법 씀씀이가 큰 편이라는 것이 인근 주부나 출입하는 상인들 사이의 인상이다. 수입에 비해서는 집을 신축한 외에도 저금을 하고, 생활 정도도 소비적이라는 것이 좀 마음에 걸리지만, 아내도 어느 정도 재산을 가지고 있었을 것이고, 아이도 하나밖에 없었기 때문에 특별히 의심스럽다고 할 정도는 아니었다. 더구나 호화스러운 저택에 살며 고급 승용차로 출퇴근을 하고 있는 윤광사의 간부 승려들에 비한다면, 별로 눈에 띄는 것은 아니었다.

와키다는 매일 아침 7시 45분에 집을 나와 15분 정도 큰길을 걸어서 통근하고 있다. 여름에는 5시 반에, 겨울에는 4시 반경에 퇴근해서 귀가한다. 일요일에 출근한 날은 금요일에 쉬든가 해서 교대로 주1회의 휴일을 취하고 있다.

날이 좋을 때에는 이따금 낚시를 하러 갈 정도로 특별한 취미는 없고, 엽총이나 자동차 면허도 갖고 있지 않다. 1주일에 한 번 정도 마도카나 또 하나의 다른 스낵으로 마시러 가는 것이 유일한 낙인 모양이다.

이렇게 판에 박은 듯한 생활은 12월 8일의 사건 이후에도 밖으로 보는 한은 조금도 달라진 것이 없었다.

그는 키가 168센티미터, 중간 정도의 체격으로 갸름하고, 얼굴빛은 검은 편이다.

"이 체격으로는, 3인조 중에서 엽총을 가지고 있던 남자와 에테르를 가지고 있던 남자에는 해당이 안 되고, 금니도 없다고 하니까……."

몰래 촬영한 그의 사진 몇 장을 책상 위에 놓고 수사원들은 의견을 교환했다.

"성격으로 보아도 강도의 주범이 될 만한 타입은 아닌 것 같아요. 그러니까 범행에 가담했다면, 여직원에게 칼을 들이댄 남자가 아닐지……."

피해자인 여직원은 무엇 하나 상대의 특징을 기억하고 있는 것이 없었다.

"어쨌든 그 밖에 두 사람의 공범이 있었는데, 와키다를 보고 있으면 아무래도 그런 무리에 끼어 있다는 것이 느껴지지 않는단 말이에요. 오히려 고독벽 같은 것이……."

내탐을 담당했던 수사원들의 심증은 어느 편이냐고 하면 오히려 무죄에 가까웠다.

"그러나 그가 수배된 번호의 1만엔권을 사용한 것은 사실이거든. 이 신고는 마도카의 다른 종업원들의 말을 참고하더라도 믿을 만한 것이야."

가이즈카 경감이 강한 어조로 발언했다.

"더군다나 와키다에게는 사건 당시의 알리바이가 없는 것 같아. 12월 8일 금요일은 절의 휴일이었어. 그 신용금고와 그와의 사이에, 지금으로서는 아무런 관계도 떠오르지 않지만, 그래도 그는 20년 동안 매일같이 그 앞을 걸어서 출퇴근을 하고 있었으니까 말이야. 직원이 몇이 있는지, 외근계가 몇 시경에 돌아오는지 하는 사정도 자연히 머릿속에 들어 있었다고 생각되거든."

"게다가 와키다에게는 절에서 받는 봉급 이외에는 별도 수입이라고는 전혀 생각할 수도 없단 말입니다."

현 경찰본부의 형사가 가이즈카에게 동조했다.

"그는 마작이나 경마 같은 노름도 일체 안 하고, 그의 가족이 다른 부업을 갖고 있지도 않습니다."

그렇다면 그가 봉급 이외에서 1만엔권을 얻을 기회가 있었다고는 생각할 수가 없다. 더군다나 윤광사는 월급이나 보너스도 모두 은행 불입식으로 지불한다. 와키다는 작년 말에 그 은행에서 돈을 인출했으나, 모두 조사가 끝난 돈으로, 수배된 번호의 지폐가 섞여 들어갈 리가 없다고 은행은 단언하고 있다.

그가 절의 돈, 예를 들면 시주함의 돈을 슬쩍한 것이 아니냐는 의견도 나왔으나, 이 선은 곧 부인됐다. 형사가 일반적인 수사의 참고라는 형식으로 탐문한 바에 의하면, 와키다가 매일 일을 하고 있는 사무소와 시주함이 있는 본당과는 멀리 떨어져 있었고, 시주함의 집계는 전적으로 재무부의 역할로, 서무부서의 그는 금전적인 일에는 전혀 상관하지 않는다는 것이다.

그렇다면 그는 역시 강도의 일당으로 분배받은 돈에서 저 새 돈을 입수했다는 것일까?

사건 후 한 달이 지난 1월 10일, 그는 지금쯤은 괜찮을 테지 생각하고 새 돈에서 한 장을 썼단 말인가?

"아무튼 조금 더 그를 놔두고, 잠복과 내탐을 계속하는 것이 어떨지?"

무로미가 일동을 돌아다보면서 의견을 말했다.

"지금 그는 아직 자기가 감시당하고 있다는 것을 눈치채지 못하고 있습니다. 그렇다면 다시 또 새 돈을 쓰리라고도 예상할 수 있고, 동료들과 연락을 할 가능성도 있습니다. 여기서 성급하게 그를 불러 조사를 한다는 것은 좋은 방법이 아닐 것 같아요. 주범이 멀리 튈 위험성이 높아집니다. 그의 신변에 그럴싸한 사람들이 보이지 않는다고 하지만, 어떤 형태로 동료들과 연결이 돼 있는지 알 수가 없으니까요.."

무로미의 의견이 수사본부 태반의 지지를 얻었다.

새 돈이 발견되었다는 사실을 외부에는 발표하지 않고, 비밀리에 잠복 감시가 계속됐다.

좁은 동네라 형사들이 아무리 표가 나지 않도록 행동한다고 해도, 와키다가 경찰의 감시를 당하고 있는 모양이라는 소문이 소리 없이 퍼져나가기 시작했다. 함구령을 내렸지만 마도카의 종업원이, 와키다가 수배된 1만엔권을 사용했다고 몰래 손님에게 얘기한 기색이 나타났다. 그 때문인지 와키다는 일체 마도카에 나타나지 않게 되었다. 또 한 군데 단골로 다니던 스낵에도 가지 않았다. 저녁 4시 반에서 5시 사이에 절에서 돌아오면 집에서 두문불출, 마당에도 모습을 나타내지 않았다.

젊은 수사원들 중에서는 더 이상 참을 수 없다고, 와키다에게 임의 출두를 요구해서 사정 청취를 해야 한다고 주장하는 사람도 있었다. 또는 임의로 가택수사를 해보면 어떠냐, 그 결과 집에서 수배 중인 돈이 발견된다면 그 자리에서 체포할 수가 있다, 이 상태라면 와키다는 경계해서 다시 한 번 새 돈을 사용한다는 것도 기대할 수 없을 것이다…….

그러나 설사 그가 3인조의 한 사람이었다고 하더라도, 주범은 아니라는 것이 수사본부의 일치된 견해였다.

그의 집에 돈이 숨겨져 있는지 없는지는 알 수가 없다. 지금 쳐들어간다면 공범인 두 사람은 빠져나갈 뿐만 아니라, 아무 증거도 찾을 수 없는 결과를 초래할지도 모른다. 초조해하는 것은 금물이다. 조용히 버티고 있으면, 적은 언젠가는 꼬리를 나타낼 것이라고, 무로미는 젊은 형사들을 만류했다.

19일은 금요일이었다. 전의 일요일에 쉰 와키다는 그날도 보통날처럼 출근하고, 4시 50분쯤 귀가했다. 어쨌거나 그대로 다음날 아침까지는 한 발도 나오지 않을 것이라고, 잠복 근무 중인 수사원들이 한숨 돌리고 있을 때, 9시 45분쯤 와키다의 집 뒷문이 살그머니 열렸다. 거무스름한 오버의 깃을 세운 와키다의 그림자가 어렴풋한 외등 그늘 속에 떠올랐다.

그는 오버 주머니에 두 손을 넣고 앞으로 몸을 굽힌 자세로 걷기 시작했다. 윤광사 방향이지만, 매일 왕복하고 있는 큰길이 아니고 어둠에 잠겨 있는 뒷길을 걸어가고 있었다. 생각에 잠긴 듯한 무거운 걸음걸이였다. 그러면서도 가끔 발길을 멈추고 뒤를 돌아다본다. 두 사람의 형사가 재빨리 몸을 숨기자, 잠시 동안 길을 바라보고 있다가 다시 걸어간다. 분명히 미행을 경계하고 있는 모양이다. 공범자의 집으로 가고 있는지도 모른다. 뒤를 쫓고 있는 형사들은 긴장했다.

그러나 얼마 안 가서 와키다는 윤광사의 참배길로 접어들었다. 정문 옆을 통해서 〈윤광사 문적〉이라는 현판이 걸려 있는 문을 들어섰다. 그 안에 있는 청동지붕 건물이 사무소이다. 그는 낮에 근무하고 있는 사무소에 다시 나온 것이다.

그렇다 하더라도 매일 통근하는 코스와는 달리 뒷길을 걸어온 것을 보면, 역시 미행을 뿌리치려는 심리가 있었다는 것을 알 수가 있다.

사무소의 어떤 방에 전등이 켜져 있었다. 이것도 보통 때는 없는 일이다. 보통 때 밤에 절에는 심부름을 하는 노부부가 숙직을 하는데, 그것도 승방에 가까운 작은 방에서 자게 돼 있었다. 10시쯤 사무소에 전등이 켜져 있다는 것은 예삿일이 아니라는 것을 T서의 형사들은 잘 알고 있었나. 연밀이라든기 특별한 행사가 있는 전날 밤이라면 모르되, 내일 윤광사에서 특별한 행사가 있다는 소리는 못 들었다.

그러나 와키다가 현관의 장지문을 열고 들어간 점으로 보아, 오늘 밤에는 문단속도 안 돼 있는 모양이다.

형사들은 우선 현관을 바라볼 수 있는 나무 그늘에 몸을 숨겼다.

"아니, 승용차가 와 있는데."

"본산 주지도 와 있고!"

두 사람은 속삭이며 어둠 속에서 마주 보았다. 어둠에 익숙해진 눈으로 보니, 사무소의 넓은 앞뜰에는 너댓 대의 승용차가 주차하고 있었다. 차고에 들어가 있는 것은 틀림없이 본산 주지의 승용차인 팥죽색의 벤츠였다. 본산 주지 역시 윤광사에서 기거하지 않고 가까운 곳에 있는 자기의 출신 절에서 통근하고 있었다. 윤광사의 운전사가 벤츠로 송영을 하고 있었다. 그 밖에 주차하고 있는 차들도 윤광사 승려들의 승용차로 보였다. 윤광사의 주변 산내에는 열세 개의 지원이 있어, 그 주지들이 윤광사를 운영하고 있다. 그들은 대개 직접 차를 운전하고 있었다.

또 한 대의 중형차가 안으로 들어왔다. 운전하고 있는 사람은 신사복 차림인데, 배가 나와 있는 모습으로 집사장인 듯했다.

사업가 타입이라는 평판인 집사장은 왠지 당황스러운 동작으로 현관 안으로 들어갔다.

10시 15분까지 두 대의 차가 더 도착했고, 한 사람이 걸어 들어왔다. 모두 형사들이 아는 스님들로 그들도 사무소 안으로 들어갔다.

그 다음에는 아무도 오지 않았고, 사무소의 앞뜰은 한밤의 정적에 싸여 있었다.

전등은 계속 켜져 있었다. 목소리까지는 들리지 않았으나, 무엇인지 밀담이 오가는 기색이었다. 게다가 본산 주지를 비롯해서 계급이 높은 간부 스님들이 열석하고 있는 와중에, 와키다가 들어 있는 것이 기묘한 감이 들었다. 아니, 와키다에 관한 일 때문에 그들은 긴급회의를 열고 있는 것이 아닐까?

회의는 약 한 시간으로 끝이 났다.

본산 주지, 집사장, 3역의 간부승들이 차례차례로 나와 제각기의 승용차로 떠났다. 모두가 10명 정도로 걸어서 돌아가는 사람도 있었으나, 아무도 입을 열지 않았다. 묵묵히 움직이는 그들의 모습에서 기이한 분위기마저 느끼게 했다.

마지막으로 와키다가 현관의 쪽마루로 내려왔다. 거기서 오버를 입고 구두를 신고는 올 때와 마찬가지로 등을 구부린 채 걸어갔다.

    형사들 눈에는 와키다의 걸음걸이가 더욱 무거워진 것 같았다. 더 이상 미행을 뿌리칠 기력도 없는지 뒤돌아다보지도 않고, 늘 지나다니던 큰길에 구두 소리를 남기고 집으로 돌아갔다.
    다음날 아침 일찍 열린 수사회의는 지금까지와는 달리 활기에 차 있었다.
    "절의 인간들이 모두 한 패가 아닙니까?"
    젊은 수사원들이 발언했다.
    "나는 와키다가 떠올랐을 때부터, 왜 그런지 그런 생각이 들어 어쩔 수가 없었어요. 아니, 물론 실제로 신용금고에 강도로 들어간 것은 아마 아래 직원들이라고 하더라도, 이것은 모름지기 절의 간부들도 미리 알고 있었던 것이 아닙니까?"
    "범인들이 탄 승용차가 윤광사 쪽으로 도주했다는 신고도 있었으니까요."
    그것은 신용금고 주변의 상점에 탐문을 계속한 결과, 사건 후 이틀 정도 경과한 다음에 얻은 정보였다.
    "하지만 윤광사의 재정은 다른 절이 부러워할 정도로 넉넉했어. 정월과 축제 때에는 억에 가까운 시주가 들어오는데다가 보통 때도 늘 신자의 장례나 제사 의뢰가 많았어. 격이 높은 절일수록 죽은 사람에게 붙여주는 법명 요금도 상당할 것이고, 이런 여러 가지 수입은 종교 활동의 결과로 영리사업이 아니라는 점에서 일체 비과세란 말이야. 최근에는 이렇다할 수리 복원 같은 것도 없었으니까, 수입은 모두 절의 유지비와 인건비에 충당될 거란 말이야."
    T서 근무가 긴 연배의 부장형사가 팔짱을 끼며 반론했다.
    "윤광사의 스님들이 모두들 자기 절 옆에 호화주택을 신축하고,

매년처럼 새 차를 바꿔타고 있는 것을 보더라도 알 만하지 않습니까? 거기다가 강도짓까지 할 필요가 있을까요?"

동의하는 수사원이 많았다. 종파 중에서도 대표적인 본산 사찰의 승려들이, 같은 지방의 신용금고 강도를 계획한다는 것은 생각할 수도 없다는 것이다.

"상층부에서는 관여하지 않았다 하더라도, 와키다와 다른 두 사람의 직원이 범인이었다는 것은 있을 수 있는 일입니다. 지금으로서는 절 자체에서도 그 사실을 알고 수습책에 머리를 싸매고 있는 것이 아닐까요? 그런 사실이 세상에 알려지면, 윤광사의 위신은 땅에 떨어지고, 당연히 간부들의 인책 문제까지 거론될 것이고……."

어젯밤 와키다를 미행한 형사 중의 한 사람이 말했다. 그는 사무소의 이상한 분위기와 집으로 돌아가던 와키다의 모습 등에서 그런 인상을 받았던 것이다.

"또 하나의 가능성으로서는, 절에서도 아직 사건의 진상을 파악 못 했고, 다만 와키다가 경찰에 감시당하고 있다는 소문을 들은 상층부가 어젯밤 그를 불러서 사정을 듣고 따졌다는 경우도 생각할 수 있지 않을까요?"

또 다른 형사가 말했다.

아마 그런 정도의 일이었는지도 모른다고, 어젯밤의 잠복 근무조는 서로 마주 보며 끄덕였다. 와키다는 본산 주지를 비롯해서 상사들에게 둘러싸여 힐문을 받았는지도 모른다. 어째서 그런 돈을 가지고 있었느냐? 강도사건과는 어떤 관계가 있느냐……?

거기에 대해서 그는 어떻게 해명했을까?

그 대답이 수사본부로서는 무엇보다도 궁금했다.

그것을 알아내기 위해서는 와키다를 호출하지 않으면 안 된다.

그러나 여기서 다시 이론이 나왔다. 와키다가 강도의 일당이었을 경우에는, 다른 두 사람도 윤광사 내부의 사람이 아닐까 하는 견해가 차츰 강해지고 있었다.

따라서, 만약에 경찰이 그에게 손을 대면, 절은 다른 두 사람을 비호하고, 증거를 인멸하고, 사건을 유야무야해버릴 것이 아닌가. 그것이 절로서는 가장 타격을 적게 입는 방향이다. 한편 와키다는 와키다대로, 그 돈을 길에서 주웠다고 버틴다면, 경찰로서는 더 이상의 추궁할 길이 없을 것이다…….

절 내부에 수사의 초점이 좁혀진 것만으로도 큰 진전이었다고, 수사회의는 일단의 결론을 내렸다.

앞으로도 내사를 계속해서 와키다의 대인 관계를 철저히 조사했다. 주범격인 자와 또 한 사람의 공범자를 거의 추정한 연후에 밀고 들어가 세 사람을 동시에 체포한다는 지구전은 다시 계속됐다.

범인을 체포했다는 뜻밖의 보고가 T서에 전달된 것은 그로부터 이틀 후의 저녁 때였다. 현청 소재지 O시에 있는 현 경찰본부의 연락으로, 범인은 O시에서 체포되었다는 것이다.

1월 22일 오후 3시쯤, 시내의 마작 클럽에서 손님이 라면을 배달해 달라고 주문을 했는데, 돈을 지불하기 위해서 1만엔을 잔돈으로 바꿔 달라고 했다. 잔돈을 바꿔준 다음, 레지가 그 돈의 번호가 수배된 번호에 해당된다는 사실을 알았다.

마작 클럽은 비밀스럽게 경찰에 전화를 했으며, 달려온 경찰 두 사람이 아직도 마작을 계속하고 있던 손님 곁으로 갔다. 20세 전후의 청년으로 보였다.

검문을 하려고 하자, 청년이 느닷없이 경찰을 밀어젖히고 도망하려고 했기 때문에, 붙잡아놓고 소지품을 조사해 보니, 수배 중인 1만엔짜리 지폐 여덟 장이 나왔다. 본서로 동행해서 추궁한 결과, 작년 12월 T시의 신용금고에 강도로 들어간 것을 자백했다.

청년은 동료 두 사람의 이름과 주소도 자백해, 곧 경찰이 달려가 두 사람을 체포했다.

주범은 26세, 무직. 공범은 23세의 공원과 19세의 청년, 무직의 세 사람이었다.

세 사람의 자백에 의하면, 엽총과 차는 같이 놀러 다니는 친구에게 빌린 것이다. 주범의 누이동생이 전 O시의 신용금고에 근무한 적이 있어서 지점 정황을 동생에게 들어서 대강 알고 있었다. T시에는 두 번쯤 도쿄로 놀러 갔다가 돌아오는 길에 차로 통과했을 뿐이었는데, 그때 신용금고 지점의 건물이 인상에 남았다. 거기를 털기로 결정하고 주범이 혼자서 미리 정탐을 하러 갔다.

훔친 돈 2천만엔에서 주범이 8백만엔을 갖고, 나머지 두 사람이 6백만엔씩 나눠 가졌다. 모두 처음에는 헌 지폐만을 쓰고, 빚을 갚고 유흥비로 썼다.

새 돈에 손을 댄 것은 1월 15일부터였다. 사실은 정초에 간단한 테스트를 해보았는데, 거기에 대해서 아무런 반응도 나오지 않아서, 이제는 괜찮을 것이라고 판단했다. 15일 이후에는 세 사람이 똑같이 매일같이 쓰고 다녔으나, 아무도 알아보는 사람은 없었다. 완전히 안심하고 있었는데, 마작 클럽에서 통보가 됐다는 것이다.

정초에 한 테스트가 어떤 것이냐는 취조관의 질문에 대해서, 주범 격인 덩치 큰 남자가 마치 자랑이라도 하듯 대답하였다.

"정초에는 나 혼자 윤광사에 가서 만엔짜리 새 돈을 한 장 넣고 왔습니다. 이건 그 자리에서 번호를 보게 될 위험도 없고, 시주 돈은 어차피 은행에 예금될 것인데, 그래도 반응이 없으면 지폐의 번호는 수배되지 않았을 테니까, 다른 새 돈도 안심하고 쓸 수 있을 것이라고 생각했던 것이죠. 부처님 덕을 좀 보려고 윤광사의 시주함에 넣은 거였는데, 이렇게 잡힌 걸 보니까 별로 효과가 없었던 모양이죠."

세 사람의 자백에 신중한 뒷조사를 해본 결과, 그들의 범행이 틀림없다고 단정되었다.

그들은 와키다 같은 사람은 전혀 모른다고 했고, 조사해 보아도 역시 아무 관계도 떠오르지 않았다.

그렇게 되니까, 와키다가 마도카에서 지불한 1만엔권은 주범이 윤광사의 시주함에 넣었던 지폐이고, 그것을 와키다가 훔쳤다고밖에 생각할 길이 없었다. 이 점은 범인이 자백한 뒷조사를 맞추기 위해서도 그대로 내버려둘 수가 없었다.

범인 체포 사흘째가 되는 날 아침, 무로미 형사과장은 부하 한 사람을 데리고 윤광사로 갔다. 금년은 따뜻한 겨울이라고 하지만 산간 지방 T시에서는 아침 추위가 제법 날카롭다. 전날 밤에는 진눈깨비가 와서 사무소의 앞뜰은 질척거렸다.

와키다에게 면회를 요구하자, 중년의 직원이 대답했다.

"와키다는 아까 본산 주지 스님이 불러서 본당으로 갔습니다만."

본당에서는 마침 아침 참선이 시작되고 있었다.

오늘 아침엔 본산 주지가 중앙의 강사 자리에 앉아 있다. 좌우에 열 사람 남짓한 승려들이 앉아 있고, 독경이 계속되고 있었다. 집사장도 함께 참석하고 있었다. 와키다의 모습은 보이지 않으나, 본당 어디에 있을지 모르겠다.

무로미는 참선이 끝날 때까지 기다리기로 하였다.

눈앞에 커다란 시주함이 놓여 있었다. 정초에는 이 시주함에 1억 엔의 지폐와 동전이 들어가 있었다. 여기에 강도들도 1만엔을 넣고 붙잡히지 않도록 빌었단 말인가.

그렇다 하더라도, 와키다가 일하고 있는 사무소와 이 본당은 상당히 떨어져 있었다. 여기는 사람 눈에 띄기도 쉬운 곳이고, 더군다나 정초에는 하루 종일 인기척이 끊어질 사이가 없었을 것이다. 과연 와키다가 시주함에서 시주돈을 훔칠 수가 있었을까? 역시 그가 시주돈을 훔쳤다는 것은 어딘지 석연치 않다고 무로미는 느끼고 있었다.

30분 정도의 독경이 끝나자, 승려들은 상좌에서 퇴장하기 시작했다.

집사장은 참선의 중반쯤부터 무로미들을 알아보고 있었던 모양이다. 자리에서 일어선 그는 무로미들과 시선이 마주치자, 그 시선을 거두어 본산 주지를 향했다. 본산 주지는 다음 순간 무로미들을 보고 다시 집사장을 쳐다보았다. 무로미는 일순간 두 사람 사이에 무엇인가 암암리에 사인이 오고 간 것 같은 느낌이 들었다.

본산 주지를 선두로 승려들이 모두 본당에서 떠나자, 집사장은 천천히 형사들 앞으로 가까이 다가왔다. 배가 불룩 나온 비만한 몸을 노란 법의로 가리고 가사를 걸치고 있었다. 날카로운 눈초리와 이중턱의 기름진 얼굴은 마치 사업가를 연상케 해 법의를 입고 있는 것이 어울리지 않을 정도였다.

"T서에서 왔습니다만……."

무로미는 새삼스럽게 인사를 했다. 집사장은 무로미를 잘 알고 있다는 듯이 가볍게 끄덕였다.

"무슨 일로……?"

"와키다씨에게 좀 물어보고 싶은 일이 있어서요."

"와키다라고 하면 사무소에 있을 텐데요."

"아까 사무소에 들렀더니 본당으로 올라갔다고 해서……."

"그럴 리가 없는데요. 아까 참선 예불이 시작되기 전에 잠깐 전달 사항이 있어서 이쪽으로 불렀습니다만, 곧 끝났으니까요. 벌써 사무소에 돌아가 있을 텐데요……."

집사장은 두세 번 눈을 껌벅이며 이상하다는 듯이 고개를 갸우뚱거렸다.

그러나 와키다는 역시 사무소에는 돌아와 있지 않았다. 직원에게도 부탁을 해서 찾아보았으나, 아무데도 그의 모습을 찾을 수가 없었다. 급한 일이라도 생겨서 집에 가지 않았느냐고, 직원의 한 사람이 말했다.

무로미들은 와키다의 자택으로 달려갔다. 절에서 전화를 했을 때는 아직 돌아와 있지 않았으나 엇갈렸을지도 모른다. 아니, 혹시 어떤 변이라도? 무로미는 불길한 예감이 들어 차를 급히 달렸다.

와키다의 아내 미야코가 집 앞에 서 있었다. 서른 넘어 결혼할 때까지는 국민학교 선생님이었다는 여성으로, 긴장된 얼굴로 서 있었다.

"찾으셨어요?"

미야코는 차로 뛰어와 물었다.

"아뇨, 댁에는?"

"돌아오지 않았어요."

고개를 흔들어 대답을 하던 미야코는 갑자기 숨을 들이쉬더니 절박한 표정으로 무로미의 팔을 잡았다.

"그이의 행방을 찾아주세요. 부탁입니다. 어쩌면 그이는……."

미야코의 목소리가 무로미의 예감을 더욱 짙게 했다.

윤광사 본당 뒤쪽에 있는 잡목림 숲속에서 와키다의 목매달아 죽은 사체가 발견된 것은 그로부터 한 시간 뒤의 일이었다. 절의 주변을 수색하던 수사원이 발견했다.

와키다는 참나무의 굵은 가지에 밧줄을 매고 목을 매달았는데, 사후 두 시간 정도로 보였다. 바로 참선 예불이 시작되기 직전으로, 와키다가 본당에서 사무소로 돌아간다고 본당을 나간 직후에 해당된다. 와키다는 사무소로는 돌아가지 않고, 창고에서 밧줄을 꺼내 들고 잡목림 숲으로 들어가 목을 맨 것으로 추측되었다. 그의 옷은 조금도 흐트러지지 않았고, 신도 벗어서 가지런히 놓여 있었다. 그가 누군가에 의해서 폭력으로 억지로 목을 맨 흔적은 아무데서도 찾을 수 없었다.

단 한 가지 기묘한 점이라면, 그는 양말까지 벗어서 접어 구두 속에 넣어두었다. 맨발이 된 그는 목을 매기 전에 주변을 걸어다닌 듯, 무른 땅 위에 그의 발바닥 모양이 일부러 찍어서 누른 듯이 여기저기 여러 개 남아 있었다.

"주인 양반의 자살 원인에 대해서 뭔가 짚이는 것이 없습니까?"

무로미는, 입술을 깨물고 울음을 참고 있는 미야코에게 부드러운 말투로 물었다. 목소리는 부드러워도 그 속에는 진실을 밝히려는 열의가 있었다.

와키다의 신변에서 유서는 발견되지 않았다. 절에 있는 사람들에게 물어봐도 모두가 판에 박은 듯이 아무것도 아는 바가 없다는 똑같은 대답을 할 뿐이었다.

그러나 미야코는 어느 정도 남편의 자살을 예상하고 있었던 것이 아니었을까. 행방을 찾아달라고 매달리던 때의 절박한 태도에서도 읽을 수가 있었다.

와키다의 시신이 해부를 위해 가까운 대학병원에 옮겨진 다음, 무로미는 경찰서의 조그만 방에서 사정을 청취하기로 하였다.

"부인께서는 혹시 이렇게 되지 않을까 하는 예견 같은 것이 있지 않았습니까?"

미야코는 한참 울어서 부은 눈을 내리깔고 무엇인가 계속 생각에 잠겨 있는 듯이 보였다.

"주인 어른께서 분명히 자살해야겠다는 의사를 얘기한 일은 없었다고 하더라도, 그 비슷한 행동이라든가 아니면 고충을 호소한다든가…… 저로서는 주인 어른이 무엇인가를 열심히 호소하려던 것이 아닌가 하는 생각이 들어서 말입니다."

"……"

"예를 들자면, 문제의 나무 주변에 남겨진 발바닥 자국만 하더라도 우연히 남겨진 것이 아니라, 무엇인가 특별한 의미가 있는 것이 아닌지……?"

미야코는 천천히 얼굴을 들고 무로미를 쳐다보았다. 아직도 어딘지 망설이는 듯한 목소리로 물었다.

"그것은 발바닥의…… 자국이었죠?"

"네?"

"남편은 땅 위에 발바닥으로…… 그렇군요, 틀림없이 무엇인가 호소하려고 그랬을 거예요."

멍하니 먼 곳을 쳐다보는 듯한 눈이 차츰 초점을 찾으면서 다시금 절박한 슬픔에 사로잡히는 듯이 보였다.

"불쌍한 사람…… 얼마나 괴로웠을까요. 살아서는 어떻게 해서도 말할 수 없었던 것을 그렇게라도 해서…… 얼마나 억울했을까…… 남편은 그 사람들이 죽인 것이나 다름이 없어요!"

그녀는 최후의 말을 외치듯이 말하고 몸을 떨며 통곡하기 시작했다.

무로미는 그녀의 감정이 가라앉을 때까지 기다렸다. 그리고 다시 부드럽게 질문을 던졌다.

"그 사람들이라고 하는 것은 누구를 얘기하시는 거지요?"

"본산 주지나 집사장, 그리고 절의 높은 사람들이에요."

"하지만 어떻게 해서 그 사람들이?"

"남편은 발바닥에 관한 일을 알고 있었기 때문이에요."

"그 발바닥이라는 것은 무슨 뜻입니까?"

미야코는 손수건으로 눈물 자국을 닦고는 애써서 냉정을 되찾으려는 듯이 깊은 숨을 들이마셨다.

"발바닥이라는 말은 지금 절에서는 극히 몇몇의 사람들만이 쓰고 있는 모양입니다만…… 원래는 정초의 참배에 절이 몹시 붐비고 있을 때, 다른 사람이 멀리서 시주돈을 던졌지만 시주함까지 닿지 않고 땅에 떨어지면, 가까이 있던 사람이 그것을 발바닥으로 밟고 있다가 몰래 챙겨서 자기 것으로 하는 것을 발바닥이란 말로 썼답니다……."

"옳거니. 그런데 지금 절에서는 극히 적은 사람들만이 쓰고 있다는 것은 무슨 뜻입니까?"

"지금은…… 시주돈을 나눠 먹는다는 뜻입니다."

"네?"

"윤광사 뿐만 아니고, 수입이 좋은 관광 사원이나 신사도 대강 비슷할 것이라고, 남편이 전에 얘기한 적이 있었어요."

미야코는 겨우 결심이 선 듯 단호한 말투로 얘기를 시작했다.

"매년 신문에는 금년 정초의 참배객은 몇만 명이고, 시주금의 합계는 얼마였다고 보도가 됩니다만, 사실은 절에서는 미리 예산이 돼 있어서, 그것도 실제보다는 적게 예정을 해서 금년에는 이 금액으로 가자고 결정을 해놓는 겁니다. 그리고 정초가 지나면 예정했던 금액만을 절의 수입으로 예금을 하고, 나머지 금액은 절의 간부들이 나눠 먹는 겁니다. 축제 때에도 똑같아요. 벌써 오래 된 관례로서 그것을 아무도 모르게 그냥 발바닥이라고 부르고 있어요."

무로미는 신음하듯 내뱉었다.

"발바닥이리……!"

그는 다시 한 번 중얼거렸다. 자살 현장의 땅에 남겨진 발바닥 자국이 떠오르면서, 그의 뇌리에는 집사장의 기름진 얼굴이며 본산 주지승의 호화주택 등이 차례로 떠올랐다.

"윤광사에는 금년 정초에 170만 명이 모였고, 시주돈은 도합 1억엔이라고 추정했지만, 사실은 1억2천만엔쯤 됐다고 남편이 애했어요. 하지만 예산은 8천만엔이었어요."

"그렇다면 나머지 4천만엔을 절의 간부들끼리……?"

"분배 방법도 예전부터 그 비율이 정해져 있어요. 아마 본산 주지가 15퍼센트를, 집사장과 세 사람의 중역 등이 10퍼센트씩, 그리고 나머지의 대부분을 다른 스님들이 나눠 갖고, 남편이나 과장급 직원과 재무부의 직원들이 겨우 얼마 정도 얻어 갖는다고 했어요."

본산 주지가 15퍼센트를 갖는다고 하면 6백만엔, 거기에 가까운 돈을 매월 정월과 5월의 축제 때 공공연히 착복했단 말인가? 그리고 간부 승려들과 와키다까지…….

"남편에게는 백만엔쯤?"

"금년엔 79만엔을 받았다고 했어요. 남편이나 재무부 직원들에게는 일종의 함구료의 뜻이 있었을 거예요. 발바닥이란 말은 말하자면 절의 최고 기밀 같은 것으로 가족에게도 말해서는 안 되게 돼 있었는데, 결혼한 지 10년쯤 돼서 남편이 애기해 주어서 알았어요."

"그런 뒷거래되는 돈이라면 당연히 현찰로 나눠 가졌을 테죠?"

"초사흘이 지나면, 본당 안의 지하실에서 재무부의 사람이 시주 돈의 계산을 시작합니다. 그때는 본당 주지 스님이나 집사장 등 간부들이 쭈욱 앉아서 지켜보고 있답니다. 우선 예산된 돈은 따로 놔두고 나머지를 그 자리에서 나눠 갖습니다. 계산에 입회하지 않은 스님이나 남편 같은 사람은 별실에서 기다리고 있다가 배당을 받게 돼 있답니다……."

"수배됐던 새 돈은 그때 댁의 남편 몫에 들어가 있었군요?"

"그렇게밖에 생각할 수 없죠."

미야코는 불운을 원망하듯 입술을 깨물었다. 범인이 정초에 시주함에 넣은 새 돈은 발바닥 분배 때 와키다의 손으로 들어갔다. 와키다는 현찰의 번호가 수배되었다는 것은 꿈에도 모르고 그 돈을 1월 10일 밤 마도카에서 쓰고 말았다.

돈의 번호를 통해 그가 경찰에 감시당하고 있다는 것을 알게 된 절의 간부들은 대경실색했을 것이다. 그래서 지난밤의 긴급회의는 역시 선후책을 강구하기 위해서 소집된 것이다.

"새 돈의 출처에 대해서 만약에 경찰의 추궁을 받으면, 남편은
뭐라고 대답하기로 돼 있었습니까?"

"처음에는 길에서 주웠다고 말하라고 절의 간부들의 지시를 받
았다는 것입니다. 하지만 범인의 한 사람이 시주함에 넣었다는
것이 세상에 알려지자……."

"길에서 주웠다고 해선 통할 리가 없죠. 그렇게 되면 뭐라고 답
변할 예정으로 돼 있었습니까?"

"범인이 체포되고 자백한 내용이 보도된 그저께부터 남편은 본
산 주지 스님과 집사장 스님에게 번갈아 불려갔고…… 나중에는
두 분이 마치 담판이라도 하듯……."

"뭐라고 그랬다는 겁니까?"

"시주돈을 훔친 것으로 하라고요. 그렇게 되면 남편 한 사람의
불상사로 끝낼 수 있으니까요. 물론 그렇게 되면 그대로 절에서
일할 순 없으니까, 표면상으로는 파면을 하더라도 일생 동안 생
활 문제만큼은 책임을 지겠다고……."

"흠……."

"시주돈을 그대로 종교법인의 수입으로 계산하지 않고 나눠 갖
거나 하면 업무상 횡령이 된다지요? 무엇보다도 그런 일이 세상
에 알려지면 윤광사의 존엄이라는 것도 끝장이지요. 4백년 동안
이어진 법등(法燈)을 지키기 위해서…… 아니, 이런 종류의 부정
이 한 군데서 밝혀지기가 무섭게 다른 절이나 신사에서도 속속
적발되고, 종교계 전체를 뒤흔들게 될 일대 스캔들이 될지도 모
른다고요. 그것을 구할 수 있다고 생각한다면, 차제에 절도죄를
뒤집어쓰는 일쯤은 오히려 자진해서 할 만한 일이며, 부처님은
모든 것을 환히 내려다보고 계시다면서 얼렀다 달랬다 하면서."

"오늘 아침에도 본당에 불려가서 설득당한 모양이군요?"

"아마 그랬을 거예요. 남편은 원래 소심하고 정직한 사람이에요. 발바닥 분배를 받는 것 자체도 양심의 가책을 받아왔지만, 윤광사에서 일을 하고 있는 한은 잠자코 받을 수밖에 없다고 자신을 납득시켜 왔어요. 그런 만큼 이번에 자기만 좀도둑이 돼버리고 목을 잘리게 되다니……? 아무리 생활을 보장해 준다고 하더라도, 도둑의 오명은 일생 동안 지워지지 않아요. 남편으로서는 견딜 수가 없었을 거예요."

미야코는 신음하듯 말하고 다시 어깨를 들먹였다.

"그렇다고 그 사람 성격에 모든 것을 폭로할 결심도 못 내렸을 거예요. 그래서 생각한 끝에…… 그래도 저렇게 발바닥 자국을 남겨놓은 것은, 역시 마음속에서는 진실을 호소하고 싶었기 때문이었을 거예요."

무로미는 가시나무 가지에 매달린 시신 아래 뚜렷이 찍힌 발바닥 자국을 다시 한 번 눈앞에 떠올렸다. 온몸의 무게를 싣고 찍어놓은 한 발 한 발에는 와키다의 원한 서린 염원이 담겨져 있었을까? 이쪽에서도 그 발자국처럼 한 걸음 한 걸음 신중하게 굳혀나가지 않으면 안 될 것이라는 생각에, 무로미는 온몸이 긴장하는 것을 느꼈다. 칠당 가람 속에서 대담하고도 은밀한 범죄가 진행된 것이다. 웬만큼 단단히 그리고 치밀하게 내사를 진행시키지 않으면 입증은 곤란할 것이다.

무로미는 창가에 서서 깊은 한숨을 내쉬었다. 얼어붙은 참배길과 본당의 일부가 나뭇가지 사이로 보였다.

인적이 없는 고요 속에 하얀 눈발이 흩날리고 있었다.

증 언 / 마쓰모토 세이초

THE SECRET ALIBI
Seicho Matsumoto

증 언

그의 애인은 젊고, 생기에 넘치며, 집에서 귀가를 기
다리는 아내와는 너무나도 달랐다. 하나의 거짓말이
차례차례로 또 거짓말을 부르고, 그것이 가차 없는
숙명의 연쇄를 형성해 가는…… 마쓰모토 세이초의
세계.

———엘러리 퀸

마쓰모토 세이초(1909~1992)
후쿠오카현에서 태어남. 아사히신문 서부본사 사원으로 있던 1951
년, 〈주간 아사히〉의 소설 모집에 응모한 「西鄕札」이 3등으로 입선.
다음해 발표한 「어떤 고쿠라 일기전」으로 아쿠타가와상을 수상했
다. 종래의 탐정소설에 만족하지 않고 리얼리티에 입각해 쓰여진
작품들은 후일의 소위 '사회파 추리소설'을 탄생시키는 원동력이
됐다. 1957년 단편집 「얼굴」로 일본탐정작가클럽(일본추리작가협
회의 전신)상을 수상했고, 그 다음해 간행된 추리소설 「점과 선」은
일대 베스트셀러가 됐다. 「눈의 벽」, 「바람의 시선」, 「검은 화집」,
「모래 그릇」 등의 장편추리소설 외에도 시대소설과 전기(傳奇)소설
이 있으며, 「일본의 검은 안개」, 「쇼와사 발굴」 등 논픽션과 일본사
에도 조예가 깊다. 에도가와 란보(江戶川亂步) 이후에 한 시대를 구
획하는 일본의 대표적 추리작가라고 할 수 있다.

증 언

1

여인은 거울을 마주 보며 화장을 고치고 있었다. 작은 삼면 거울은 이시노 데이이치로가 지난달에 사준 것이다. 그 옆에 있는 옷장도, 정리장도 그렇다. 나만 백화점에서 사들인 날짜만이 다를 뿐이다.

방은 4조 반 두 칸이지만, 낭비가 없도록 가구가 배치되어 있었다. 젊은 여인의 색채라든가 분위기는 화사했다. 48세의 이시노가 이 방으로 들어오는 순간, 언제나 봄바람처럼 느껴지는 화사함이 있었다.

이시노 데이이치로의 자택은 더 크고 넓다. 그러나 부드러움이 없다. 건조한 공기가 가득 차 있고, 가구는 고급이지만 우중충하고 차갑다. 가족들 사이에 있어도, 그는 자기의 체온 속에 웅크리게 된다. 집에서 눈을 뜨고 있으면 자신의 마음까지 식어가는 듯했다.

이시노 데이이치로는 재빨리 양복으로 갈아입고 바닥에 누워 한쪽 팔꿈치를 세우고 담배를 피우고 있었다. 눈은 화장을 하고 있는 여인의 뒷모습을 바라보고 있다.

우메타니 지에코는 젊다. 입고 있는 블라우스나 스커트의 색깔도, 화장을 하는 방법도 눈이 부실 듯한 광채를 갖고 있었다.

보고 있는 이시노의 표정은 집에서 아내를 대하고 있을 때와는 너무나 달라 보였다.

우메타니 지에코를 이 집으로 옮기게 한 지 한 달이 지났다. 회사에서 데리고 있던 여자였으나, 그런 관계가 되자 곧 회사를 그만두게 했다. 회사에서는 아무도 알아차리지 못했다. 알려지면 과장 지위가 위태롭다. 그 점은 솜씨 있게 잘 처리한 셈이다. 우메타니 지에코의 퇴직과 이시노 과장을 연계하는 사람은 한 사람도 없었다. 이시노 데이이치로는 앞으로도 출세를 생각하고 있는 남자였다.

그의 집은 도쿄 서쪽 변두리인 오모리에 있었다. 집에서 마루노우치에 있는 회사까지의 출근길에 우메타니 지에코의 은신처를 두는 어리석은 짓은 하지 않았다. 신주쿠의 니시오쿠보 골목에 조용한 집을 찾아내서 지에코를 살게 했다. 이 집을 빌리고 집세를 내는 일은 모두 지에코를 시켰다. 이시노 데이이치로는 절대로 타인에게 얼굴도, 모습도 보이지 않게끔 궁리했다. 찾아올 때는 반드시 밤이었다. 골목도 막다른 골목이 아니라 끝에서 다른 길과 교차해 있으니까 통행인들을 얼버무릴 수가 있었다. 이시노 데이이치로는 주위를 살피고 난 다음에 재빨리 지에코의 집으로 들어갔다.

근처에 사는 어느 누구도 이시노의 존재를 모른다고, 지에코는 우습다는 듯이 말했다. 도쿄에서는 집들이 밀집해 있으나 서로의 생활은 고립돼 있다.

"기다리셨죠?"

지에코가 거울 앞에서 일어나 돌아섰다. 눈웃음을 띠며 데이이치로에게 물었다.

"과장님, 오늘 밤은 집에다 뭐라고 변명하실 거예요?"

데이이치로는 팔꿈치를 일으키고 손목시계를 보았다.

"9시군. 시부야에서 영화를 보고 있었다고 그러지. 시간도 딱 들어맞는군."

그는 일어나서 지에코에게 오버를 입혀주었다.

"어떤 영화냐고 물어보면 뭐라고 그래요?"

"요전에 본 영화가 아직도 걸려 있더군. 그걸 얘기하면 되지."

"보통이 아니셔."

두 사람은 얼굴을 마주 보면서 웃었다.

지에코가 먼저 집을 나왔다. 좌우의 길을 살피고 등뒤로 손짓한다. 그것이 언제나 하는 그들의 신호였다.

사실 이시노 데이이치로는 지에코가 전송하는 것을 좋아하지 않았다. 둘이서 함께 걸어가는 것을 남에게 보이고 싶지 않았던 것이다. 어디서 파탄이 일어날지 모른다. 데이이치로는 밖에만 나오면 겁을 먹었다. 그러나 지에코는, 데이이치로가 택시를 잡아타고 돌아갈 때까지 전송을 하겠다고 고집을 피웠다. 이 주장을 데이이치로는 애정으로 생각하고 거절할 수가 없었다. 그 대신 지에코는 대여섯 걸음 뒤로 처져서 걸어, 누가 보더라도 동행처럼 보이지 않게 했다. 데이이치로가 차에 탈 때도 어두운 곳에서 거리를 두고 전송했다.

12월 14일 밤이었는데, 그리 춥지는 않았다. 이시노 데이이치로가 전이나 다름없이 앞을 걸어가고, 지에코가 뒤에 떨어져서 따라갔다. 차가 다니는 큰길까지는 6백 미터쯤 걸어가야 했다. 통행인은 아직 있었지만, 이시노와 지에코를 번갈아보는 사람은 없었다.

큰길까지 백 미터쯤 채 못 가서, 이시노 데이이치로는 저쪽에서 오는 사람에게 갑자기 인사를 받았다. 그는 깜짝 놀라 당황했다. 가로등의 불빛으로 그의 얼굴을 분별할 수가 있었는데, 오모리의 집 근처에 사는 스기야마 고조라는 남자였다. 언제나 서로 머리를 숙여 인사할 정도로 알고 지내는 사이였다.

이시노 데이이치로는 반사적으로 머리를 숙이고 지나치고는 이내 후회스러운 생각이 들었다. 내가 어쩌자고 머리를 숙이고 답례를 했단 말인가. 모른 척하면 될 것을 그랬다. 그렇다면 사람을 잘못 본 것이 될 텐데. 밤이겠다, 조금도 이상할 건 없다.

좋지 않을 때 근처에 사는 사람을 만나다니, 하며 그 우연의 만남에 혀를 찼다. 그 사람은 무엇 때문에 지금 시간에 니시오쿠보의 이런 곳을 걸어다니고 있었을까. 어딘가 회사원인 모양인데, 참으로 짜증스러운 놈이라고 생각했다.

그러나 상대방도 어쩌면 같은 생각을 하고 있을지도 모른다는 생각이 들자, 이시노 데이이치로는 기분이 어두워졌다. 큰길로 나와 빈 택시를 기다리고 있는 데이이치로 옆으로 지에코가 살그머니 가까이 왔다.

"지금 그 사람, 아시는 분이에요?"

낮은 목소리로 지에코가 물었다. 뒤에서 보고 있었던 모양이다.

"근처에 사는 놈이야."

데이이치로는 조그맣게 대답했다.

"어머!"

그녀는 말문이 막히는 듯했으나, 곧 걱정스러운 듯이 되물었다.

"괜찮아요?"

"괜찮아."

"지금 그 사람, 과장님댁에 가서 애기하지 않을까요?"

"그 정도로 친한 사람은 아니야. 인사만 할 정도로, 지금까지 말
해 본 일도 없어."

지에코는 잠시 동안 가만히 있었다. 빈 택시는 좀처럼 오지 않았
다. 이시노 데이이치로가 지에코에게 빨리 곁에서 떨어지라고 말
하려는 차에, 지에코는 걱정스럽다는 듯이 또 물었다.

"저기, 지금 그 사람, 과장님하고 내가 함께라는 것 알았을까요?"

이시노는 그 말을 듣고 가슴이 덜컹 내려앉았다. 만약 그것을 알
아차렸다면, 그 남자는 동네에 가서 말할지도 모른다. 그것이 소문
이 돼서 아내의 귀에 들어갈 수도 있다.

"당신은 내 뒤에서 떨어져 걸어왔지?"

이시노는 확인하려는 듯이 물었다.

"네."

"그 남자는 당신 쪽을 쳐다보고 지나갔어?"

"아뇨. 얼굴도 돌리지 않고 똑바로 지나갔어요."

"그렇다면 안심이군. 알아차리지 못했을 거야."

그는 조금은 안심한 듯 말했다.

"그럴까요?"

"그럼, 걱정할 건 없어. 이것 봐, 조금 더 떨어져 있으라니까."

그는 지에코에게 주의를 주었다. 지에코는 구두 소리를 내며 떨
어졌다. 그때 빈 차의 표시에 빨간 등불을 켠 택시가 바람을 몰고
왔다.

이시노는 차 속에서 흔들리며, 다시금 지에코의 말이 되살아났

다. 그것은 그의 근심의 반추였다. 근처에 사는 스기야마 고조라는 남자는, 자기가 밤 9시 넘어 니시오쿠보의 근처를 걸어가고 있었다는 것을 자기 집사람에게 얘기하지 않을까? 아니, 그보다도 흥미진진하다는 듯이 불어댈지도 모른다.

그 얘기가 아내에게도 들어갈지 모른다. 밤에 볼 일도 연고도 없는 니시오쿠보 근처를 젊은 여자와 걸어가고 있었다는 것을 알면, 아내가 의문을 제기할 것은 뻔하다. 그런 사소한 일이 발전해 회사에서 진상을 알게 되면 마지막이다. 과장 지위가 위태롭게 될지도 모른다.

그러나 지에코는, 스기야마란 남자가 곁눈질도 하지 않고 지나쳤다고 말했다. 그것이 사실이겠지. 2미터쯤 떨어져서 오는 22세의 우메타니 지에코와 자기가 동행이라고는 생각하지 않겠지. 아마도 아무 관계도 없는 통행인으로 보였으므로 지에코는 거들떠보지도 않았던 것이다. 알아차렸더라면 흥미진진한 눈으로, 비록 잠깐이라도 지에코를 힐끔 쳐다보았을 것이다.

이시노는 파국의 상념을 애써 지워버렸다. 불만을 키우자면야 한이 없다. 차는 쾌속으로 달리고 있었다. 그는 창문을 열고 찬 바람을 맞으며 머리를 두세 번 흔들었다.

오모리의 자택에 도착했을 때는 9시 45분이었다. 자기도 모르게 손목시계를 보게 되었다. 어두웠던 현관에 전등이 들어오고 아내가 맞이했다.

“다녀오셨어요.”

아내는 쉰 목소리로 말했다. 뚱뚱하고 몸이 펑퍼짐하다. 방금 헤어지고 온 우메타니 지에코와 비교하니 기분이 싹 가셨다.

“늦으셨군요.”

구두 끈을 풀고 있는 머리 위에서 아내는 내려다보는 것처럼 말했다.

"음, 시부야에서 영화를 보고 왔어."

이시노는 현관에서 거실로 급히 들어갔다.

집안에서 냉랭한 공기가 감돌아온다. 어째서 이 집은 이렇게 따분한 것일까.

"식사 어떡하시겠어요?"

갈아입을 옷을 가지고 아내가 물었다.

"먹고 왔어."

이시노는 되도록 간단하게 대답했다. 뚱뚱한 아내는 좀 시큰둥한 얼굴을 했으나 그 이상은 추궁하지 않았다. 그는 안심하고 담배를 피우고, 차를 마시고 잠자리에 들었다.

다음날 아침 눈을 떴을 때, 장지문에는 햇볕이 들고 있었다. 머리맡에는 신문이 놓여 있다. 이시노는 이불에서 두 손을 내놓아 신문을 들고 얼굴 위에 폈다.

〈집을 보던 새댁 살해, 무코지마에서 강도에 피습.〉

사회면에 3단통으로 크게 기사가 나와 있었다. 이시노는 기사를 대충 훑어보고 신문을 접었다.

어젯밤 9시에서 9시 반 사이에 강도가 들어 23세의 새댁이 교살됐다. 남편이 귀가해서 시체를 발견했으며, 현장은 무코지마의 쓸쓸한 주택가로, 새댁은 혼자서 집을 보고 있었다는 것이 기억에 남은 기사의 줄거리였다. 흔히 있는 사건이다.

이시노는 조금 더 자려고 눈을 감았으나, 문득 우메타니 지에코가 언제든지 혼자 있다는 것이 생각나서 조금 불안해졌다.

2

그로부터 2주간 가량은 아무 일도 없었다.

"요전에 길에서 만난, 근처에 산다는 사람이 아무 얘기도 안 했어요?"

지에코가 물었다.

"괜찮아. 아무 일도 없었어. 역시 당신을 알아차리지 못한 모양이야. 안심해."

이시노는 스기야마의 바짝 마르고 긴 얼굴을 떠올렸다. 그러고 보니까 그날 밤 이후, 길에서도 도무지 그를 본 일이 없었다.

"잘 됐어요."

지에코는 미소지었다. 그것은 두 사람만의 안심이었다.

회사에서도 전과 다름없이 걱정스러운 일은 아무것도 일어나지 않았다. 퇴직한 우메타니 지에코와 이시노와의 관계를 추측하는 사람은 한 사람도 없었다. 이시노는 어느 쪽인가 하면, 과원들에게는 무뚝뚝하고 일에 까다로운 사람이었다.

어느 날 오후 3시쯤 서류를 보고 있을 때, 사환이 누가 찾아왔다고 전했다. 명함에는 '경시청 수사1과 경감 오쿠다이라 다메오'라고 쓰여 있었다. 이시노는 자기도 모르는 사이에 얼굴이 뜨거워지는 것을 느꼈다. 우메타니 지에코의 일로 오지 않았나 해서 불안한 생각이 들었다.

"세 사람이 왔어요."

사환은 덧붙였다.

응접실로 안내하도록 이시노는 말했다.

여유를 보이기 위해서 다음 서류를 몇 장 훑어보았으나 머릿속에 들어가지 않았다. 마음이 가라앉지 않는 것이다. 그는 체념하고 불안을 빨리 지워버리기 위해서 응접실로 갔다.

양복을 입은 남자 세 사람이 둥근 테이블 한쪽에 나란히 앉아 있었다. 이시노가 들어오는 것을 보자, 손님들은 동시에 일어났다. 왼쪽 끝에 있는 사람이 좀 나이가 들었고, 다른 두 사람은 젊었다.

"이시노라고 합니다."

그는 뜻밖에 침착한 목소리로 말할 수 있었다.

"오쿠다이라라고 합니다. 집무 시간에 죄송합니다."

연배의 경감이 공손히 인사를 하고 동행한 두 사람의 이름을 말했으나, 이시노는 금방 잊어버렸다.

네모난 얼굴의 오쿠다이라 경감은 장시꾼 같은 인상을 주었다. 끊임없이 애매한 미소를 지으며, 사환이 갖다 준 차를 홀짝홀짝 마시면서, 잠시 동안 세상 돌아가는 얘기를 했다. 이시노는 성냥을 켜서 담뱃불을 붙였으나, 영문 모를 불안에 손이 좀 떨리기도 했다.

"에, 본론으로 들어가서 말씀드리겠습니다만……."

오쿠다이라 경감은 수첩을 꺼내 들고 용건을 얘기하기 시작했다.

"선생 자택은 틀림없이 오타구 오모리 마고메 ○○번지 ○○호가 맞죠?"

"네, 그렇습니다만."

이시노는 가슴이 두근거렸다. 경감의 가는 눈이 응시하고 있는 것 같아서 기분이 나빴다. 수첩에는 도대체 무엇이 적혀 있는지.

"그렇군요."

경감은 끄덕였다.

"그래서 한 가지 물어보겠는데, 근처에 살고 있는 스기야마 고조라는 사람을 알고 계십니까?"

이시노는 무슨 일일까 하는 생각이 들었다. 대수로운 것이 아닌 듯했으나, 전날 밤의 일이 있었기 때문에 안심을 할 수 없었다.

"얼굴은 알고 있습니다만, 교제는 없습니다."

경감은 그 말에도 천천히 끄덕였다.

"그렇습니까? 그렇다면 어디 길에서 만나면 스기야마씨를 알아볼 수는 있겠군요?"

"그야 알아볼 수 있습니다."

이시노는 곧 대답했으나, 니시오쿠보의 길거리에서 만났던 일이 머리를 스쳐갔다. 경감은 무엇을 탐색하러 왔을까?

"그렇다면 묻겠습니다만, 12월 14일 밤 9시 조금 넘어, 니시오쿠보의 거리에서 스기야마씨는 선생을 만났다고 말하고 있는데, 기억이 없으십니까?"

그때의 일이라고 이시노는 직감했다. 그날이 14일이었던가. 니시오쿠보에서 만났다면 그때의 일밖에는 없다. 그는 곧 우메타니 지에코의 일아 머리에 와닿았다. 볼 일도 없는데 니시오쿠보 근처를 배회하고 있었다고 말하면, 거기서부터 비밀이 폭로될지도 모른다. 이것은 절대적으로 방어하지 않으면 안 된다.

"글쎄요……."

이시노는 일부러 고개를 갸우뚱해 보였다.

"하지만 그것은 어떤 일과 관계가 있습니까?"

그는 속을 떠보았다.

"대단히 중요한 일입니다."

경감은 갑자기 엄숙한 표정으로 말했다.

"사실은, 아직 비밀로 해주셨으면 하는데, 14일 오후 9시경 무코지마에서 살인사건이 발생했습니다. 신문에 나와 있던 새댁 살해사건입니다. 그 혐의가 스기야마 고조한테 걸려 있습니다. 그 혐의도 상당히 농후한데, 스기야마는 그 시간에 니시오쿠보에 있었으며 그 증거로서 이시노씨와 거리에서 만났으니까 확인해 달라고 그러는 겁니다. 니시오쿠보와 무코지마와는 거리상으로 범행이 불가능하니까, 만약에 그것이 사실이라면 알리바이가 성립하는 셈입니다. 그래서 대단히 신중한 증언을 해주셔야겠습니다만……."

경감의 가느다란 눈이 그의 얼굴을 들여다보고 있었다.

이시노 데이이치로는 내심 깜짝 놀랐다. 어쩌자고 그런 데서 스기야마 고조를 만났단 말인가. 그것을 인정하면 내 비밀이 공공연히 폭로될 것이다. 갖가지 파국의 장면이 눈앞을 스쳐갔다. 마음이 떨렸다.

"아뇨, 그런 데서 스기야마씨를 만난 일은 없습니다."

이시노 데이이치로는 명확하게 대답했다.

3

이시노 데이이치로는 회사에서 곧장 오모리의 자택으로 돌아갔다. 그날 낮에 경시청에서 수사원이 온 것이 마음을 침울하게 했다. 스기야마 고조의 일은 아무래도 상관이 없으나, 그와 12월 14일 오후 9시 넘어 니시오쿠보의 뒷길에서 그를 만난 일은 없느냐고 질문을 받은 것이 우울했다. 마치 이쪽의 비밀을 캐내려 경찰이 찾아온 것 같아서 마음이 언짢았다.

스기야마라는 남자는 또 어쩌자고 무코지마의 새댁 살인의 용의자가 됐단 말인가. 자세한 사정은 알 수 없으나, 확실히 그 시간에 그와는 니시오쿠보의 길에서 마주쳤다. 상대가 머리를 숙였으니까 이쪽에서도 무심코 머리를 숙였다. 그런 일로 그의 알리바이가 성립한다면, 자기는 그 증인이 될 수가 있다.

그러나 그것을 인정한다면 자기가 위험해진다. 우메타니 지에코의 존재를 폭로하는 데 따르는 갖가지 파국의 환영이 마음을 위협했다. 스기야마 고조라는, 교제도 없는 타인의 이익과 자기의 지위 및 평안한 생활과 바꿀 수 있을 것인가. 어리석은 일이다.

현관문을 열자 뚱뚱한 아내가 나왔다.

"어머! 오늘은 일찍 들어오시네요."

이시노는 가방을 내주고 말없이 구두를 벗었다.

"여보, 큰일이에요."

아내는 쉰 목소리로 흥분된 듯이 말했다. 이시노는 거실로 가면서 가슴이 철렁했다. 아내가 씩씩거리며 따라왔다.

"근처에 사는 스기야마씨가 말예요, 그 사람이 글쎄 무코지마의 새댁 살인사건의 범인이래요!"

아내는 눈을 크게 뜨고 숨 가쁘게 말했다. 이시노는 어떻게 대답을 해야 좋을지 망설였다.

"우리는 까맣게 모르고 있었는데, 엊그제 수사본부로 끌려갔다는 거예요. 놀랐지 뭐예요. 그렇게 얌전하게 보이는 사람이 글쎄……. 사람은 겉으로 봐선 모른다구요. 오늘 형사들이 그 집에 들락날락하면서 근처의 소문을 들으러 다니고 야단이었어요. 그 댁의 부인은 새파랗게 질려서 울고 있대요. 아이들이 셋씩이나 되는데 불쌍해 죽겠어요.”

아내는 자기 자신의 얘기에 홍분해서 여느 때와는 달리 수다스러웠다. 몸의 움직임까지 침착하지가 않았다.

이시노는 회사에 형사들이 온 것을 말할까 말까 망설였다. 옷을 갈아입고 식탁 앞에 앉을 때까지가 그 궁리의 시간이었다.

그러나 지금부터 경찰은 여러 번이고 그때의 일을 물으러 올 것이다. 큰 사건이 일어나면 경찰도 여간 끈질기지 않다.

그는 결심했다.

“사실은, 오늘 회사로 경시청 사람들이 그 일로 찾아왔어.”

이시노는 되도록 담담한 표정으로 아내에게 말했다. 아내는 순간적으로 얼굴이 굳어지더니 눈을 크게 떴다.

“스기야마씨가 나하고 니시오쿠보의 뒷골목에서 만났다는 거야. 사건이 일어난 시간에 말이야. 내가 볼 일도 없이 그런 데를 갈 리가 없지. 형사의 말로는, 스기야마씨가 그 시간에 니시오쿠보에 갔다고 주장하고 있대. 그래서 나하고 만났다고 그랬다는군. 아마 엉터리를 얘기하고 빠져나가려고 그러는 모양이야.”

“그래서 당신은 뭐라구 그랬어요?”

아내는 숨을 죽이고 물었다.

“물론 그런 사실은 없다고 그랬지. 거짓말을 할 수는 없잖아.”

이시노는 조금 웃었다.

아내는 끄덕였으나 다시 물었다.

“그럼 그 시간에 당신은 어디 계셨어요?”

그 눈이 번쩍인 것처럼 보여 섬뜩했다. 아내가 형사보다도 직감이 날카로운 것처럼 생각됐다.

“시부야에서 영화를 보고 있었어. 참, 요전에 늦게 들어온 날이 있었지 않아."

"아, 그때 말이에요?"

뚱뚱한 아내는 이중턱을 뒤로 빼며 납득을 했다. 그러나 곧 화를 냈다.

"스기야마씨도 참 이상한 사람이야. 무슨 원한이 있다고 당신을 끌어넣는단 말예요?"

"그야 살아나고 싶으니까 그렇지. 사람은 오직 살아나고 싶은 일념으로 그런 거짓말을 하는 거야."

이시노는 태연스럽게 말했다. 그러나 마음속에서는 찬바람이 불어닥쳤다. 살아나고 싶은 것은 자기 자신이 아닌가. 살아나고 싶은 일념에서 거짓말을 하고 있는 것은 오히려 이쪽이다.

그러나 어떠한 희생을 치르더라도 끝까지 밀고 나가기로 했다. 내 몸에 닥친 위험 방지가 무엇보다도 중요하다. 혹시 어쩌면 스기야마는 그때 뒤에서 따라오고 있던 우메타니 지에코를 알아보았을지도 모른다. 그것을 수사관에게 얘기할까? 그렇다면 더욱 그렇다. 자기로서는 어디까지나 사실이 아니라고 주장하고, 그 시간에는 시부야에서 혼자 영화를 보고 있었다고 할 것이다. 영화관 안에서도, 밖에 나와서도 아무도 만나지 않았다. 그의 주장은 일관돼 있었다.

우메타니 지에코를 니시오쿠보에 두는 것은 위험하다. 회사에서 빨리 다른 곳으로 옮겨야겠다고, 이시노 데이이치로는 이마의 땀을 닦으며 생각하고 있었다.

이시노 데이이치로는 예상대로 여러 번 경찰에 불려갔다. 회사에서 처음, 수사본부에 출두한 것이 몇 번, 검찰청에 몇 번, 도쿄 지방재판소에 몇 번, 고등재판소에 몇 번이라는 식으로 빈번히 불려다녔다.

이 순서는 용의자 스기야마 고조가 무코지마의 새댁 살인 용의자로 기소되고, 사형 판결을 받아 항소하고, 기각되고, 결국 최고재판소에 상고하는 순서와 일치했다.

이시노 데이이치로는 처음 자기의 증언이 그렇게까지 스기야마의 용의에 중대한 영향을 주고 있다고는 생각지 않았다. 불리할지는 모르지만 설마 결정적인 조건이라고는 생각하고 있지 않았다.

그러나 사건의 내용을 상세하게 알게 되자, 그것이 스기야마 고조를 유죄로 하는 중대한 요소라는 사실을 깨달았다.

"확실히 스기야마 고조와 12월 14일 오후 9시 넘어 니시오쿠보의 뒷골목에서 만났습니다."

그가 이렇게 증언하면, 스기야마 고조는 무죄가 되는 것이다.

그러나 이시노 데이이치로는 마지막까지 고개를 옆으로 흔들었다. 그 시간에는 시부야의 영화관에서 영화를 보고 있었다, 따라서 니시오쿠보의 뒷골복을 걸어가지 않았으며, 스기야마 고조와도 만나지 않았다고 진술했다.

일관된 그 증언은 훌륭했다. 몇 번이고 몇 번이고 물어보고, 그것을 되풀이하고 있는 동안에 차츰 증언에 익숙해지고, 얘기하는 방식도 교묘해지고, 내용에도 진실성이 더해지고, 자기 자신도 실제로 그대로였다고 착각할 정도가 되었다.

피해자인 새댁은 등뒤에서 누군가에게 습격을 당하고 목을 졸려 피살됐다. 새댁은 9시에 근처의 가게에 물건을 사러 갔고, 9시 반에 귀가한 남편이 시체를 발견했으니까, 9시에서 9시 반의 30분간의 범행이었다.

집안은 별로 크게 흩어져 있지 않았으나, 현금 50만엔과 남편의

364

고급 카메라 한 대가 분실돼 있었다. 범인의 지문은 현장에서 채취되지 않았다.

수사본부의 활동으로, 도난된 카메라가 우에노의 카메라점에 매각돼 있는 것이 발견되었다. 매각할 때 범인은 주소와 이름을 적어놓았다. 그것은 가명이니까 문제는 아니었으나, 필적이 중요했다.

수사원이 피해자 근처에 탐문을 벌이고 있을 때, 어떤 집에서 이 근처를 돌아다니고 있는 생명보험 모집인이 좀 이상한 것 같다고 무책임한 말을 하게 됐다. 그래서 수사본부에서는 XX생명보험 회사원 스기야마 고조를 조사했다.

스기야마 고조는 피해자 집에 여러 번 권유하러 간 적이 있다. 낮에 권유를 하러 다녔으니까 젊은 아내가 혼자서 집을 보고 있을 때뿐이었다. 다시 말해서 장소감도 있고 면식도 있다. 집안의 모양도 잘 알고 있다. 게다가 그 시간의 알리바이가 없다.

스기야마 고조의 진술에 의하면, 니시오쿠보에 마음에 짚어둔 집이 있어서 거기까지 갔으나, 출타중이어서 말도 못하고 그대로 돌아와버렸던 것이다. 그것을 증명하기 위해서 도중에 집 근처에 살고 있는 이시노 데이이치로와 만났다고 진술했으나, 이시노 데이이치로는 이것을 부인하고 있다. 니시오쿠보와 무코지마의 현장과는 상당한 거리가 있어 시간적으로 범행이 불가능하기 때문에, 그것이 사실이라면 알리바이가 성립되지만 그 실증이 없다.

카메라점의 주인이 스기야마 고조와의 대면에서, 확실히 그때 장물인 카메라를 팔러 온 사람이라고 증언했다. 처음에는 인상이 비슷하다고 했으나, 차츰 틀림없다는 증언이 되고 말았다.

필적 감정에서도, 전문가 두 사람이 보고 카메라점에 써놓은 글씨는 스기야마 고조의 글씨로 추정할 수 있다고 확언했다.

이상이 사건의 대체적인 개요이다. 지문이 현장에 남아 있지 않기 때문에 결정적인 물적 증거가 없다. 50만엔이 용의자의 신변에서 나오지 않았으나, 이것은 2주간에 이렇게 저렇게 해서 써버렸을 것이라고 보았다. 또 하나 불행한 것은, 장물인 카메라를 팔러 갔다는 시간에 스기야마의 확실한 알리바이가 없었다.

이러한 사건 내용을 생각할 때, 스기야마 고조가 니시오쿠보에서 이시노 데이이치로를 만났다는 진술이 얼마나 중요하며, 스키야마 생사의 기로라는 것을 알 수가 있었다.

그러나 이시노 데이이치로는 최후까지 그것을 부인했다.

문 : (재판장) 증인은 스기야마 고조를 알고 있는가?

답 : (이시노 데이이치로) 교제는 없습니다만, 저의 집 근처에 사는 사람이기 때문에 얼굴은 알고 있습니다. 아침 저녁으로 얼굴을 대하면 인사를 할 징도입니다.

문 : 도중에 만나면 스기야마 고조라는 것을 인식할 수 있는가?

답 : 알 수 있습니다.

문 : 스기야마 고조는 12월 14일 오후 9시 넘어 증인과 신주쿠 니시오쿠보 XX정 부근의 도로에서 만났다고 말하고 있는데, 기억이 있는가?

답 : 스기야마 고조씨와 그 장소에서 만난 사실은 없습니다. 그 시간에 저는 시부야의 ○○관에서 영화를 보고 있었습니다.

문 : 몇 시부터 몇 시까지 보았는가?

답 : 7시 30분경부터 9시 40분까지 보고 있었습니다. XX와 ○○ 이라는 영화 두 편을 다 보고, 끝나는 대로 오모리의 자택으로 돌아갔습니다.

문 : 증인이 그 영화관에 있을 때, 누군가 아는 사람과 만나지 않

　　았는가?

답 : 만나지 않았습니다.

문 : 그때 영화관의 관객은 어느 정도 들어와 있었나?

답 : 잘 주의해서 보진 않았습니다만, 대체로 만원이었다고 생각
　　됩니다. 그러나 기억에 잘못이 있을지도 모릅니다.

문 : 증인이 보았다는 두 개의 영화의 줄거리는 어떤 것이었는
　　가?

답 : XX라는 영화는 최초의 장면이…….

이러한 증언은 수사본부, 지방재판소, 고등재판소를 통해서 이
시노 데이이치로가 일관해서 진술해 온 것이었다. 문제점인 만큼
증인에 대한 검사의 심문, 변호사의 반대 심문은 괴로울 정도로 집
요했으나, 이시노 데이이치로는 태풍의 바다를 건너가는 용감한
선장처럼 용하게 빠져나갔다. 그 선실에는 우메타니 지에코가 조
그맣게 앉아 있었다.

4

재판은 대법원까지 올라갔다. 그러나 그러한 일은 이시노 데이
이치로에게는 별로 상관없는 문제였다. 그의 발언은 모두 서류가
되어 재판소의 어딘가에 보존돼 있다. 그것이 그의 대신인 셈이다.
그래서 그는 자유롭게 생활을 하고 회사에 통근을 했다.

그러나 위증에 대한 죄의식은 끊임없이 몸 바닥을 어둡게 흐르
고 있었다. 재판소에 서류로서 남아 있는 그의 대신은 거짓의 덩어
리였다. 재판장도 검사도 변호사도 그의 거짓된 자료를 만지고 있
을 뿐이었다. 아무도 발견하지 못한 거짓말이었다. 그것을 알고 있

는 것은 피고인 스기야마 고조뿐이었다.

그러나 스기야마 고조가 알고 있는 거짓은 이시노 데이이치로의 거짓말뿐이 아니었다. 형사에게 말한 근처 아낙네의 얘기도, 대면을 했던 카메라점 주인의 증언도, 필적 감정인의 답신도 모두가 거짓이었다. 인간의 개인 생활이 대수롭지 않은 일로 종횡의 허선 속에 빠져들어 버둥거리고 있는 것만 같았다. 언제 어디에 감춰져 있을지도 모르는 부조리의 함정이었다.

함정이라고 하면, 나 자신도 그 속에 빠진 것이라고, 이시노 데이이치로는 자기 마음속에서 항의하고 있었다. 그 시간, 그 장소를 스기야마 고조가 걸어갔던 것이 잘못이었다. 이쪽의 개인 생활을 스기야마 고조의 행동이 위협한 것이다. 그 남자만 그 장소를 걸어가고 있지 않았더라면, 그리고 그날의 그 시간이 아니었다면, 자기의 생활은 위협받을 일도 없었고, 불쾌하고 번거로운 재판소와의 관계도 없이 불안한 심리가 되는 일도 없었을 것이다. 그때 우메타니 지에코와 조금만 더 방안에 앉아 있든가, 조금 더 빨리 일어나든가, 담배 한 대 더 피우고 나왔더라면, 스기야마 고조와 마주치지는 않았을 것이다. 불과 2분이나 3분의 차이였다. 이것도 불합리한 시간의 교차였다.

그렇게 생각하니까 이시노 데이이치로는 이 세상 모든 것이 불합리한 허선의 교착으로 생각됐다. 개인의 사생활이 우연히 그 그물 속에 들어가, 개인의 생애를 짓궂게 파국으로 몰고 가는 것처럼 생각되었다. 인간이 무서워지고, 밖에도 나갈 수 없을 것 같은 기분이 들었다.

새댁 살해사건의 대법원 판결이 가깝다는 얘기가 신문에 나왔을 때는, 그 불행한 노상의 만남에서 3년이 경과돼 있었다. 거짓말을 대신으로 해서, 이시노 데이이치로는 사건 밖으로 몸을 두고 있었으나, 그 3년의 경과는 그의 신상에도 그것과는 다른 변화를 가져다 주었다.

이시노는 우메타니 지에코에게 젊은 애인이 있다는 사실을 3년이 다 된 시점에서 알게 되었다. 이시노 데이이치로가 정말 오랫동안 모르고 있었던 일이었다.

그러나 그것을 발견한 것은 이시노 데이이치로 자신이 아니었다. 우메타니 지에코가 연인과 밀회를 하고 있을 때, 신문을 보고 문득 말이 새어나왔다.

"스기야마라는 사람, 정말 불쌍해. 그 사람은 죄가 없다고."

그녀의 젊은 연인은 이유를 물었다. 그녀는 이것은 절대로 비밀을 지켜야 한다고 다짐을 하고서, 작은 목소리로 니시오쿠보에서 스기야마가 이시노와 마주친 것은 사실이라고 얘기했다. 젊은 남자는 눈을 동그랗게 뜨고 열심히 듣고 있었다.

물론 이 약속은 지켜지지 않았다. 남자는 친구에게 얘기했다. 그것이 사건을 담당하고 있는 변호사의 귀에 들어갔다.

변호사는 이시노 데이이치로를 위증죄로 고소했다. 이렇게 해서 이시노 데이이치로가 비밀로 숨기고 있던 생활이 밝혀졌다. 그가 그토록 막으려 했던 파국이 삽시간에 그에게 닥쳐왔다.

이시노 데이이치로는 오랫동안 우메타니 지에코에게 애인이 있었다는 것을 몰랐다. 배반을 당한 것은 우메타니 지에코의 거짓말 때문이었다.

인간의 거짓말에는, 인간의 거짓말이 복수를 하는 것일까.

세 사람의 미망인 / 엘러리 퀸

THE THREE WIDOWS
Ellery Queen

세 사람의 미망인

세상 일반의 미각으로 치면, 살인의 맛이란 불유쾌한 것이다. 그러나 이러한 문제에 대해서는, 미식가인 엘러리의 말에 의하면, 그가 취급한 사건의 얼마쯤은 혀끝에 오래 남는 풍미를 갖고 있다. 그러한 위험한 진미 속에서도, 엘러리는 '세 사람의 미망인 사건'을 매우 중요시하고 있다.

문제의 미망인들 중 두 사람은 자매였다. 언니인 피넬로피는 돈 같은 것은 아무것도 아니라고 여겼고, 동생인 라일라는 돈이 전부라고 생각하고 있었다. 따라서 제각기 많은 돈을 필요로 했다.

두 사람 모두 씀씀이가 헤픈 남편들을 빠른 시기에 잃은 다음, 부친이 있는 매리 힐의 대저택에 돌아와 살고 있었는데, 세상에서는 그렇다면 조금도 걱정 없을 것이라고 했다. 왜냐하면 시어도어 후드 노인이 많은 돈을 저축해 가지고 있으며, 언제나 딸들의 말을 잘 들어주었기 때문이다.

그런데 자매가 처녀 시절의 침실을 차지한 지 얼마 후에, 시어도어 후드가 후처를 맞아들였다. 큰 성당처럼 몸집이 큰 여자로 심기가 강했다. 놀란 자매는 도전장을 냈고, 계모도 용감하게 맞서 싸웠다. 그 십자 포화의 한복판에 서게 된 후드 노인은 그저 평화롭기만을 바랐다. 결국은 미망인들만이 지배하는 가정을 남기고 비원을 이루지 못 한 채 저승으로 떠났다.

부친이 세상을 떠난 지 얼마 안 된 어느 날 밤, 뚱뚱한 피넬로피와 마른 라일라는 하인을 통해서 후드 저택 응접실로 소집됐다. 일가의 고문 변호사인 스트레이크가 두 사람을 기다리고 있었다.

스트레이크는 아무렇지도 않게 이야기를 해도, 마치 판사의 입에서 나온 판결처럼 들리게 하는 그런 사람이다. 그런데 그날 밤 그가 "앉으시지요, 아가씨들." 하고 말했을 때, 그 말투가 너무나도 으시시했기 때문에, 마치 교수형 선고처럼 들렸다.

자매는 아무 생각 없이 서로 얼굴을 마주 보고 고개를 떨어뜨렸다. 조금 후, 키가 높은 문이 끼걱거리며 빅토리아 왕조풍의 벽을 울리자, 새러 후드 미망인이 주치의인 베네딕트 박사의 팔에 손을 얹고, 다 죽어가는 듯한 모습을 나타냈다.

후드 부인은 잠깐 고개를 옆으로 갸우뚱하더니, 경멸 어린 표정으로 딸들의 얼굴을 한 번 훑어보았다.

"베네딕트 박사와 스트레이크씨의 얘기가 있은 다음, 내가 얘기를 하겠어."

베네딕트 박사가 먼저 말을 시작했다.

"지난 주 아가씨들의 새어머님이 4개월마다 하는 건강진단을 받기 위해서 내 진료소를 찾아오셨습니다. 나는 여느 때와 마찬가지로 면밀한 검사를 했습니다. 연세에 비해서는 무척 좋은 건강 상태라는 것을 알았습니다. 그런데 말입니다, 바로 그 다음날 병환이 나셔서 찾아오셨습니다. 처음 있는 일입니다. 다시 말해서

지난 8년 동안에 말입니다. 그때는 바이러스 때문에 장이 탈이
나지 않았나 생각을 했습니다. 그런데 후드 부인께서는 좀 다른
견해를 말씀하셨습니다. 터무니없는 얘기라고 나는 생각했습니
다만, 부인께서는 모종의 테스트를 해달라고 주장하셨습니다.
나는 테스트를 했지요. 부인의 견해가 옳았습니다. 누군가 독약
을 섞어 먹이고 있었습니다.”
피넬로피의 두툼한 볼은 붉게 상기되고, 라일라의 핼쑥한 볼은
창백해졌다.
“두 분께서는 잘 이해해 주시리라고 확신합니다만, 저는 앞으로
두 분의 새어머님을 매일 진찰할 것을 경고드립니다.”
베네딕트 박사는 언니와 동생의 중간을 향해 시선을 두고 얘기
를 계속했다.
“스트레이크씨, 말씀하시죠.”
후드 부인이 미소를 머금고 말했다.
“아버님의 유언에 의할 것 같으면…….”
스트레이크가 얘기를 시작했다. 역시 언니와 동생의 중간을 향
해 시선을 둔 채로.
“두 분 다 부동산 수입에서 소액의 수당을 받으시게 되어 있습니
다. 수입의 대부분은, 살아 계시는 동안은 후드 부인께 가도록
돼 있습니다. 그러나 만약에 부인께서 돌아가시게 되면, 두 분께
서는 약 2백만 달러에 달하는 기금을 균등하게 상속하시게 됩니
다. 다시 말하면 두 분께서는 후드 부인의 사망에 의해서 이익을
받게 되는 유일한 분들이란 것입니다. 이미 후드 부인과 베네딕
트 박사에게도 말씀드렸습니다만, 만약에 이러한 끔찍한 일이
한 번이라도 다시 되풀이된다면, 저는 단연코 경찰을 부르겠습

니다.”

“지금 당장 부르시지 그래요.”

피넬로피가 외쳤다.

라일라는 아무 말도 하지 않았다.

“부르겠다고 생각만 하면, 지금이라도 당장 부를 수 있어, 피넬로피.”

후드 부인은 여전히 냉소를 띠고 있었다.

“너희들 두 사람은 아주 머리가 좋아서 경찰을 불러도 아무런 해결도 되지 않을 거야. 내가 나 자신을 지키기 위한 최선의 방법은 너희들을 이 집에서 쫓아내는 일이겠지. 운 나쁘게도 그것은 아버님의 유언으로 금지되어 있어. 그래, 잘 알고 있어. 너희들이 날 없애려고 얼마나 초조해하고 있는가를. 호사스러운 생활이 몸에 배서, 너희들은 내 검소한 생활 태도가 불만이지. 너희들은 재혼을 하고 싶을 거고, 유산이 손에 들어오면 두 번째의 남편을 사고 싶겠지.”

노부인은 몸을 앞으로 일으켰다.

“그러나 너희들에게 좋지 않은 소식을 하나 가르쳐 줄까? 내 어머니는 99세에, 아버지는 103세에 돌아가셨어. 베네딕트 박사의 말씀으론, 나도 앞으로 30년은 더 살 수 있을 것이고. 난 무엇이 어찌 됐든 간에 그렇게 할 작정이야.”

후드 부인은 여전히 미소를 띠며 힘없이 일어났다.

“사실대로 말하자면, 나는 확실하게 살아 남기 위해서 모종의 예방 수단을 강구했지.”

이렇게 말하고 노부인은 방에서 나가버렸다.

그로부터 꼭 1주일 후에, 엘러리는 큼직한 천개가 붙은 후드 부인의 침대 옆에 앉아 있었다. 베네딕트와 스트레이크가 걱정스러운 듯이 병상을 내려다보고 있었다.

후드 부인은 또다시 독을 먹게 된 것이다. 베네딕트 박사가 늦지 않게 온 것이 불행 중 다행이라고 할 수가 있었다. 엘러리는 몸을 반쯤 일으켜 노부인의 얼굴을 들여다보았다. 인간의 살덩어리라기보다 석고처럼 보였다.

"부인께서 취했다는 예방 수단이라는 것은……."

"분명히 말씀드리겠습니다만, 불가능했을 거예요."

노부인은 속삭였다.

엘러리가 말했다.

"하지만 독약이 들어 있었단 말씀이죠? 그렇다면 처음부터 다시 점검해 봅시다. 침실의 창문에 쇠창살을 댔고, 문에는 자물쇠를 달았으며, 단 하나밖에 없는 열쇠는 단 한시도 몸에서 떼어놓지 않으셨지요. 식료품도 손수 사시고, 이 침실에서 요리를 만들어서 혼자서 드셨습니다. 그렇다면 분명히 말해서 요리를 만들기 전이나 그 중간, 또는 직후에도 독물을 투입할 수 있는 여지는 전혀 없었습니다. 그리고 말씀대로라면 부인께서 새로운 식기를 사서 여기 두시고 부인만이 그것을 취급하셨습니다. 따라서 당연히 요리 냄비나 사기 그릇, 컵 등 또는 조리용 칼에도 독물을 묻히거나 넣을 가능성은 없습니다. 그렇다면 어떻게 해서 독물을 넣었을까요?"

"그게 문제입니다."

베네딕트가 말했다.

"하나의 문제점인데, 퀸씨."

스트레이크가 작은 소리로 말했다.

"내 생각에는, 베네딕트 박사와도 의논을 했습니다만, 경찰에 의뢰하기보다는 당신에게 해결을 부탁할 성질의 문제라고 생각해서 말입니다."

"내가 하는 방식이란 언제든지 간단하지요."

엘러리가 대답했다.

"자세히 보시면 말씀입니다. 그런데 사모님께 지금부터 산더미 같은 질문을 하려고 하는데, 괜찮을까요, 박사님?"

베네딕트 박사는 노부인의 맥을 짚어보고, 고개를 끄덕였다. 엘러리는 질문을 개시했다. 노부인은 속삭이듯 대답했지만, 얘기는 아주 똑똑했다.

그녀는 농성에 대비해서 새로운 칫솔과 치약을 사들였다. 치아는 튼튼했다. 약을 싫어해 어떤 수면제나 진통제도 사용한 일이 없었다. 음료라고는 물밖에는 마시지 않았다. 담배도 피우지 않았고, 과자류도 먹지 않았으며, 껌을 씹거나 화장품을 쓰는 일도 없었다.

질문은 다음에서 다음으로 계속됐다. 엘러리는 생각할 수 있는 모든 질문을 했고, 또다시 새로운 질문을 생각해내기 위해서 지혜를 짜냈던 것이다.

그런 다음 그는 겨우 후드 부인에게 감사의 말을 하고, 그녀의 손을 잡아 가볍게 토닥거려주고는, 베네딕트 박사와 스트레이크와 함께 바깥으로 나왔다.

"당신 생각은, 퀸씨?"

베네딕트 박사가 물었다.

"당신의 판결을 말씀해 주십시오."

스트레이크도 말했다.

엘러리는 말했다.

"여러분, 욕실의 파이프나 수도꼭지를 조사해 보았으나 아무런 장치도 없다는 것을 알게 되었습니다. 음료수의 선도 사라져버렸습니다. 그러니까 최후의 가능성도 제외된 것입니다."

"그런데도 독물은 입을 통해서 들어갔습니다."

베네딕트 박사가 목에 힘을 주고 말했다.

"그것이 내 발견이고, 틀림없다는 의학상의 확증도 가지고 있습니다."

"박사님, 만약에 그것이 사실이라고 하면, 남아 있는 대답은 하나밖에 없습니다."

엘러리는 대답했다.

"그게 무엇입니까?"

"후드 부인은 스스로 독물을 드셨다는 것입니다. 내가 주치의라면 정신과 의사를 부를 것입니다. 그럼 여기서 실례합니다."

열흘 후, 엘러리는 새러 후드 부인의 침실에 돌아와 있었다. 노부인은 죽어 있었다. 세 번째의 독물로 인해서 다시는 숨을 돌리지 못했던 것이다.

그 기별을 받았을 때, 엘러리는 곧 아버지인 퀸 경감에게 보고를 했다.

"자살입니다."

그러나 자살은 아니었다. 경찰 당국의 전문가가 과학수사의 모든 방법을 총동원해 힘겨운 조사를 했으나, 후드 부인의 침실이나 욕실에서는 독물의 흔적이나 독물을 담았던 용기며, 또는 다른 생각할 만한 출처는 발견되지 않았다.

엘러리는 집안을 샅샅이 조사하고 돌아다녔다. 웃는 얼굴은 볼 수가 없었다. 노부인이 생전에 말한 증언이나 또는 경찰당국 전문

가의 조사 결과와 모순되는 것은 하나도 나오지 않았다. 그는 하인들을 엄하게 심문했다. 또 울기만 하는 피넬로피, 외치기만 하는 라일라를 문초했다. 그리고 결국은 손을 들고 말았다.

그것은 엘러리의 사고 조직이 처음 겪는 종류의 문제였다. 46시간이라는 동안, 그는 신경만으로 살아왔다. 먹지 않고 자지 않고, 자기 아파트의 바닥을 자전거 페달을 밟듯이 왔다갔다 돌아다녔다. 47시간이 됐을 때, 퀸 경감은 아들의 팔을 붙들어 침대에 눕히고 말았다.

"생각한 대로군. 너무 지나친 것 같다. 도대체 뭣을 고민하고 있는 거냐, 너는?"

경감은 말했다.

"나라는 인간이 싫어졌습니다."

엘러리는 중얼거리듯 말했다. 그리고 아스피린, 얼음 주머니, 버터로 구운 스테이크를 찾았다.

스테이크를 먹다가 말고, 엘러리는 갑자기 미친 사람처럼 외치며 전화기를 움켜쥐었다.

"스트레이크씨요? 엘러리 퀸입니다. 즉시 후드 저택에서 만나고 싶습니다. 네, 베네딕트 박사에게도 그렇게 전해 주세요. 그래요, 이제야 겨우 후드 부인에게 어떻게 독물을 먹였는지 그 수법을 알았어요!"

　※ 독자에게 드리는 도전

이상, 본건에 관한 모든 사례를 열거했습니다. 여기서 한숨 돌리고 생각해 봐 주십시오. 후드 부인은 도대체 어떻게 해서 독살되었을까요?
　　　　　　　　　　　　　　　——작가의 도전장

드디어 모두 후드 저택의 텅 빈 응접실에 모였을 때, 엘러리는 피넬로피와 라일라 자매의 얼굴을 들여다보며 쉰 목소리로 물었다.

"베네딕트 박사와 재혼하시려는 분은 어느쪽입니까?"

그리고 엘러리는 계속해서 말했다.

"네, 그렇고말고요. 그렇지 않으면 앞뒤가 맞질 않습니다. 피넬로피와 라일라만이 계모의 살해에 의해서 이익을 차지하게 돼 있습니다. 그러나 손수 독을 넣을 수 있는 유일한 인물이라고 하면 베네딕트 박사뿐입니다. 어떻게 했느냐고 물어보지 않으십니까? 아주 간단합니다. 후드 부인은 반년 만의 건강진단을 한 다음날, 첫번째의 독물을 먹었습니다. 바로 당신에 의해서 말입니다, 박사. 그 다음 당신은 매일 후드 부인을 진찰한다고 선언했습니다. 어떤 의사라도 환자를 진찰할 경우에는 예비 검진이라는 것을 합니다. 나는 이렇게 결론을 내렸습니다, 베네딕트 박사."

엘러리는 미소를 띠며 말했다.

"당신은 부인의 열을 재는 그 체온계에 독을 바르고, 부인의 입에 물게 했던 것입니다."

● 해 설

　본서는 본격적인 추리소설의 작가로서 그 이름이 유명할 뿐 아니라, 세계적인 명 앤솔러지스트로서 추리소설의 발전에 크게 기여해 온 '엘러리 퀸'이 선정한 「세계걸작추리 12+1」과 「신세계걸작추리 12선」에서 고전적인 추리소설이라고 한 수 있는 3편(애거더 크리스티의 「꾀꼬리장」, 휴 월폴의 「은가면」, 도로시 세이어즈의 「의혹」)과 엘러리 퀸의 독자에의 도전인 「3人의 미망인」, 그리고 우드하우스의 「엑셀시오장의 참극」 등 13편을 골라 한 권의 앤솔러지로 엮은 것이나.

　특히 문학적인 향기가 풍부한 작품들과, 엘러리 퀸 자신이 서문에서 지적했듯이 새로운 추리소설의 방향을 제시하겠다는 의도 그대로 최근에 〈EQMM〉에 게재돼서 호평을 받은 작품들을 골랐다. 수록한 작가에 대해서는 작품마다 소개를 했지만, 미국의 작가 가운데서도 다작을 자랑하는 에드워드 호크와 헨리 슬레서를 비롯해서 빌 프론지니와 도날드 올슨 같은 신진작가의 작품, 영국의 베테랑인 우드하우스, 신인 피터 러브세이, 그리고 미국의 베테랑 여류작가 패트리샤 맥거의 작품 등을 실었다. 특히 신세계걸작추리에서 엘러리 퀸이 강조하고 있는 일본 추리작가의 선정은 일본의 추리소설에 새로운 한 세기를 구획한 마쓰모토 세이초의 작품과 현재도 부동의 위치를 갖고 있는 나쓰키 시즈코의 작품 등 일본을 대표할 수 있는 작품이라고 생각할 수 있다.

단편 미스테리에 대한 엘러리 퀸의 정열은, 특히 세계적인 명앤솔러지스트로서의 퀸의 실질적인 작업은 '퀸 쌍둥이'의 한 사람인 프레데릭 다네이에 의해서 이루어졌다. 그는 자신이 편집해서 〈EQMM〉에 실은 주옥 같은 단편들을 골든 더즌(黃金의 12편)식으로 자주 펴냈으며, 한편으로는 신인의 등장을 위해서 〈EQMM〉 퍼스트 스토리를 창설하여 6백여 편의 처녀작을 등장시키기도 했다.

세계 최고의 추리작가이며 또한 세계 최고의 앤솔러지스트로 알려진 '엘러리 퀸'은 한 사람이 아니라 '프레데릭 다네이'와 '맨플렛 B. 리'라는 종형제의 합작 펜네임이라는 것은 다 알려진 사실이다. 두 사람 다 1905년 미국 동부의 브르크린에서 출생했고, 맨플렛 리는 1971년에 세상을 떠났으나, 프레데릭 다네이는 그 후에도 계속 〈EQMM〉의 편집과 엘러리 퀸의 펜네임을 써 오다가 1982년 「신세계걸작추리 12선」을 끝으로 세상을 떠났다.

1994년 여름   이 경 재

역자약력

서울 출생.
서울대학교 치과대학 졸업.
방송작가, 소설가.
한국추리작가협회 고문.
「검은 꽃잎이 질 때」
「비정의 사나이」
「추적」(이상 장편추리소설)
「신인간의 증명」
「에도가와 란보상 수상작가 걸작선」
「끝없는 추적」(이상 번역추리소설) 외 다수.

역자와의
계약으로
인지생략

세계걸작추리 12선 & ONE　　　값 15,000원

1994년 7월 25일 제1판제1쇄인쇄
1994년 7월 30일 제1판제1쇄발행

역　자　이　　경　　재
펴낸이　박　　명　　호

펴낸곳　**명　　지　　사**

서울특별시　동대문구　장안동　369-1
등　　록 : 1978.　6.　8. 제5-28호
전　　화 : 243 - 6686 · FAX 249-1253
사 서 함 : 서울청량우체국사서함　제154호
대체구좌 : 0 1 0 9 8 3 - 3 1 - 1 7 4 2 3 2 9
지로번호 : 3　0　3　3　3　1　7

ISBN 89-7125-085-2 03840　　　※잘못된 책은 바꾸어 드립니다.

미국 추리작가협회 에드가상 걸작선

에드가상수상작품집

정태원 編譯

명지사